中国现代文学编年史 (1895—1949)

总主编 刘勇 李怡

第五卷 1924—1926
本卷主编 万安伦

文化艺术出版社

图书在版编目（CIP）数据

中国现代文学编年史.第五卷/刘勇，李怡总主编.—北京：文化艺术出版社，2014.12

ISBN 978-7-5039-5922-6

Ⅰ.①中… Ⅱ.①刘…②李… Ⅲ.①中国文学—现代文学史—1924~1926 Ⅳ.①I209.6

中国版本图书馆CIP数据核字(2014)第277264号

中国现代文学编年史·第五卷

总 主 编	刘 勇 李 怡
本卷主编	万安伦
责任编辑	帅 克 赵 月
封面设计	姚雪媛
出版发行	文化藝術出版社
地　　址	北京市东城区东四八条52号　（100700）
网　　址	www.whyscbs.com
电子邮箱	whysbooks@263.net
电　　话	（010）84057666（总编室）84057667（办公室）
	（010）84057691—84057699（发行部）
传　　真	（010）84057660（总编室）84057670（办公室）
	（010）84057690（发行部）
经　　销	全国新华书店
印　　刷	国英印务有限公司
版　　次	2017年1月第1版
印　　次	2017年1月第1次印刷
印　　张	15.75
字　　数	300千字
开　　本	710毫米×1000毫米　1/16
书　　号	ISBN 978-7-5039-5922-6
定　　价	60.00元

版权所有，侵权必究。如有印装错误，随时调换。

丛书编委会

总主编

刘 勇 李 怡

编委会成员

刘 勇　李 怡　邹 红　钱振纲
沈庆利　黄开发　万安伦　陈 晖
林分份　黄育聪　李春雨　张武军
胡福君　冉红音　宋 嫒　陈思广
黄 菊　孙 伟　张 悦

本卷主编

万安伦

本卷编撰人员（按姓氏笔画排列）

万安伦　王晨辰　王俊双　刘 幸
位聪聪　张露晨　李帅飞　李之怡
贾冰秋　耿 喆　崔一非　薄秋菊
魏 磊

本卷主编简介

万安伦 男，汉族，1965年4月出生，安徽广德人。文学博士。北京师范大学新闻传播学院教授、博士生导师，北京师范大学北京文化发展研究院客座教授，中国传媒大学兼职教授，首都文明礼仪研究基地主任。曾任《中华英才》半月刊社副总编、北京师范大学出版科学研究院副院长、北京师范大学教育培训中心执行主任等职，主要研究文学、文化、新闻出版、文明礼仪等。出版学术著作《废墟上的歌哭》、《二十世纪中国文学奖励研究机制研究》、《中国文学奖励史》、《学界回眸：新中国文化60年》（合著）、《美德照亮人生·爱国》（2014年获中宣部"五个一"工程奖），发表论文近百篇，主持省部级以上课题12项。

总序：中国现代文学编年史的理论价值和实践意义

刘 勇 李 怡

奉献在读者诸君面前的这一套《中国现代文学编年史》，是北京师范大学中国现当代文学学科点牵头编撰的中国现当代文学系列编年史著之一，仅"现代"部分，组织编写的时间就历时五年之久，加之先前已经推出的《中国当代文学编年史》，总体时间更在八年以上，如今总算初具规模，可以说是大体完成了我们对于中国现当代文学历史的一种表述。

编年史，顾名思义也就是以时间为经、以事件为纬的历史记录方式。编年史的写作，中外并见，既是中国自己的一种传统，也是西方古典时代就存在的叙述方式，古罗马历史学家李维（Titus Livius，公元前59年—公元17年）的《罗马自建城以来的历史》、塔西佗（Tacitus，约公元55年—120年）的《编年史》和中国的《春秋》《左传》及《资治通鉴》等都属于著名的编年史经典。《春秋》被称作是中国现存最早的一部编年体史书，《左传》被誉为中国古代最早的一部叙事详尽的编年体史书，《资治通鉴》则是我国现存编年体史书中影响最大的一部。文学编年史的写作始于现代人的自觉探求，历史学家陈寅恪建议文学研究不妨借鉴"史家长编之所为"，"能尽取当时诸文人之作品，考定时间先后，空间离合，而总汇于一书"。①这就是文学编年史。武汉大学陈文新教授任总主编的《中国文学编年史》由湖南人民出版社2006年出版，著述上至周秦，下迄当代，共分十八卷，每卷约80万字，总计1400万字。这是我国第一部系统完整、涵盖古今的编年史，其中於可训主持的现当代部分也是迄今最详尽的中国现当代文学编年通史。进入2013年，更有钱理群主编的《中国现代文学编年史》、刘福春的《中国新诗编年史》等面世，有学者据此而称是"又一次文学史写作的高潮到来了"。当然，是不是真的掀起"高潮"还可以继续观察，但是，中国学者试图以新"编年"方式入手发现文学的"新历史"则是毫无疑问的。

中国现当代文学编年史的出现首先是中国现当代文学在新时期以来持续不断的"重写"工程的有机组成部分。中国现当代文学史的写作，曾经分别在1950、1980、1990年代出现过三次大的高潮。20世纪50年代是响应教育部将"中国新文学"纳入大学中文系课程的需要，以王瑶的《中国新文学史稿》、丁易的《中国现代文学史略》及刘绶松的《中国新文学史初稿》为代表；20世纪80年代伴随着改革开放、思想启蒙的大潮，"重写文学史"蔚然成风，如果说唐弢、严家炎主编的《中国现代文学史》是承上启下的成果，那么钱理群、吴福辉、温儒敏、王超冰的《中国

---

① 陈寅恪：《元白诗笺证稿》，上海古籍出版社1978年版，第9页。

现代文学三十年》则是开拓创新的展示，其他如黄修己《中国现代文学发展史》、郭志刚等主编《中国现代文学史》、杨义《中国现代小说史》、严家炎《中国现代小说流派史》、朱寨《中国当代文学思潮史》等等构成了文学史写作的繁盛景观；20世纪90年代文学史写作更加多元化，继续追踪文学研究动态的《中国现代文学三十年》修订版、陈思和主编《中国当代文学史教程》分别成为中国现代文学、中国当代文学史著的经典之作，洪子诚《中国当代文学史》则开启了关注文学生产体制的新格局。进入新世纪之后，文学史的写作基本上沿袭了20世纪90年代的多元化方向，不断拓展新的叙述空间，范伯群的《中国现代通俗文学史》第一次系统勾勒了雅文学主流之外的通俗文学的世界，孟繁华、程光炜的《中国当代文学发展史》标志着当代文学历史化的最新成果。

中国现当代文学史之所以值得"拓展"乃是因为"以论代史"依然在很大的程度上影响了我们的文学史叙述。作为20世纪80年代中后期以来"重写文学史"的潮流的继续表现，中国现当代文学编年史也和"重写文学史"思潮一样充满"拨乱反正"的意味，经过多少年"以论代史"的干扰，我们对于"文学"历史的诸多基本情况——作家作品与期刊图书出版的基本情况本身其实是相当隔膜的，仅仅是"论"的展示并不足以揭示文学的历史演进，不足以还原文学历史的真相，"编年史"的价值可能正在这里，它力求将文学的发展还原为一系列最基本的文学现象的素朴的呈现，尽可能真实地告诉我们究竟"发生了什么"。《中国新诗编年史》的著者刘福春先生曾经感慨说，目前出版的中国新诗史，算上全部有名目的诗歌出版物，也不到他所掌握的数量的一半，如此比例的研究基础，实在令人质疑不断。所以，从进入中国新诗研究的那一天开始，刘福春先生就另辟蹊径，将主要的精力置于中国新诗原始材料的搜集、整理和勘探、分析之中，先后为我们推出了《中国现代文学总书目·诗歌卷》、《中国当代新诗编年史（1966-1976）》、《中国新诗书刊总目》等系列著作，一步一个脚印地为我们积累了中国新诗历史的点滴史料，刚刚由人民文学出版社隆重推出的《中国新诗编年史》可以说就是这数十年心血的结晶，中国新诗终于有了自己厚重的档案和家谱，不能不说这真是中国现代文学界的一件大事。

当然，随着当代文学持续不断的发展，随着现代文学领域不时出现对"新文学主流"、"雅文学主流"、"白话文学主流"的"独占"历史的质疑，文学史写作似乎也出现了一种逾越边界或者说模糊边界与范围的可能，以至于引发了另外一类疑虑：仅仅只有百年历史的中国现当代文学，是否应该不断扩大我们的写作面积？是不是以时间为线索的编年史写作就成了可以收罗一切文学现象的框架？

其实，正如我们从来也不曾有过放弃主观思想认识的历史叙述一样，文学史的写作从来都不可能是不偏不倚、客观中性的材料完善工作，因为材料本身就是一个永远无法真正完结的活动，何况对于同样的材料，如何挑选、如何陈述依然是一种"态度"的结果，史料与史识的协调配合才是文学史写作的应有之义。从这个意义上看,所谓"重写文学史"并不就是叙述范围的不断扩大——从新文学扩大到旧文学,从雅正文学扩大到通俗文学,从各种可见的"地上文学"扩大到犄角旮旯里的"地下文学"……编年史的出现也不能够简单理解为是这一"扩军"过程的理所当然的产物。

在我们看来,现代文学史的重写从来都是史识与史实的同时建构,对"以论代史"的突破最终依靠的并不只是一大堆的史料,同时也需要更坚实有力的、更具有启发意义的历史思想。在透过新的思想扩大我们的认知范畴之后,在新的认识框架拓展了文学视野之后,等待我们的工作恰恰是回过头来,切实把握中国现代文学的新的历史内涵与特点,重新确立现代文学的经典,重新梳理现代文学的历史逻辑,重新解释现代文学自己的传统。在新的历史经典的构建之中,所谓的"多元标准"并不意味着毫无原则地容纳一切,"多元"并不能够成为没有标准的理由。正如温儒敏先生所指出的那样:"基本的价值标准放弃了,表面上似乎包容一切,结果呢,此亦一是非,彼亦一是非,公说公有理,婆说婆有理,连起码的学术对话也难于进行,只好自说自话。过去是一个声音太过单调,全都得按照某种既定的政治标准来研究,学术创造的通道被堵上了;现在则放开了,自由多了,但如果缺少基本的评判标准,'多元化'也只落下个众声喧哗,表面热闹,却无助于争鸣砥砺,还会淹没那些独特的学术发现。"[①]

[①] 温儒敏:《谈谈困扰现代文学研究的几个问题》,《文学评论》2007年第2期。

最近几年，出现在我们视野中的有价值的文学编年史都不是原始材料的无限罗列，其中显然包含了著者诸多深刻的学术思想与良苦的学术用心。中国新诗尤其是当代中国诗歌常常受制于各种"非艺术"的社会事件，包括政治生活事件，也包括私人生活事件，"以论代史"的诗歌史不过是将文学艺术注解为一系列国家形势的反映，而总是忽略这些国家大事背后的异样人生与复杂生态。刘福春敏锐地注意到了这种缺失，所以他的《中国新诗编年史》将大量的篇幅花在"文学周边"的一些事件或者活动上，比如某些文坛官司的来龙去脉，还有不少的作家日记，有张光年日记、陈白尘日记、郭小川日记等等，这些日记折射出当时诗人的生活状态和遭遇，这些表面看来好像跟诗人的创作没有关系——他哪天做检讨了、哪天被谈话了——但实际上这就是真实的中国诗歌的生存，我们就是在这样的状态中生存下来的。这都是今天诗歌的生态环境，是当代文化、当代文学非常重要的场景。在这个意义上，刘福春先生的编年史其实又可以说是中国诗歌的生态景观汇编，是中国诗歌的生态史。当我们的史家能够将诗歌发展的生态环境和作家的文字创作联系在一起，寻找两者之间的很好的映衬、说明，"还原"出我们诗歌发展百年来非常重要的细节时，这些细节带给我们的就不再是一些干枯的文字符号，而是以新的思想智慧烛照我们发现历史的道路，是以论者的思想高度吸引我们重新进入历史情境，感同身受地体验中国新诗的时代与氛围。这样的处理和安排，显然又是一般的文学史所不容易做到的。钱理群主编的《中国现代文学编年史》不仅仅以副标题的形式特别标明这并非一部泛泛的文学大事记,而是"以文学广告为中心"的相当个人化的历史叙述,在"总序"中,更有明确的思想提示:"更重要的是,全书条目的选择与叙述,都暗含着我们对现代文学发展的一些基本关系的持续关注,如文学与时代政治、社会、经济问题的关系,文学与出版、教育、学术……的发展,等等,都形成了我们的历史叙述中的内在线索,看似散漫无序、时断时续,但有心的读者是不难看出其间的蛛丝马迹的。""'个人文学生命史'应该是文学史的主体,某种程度上文学史就是由一个个具体的个人文学生命的故事连缀而成的。文学史就是讲故事,而且是带有个人生命体温的故事。"[①]

那么,文学编年史到底是什么呢?在我们看来,它应该是目前文学史研究最基本的文学发展史料的有机组织。与一般的文学史论著不同,它主要通过文献史料本身的整理铺排来展示历史的过程;与一般的史料汇编不同,其中依然包含着编著者对历史的理解和认识——虽然不是那种长篇大论的思想定义和概念阐述,但却应该包含着或者说提示着编著者对历史内在逻辑的理解。

这种理解归根结底就是对文学"谱系"的一种梳理和解读。

从文学史到编撰史,从学术史到接受史,从思潮史到编年史,中国现代文学研究不断拓展,寻找历史"谱系"的价值也越发引人注目。所谓"谱系",就不是将历史看作乱七八糟的无序堆砌,

---

① 钱理群:《中国现代文学编年史总序》,载《中国现代文学编年史——以文学广告为中心(1915—1927)》,北京大学出版社2013年版,第3—5页。

而是承认在纵横交错、四方融汇、相互关联之中,有着清晰的某种变化发展的流脉。留意于这些事物之间的互动关系,立体地观照事物多层面的复杂关联,方能深刻地揭示事物自身的特质。

近年来,随着西方尼采、福柯的学说在中国大陆学界的深入研究,"谱系"这一概念开始广泛出现在各类人文社会学科的研究著作和论文当中,特别是对于西方"谱系学"理论的大量译介和运用,反映出人们打破以往将历史看成是一个既定的、有目的性、连续性的过程,期望在具体历史情境中去探索不同社会的冲突、博弈关系,重新解释历史的努力。根据福柯自身对于"谱系学"的解释,他所谓的谱系学就是要"将一切已经过去的事件都保持在它们特有的散布状态上;它将标示出那些偶然事件,那些微不足道的背离,或者,完全颠倒过来,标识那些错误、拙劣的评价以及糟糕的计算,而这一切曾经导致那些继续存在并对我们有价值的事情的诞生;它要发现,真理或存在并不位于我们所知和我们所是的根源,而是位于诸多偶然事件的外部"。[①] 以往的历史研究把历史看成是一个具有本质意义、连续性的东西,我们可以从中推演出历史的起源和发展脉络,但是"谱系学"则注重历史背后的断裂、差异和偶然性,反对一味地追问历史规律和逻辑性,关注世界中一些边缘存在和历史本身的丰富性。简而言之,福柯的"谱系学"是对于历史的一致性和规律性的反拨和拒斥。

[①] [法]米歇尔·福柯:《尼采·谱系学·历史学》,苏力译,载汪民安、陈永国编《尼采的幽灵:西方后现代语境中的尼采》,社会科学文献出版社2001年版,第121页。

与西方的"谱系学"不同，中国自古以来就有着自己关于谱系的知识，并且已经在中国古代文学、史学、哲学的研究当中被广泛运用，体现了中国古代对于谱系的理解和对于世界的认知。根据汉语大词典出版社1993年版《汉语大词典》对于"谱系"一词的考察，中国对于谱系一共有三种解释：第一种解释是记述宗族世系或同类事物历代系统的书。《隋书·经籍志二》曾有"今录其见存者，以为谱系篇"。第二种是指家谱上的系统。明代归有光著《朱夫人郑氏六十寿序》，中间写道："至于今四百余年，谱系不绝"，清代顾炎武《同族兄存愉拜黄门公墓》诗云"才名留史传，谱系出先公"，章炳麟在《驳康有为论革命书》一文中："而文化语言，无大殊绝，《世本》谱系，犹在史官，一日自通于上国，则自复其故名，岂满洲之可与共论者乎？"第三种解释则是指物种变化的系统。①

相较于现代西方福柯的那种强调发现历史的复杂性和差异性、解剖政治、分析权力的"谱系学"而言，中国的谱系研究更加注重历史性、秩序性、考据性，通常是为了加固传统礼教、秩序和价值观，突出某种伦常观念和文化理念，使其更好地延续传承，强调文化上的一致性和连续性。同样是以历史本身和其中的事物为对象，西方的谱系研究强调其中的断裂、差异性，中国的谱系研究则看重其中的联系性、关联性。这其实是对于认知的两种态度和方法，一方面，一般的"谱系"是指事物在历时的演变

---

① 《汉语大词典》，汉语大词典出版社1993年版。

过程或共时的相互关联中，同根同源、共生互养而又共同发展、相互影响的系统；另一方面，在这个系统的生成、发展过程中，又充斥着边缘性、偶然性、异质性的因素，这些因素同样决定了历史和事物系统最后的形成和形态，两种谱系的研究方法实质上都是一种对于还原历史的努力。

我们认为，抛开传统"谱系学"中那些僵化的礼教秩序和道统价值观，中国式的谱系学对于历史"变中有常"的认识依然具有明显的文学史建构价值：我们既要从传统的僵化理念中解放出来，不断发现新的历史细节，辨析各种矛盾与偶然，同时，这一切的努力并不意味着我们就此放弃对包含其中的历史性质与历史方向的寻觅。

变中有常的中国谱系学理念，在很大程度上可以成为我们文学编年史构建的基础理论。我们需要尊重历史过程的种种偶然、种种"变量"，需要对这些变化的细节做出尽可能详尽的梳理，同时，处理这些历史材料的方式又不应当是漫不经心的，对于晚清至20世纪的文学发展，我们显然存在自己的理解和观察，我们有必要通过对历史材料的呈现来传达我们的基本认识。当然，这样一来，我们也就绝不会认为，中国现代文学的历史编年，只能以我们的方式进行，因为，出于不同的历史认知，当然也就存在不同的历史编年模式，未来的中国现当代文学编年，肯定会在多种形态的共生与对话中走向成熟，共同推进中国现当代文学研究的发展。

北京师范大学中国现当代文学学科创建于新中国成立之初，

至今已历时半个多世纪，如果追踪本学科重要学者李何林先生的学术活动，更可以上溯到20世纪30年代。新中国成立后，我校叶丁易先生的《中国现代文学史略》与王瑶先生的《中国新文学史稿》、刘绶松先生的《中国新文学史初稿》并称为三部最有影响的新文学史教材；同时，随着新中国文学的发展，我们又适时展开了追踪研究，是国内最早开设当代文学课程的单位之一，1979年由郭志刚教授等主编的《中国当代文学初稿》在国内产生了很大影响。从叶丁易到郭志刚，我们参与了中国现当代文学史写作的两个主要阶段，至20世纪90年代以降，以王富仁教授为代表的学者更积极地投入到"重写文学史"的理论建构之中，并不断有文学史著问世。今天，我们学科点组编的《中国当代文学编年史》已经出版，《中国现代文学编年史》马上就要付印，这可以说代表了新一代学科同仁对于中国现当代文学历史研究的新的努力和开拓，虽然我们的这些努力还显得稚嫩、笨拙，这样规模的编年史著也难免疏漏多多，但究竟是在我们理解的学科发展的方向上迈出了有意义的一步。但愿我们所有的努力和所有的疏漏一起都能够成为中国现当代文学史研究的新的基础，在不断的借鉴和不断的反省批判中实现新的学术突破。

本套《中国现代文学编年史》丛书共11卷，历述自晚清1895年1月至新中国第一次文代会召开前夕的1949年6月半个世纪的文学历史。内容包括文学发展的社会历史背景、主要作家行踪、文学活动、文学思潮、文学出版、主要文学作品的基本情况，书后附录整个编年史涉及的主要人物索引，便于读者进一步查证，也列出了我们著述所使用的主要参考文献，有兴趣的读者可以就此进一步拓展、探究。担任各卷主编的主要是北京师范大学中国现当代文学学科点的老师，鉴于1942年以后战争年代中国文学发展特殊的地域性，为了更准确地把握中国现代文学的这种时代特征，我们特别约请了重庆与四川从事现代文学研究的两位学者加盟。在本书完成的过程中，还有许多博士和硕士研究生同学积极参与其间，在查阅资料方面，他们付出了大量的心血。经过四年多的精诚努力，如今总算定稿完成，作为主编，我们要深深感谢所有这些学科点同事、学界同仁以及各位同学的辛勤付出，在当今，为这样一个浩大而又并不一定讨好的"集体工程"而孜孜工作，需要多么难能可贵的奉献精神！在本丛书出版之际，我们要向这些令人尊敬的学者致以诚挚的谢意！

2015年盛夏于北京师范大学

本卷导言：新文学从草创到成熟的重要三年（1924—1926）

万安伦

1924 年至 1926 年是中国近现代历史上极其重要的三年。"新三民主义"从确立到逐渐被蒋介石为代表的国民党右派抛弃，国共第一次合作从达成到逐渐趋向破裂，中国革命和中国历史处在"山雨欲来风满楼"的历史大转折时期。1924 年至 1926 年也是中国现代文学史上极其重要的三年。这三年，中国现代文学基本完成新文学和新文化运动初期那种凤凰涅槃式的狂飙突进，现代诗歌、现代小说、现代散文和现代戏剧无论是内容还是形式，都逐渐从草创和初探走向成熟和稳定。

一

1924 年 1 月 20 日至 30 日，中国国民党在广州召开第一次全国代表大会。大会由孙中山主持，通过了由鲍罗廷起草的《国民党第一次代表大会宣言》，会议确定了"联俄、联共、扶助农工"三大政策，并重新解释了三民主义，使旧三民主义发展成为具有反帝、反封建内容和"联俄、联共、扶助农工"三大政策的新三民主义，这成为国共合作的政治基础。大会选出包括共产党人李大钊、谭平山等在内的 24 名中央执行委员和包括共产党人毛泽东、林伯渠等在内的 17 名候补中央执行委员。这次会议具有三大标志意义：一是标志着国民党改组的完成；二是标志第一次国共合作的实现；三是标志轰轰烈烈的国民大革命的开始。

1925 年，为巩固广东革命政权，在中国共产党的倡议和帮助下，在南方，广东革命政府举行两次东征，讨伐陈炯明。两次东征的胜利，巩固了广东革命根据地，同时为北伐奠定了基础；在南方革命形势的强大压力下，北方段祺瑞临时执政政府召开的旨在对抗孙中山倡导的国民会议的"善后会议"被迫解散。1925年3月应冯玉祥之邀北上商讨国是的孙中山病逝北京，临终遗嘱："革命尚未成功，同志仍需努力。"

而蒋介石却在1926年上半年，连续制造了"中山舰事件"和"党务整理案"，国民党右派与共产党争夺革命领导权。1926年7月1日，广东政府发表《北伐宣言》，国民革命军在工人农民支援下相继打垮了北洋军阀吴佩孚、孙传芳，湘、鄂、赣、闽四省完全光复，并继续向豫、皖、苏、浙进军。蒋介石谋取个人独裁统治的野心日益膨胀。12月，国民党中央党部和国民政府自广州迁往武汉，但蒋坚持要迁都南京，冀图直接控制。中国革命和中国历史走到了新的历史转折关头。

此后，蒋介石迁都南京，并先后制造"四一二"等政变，残酷屠杀共产党员和革命群众，共产党人被逼反抗，先后发动"八一"南昌起义、秋收起义、广州起义等，走上独立自主领导中国革命和武装反抗的新道路。

在波诡云谲的历史转折中，伴随着中国共产党人政治上的日渐独立和日渐成熟，中国现代文学也整体上从草创和初探走向成熟和稳定。

二

首先是新诗从草创走向成熟。

中国是一个诗歌高度发达的国度。以《诗经》为滥觞的现实主义传统和以《楚辞》为开山的浪漫主义传统，一直如长江黄河般地并行流淌。在其蜿蜒流淌的过程中，前期主要是古体诗的范式。直到南朝沈约、谢朓、王融、范云等人，将"四声"的区辨同传统的诗赋音韵相结合，规定了一套五言诗创作时应避免的声律上的"八病"。"四声八病"说为后来近体诗的产生和发展奠定了音韵学的基础。此后以律诗和绝句为基本范式的近体诗蔚为大观。而唐代是近体诗发展的顶峰时期，成就巨大的近体诗人群星璀璨，熠熠生辉。两宋至明清，虽有变种的词和曲，而近体诗仍然是文人言志咏怀的重要承载形式。

掀动诗体革命千年之大变局的是新文学和新文化运动巨人们。1916年8月23日，胡适石破天惊地写下中国第一首白话诗《两只蝴蝶》（原题《朋友》），发表在1917年2月的《新青年》杂志上。自此之后，一个不同于汉赋、不同于唐诗、不同于宋词、不同于元曲的新诗体出现了,这就是中国新诗的初始:"两只黄蝴蝶,双双飞上天;／不知为什么,一个忽飞还。／剩下那一只,孤单怪可怜;／也无心上天,天上太孤单。"紧随胡适之后的是郭沫若,1921年出版的《女神》,彻底打破了中国传统旧诗的格式,传统近体诗凤凰涅槃为真正的崭新的现代诗歌形式。郭沫若因此成为中国现代新诗真正意义上的开创者和奠基人。但无论是胡适还是郭沫若,他们的新诗创作都带有鲜明的草创色彩,显得不够成熟和稳定。

对于这种人们称之为"新诗"的自由体诗,直到1924年前后,伴随着新月派诗人走上诗坛,加之象征诗派等的新探索,新诗才逐渐从草创走向成熟。其主要标志有三。

一是"独抒性灵"的新月诗人徐志摩登上诗坛。1925年9月徐志摩的自印线装本诗集《志摩的诗》由上海中华书局代印出版,风靡一时。徐志摩的"独抒性灵",实际上就是一种以独特的抒情方式抒发内心的真情实感和内在情性,并由这种内在情性牵引,在诗中尽情地表述着对理想和美好事物的追求,表达着对美丽自然和美妙爱情的向往。徐志摩根据自己"真纯的诗感"写诗,具有鲜明的唯美主义倾向。其诗歌之美,美在意象。如《再别康桥》:"那河畔的金柳,／是夕阳中的新娘。"《沙扬娜拉》中"最是那一低头的温柔,／像一朵水莲花不胜凉风的娇羞",这种意象之美长留读者心间。徐志摩在新诗歌艺术上所作的探索,对新诗的发展成熟,其贡献是独特和巨大的。

二是中国象征派诗歌的开山之作《微雨》的出版。1925年11月,李金发的诗集《微雨》由北新书局初版。除《导言》外,收有《弃妇》《给蜂鸣》《琴的哀》等116首诗歌。《微雨》是中国新文学最早的象征诗集,是中国初期象征派诗歌的开山之作,在当时具有较大影响。其诗歌意象朦胧神秘,比喻奇特跳跃。《微雨》标志着,在现实主义和浪漫主义两大传统之外,现代诗歌还有新的流派,这就使得我国的新诗创作在表现手法和艺术流派上的多样性和丰富性得以呈现。这种多样性和丰富性正是中国新诗走向成熟的又一标志。

三是"新格律诗"运动理论和实践的双向成功。1926年4月,《晨报副刊·诗镌》在北京创刊。《诗镌》的主要撰稿人有闻一多、徐志摩、朱湘、饶孟侃、杨世恩、杨振声、塞先艾等人。《诗镌》在发表诗作的同时,还刊载新格律诗的创作理论,形成了新格律诗运动。其中饶孟侃的《新诗的音节》《再论新诗的音节》和闻一多的

《诗的格律》等,对有关新格律诗作了诸多的理论探讨。特别是闻一多,他提出了有关新格律诗的完整主张:"诗的实力不独包括音乐的美(音节),绘画的美(辞藻),并且还有建筑的美(节的匀称和句的均齐)。"《死水》即是其新格律诗理论的成功实践:"这是一沟绝望的死水,/清风吹不起半点漪沦,/不如多扔些破铜烂铁,/爽性泼你的剩菜残羹。"新格律诗运动是对新诗草创时期丝毫不讲章法和规则的一种新的反拨,也是新诗成熟的标志之一。

三

其次是现代散文从草创走向成熟。

在中国古代,散文是相对韵文而言的,除了诗歌以外的作品几乎都可以归为散文。"五四"新文学运动期间,随着西方近代文艺理论的传入,"散文"的概念也得到了新的确定,成为与诗歌、小说、话剧并列的一种文学形式。中国现代散文就是在吸收外来思潮和接受固有传统的基础上发展起来的,形式丰富多样。杂感、短评、随笔、速写、游记、书信、日记、报告、通讯、特写,等等,都可以归入它的范畴。大体上可分为议论性散文、抒情性散文和叙事性散文三种类型。

议论性散文从草创走向成熟。"五四"初期,由于反帝、反封建的思想启蒙运动之需要,这种说理的文字开始发端,《新青年》杂志刊登的李大钊的《青春》《今》和陈独秀的《偶像破坏论》《克林德碑》就是这样的作品。此后《新青年》增设的"随感录"栏目,陆续发表刘半农、钱玄同等人撰写的短小精悍的议论文字。是鲁迅将议论性散文提到了前所未有的成熟境界,他终生都撰写这种议论性散文,后来通常都被称为"杂文"。这种文体在现代散文史和现代文学史上都有极重要的地位。1924年,《语丝》创刊,登载的文字就"大抵以简短的感想和批评为主"(《发刊词》),1925年,《莽原》创刊,也是为了进行"'文明批评'和'社会批评'","继续撕去旧社会的假面"(鲁迅《两地书·一七》)。除了鲁迅之外,周作人和林语堂也是《语丝》的重要作者,他们的创作最终形成"语丝文体"。

抒情性散文是在冰心和周作人手上成熟的。此类散文在当时被称为"美文"。冰心是较早撰写抒情性散文的作者,1924年前后,冰心的《笑》《往事》与《寄小读者》,奠定了她在散文创作中的地位。她经常赞颂的主题是母爱、童心和美好的自然风光,这本身就是对冷酷和僵化的封建伦理观念的冲击。她的文笔婉转隽秀,清新明媚,在读者中影响很大。周作人则是提倡抒情性散文最有力的作者,他的《美文》对于此类散文的创作起了推波助澜的作用。他1924年出版的《雨天的书》,个中抒情小品,写得舒徐自如,往往于淡泊之中显出一股凌厉之气。那些品赏草木虫鱼,沉溺于说理谈玄的作品,也流露出士大夫式的闲情逸致。

叙事性散文的成熟则是以瞿秋白的《饿乡纪程》和《赤都心史》为标志的。特别是1924年6月出版的《赤都心史》,记述了作者在考察莫斯科时的见闻,描绘了十月革命胜利初期苏俄社会生活中新的生机,介绍了不少著名人物的活动,并记录了自己的思想演变过程。以悲壮的史实、昂扬的诗意、激荡的感情和坦率的内心独白,交织成清新奔放和雄浑沉着的艺术风格,表现了作者对于社会主义理想的赤诚追求,是中国出现得较早的报告文学作品。又如反映"五卅"惨案的《五月三十一日急雨中》(叶绍钧)、《暴风雨》(茅盾)、《街血洗去后》(郑振铎),也都满怀激情地描写了这一重要和难忘的历史场面。

此外,是《野草》这种散文诗形式与风格的形成。散文诗是散文形式与诗歌意境的合体。1924年9月,鲁迅创作《秋夜》、《影的告别》、《求乞者》等,用象征性的抒情手法写作。1924年12月1日,《野草一·秋夜》刊载《语丝》周刊第3期。"在我的后园,可以看见墙外有两株树,一株是枣树,还有一株也是枣树",这里的"枣树"具有坚忍不拔的战斗精神,"猩红的栀子开花时",他也会"做小粉红花的梦,青葱地弯成弧形",然而到了无梦的秋夜,他却能作绝望的抗争,用它那铁似的枝干,默默地直刺"奇怪而高的天空"。1924年前后鲁迅遭遇"兄弟失和"、"女师大事件"、"三一八"惨案等,他内心激荡,被迫反击。这些作品中蕴含的"战斗精神",既奠定了《野草》的基本风格,同时,也奠定了鲁迅创作的基本风貌。

四

1924年至1926年,中国现代短篇小说和现代中篇小说都走向成熟,而现代长篇小说也在这三年间趋向半成熟。

1918年,鲁迅《狂人日记》横空出世,标志着中国传统小说的基本范式被打破,此后,文言小说逐渐被现代体白话小说所取代。在中国现代短篇小说发展史上,《彷徨》是一座丰碑，其艺术的娴熟程度远高于此前两年的《呐喊》。《彷徨》小说集，共收入鲁迅1924年至1925年创作小说11篇。首篇《祝福》写于1924年2月16日，末篇《离婚》写于1925年11月6日，时间跨度是一年半多。《彷徨》于1926年8月由北新书局初版，列为作者所编的《乌合丛书》之一。其中的一篇重要作品《在酒楼上》，发表于1924年5月《小说月报》第15卷第5号，被誉为"最富鲁迅气氛"。除鲁迅外，还有新潮作家群也较早地进行了白话小说的创作探索，1925年10月，汪敬熙的短篇小说集《雪夜》在亚东图书馆出版，影响较大。

而现代中篇小说，则以鲁迅的《阿Q正传》为标志趋向成熟。经过杨振声、张闻天等人的巩固得到进一步完善。

按实际篇幅进行科学分类，杨振声的《玉君》应该算是中篇小说，该小说1924年发表，是其代表作品。这部作品当时曾得到很高的评价，在后来鲁迅编辑《中国新文学大系·小说二集》序言中将杨振声的小说选入并说"杨振声是主要描写民间疾苦的"，但对其也有较多的批评意见。小说通过一场复杂而又单薄的三角爱情关系，描写现代人（当时）对于现实生活和恋爱的怀疑之心。这是一部写得比较干净的小说，小说的语言是清新的，带着亦梦亦幻的色彩。由于当时的小说过多地讨论社会黑暗、革命未来等题材，这种直观展示生活中的人们现实状况的小说，显得尤为可贵。

张闻天的《旅途》严格意义上说也是一个中篇小说。《旅途》初刊于1924年《小说月报》第15卷第5—7号、9—12号，1925年12月由上海商务印书馆作为《文学研究会丛书》之一种出版。这是早期革命家张闻天唯一的一部带有自传性质的中篇小说，小说出版不久，这位更重视实际工作的革命者就投身于革命运动了。《旅途》是一部构思别致且充满着精神自居感的爱情与革命的浪漫畅想曲，开启了"爱情+革命"的革命浪漫主义文学模式。为了使爱情与革命的浪漫畅想曲显得合情合理，张闻天在艺术上采取了一些叙述策略，以独立品格和精神气度凸显主人公王钧凯的人格气质，赢得爱情的自主权；以共同的叛逆性格与理想的革命诉求彰显双方内在的情感动因；以精神的共鸣升华爱情的崇高感。通过这一系列叙述策略，张闻天成功地塑造了一位"弱国强民"的青年形象，也将一个国际版的郎才女貌的浪漫爱情，升华为一曲传奇而又崇高的为民族为国家争取自由独立的革命故事。王钧凯、蕴青、克拉小姐（安娜）、玛格莱等人物形象塑造得也比较成功。

1924年至1926年,中国现代长篇小说的创作也趋向半成熟。张资平的《飞絮》、老舍的《老张的哲学》等都为现代长篇小说的发展和成熟贡献良多。

张资平是新文学作家中较为走红的作家,被称为"现代恋爱小说的典型作家",其作品常常一年数版,印刷屡屡突破万册大关。其长篇小说《飞絮》,1926年6月1日由上海创造社出版部作为《落叶丛书》第二种出版,销量极好。小说以女青年刘琇霞、大学生吴梅、留洋博士吕广、云姨等四人的感情纠葛为题材,对青年男女的爱情理想与婚恋追求作了有益的探索。其故事线索较4年前的《冲积期化石》更为清晰明了,人物塑造也较为生动,但因这是一篇带有改写或者说仿写性质的长篇创作,其艺术地位不宜估计过高。

老舍的第一个长篇小说《老张的哲学》,初载于1926年《小说月报》第17卷第7—12号,1928年由商务印书馆初版印行。小说描写了20世纪20年代前后北京各阶层市民的生活及思想感悟。它以作者的故乡北京为背景,以老张为自己抓钱而不惜采取恶劣手段拆散李应、王德两对恋人的情节为主线,集中批判了信奉"钱本位而三位一体"市侩哲学的老张,重点展示了小市民生活的不同侧面,揭示了封建传统道德观念对国民精神的严重侵蚀。

经过不断探索,中国现代长篇小说成熟于新文学的"扛鼎之作"叶圣陶的《倪焕之》(1928年),完善于茅盾的《子夜》(1932年)。特别是《子夜》,其蛛网式的密集结构,作品中人物与人物、人物与环境的联系与矛盾,构成了许多具体事件,作者抓住其中牵连众多人物的枢纽性事件,形成五条重要线索贯穿始终。这足以证明中国现代小说已具备驾驭复杂结构和繁多事件的能力。而李劼人的《大波》系列(《死水微澜》、《暴风雨前》、《大波》)、巴金的《激流》三部曲、老舍的《骆驼祥子》,它们以各自卓异的艺术风貌,对中国现代长篇小说的成熟和完善均做出自己独有的贡献。

五

戏剧发展方面,现代话剧的引入与演进是代表性事件。1919年胡适在《新青年》上发表独幕剧《终身大事》;1921年谷剑尘、应云卫、欧阳予倩、洪深等在上海成立"戏剧协社";1923年丁西林发表独幕喜剧《一只马蜂》,影响较大。

而在 1924 年至 1926 年这三年间，戏剧创作与其他三种文学门类相比则略显寂寥。值得一提的是丁西林 1925 年创作的喜剧《压迫》，该剧被洪深称为："那时期的创作喜剧中的唯一杰作。"《压迫》叙述了一位单身男客与房东太太在北京这种"无亲眷不租房"习俗下的冲突。房东小姐自作主张收了男客的钱，太太在打听到男客没有家眷的情况下不愿租房，两者争执不下，最后男客与一名也没有租到房子的女客假扮成夫妻，完美应对了房东太太和巡警的刁难。《压迫》在剧情复杂程度和喜剧艺术上较《一只马蜂》有较大提高。

总之，1924 年至 1926 年，是新文学从草创走向成熟的重要三年。

目录

1924年

一月	1
二月	8
三月	12
四月	17
五月	23
六月	31
七月	37
八月	42
九月	46
十月	52
十一月	57
十二月	63

1925年

一月	69
二月	74
三月	80
四月	86
五月	92
六月	97
七月	103
八月	108
九月	114
十月	119
十一月	124
十二月	130

1926年

一月	137
二月	142
三月	143
四月	150
五月	160
六月	164
七月	168
八月	173
九月	177
十月	184
十一月	192
十二月	199

本卷主要作家

人名索引 204

本卷后记 224

1924年

一月

5日,《社会之花》在上海创刊。《社会之花》,旬刊,王纯根主编,大陆图书公司负责发行。次年7月起,改为月刊。至11月终刊,共出2卷36期。创刊号有《发刊词》,云:"本旬刊以《社会之花》名,盖定于藜青社张巨清君。……张君若曰:'吾国之社会,沉闷极矣,宜有以愉快之;黯淡极矣,宜有以鲜美之。本旬刊自比于花,将使社会得此而愉快而鲜美也。抑更有进者,……今本旬刊搜纪社会新闻,彰善瘅恶,亦所以吸社会之炭气而输之以养气也。将见识字者人置一编,珍为养生却患之要品,又岂得以寻常小品文艺仅足供赏心悦目者目之哉?'"

此外,该刊为通俗性刊物,文艺方面涉及诗词歌曲、小说笔记等作品,间有译文。文艺方面撰稿人颇多,除编者外,还有李允臣、张映清、张碧梧、徐哲身、严芙孙、徐卓呆、克明、蹉跎生等。

同日,王统照在《文学旬刊》著文介绍夏芝的生平思想和作品。

6日,黄仲苏在《创造周报》第35号发表《梅特林的戏剧》(连载两期)。其间,他不仅介绍了比利时戏剧家梅特林克的主要作品,还对梅特林克给予高度评价,称其"不仅是个诗化的戏剧家,还是个音乐化的戏剧家"。黄仲苏,1896年生,安徽舒城人,原名黄玄。曾加入北京少年学会,后成立南京分会。曾在南京东南大学执教,讲文学概论。著有《谭心》等。

莫里斯·梅特林克(1862—1949),比利时剧作家、诗人、散文家。1911年,获诺贝尔文学奖。他是象征派戏剧的代表作家,曾先后创作《青鸟》、《盲人》、《佩利亚斯与梅丽桑德》《蒙娜·凡娜》等多部剧本。他的早期作品充满悲观颓废的色彩，宣扬死亡和命运的无常，后期则研究人生和生命的奥秘，思索道德的价值，并取得较大成功。

7日，王统照于北大选译爱尔兰夏芝的《微光集》。该译诗后来于1924年发表在《文学旬刊》第25期上。

10日，由沈雁冰、郑振铎撰写的《现代世界文学者略传》自本期起，在《小说月报》第1、2、3、4、5、9号连载。该传不仅介绍了法国的文学家，如法郎士、罗曼·罗兰等，还涉及匈牙利、南斯拉夫、波兰、捷克以及乌拉圭、墨西哥、秘鲁等国的文学家，涵盖十分广泛。

同日，王统照在《小说月报》第15卷第1号上发表短篇小说《生与死的一行列》，该小说反映了北京贫苦市民生活以及友爱精神。

同日，朱自清在《小说月报》第15卷第1号上发表论文《文艺的真实性》。

12日，俞平伯在上海创作散文《雪》，文中，他追忆昔年三次到北京陶然亭赏雪的情境。姜亮夫曾在《〈现代游记选〉序》中评论说，读俞平伯的散文《雪》有"如月夜吹箫,不胜清寒"之感。该散文起初收在《星海》上册,后来又收在《刀鞘》中。该文收入《杂拌儿》时，题目改为《陶然亭的雪》，此外，文字也有较大改动。

13日，郭沫若的《整理国故的评价》在《创造周报》第36号刊载。针对时下整理国故的流风（胡适等以"整理相号召"，向中学生"讲演整理国故"，向洋学生"宣传研究国学"，把这作为"人生中唯一的要事"），他提出：国学研究不可强人于同，否则必侵犯他人良心，招人厌弃；不可因部分研究者不真挚而否定全部国学研究，更无权禁止别人；国学是否具有研究价值，须研究后才有可能解决；研究是对既成价值的估评而非新生价值的创造，所效贡献微乎其微，国学研究者要认清此点，然后克己虚心从事，才有可能真挚。

14日，王统照在《时事新报·文学（周刊）》上译介夏芝小品。

同日，沈雁冰在《文学》周报第105期上发表《杂感》，提出："做白话文的人们要讲究'美'，原是应该的；只可惜他们是听了文言家的胡说乱道，……极力把文言家用滥的词头儿搬到白话文的壳子里，结果就造成了现在流行的'假美'的怪东西。"文章说："不论是文言、是白话，要它美丽时，有一个条件是极为重要的，那就是排去因袭而自有创造。""所以文章的美不美，在乎它所含的创造元素多不多，创造的元素愈多，便愈美。"

15日，郁达夫创作散文《零余者的自觉》，该文于1924年6月25日在北京《太平洋》第4卷第7号上发表，后来收入《达夫全集》第1卷《寒灰集》并改题目为《零余者》。

17日，鲁迅应北京师范大学附属中学校友会之邀，作讲演《未有天才之前》。针对当时文艺界要求天才产生的强烈呼声，鲁迅在讲演中阐明己见："天才并不是自生自长在深林荒野里的怪物，是由可以使天才生长的民众产生，长育出来的，所以没有这种民众，就没有天才。"言辞犀利却意味深刻。随后，鲁迅批判了当时"一面固然要求天才，一面却要他灭亡，连预备的土地也想扫尽"的三种错误倾向：（1）以"整理国故"为号召抵制新思潮；（2）以"崇拜创作"为名"排斥异流，抬上国粹"，"使中国和世界潮流隔绝"；（3）"在嫩苗的地上驰马"的"恶意的批评"。并殷切希望大家做"培养天才的泥土"。

讲演稿经校订后，在北京师范大学附属中学《校友会刊》第1期上刊载。后于1924年12月27日在《京报副刊》第21号上转载。

20日，仲苏发表《法国最近五十年来文学之趋势》，介绍了19世纪后半期以来法国文学思潮和主要的作家作品。

21日，赵景深在《文学》周刊第106期上发表《给怀疑无韵诗的人们》，提出"无韵诗也是新诗之一种"，"是诗的进化一种必然的产物"，驳斥"无韵不成诗的观点"。赵景深，笔名邹啸，1902年4月25日生于浙江丽水，祖籍四川宜宾。他是中国戏曲研究家、文学史家、教育家、作家。曾在天津《新民意报》编文字副刊，此外，他还组织绿波社，积极提倡新文学。1930年在复旦大学中文系任教授。曾担任中国古代戏曲研究会会长，中国俗文学学会名誉主席，中国民间文学研究会上海分会主席等。此外，还在元杂剧和宋元南戏的辑佚方面做了开创性工作，对昆剧等剧种的历史和声腔源流及上演剧目、表演艺术均有研究。著有《曲论初探》、《中国戏曲实考》、《中国小说丛考》等十多部专著。

25日，王统照在《东方杂志》上著文介绍夏芝的生平思想和作品。

同日，郁达夫在《东方杂志》半月刊第21卷第2号"二十周年纪念号（下）"上发表散文《一封信》，署名郁达夫。

同日，俞平伯的《桨声灯影里的秦淮河》与朱自清的《桨声灯影里的秦淮河》

刊载在《东方杂志》第1卷第2期。俞平伯与朱自清二人于1923年7月底的一个晚上同游南京秦淮河，并以同时、同景、同题，创作了两篇风格殊异的散文。俞平伯的文章以秦淮河风景风情为内容，围绕船、水、桥、歌妓展开，绘出零碎残缺的景，渲染了一种空灵幽眇的禅境。文章富含深刻的主观理性色彩和哲学意味，将"沉沦的"歌妓与"漂泊"的我并论，由我与歌妓"浅浅的醉"和"空空的惆怅"的心理沟通，升华出"戏扮"的人生哲理[1]，并通过船家于"外橡"不卑不亢"无怨亦无哀"的性情而完善。而朱自清的散文则着力于把握秦淮河的自然风光，在悠扬的桨声中、在灯月的辉映下引导读者进入如诗如画的境地，激起无限遐思。同时情景交融，以隐隐的欣喜开始，以淡淡的哀愁告终。文章也委婉地揭示了诗人在错综复杂的社会现实下矛盾苦闷的心境。

20日至30日，中国国民党在广州召开第一次全国代表大会。大会由孙中山主持，通过了由鲍罗廷起草的《国民党第一次代表大会宣言》，会议确定了"联俄、联共、扶助农工"的三大政策，并重新解释了三民主义，使旧三民主义发展成为具有反帝、反封建内容和联俄、联共、扶助农工三大政策的新三民主义，这成为国共合作的政治基础。大会选出包括共产党人李大钊、谭平山等在内的24名中央执行委员和包括共产党人毛泽东、林伯渠等在内的17名候补中央执行委员。这次会议标志着国民党改组的完成、第一次国共合作的实现和轰轰烈烈的国民大革命的开展。

本月，田汉脱离创造社，在上海创办《南国》半月刊，并由泰东书局发行。《南国》是一种小型的文艺刊物，以发表戏剧创作为主，并涵括对各种艺术（戏剧、电影）的批评。《南国》是田汉效仿日本思想家山川均和菊荣夫人，与其妻易漱瑜合力创办的，初为半月刊，计出6期，第5、6期为不定期刊。1928年初停刊，9月改出周刊，但周刊仅出一期，1929年5月改为月刊，1930年7月出至2卷4期终刊。现代书局发行。

田汉后来回忆，曾说："《南国》半月刊第一期有一简单的宣言，即'欲在沉闷的中国新文坛鼓动一种清新芳烈的艺术空气'，所谓空气自然也是模糊的感觉，而无一定的明确的意识，又慕威廉·布莱克之所为，不欲以杂志托之商贾，决定自己出钱印刷，自己校对，自己折叠，自己发行。当时这杂志除与我妻易漱瑜努

---

[1] 徐迺翔主编：《中国现代文学词典》（散文卷），广西人民出版社1989年版，第257页。

力创作,录登沫若、白华、达夫诸友通信外,从第二期又附刊《南国新闻》,注重各种艺术如戏剧、电影,以及出版物的批评。这种工作在一个负担一家生活的穷学生是过重了。何况又以漱瑜的病心力两疲,到了第四期便停刊了。当时我所发表的作品有《获虎之夜》等,与在《创造》上所发表的《咖啡店之一夜》,同为习作期重要的作品。表达了我青春期的感伤、彷徨,对腐败的现状的反抗渐趋明确。"[①]

本月,《飞鸟》月刊创刊。《飞鸟》月刊创刊于上海,由飞鸟社编辑,民智书局发行,仅出一期。该刊无创刊词,专门发表创作,涉及小说、剧本、诗歌、散文等作品。文亮、梦苇、赞襄、业光、秋萍、欣欣、石樵、三辛、沙弥、业雅等为其撰稿。

本月,胡适、陈源、徐志摩、梁实秋等人在北京创办《现代评论》周刊。

本月,由郑振铎翻译的俄国路卜洵的长篇小说《灰色马》由商务印书馆出版,它成为《文学研究会丛书》之一,瞿秋白、沈雁冰作序,俞平伯作跋。《文学研究会丛书》是由中国文学研究会编辑的现代文学丛书。该丛书于1921年至1937年由上海商务印书馆出版,包括翻译和创作两部分内容,是中国现代出版最早、规模巨大的一套文学丛书,全套丛书共出125种,其中翻译71种(包括小说30种,戏剧20种,文艺理论10种,诗歌3种,散文1种,童话、寓言等7种),创作54种(包括小说27种,文艺理论及文学史2种,诗歌8种,通俗戏剧丛书10种,散文、传记等7种)。

本月,王统照的小说集《春雨之夜》由上海商务印书馆出版,为《文学研究会丛书》,收小说20篇,分别为《雪后》、《沉思》、《遗音》、《鞭痕》、《春雨之夜》、《警钟守》、《月影》、《伴死人的一夜》、《醉后》、《一栏之隔》、《山道之侧》、《微笑》、《自然》、《十五年后》、《在剧场中》、《湖畔儿语》、《钟声》、《雨夕》、《寒会之后》、《技艺》。《春雨之夜》集是他的第一部短篇小说集,该小说集运用象征主义艺术手法,蕴含丰富的美育救国的思想内涵。书前有友人瞿世英《序》及《自序》。

瞿世英曾在该书的《〈春雨之夜〉序》中说:"小说作家的作品的内容,大致是描写实际生活与理想生活之不融洽点,而极力描写他理想的生活的丰富和美丽,剑三的小说,也是如此。他所诅咒的是与爱和美不协调的生活,想象中建设的是

[①] 田汉:《我们的自己批判》,《南国》月刊第2卷第1期。后收入《田汉文集》第14卷,中国戏剧出版社1983年版。

爱和美的社会。"

塞先艾对《春雨之夜》集中的作品进行了详细而深入的分析,并给予了较高评价。他说:"总起来说,剑三因为具有清超复绝的天才,本着爱美的思想,能致密地观察,又善于用婉约的笔调,所以才有这样丰富的产品。就现在剑三的努力,我敢断言,其将来的收获,比更有甚于此!"①

王统照(1897—1957),生于山东省诸城县相州镇的一个地主家庭。字剑三,曾化名王恂如,笔名有剑先、剑、鉴先、健先等。1902年,入家塾启蒙。1913年,考入济南山东省立第一中学,暑假中试写二十回的旧体长篇小说《剑花痕》,未发表。同年冬,致信《新青年》,得到编者称赞,在第2卷第4号上发表。1918年,考入北京中国大学英国文学系,1922年毕业。1924年8月就任中国大学教授兼出版部主任。"五四"至第一次国内革命战争时期,王统照在北京的创作活动非常活跃,也取得了较好成绩。他是"五四"以来最早用白话文写长篇小说的作家,曾创作长篇小说《一叶》《黄昏》。他在从事创作的同时,还以相当精力从事外国文化特别是文学的译介工作。此外他还热心参加文艺社团和编辑工作,积极倡导新文艺运动。1921年1月4日,与郑振铎等发起成立新文学社团"文学研究会",为十二个发起人之一。此后积极向由沈雁冰改组的《小说月报》投稿,成为文学研究会作家群中创作较丰富的一个。

本月,李劼人的中篇小说《同情》由中华书局出版。李劼人(1891—1962),中国小说家,翻译家。原名李家祥,四川成都人。中学时代曾大量阅读中外文学名著,擅长讲述故事。1912年发表处女作《游园会》,1919年赴法国留学,曾担任《群报》主笔、编辑,《川报》总编辑,成都市副市长。他的代表作有《死水微澜》《暴风雨前》和《大波》。另外,还曾发表各种著译作品几百万字。

本月,施文杞在《台湾民报》第2卷第2号上发表寓言体小说《台娘悲史》。追风在《台湾》第5卷第1号发表日文诗《诗的模仿》,这是台湾最早的一首新诗。杨云萍在《台湾民报》第2卷第7号发表新诗《橘子花开》。张我军在《台湾民报》第2卷第8号发表新诗《沉寂》。张我军,中国台湾作家、文艺理论家。他是台湾新文学运动的开拓者、奠基者。原名张清荣,笔名一郎、野马、M.S.、废兵、老童生、剑华、以斋、四光、大胜、忆等。1925年考入北平中国大学文学系,次年转入北京

---
① 塞先艾:《〈春雨之夜〉所激动的》,《文学旬刊》第36号,1924年5月21日。

师范大学。毕业后曾在北京师范大学、北京大学、中国大学等院校执教。台湾光复后返台湾，先后任茶叶公会秘书、金库研究室主任。1925年，他在台湾出版新诗集《乱都之恋》，这是台湾第一部新诗集。1926年始，他又陆续发表小说《买彩票》、《白太太的哀史》、《诱惑》。他的作品有力地揭露与批判了黑暗时代，不仅开创了台湾新诗创作的现实主义传统，也拓宽了早期台湾小说创作视野与领域。总之，张我军是台湾文学发难期的总先锋，被喻为"台湾的胡适"。台湾新文学运动是20世纪初发生在台湾的文学运动。在大陆五四运动的影响下，1922年、1923年，黄呈恩、林端明、黄朝琴等相继发表文章，积极提倡白话文，提出台湾只有普及白话文，才能"永久联络大陆的文化"，才能促使民众觉醒。其后，许乃昌发表《中国新文学运动的过去、现在、将来》，介绍大陆新文学运动的概况；张我军发表《致台湾青年的一封信》、《糟糕的台湾文学界》、《为台湾的文学界一哭》、《请合力拆下这座败草丛中的破旧殿堂》等文章，呼吁摒弃旧体诗和八股文，抨击"没有一丝活气"的台湾文学界，并介绍"五四"文学革命的理论和作品，由此展开了新旧文学的论战。论战之后，白话文得到普及，一批新文学作品出现，其中有张我军的诗集《乱都之恋》，赖和的诗作《觉悟的牺牲》、《流离曲》、《南国哀歌》，散文《无题》，小说《斗闹热》、《一杆"秤仔"》、《不如意的过年》、《惹事》、《善讼人的故事》等。这些作品揭露了日本殖民主义的残暴统治，表达了台湾同胞寻求民族解放、回归祖国的强烈愿望，为台湾新文学创作奠定基础。

田汉的独幕剧《获虎之夜》发表于《南国》半月刊（未登完）。该剧被视为田汉早期代表作，更是第一次"接触了婚姻与阶级这一社会问题"[①]。同年被收入田汉戏剧集《咖啡店之一夜》，由中华书局出版。《咖啡店之一夜》，独幕剧剧本，田汉作。剧作以直抒胸臆的方式抨击市侩主义，显示了浪漫主义的抒情特色。

本月，熊佛西戏剧集《青春底悲哀》，《文学研究会通俗戏剧丛书》第1种。由上海商务印书馆出版。其中包括郑振铎的《序》、瞿白音的《序》和作者《自序》。收有《青春底悲哀》、《新闻记者》、《新人的生活》、《这是谁的错》等4部剧本。

王尔德的《少奶奶的扇子》（洪深译）在《东方杂志》第21卷第2—5号刊载。奥斯卡·王尔德（Oscar Wilde）（1854—1900），剧作家、诗人、散文家，英国

---

① 田汉：《田汉戏曲集·五集·自序》，《田汉文集》第2卷，中国戏剧出版社1983年版，第417页。

唯美主义艺术运动的倡导者。19世纪与萧伯纳齐名的英国才子。《典雅》杂志将他和安徒生相提并论。他的戏剧、诗作、小说则留给后人许多惯用语，如：活得快乐，就是最好的报复。

张我军在《台湾民报》第2卷第7号上发表《致台湾青年的一封信》，提倡新思想、新道德、新文学。

二月

1日，王统照在《文学旬刊》上译介夏芝的小品。

3日，俞平伯创作诗《赠MG》，该诗起初收在《我们的七月》中，但并未署名，直至在《我们的六月》的附录中，才补充署名为平伯。该诗亦初收在《杂拌儿之二》（题目是《呓语·十九》，文字也略有改动）。

7日，全国铁路总工会在北京秘密成立。1924年2月上旬，根据在北京秘密召开的全国铁路工人代表大会的决定，中华全国铁路总工会在北京成立，并加入万国运输工人联合会。会议选举邓培为总工会委员长。大会通过了《全国铁路总工会成立宣言》，指出全国铁路总工会的宗旨是："一，改良生活增高地位，谋全体铁路工人之福利；二，联络感情，实行互助，化除地域界限，排解工人相互争端；三，增高知识，促进工人阶级的自觉；四，帮助各路工人建立密切关系。"宣言同时指出："工人亦国民一分子，所有救国救民以及反抗军阀官僚之横暴和外人之侵略等国民运动，亦视能力之所及，参加而促进之。"

中华全国铁路总工会是中国共产党领导下的全国性产业工会组织。是中国建立最早的全国性产业工会之一。大革命失败后，全国铁路总工会被迫停止了公开活动。

1949年6月，中华全国总工会做出了《关于筹备恢复全国铁路总工会的决定》，1950年2月，全国铁路工会正式恢复，定名为中国铁路工会全国委员会。1978年恢复使用中华全国铁路总工会名称。

11日，俞平伯创作旧体诗《偶忆吴苑西桥之风物诗以纪之》。该诗起初收在《我们的七月》中，依然未署名。而后又收在《忆》中，题目也改为《吴苑西桥旧居门前》。此时俞平伯已从上海大学辞职，闲居在杭州。

16日，鲁迅创作短篇小说《在酒楼上》。后来，该文发表在《小说月报》第15卷第5号。该文是鲁迅先生的一篇重要作品，被誉为"最富鲁迅气氛"，现收录在鲁迅的小说集《彷徨》中。它是辛亥革命后中国知识分子精神面貌的写照。本文通过发掘小说中的细节，细致分析和探讨了当时社会上新型知识分子的心态以及形象。

小说主人公吕纬甫是一个曾有过辛亥革命时期的革命热情，现在却变得意志消沉的"文人"，在颓唐中无辜消磨生命。鲁迅以辛亥革命到五四运动后的革命低潮为背景，写了落潮时期知识分子的精神面貌，从知识分子独特的视角，关注"病态社会"里的人的精神"病苦"。小说在"我"与吕纬甫的对话中展开情节与内容，将主体渗入小说，具有自我灵魂的对话与相互驳难的性质，叙述和描写相互配合，以景物烘托气氛和主题；同时注重人物灵魂的刻画，关注中国现代知识分子在"躁动与安宁"、"创新与守旧"两极间摇摆的生存困境，着眼于他们和封建制度的关系来展示社会生活，并包含着对知识分子的历史作用的深邃思考。尤其是在以初具民主主义思想意识的知识分子为描写对象的那些篇章中，鲁迅热情地肯定了知识分子在反封建斗争中的勇敢精神，而对于他们的妥协、消沉、落荒则深为惋惜、感叹，并作了严肃的针砭，寄托着对于知识分子作为一种革命力量的殷切期待。在《两地书·二九》中，鲁迅对此作了精当的剖析："中国青年中，有些很有太'急'的毛病……因此，就难以耐久（因为开首太猛，易将力气用完），也容易碰钉子，吃亏而发脾气，此不佞所再三申说者也。"他因而主张改革者"要缓而韧，不要急而猛"。在吕纬甫的悲剧中正蕴含着鲁迅对忽而狂热、忽而消沉的青年们的针砭。

18日，赵景深在《文学》周报第109期发表文章《研究文学的青年与古文》。殷切劝导青年读古文："我们所以要研究古文学，是因为要扩充我们的思想和艺术的使用。"他建议青年应该选读一些非纯文艺的古文，因为"那些也具有纯文学的要素，不过是'不完全的短篇小说'罢了。我们要想做好短篇小说，那些能给我们很大的帮助，尤其是对于初学者"。此外，"文章都看得很少的，要想做好小说，必定很难"，所以，"青年作家要读些有风趣的古文，尤其希望初学的作者多读古文，虽然我们不必再做"。

《读书》杂志停刊。读书杂志系综合性月刊。于1922年9月3日创刊于上海。由胡适、钱玄同、顾颉刚、高一涵等创办，胡适是主编。《读书》杂志原为《努力周报》(胡适主编,创刊于 1922 年 5 月 27 日)增刊,每月一期,随《努力周报》赠送。1923 年 10 月《努力周报》停刊后继续出版,单独发行。内容多为整理国故的研究和讨论。主要撰稿人除创办人外,还有吴谨人、刘揆黎等。1924 年出至第 18 期停刊。

同日,鲁迅创作《幸福的家庭——拟许钦文》。在文中提出真挚见解:"……做不做全由自己的便;那作品,像太阳的光一样,从无量的光源中涌出来,不像石火,用铁和石敲出来,这才是真艺术。那作者,也才是真的艺术家。"此外,又穷形尽相地刻绘了稿费至上的一些青年作者形象,并批判社会上的投稿热的流风。

同日,沈雁冰在《文学》周报第 109 期发表《杂感》。文章首先抗议赵先生的议论,提出,"我觉得要在古文中寻找近代短篇小说的艺术,很有点像拆北京的太和殿来造新式洋房"。文章虽然也有艺术性,"但是搬到近代短篇小说的门下来,这些东西就无用了。近代的短篇小说的艺术的主要点,不在表面形式,而在内面的精神。这所谓精神就是一篇短篇小说所叙者虽只大千世界的繁复生活的一片,而其所表现的,却是这生活的全部"。"至于青年有做不好白话文的",应该"就民众的日常话语中找寻解决的方法,不应到文言中找求"。

王新命著的《蔓罗姑娘》,发表在《孤芳集》第一辑。由上海泰东书局初版。

21 日,王统照在《文学旬刊》上著文谈散文的分类问题,其间他再一次倡导"纯散文"的写作。

24 日,成仿吾在《创造周报》第 41 期发表《艺术之社会的意义》一文,该文着重强调了艺术的社会功利价值。"真的艺术必有它的社会的价值","只要不是利己的恶汉,凡是真正的艺术家,没有不关心于社会的问题,没有不痛恨丑恶的社会组织而深表同情于善良的人类之不平的境遇的",成仿吾如是说。在他看来,"艺术之所以能维持到今而且渐次进步的原因,实是因为它有这种社会的价值"。而"艺术之社会的价值","如果只就大一点的说,我以为至少有下面的两种:(1)同情地唤醒艺术由它所必有的社会的成分,利用人类对于美的憧憬,唤起了在人类中间熟睡了的同情;(2)生活的向上艺术由它所反映的生活,提醒我们的自意识,促成生活的向上"。

27 日,俞平伯在杭州作《〈浮生六记〉新序》,这是他为北京朴社重印《浮生六记》第二次作序,该序于 1924 年 8 月 18 日在《文学》周报第 135 期上刊载。初收《浮生六记》，不过题目已改为《重印浮生六记序》（二），写作时间也被误署为"1923年2月27日"。

28日，郭沫若在《创造》季刊第2卷第2期上发表三幕历史剧《王昭君》，钱杏邨曾评论该剧说："王昭君，大部分是出于他的想象，因为要表现反抗，他终于写出她反抗元帝的高傲，彻底地去反抗王权。"[①]

同日，成仿吾在《创造》季刊第2卷第2号上发表《〈呐喊〉的评论》。评论鲁迅的这十五篇作品，分前期和后期，前期的九篇是"再现的"，后期的六篇是"表现的"。

同日，《创造》季刊停刊，共出6期。《创造》季刊，于1922年创刊于上海，创造社主办的文学期刊。郭沫若、郁达夫、成仿吾主编。泰东图书局发行。该刊无创刊词，以发表诗歌、小说、戏曲剧本为主，兼及评论和翻译作品，有创作、评论、杂录三大栏目。该刊曾发表郭沫若的《棠棣之花》、《卓文君》、《王昭君》，郁达夫的《茫茫夜》、《春潮》、《采石矶》、《春风沉醉的晚上》、《风铃》，成仿吾的《一个流浪人的新年》、《学者的态度》、《批评的建设》，张资平的《爱之焦点》、《她怅望着祖国的天野》、《回归线上》、《上帝的儿女们》以及田汉的《咖啡店之一夜》，新诗《创造者》、《星空》等。除编者外，还有郑伯奇、田汉、陶晶孙、王怡庵、洪为法、邓均吾、何畏、淦女士、王独清、闻一多、梁实秋、冯至、徐志摩等人为其撰稿。1924年2月出至2卷2期停刊。

同日，郁达夫在该期上发表小说《春风沉醉的晚上》。《春风沉醉的晚上》创作于1923年7月15日，署名郁达夫。它是我国现代文学史上最早表现工人形象的作品之一。后来，郁达夫在1932年12月的《自选集序》中说："《春风沉醉的晚上》、《薄奠》、《微雪的早晨》，多少也带一点儿社会主义色彩。"

同日，郁达夫在该期上发表散文《中途》（后改题目为《归航》并收入《达夫散文集》）。《中途》，1922年7月26日创作于上海，署名郁达夫。

本月，朱自清开始写《温州的足迹》。对于这篇文章，朱维之先生曾回忆说："佩弦先生擎了新文艺的火炬到温州（永嘉），使那里的新文学运动，顿放光明。当地刊物、日报副刊上的文学作品骤增，这显然是受他的影响。"

"他一到温州，温中（包括中学部和师范部）各年级学生都争着要求他教课，

[①] 黄人影编：《郭沫若论》，上海光华书局1931年版，第36页

他只得尽可能多担任些钟点，奔波于两部之间。但他不因课多而敷衍，每每拭汗上讲台，发下许多讲义，认真讲解。我们坐在讲台下面，望着他那丰满而又突出的脑袋，听他流水般滔滔不绝的声调，大有高山仰止之慨。"

"永嘉山水是壮丽的，雁山云影，瓯海潮迹，他俯仰咏怀，可能他因为教务太忙，没有谢灵运的闲情逸致，除了《温州的足迹》里所写的几处小风景之外，不多出游。他天天坐在书房里改卷、写讲义，还要细心批改同学们在课外所写大量而不成熟的文艺作品。"

"这时期——朱先生自己总结说——他把自己的生活全献给教育青年的工作。"（朱维之：《佩弦先生在温州》（未刊））

本月，朱自清为学生李芳君的诗集《梅花》作序。凌梦痕编著的《绿湖》第一集，由民智书局初版。

三月

1日，鲁迅在《妇女杂志》第10卷第3号上发表小说《幸福的家庭——拟许钦文》。本文发表时篇末还有鲁迅的《附记》，如下："我于去年在《晨报副刊》上看见许钦文君的《理想的伴侣》的时候，就忽而想到这一篇的大意，且以为倘用了他的笔法来写，倒是很合式的；然而也不过单是这样想。到昨天，又忽而想起来，又适值没有别的事，于是就这样的写下来了。只是到末后，又似乎渐渐的出了轨，因为过于沉闷些。我觉得他的作品的收束，大抵是不至于如此沉闷的。但就大体而言，也仍然不能说不是'拟'。二月十八日灯下，在北京记。"许钦文，浙江绍兴人，青年作家。著有短篇小说集《故乡》等。因1923年8月《妇女杂志》第9卷第8号刊出的"我之理想的配偶"征文启事而创作讽刺小说《理想的伴侣》，该文于同年9月9日在北京《晨报副刊》上刊载。

6日，俞平伯创作旧体诗《海上秋鸥》，初收在《我们的七月》，未署名，后又收在《忆》中。

7日，郁达夫创作散文《北国的微音——寄给沫若与仿吾》，署名郁达夫。

同日，俞平伯由杭州奔赴上海，到亚东图书馆拜访汪原放，没有见成。之后他将《西还》诗集版权印花3000枚交至亚东图书馆。

7日至13日，俞平伯创作《甲子年游宁波日记——朱佩弦兄遗念》。该文于1948年9月3日刊载在天津《民国日报》"民园"副刊。而后又于1948年9月16日刊载在半月刊《论语》上，但正副标题被颠倒了。

8日，俞平伯上午拜访叶圣陶和王伯祥，因为时间紧迫，所以不久就告辞离去。下午，乘船赴甬，应邀访朱自清。

9日，俞平伯到春晖中学，旁听朱自清的课，并与夏丏尊初会。因为恰好赶上星期天，春晖中学照例不休息。

夏丏尊（1886—1946），文学家，语文学家。名铸，字勉旃，后于1912年改字丏尊，号闷庵。浙江上虞人。1886年6月15日出生。他自幼从塾师读经书，清光绪二十七年（1901）考中秀才。次年到上海中西书院（东吴大学的前身）读书，后改入绍兴府学堂学习，但因家贫未能读到毕业。光绪三十一年（1905）他借款东渡日本留学，起初在东京弘文学院补习日语，毕业前考进东京高等工业学校，但因申请不到官费，于光绪三十三年（1907）辍学回国。夏丏尊是中国新文学运动的先驱，他的学术著作还有《文艺论ABC》（世界书局1930年版）、《生活与文学》（北新书局）、《现代世界文学大纲》（神州国光社）及编著有《芥川龙之介集》、《国文百八课》、《开明国文讲义》等。译著有《社会主义与进化论》、《蒲团》、《国木田独步集》、《近代的恋爱观》、《近代日本小说集》、《爱的教育》和《续爱的教育》等。他得到人们广泛尊重。1986年6月15日，由巴金、叶圣陶、胡愈之、周谷城、赵朴初、夏衍等人发起在上虞举行了夏丏尊诞生100周年暨逝世40周年纪念大会，海内外各界人士1500多人参加。

10日，俞平伯白天埋头拟写讲稿，晚上，应朱自清和夏丏尊的邀请，为春晖中学学生作《诗的方便》讲演。1924年3月28日，该讲演词被上海《民国日报》刊载在《觉悟》副刊上。《民国日报》于1916年1月22日创刊于上海，原系国民党人为反对袁世凯而创办，主持人邵力子。1924年中国国民党第一次全国代表大会后，它成为国民党机关报。该报在中国共产党的帮助下，曾参与反帝反封建的斗争。而《觉悟》于1920年5月20日起改出8开4页单张，随报附送。恽代英、萧楚女、邓中夏、沈泽民等为其撰稿。《觉悟》上曾发表过不少宣传新文化运动、批判社会上各种反动思潮的文章，产生了较大的影响，如泽民的《文学与革命的文学》、光赤的《现代中国社会与革命文学》等。然后，自1925年末，西山会议派把持《民国日报》后,《觉悟》的进步性随之消失,并于 1931 年 12 月 31 日停刊。

11 日午后,俞平伯与朱自清同赴宁波第四中学师范部。在火车上,他请朱自清看自作剧本《鬼劫》和白采的诗《赢疾者的爱》。

12 日上午,俞平伯应宁波第四中学师范部三年级学生的请求,讲了一个小时"中国小说之概要"。而后,第四中学校长郑萼村邀请他作一次公开讲演,但因俞平伯极力推辞而作罢。下午,他又乘船返回上海。

13 日黎明,俞平伯抵达上海金利源码头,随即返回杭州。

15 日,周作人与张凤举到蒋梦麟家,同沈尹默、陈百年、沈兼士、马幼渔等为日本对华文化事一同与教育部罗次长进行会谈。

侯曜著的《复活的玫瑰》,为《文学研究会通俗戏剧丛书》第二种,由上海商务印书馆初版。侯曜(1903—1942),编剧、导演,广东番禺人,毕业于南京东南大学教育学系。他酷爱文艺,曾加入"文学研究会"。1924 年,侯曜进长城制造画片公司任编剧主任兼导演,先后执导了《弃妇》、《春闺梦里人》、《伪君子》等影片,后转入民新影片公司,编导了《和平之神》、《海角诗人》等共 7 部影片。侯曜是中国早期电影理论的拓荒者之一,他撰写的《影戏剧本作法》一书于 1926 年在上海出版,这是中国最早的有关电影剧作的专著。抗日战争爆发后,侯耀编导了一系列抗日题材影片,如《血肉长城》、《最后关头》、《太平洋的风云》等。而后,他转至新加坡协助拍摄影片。新加坡被日军侵占后,他被指控为抗日分子被扣上"摄制抗日影片"的罪名,惨遭杀害。

22 日,鲁迅创作《肥皂》。

25 日,鲁迅在《东方杂志》第 21 卷第 6 号发表短篇小说《祝福》。

该文通过对祥林嫂的凄苦悲剧遭遇的描写,充分反映了封建宗法制度和封建礼教对劳动妇女的残酷压迫和精神虐杀,控诉封建礼教对人性(特别是女性)的压制和迫害,希望能唤醒国人对封建礼教以及其卫道士、帮凶(鲁四老爷之流)的痛恨和愤慨,以便早日砸烂这个万恶的、没有前途的、行将就木的衰朽的旧世界。北京电影制片厂 1956 年摄制成同名彩色故事片。

苏进曾在《读鲁迅的〈彷徨〉》一文中这样写道:"我尤其爱读《祝福》《肥皂》《高老夫子》《孤独者》《伤逝》《离婚》这六篇。《祝福》所给予我的是雪一般的冷气,祥林嫂是一个可怜的人，而社会上人却把她当玩物取笑；你想现代的社会是何等的冷酷？附带的描写鲁四老爷，尤能入微。"①

由徐志摩翻译的惠特曼的《自己的歌》刊载在《小说月报》第15卷第3号。

27日、28日，鲁迅的小说《肥皂》连载在《晨报副刊》上。

苏进评论说，鲁迅是用"幽默蕴藉的笔致"，描绘了四铭的"迂腐和虚伪"。

28日，郁达夫的散文《北国的微音——寄给沫若与仿吾》在《创造周报》第46号上发表。

31日，俞平伯入住杭州湖楼。

同日，朱自清在《小说月报》第15卷第6号上发表诗作《别后》。

本月，周全平的小说集《烦恼的网》通过泰东图书局初版刊行，后列入《创造社丛书》第8种。周全平（1902—1983），原名周承澎，江苏宜兴人。1922年在上海结识郭沫若、成仿吾等，加入创造社。1925年组织创造社出版部，主编《洪水》半月刊。同年编《幼州》月刊。1929年主编《出版月刊》。1930年参加"左联"成立大会，被选为候补常委，后脱离"左联"。1919年开始写小说。早期的一些小说关心农民苦难，揭露豪绅劣行。在创作社成员中，他比较关注农村题材。短篇小说集有《烦恼的网》、《梦里的微笑》、《楼头的烦恼》、《他的忏悔》、《苦笑》，中篇小说《林中》，小说《旧梦》、《圣诞之夜》、《爱与血的交融》，散文集《残冰》。受到好评的作品有中篇小说《林中》，写一对男女自幼相恋，因家庭顽固和礼教束缚终成悲剧。

本月，《青年文艺季刊》创刊。《青年文艺季刊》创刊于上海，由青年文艺社编辑，新文化书社发行。终刊情况不详。创刊号有《卷头语》一篇："我们是哥们儿的血，我们是哥们儿的爱，我们是哥们儿的心。我们是青年的花，我们要把世界装潢得永远年轻！"

与很多期刊不同，该刊仅发表文学创作，有诗、散文、散文诗、戏剧等作品。刘梦苇、李仲刚、龚业光、郭增恺、曹文曜、曾广勋、苏哥、徐德嶙、明诚、袁明濂等为其撰稿。

本月，冰心的小说《悟》在《小说月报》第15卷第6号发表，其后，收入《往

---

① 苏进：《读鲁迅的〈彷徨〉》，天津《庸报副刊》，1926年12月26日。

事》集。

贺玉波对此有过评论,他在《歌颂母爱的冰心女士》一文中说:"《悟》是由六篇书信组成的,其他只是少部分的描写而已;至于立意与《超人》差不多,不外乎主张母爱与博爱以非难对于人类绝望的人生观是了。"①

本月,刘大白出版诗集《旧梦》。《旧梦》作于1919年至1923年,1924年由商务印书馆初版,1930年开明书店重印时编为《丁宁》《再造》《秋之泪》《卖布谣》等4集,共收诗作400余首,题材较广泛。其中《寂寞》《泪痕之群》《秋泪之群》《春问》等组诗,描绘了作者旧时的梦影和生活的片段,表现了其追求个性解放、歌咏自然的积极向上的精神;《一丝丝的相思》《月和相思》《心里的相思》《月下的相思》等一系列相思诗,常与月相关,将月与相思拟人化,使之对话,借以表现诗人的恋爱哲学;其他如《促织》《洪水》《雪》《包车的杭州城》《成虎不死》和《卖布谣》等组诗,具有鲜明的反帝反封建内涵,从不同角度反映了当时的社会现实。这些诗作语言朴实明朗,有些或具民歌风格,或具哲理意味。刘大白(1880—1932),中国诗人,原名金庆棪,后改姓刘,名靖斋,字大白,别号白屋。浙江绍兴人,与鲁迅先生是同乡好友。现代著名诗人,文学史家。曾东渡日本,南下印尼,接受先进思想。

五四运动前他就开始写白话诗,是新诗的倡导者之一。他的诗以描写民众疾苦之作影响最大。他的新诗还显示了由旧诗蜕化而来的特点,感情浓烈,语言明快有力,通俗易懂,并以触及重大的社会课题和鲜明的乡土色彩,在"五四"时期的诗坛上别具一格。1924年任复旦大学、上海大学教授。同年出版新诗集《旧梦》。1926年出版第二部新诗集《邮吻》。1928年弃教从政,任浙江省教育厅秘书、浙江大学秘书长,次年去南京任教育部常任次长。出版的著作还有《旧诗新话》《白屋说诗》《白屋文话》《中国文学史》及旧体诗集《白屋遗诗》等。

本月,郑振铎的《俄国文学史略》一书由商务印书馆出版,并列入《文学研究会丛书》之一。

---

① 贺玉波:《歌颂母爱的冰心女士》,范伯群编:《冰心研究资料》,北京出版社1984年版,第225页。

四月

1日至14日，俞平伯创作散文《湖楼小撷》。

1日，俞平伯创作散文《湖楼小撷·春晨》，该散文初收在《我们的七月》（未署名，在《我们的六月》的附录中，才补充署名俞平伯。下同），而后又收在《燕知草》中。

华林的《枯叶集》由上海泰东图书局出版，有《爱与战》《告母》《佛罗杭司的日光》等散文共计33篇。

5日，周作人的《故乡的野菜》在《晨报副镌》上初载。全文清新隽永，着眼一个"淡"字。通过对故乡几种野菜的回忆，表达的是对故乡的思念和眷恋之情。另外文章对野菜的描绘颇为生动翔实，野趣盎然。

同日，周作人陪同日本教育观察团参观北京大学二院，之后又共谈中日文化事业问题。

7日，俞平伯创作散文《湖楼小撷·绯桃花下的轻阴》。初收在《我们的七月》，而后又收在《燕知草》中。

同日，周作人与沈尹默共同前往汤尔和家，谈论中日文化事业问题。

9日，俞平伯创作散文《湖楼小撷·楼头一瞬》。初收在《我们的七月》，而后又收在《燕知草》中。

同日，周作人与张凤举、汤尔和到忠信堂赴日本教育考察团东京大学代表服部小村博士之招宴。

10日，郑振铎在其主编的《小说月报》第15卷第4期出版"拜伦专号"。拜伦，全名乔治·戈登·拜伦（George Gordon Byron），英国浪漫主义文学的杰出代表。他出生于伦敦，父母皆出自没落贵族家庭，毕业于剑桥大学。学生时代即深受启蒙思想影响。1809年至1811年游历西班牙、希腊、土耳其等国，受各国人民反侵略、反压迫斗争鼓舞，创作《恰尔德·哈罗德游记》。其代表作品有《恰尔德·哈罗德游记》《唐璜》等。在他的诗歌里塑造了一批"拜伦式英雄"，孤傲、狂热、浪漫，却充满了反抗精神；内心孤独与苦闷，却又蔑视群小。恰尔德·哈罗德是拜伦诗歌中第一个"拜伦式英雄"。拜伦诗中最具有代表性、战斗性，也是最辉煌的作品是他的长诗《唐璜》，诗中描绘了西班牙贵族子弟唐璜的游历、恋爱及冒险等浪漫故事，揭露了社会中黑暗、丑恶、虚伪的一面，奏响了为自由、幸福和解放而斗争的战歌。拜伦不仅是一位伟大的诗人，还是一个为理想战斗一生的勇士：他积极而勇敢地投身革命，参加了希腊民族解放运动，并成为领导人之一。

从1809年至1811年，拜伦出国旅行东方，要"看看人类，而不是只在书本上读到他们"，还要扫除"一个岛民怀着狭隘的偏见守在家门的有害后果"。在旅途中，他开始写作《恰尔德·哈罗德游记》和其他诗篇，并在心中酝酿未来的东方故事诗。《恰尔德·哈罗德游记》的第一、二章在1812年2月问世，轰动了文坛，使拜伦一跃成为伦敦社交界的明星。然而这并没有使他向英国的贵族资产阶级妥协。他自早年便清醒地认识到这个社会及其统治阶级的顽固、虚伪、邪恶及偏见，他的诗一直是对这一切的抗议。

1811年至1816年，拜伦一直生活在感情旋涡中。拜伦在1813年向一位叫安娜·密尔班克的小姐求婚，于1815年1月和她结了婚。然而，拜伦夫人是一个见解褊狭的、深为其阶级的伪善所囿的人，完全不能理解拜伦的事业和观点。婚后一年，便带着出生一个多月的女儿回到自己家中，拒绝与拜伦同居，从而使流言纷起。以此为契机，英国统治阶级对它的叛逆者拜伦进行了最疯狂的报复，以图毁灭这个胆敢在政治上与它为敌的诗人。这时期的痛苦感受，也使他写出像《普罗米修斯》那样的诗，表示向他的压迫者反抗到底的决心。

王统照替《文学旬刊》编"拜伦纪念号"，并在其上发表长篇论文《拜伦在诗中的色觉》，此外还替徐志摩所译的拜伦诗题写附记，另外还在《小说月报》上撰文评论拜伦的思想和诗作。

12日，俞平伯致信白采。该书信在1925年8月23日《文学周报》第187期发表时，题目是《批评〈羸疾者的爱〉的一封信》，署名平伯；初收入《杂拌儿》，题目改为《与白采书》。

《羸疾者的爱》，长诗，白采作。1925年以《白采的诗》为题自印出版。文章主要内容如下：一个漂泊的少年途经一个清幽美丽的山村，受到了年老的村长的热情款待。主人要把爱女托付给他，而姑娘也倾心于这位少年。然而，少年拒绝了父女俩的深情，因为他是一个羸疾者。后来，他回到母亲身边，诉说了这一段经历，母亲怪他拂人美意，但他觉得不可挽回的便不去挽回。友人也劝他应该去接受那位姑娘的爱。后来，那位姑娘沦为孤女，经过长途跋涉，来到他身边时，祈求他改变主意，但他仍固执己见，认为羸疾是百罪之源，再一次拒绝了姑娘的爱情。姑娘在满腔激愤中责备他的无情，但他的誓言是：我讲求的"毁灭"的完成，偿还我羸疾者的缺憾。长诗共分九节，分别用羸疾者与老人、母亲、朋友、姑娘的对话来交代情节，塑造人物性格，表达诗作的思想主题和精神内涵，在羸疾者对世界的冷嘲热讽中，蕴含着诗人对于生活、对于人生浓烈而真挚的热爱。事实上，该文是"五四"时期诗歌创作中一篇有较大影响的作品。

同日，泰戈尔应中国学者梁启超、蔡元培的邀请，率领由国际大学教授、梵文学者沈默汉，国际大学艺术学院院长、现代孟加拉画派大画家南达拉波斯等一行六人组成的访华团抵达上海，其间，徐志摩担任随行翻译。在访问期间，泰戈尔先后抵达上海、杭州、南京、济南、北京、太原、汉口等地，游览名胜古迹，并与文艺界人士进行了广泛的接触。此外，他还先后公开演讲及在小型集会上发表谈话达三四十次，并获赠中国名字竺震旦。最后，于5月30日，由上海赴日本。

王统照在印度诗人泰戈尔来华访问期间，与徐志摩陪同泰戈尔到济南讲演，担任翻译，此外还先后撰文多篇，评介泰戈尔的生平、思想和创作。

13日，周作人与汤尔和等人在北京饭店与服部小村会谈中日文化事业问题。

同日，俞平伯创作散文《湖楼小撷·日本樱花》。初收在《我们的七月》，而后又收在《燕知草》中。

14日，俞平伯创作散文《湖楼小撷·西泠桥上卖甘蔗》。初收在《我们的七月》，而后又收在《燕知草》中。

15日，朱自清写诗《赠友》（后来收入《踪迹》中改题目为《赠A.S.》）一首，并于26日在《中国青年》第28期上发表。诗中有云："你飞渡洞庭湖，你飞渡扬子江，你要建红色的天国在地上！""这位友人——张毕来先生谈到——不知是谁，但分明是一位中共党员……此诗发表之前数月（1923年12月）邓中夏同志曾有两首五律，均以'莽莽洞庭湖，五日两飞渡'开始，诗的主旨，正是要'建红色的天国在地上'。或即中夏同志欤？……"（张毕来先生抄写此诗，并加按语。）

17日，夏曾佑去世。夏曾佑（1863—1924），字遂卿，一作穗卿，号碎佛，笔名别士，浙江杭州人。他一生读书，兴趣广泛，好学深思，对今文经学、佛学有精深的研究，对乾嘉考据学和诗文也有相当的素养。此外，他还十分注意学习外国史地知识和自然知识。夏曾佑26岁中举。光绪十六年（1890），夏曾佑28岁中进士；而后任礼部主事。同年，他在北京结识梁启超、谭嗣同等人。夏曾佑对梁启超影响相当大，梁曾回忆说："十次有九次我被穗卿屈服，我们总得到意见一致。"梁又说："穗卿是我少年做学问最有力的一位导师。"（梁启超：《亡友夏穗卿先生》，《东方杂志》第21卷第9期）

夏穗卿曾与梁启超共同提倡小说，著有《夏别士先生书稿》。光绪二十二年（1896），夏曾佑、汪康年、梁启超在上海发起创办《时务报》，鼓吹变法图强。1896年、1897年，夏曾佑在天津候选，孙宝琦创办育才馆，延聘夏曾佑执教。夏曾佑在天津结识严复，二人交往甚密。1897年，夏曾佑和严复创办的《国闻报》在天津创刊。1897年10月16日至11月18日，夏曾佑与严复一起在《国闻报》上发表《本馆附印说部缘起》，大力提倡小说。他为严复翻译的一些西方学术名著如《原富》等写序或按语。在此期间，他还与梁启超、黄遵宪、谭嗣同等人开展"新诗"运动，夏曾佑就是这一运动的倡导者之一。百日维新失败后，梁启超避入日本领事馆，由日本人伴送至塘沽，之后东渡去了日本。夏追至塘沽，与梁道别。1902年，丁忧期间，夏曾佑写出《中国历史教科书》。1906年，清政府玩弄立宪骗局，派载泽等五大臣出国考察，夏曾佑以随员身份同行。辛亥革命前，夏曾佑曾任安徽广德县知县等职。辛亥革命后，他曾一度退居上海，而后任北洋政府教育部普通教育司司长，历时四年。之后，调任京师图书馆馆长。

同日，俞平伯完成剧作《鬼劫》的创作。起初收在《我们的七月》中，没有署名。后收在《我们的六月》中，才补署名俞平伯。

张恨水在《世界晚报》上连载长篇小说《春明外史》。张恨水（1895—1967），原名心远，恨水是笔名，取南唐李煜词《乌夜啼》"自是人生长恨水长东"之意。张恨水是著名章回小说家，也是鸳鸯蝴蝶派代表作家。作品情节曲折复杂，结构布局严谨完整，将中国传统的章回体小说与西洋小说的新技法融为一体。他更以作品多产出名，他五十几年的写作生涯中，创作了一百多部通俗小说，其中绝大多数是中、长篇章回小说，总字数近两千万言，堪称著作等身。作品有小说《梁山伯与祝英台》《八十一梦》《白蛇传》《啼笑姻缘》《孔雀东南飞》《春明外史》《金粉世家》《太平花》《燕归来》《夜深沉》《北雁南飞》《欢喜冤家》《满江红》《水浒新传》《斯人记》《落霞孤鹜》《丹凤街》《傲霜花》《偶像》《纸醉金迷》《美人恩》《杨柳青青》《大江东去》《现代青年》《秦淮世家》等。20世纪20—30

年代初所写的言情小说《春明外史》、《金粉世家》、《啼笑姻缘》，通过恋爱悲剧反映军阀统治下的黑暗现实。后者更是风靡一时，它将言情内容与传奇成分融为一体，在传统章回体式中融入西洋小说技法，吸引了广大读者。"九一八"事变后所写的以抗战为题材的"国难小说"，如收在《弯弓集》内的短篇小说，意在"鼓励民气"。中篇小说《巷战之夜》，则直接描写天津爱国军民反抗侵略、浴血奋战的场景，艺术视野趋于开阔，格调趋于豪放。写于抗战时期和抗战胜利后的长篇小说《八十一梦》和《五子登科》是揭露国民党腐败统治的社会讽刺小说，巧于构思、富于想象、讽喻辛辣，有明显的现实主义色彩。此外，长篇小说《落霞孤鹜》、《满江红》、《夜深沉》、《大江东去》、《石头城外》、《热血之花》、《纸醉金迷》、《魍魉世界》等都是有影响的作品。《热血之花》是迄今发现的最早的抗日小说。《大江东去》是第一部描写南京大屠杀日军暴行的中国作品。《虎贲万岁》是第一部直接描写国民党正面战场著名战役——常德保卫战的长篇小说，中国军队"以一敌八"，浴血巷战，乃至全军牺牲，惊天地、泣鬼神！此外还有《仇敌夫妻》等。《八十一梦》、《巴山夜雨》则是张恨水先生抗战胜利后"痛定思痛"之作，享誉海内外。

叶圣陶与俞平伯、朱自清等组织"我们社"。同年7月，由朱自清主编的诗与散文合集《我们的七月》出版，这是由朱自清与俞平伯、叶圣陶、潘训等青年作家共同完成的。

王统照为《小说月报》第15卷号外"法国文学研究"撰文，介绍大战前与大战中的法国戏剧。

郑振铎主编的《小说月报》号外"法国文学研究出版"。

上海戏剧协社演出了改编了的戏剧《少奶奶的扇子》（洪深根据王尔德的《温德米尔夫人的扇子》改编）。

25日，徐志摩的《她怕他说出口》诗歌刊载在《晨报》文学旬刊，后收入《翡冷翠的一夜》，由新月书店于1927年9月出版。

本月，俞平伯在上海亚东图书馆出版了第二部新诗集《西还》。该诗集分为三部分，分别为："夜雨之辑"（47首）、"别后之辑"（38首）和"附录"（《呓语》18首）。洪野为该书画了封面。

倪贻德的小说集《玄武湖之秋》由泰东图书局初版刊行，该小说集被列为《创造社丛书》第9种。倪贻德（1901—1970），浙江杭州人，著名油画家、美术评论家、作家,曾任教于上海美专、中央美术学院。著有《西洋画概观》《西洋美术史纲》等。

淦女士在《创造周报》第49号发表小说《隔绝之后》。冯沅君（1900—1974），现代著名女作家，文学史家，教授。原名冯恭兰，改名淑兰，字德馥，笔名淦女士、沅君、易安、大琦、吴仪等。河南唐河县人。与著名哲学家冯友兰和地质学家冯景兰为同胞兄妹。自幼学习四书五经、古典文学及诗词。五四运动前后，她将乐府诗《孔雀东南飞》改编为话剧，亲自扮演焦母，进行反封建宣传。1922年，毕业于北京女子高等师范学校国文系，并考取北京大学研究所研究生，研习中国古典文学，1925年毕业。其间自1923年开始小说创作，以笔名淦女士在《创造》季刊与《创造周报》上发表《旅行》、《隔绝》和《隔绝以后》等篇。她的小说充满了大胆的描写和反抗旧礼教的精神，在当时曾震动过许多读者。1926年她又出版了短篇小说集《卷葹》（北新书局）和《春痕》（北新书局），前者是她的代表作，由鲁迅编入《乌合之众》。1929年她又出版第三个短篇集《劫灰》（北新书局）。作品多是描写为获得婚姻幸福、恋爱自由而反抗旧礼教的热血青年的情绪，也写母爱。其文学研究论著有《宋词概论》、《张玉田年谱》、《冯沅君古典文学论文集》、《中国历代诗歌选》（主编）；与陆侃如合著《中国文学史简编》、《中国古典文学简史》、《中国诗史》；与王季思合编《中国文学史教学大纲》。其戏曲研究专著有《古优解》、《古剧说汇》、《古剧四考》、《〈天宝遗事〉辑本题记》、《金院本补说》、《孤本元明杂剧抄本题记》，与陆侃如合编《南戏拾遗》等。译著有《书经中的神话》《法国歌曲价值及其发展》、《新法国文学》等。一生著作颇丰。

孙俍工在民智书局出版小说《海底渴慕者》。孙俍工（1894—1962），原名孙光策，又号孙僚光，湖南省隆回县司门前镇孙家垅村人。我国现代有影响的教育家、语言学家、文学家和翻译家。曾做过毛泽东的书法教师，与毛泽东有过长期而亲密的交往。1916年考入北京高等师范学校,他在校十分活跃，与同学组织文艺社团，还参加了五四运动。1920年毕业后到长沙第一师范担任国文教员。1922年赴上海在中国公学任教。1924年奔赴日本入上智大学研究德国文学。1928年回国于复旦大学执教，担任教授，1930年任中文系主任。

最初引起重视的短篇小说《海底渴慕者》于1923年发表于《小说月报》，该文写一个青年因家庭、社会、爱情种种束缚和不幸遭遇而悲观激狂，终至跳海自杀。此后续有多种小说、诗、戏剧作品出版，常揭露社会的不平，文字优美生动。

五四运动以后，他积极提倡平民教育，桃李遍及天下。他毕生从事著述，此外还擅长书法。纵观他的著作，内容广泛，包括有诗歌、小说、戏剧、散文、文艺理论及文艺史、国文教科书和文学翻译等几大方面。主要著作有《中国语法要义》（上海亚东图书馆1923年版）、《海底渴慕者》（上海民智书局1924年版）、《生命的伤痕》（上海民智书局1926年版）、《中国文艺辞典》（民智书局1931年版）、《记一个青年的梦》（神州1932年版）、《新文艺评》（上海民智书局1932年版）以及翻译日本的译作如《诗的原理》（荻原朔太郎著，上海中华书局1933年版）、《中国经学史》（本田成之著，上海中华书局1935年版）和《中国文学通论》（儿岛献吉郎著，商务印书馆1935年版）。

本月，郭沫若赴日本，通过翻译日本经济学家河上肇的介绍马克思主义的著作——《社会组织与社会革命》一书，开始较为系统地接触和认识了马克思主义。

在郭沫若的思想发展历程上，该书的翻译起到了重要的作用。他自己曾说："这本书的译出，在我的一生形成了一个转换时期，把我从半眠状态里唤醒了的是它，把我从歧路的彷徨里引出了的是它。"[①]过去，他只是对资本主义社会怀着茫然的憎恨，而这本书却使他"认识了资本主义之内在的矛盾和必然的历史的蝉变"[②]。郭沫若也因此而深信"社会生活向共产制度之进行，如百川之朝宗于海，这是必然的路径"[③]。

本月，朱自清写完《温州的踪迹》。

五月

1日，泰戈尔于清华讲演。《晨报》于本月2日登载《泰戈尔昨在清华讲演》，并转载于1924年10月10日《小说月报》第15卷第10号。

2日，《小说世界》第6卷第5期出版。

[①] 郭沫若：《孤鸿——致成仿吾的一封信》，《沫若文集》第10卷，人民文学出版社 1959年版，第289页。
[②] 郭沫若：《创造十年》及《〈创造十年〉续篇》，《沫若文集》第7卷，人民文学出版社 1959年版，第165、183页
[③] 本段引文出自1924年郭沫若致何公敢的一封信，当时未曾发表。1926年，郭沫若写《向自由王国的飞跃》一文时曾引用原信。可参见《沫若文集》第10卷，人民文学出版社 1959年版，第434页

3日，《晨报副镌》登载梁启超《印度与中国文化之亲属的关系——为欢迎泰戈尔先生而讲》。

5日，《文学》周报第120期出版。发表冻茵诗《梦父归》《跳舞》，赵景深诗《长沙的市街》，周乐山诗《湖上赠S》，凤云《杭州的文学界》；登载了加藤美仑著、溟若译《自歌德至现代》，安徒生著、岑麟祥译《快乐的家庭》。

6日，《文艺周刊》第32期出版。发表王怡庵《乡思二章》、李开先《登碧云寺石塔》、查士骥《撕稿》及《杂诗》、周乐山诗《慰友二者》、学昭《从自然世界中寄来》等作品。

7日、9日、10日，《晨报副镌》连续登载了杜元载《教育家的泰戈尔》。

8日，恰逢正在中国访问的印度诗哲泰戈尔64岁生日，新月社同人在北京为他做寿，并特演泰氏名剧《齐特拉》，由林徽因饰齐特拉、张歆海饰阿纠那、徐志摩饰爱神、林长民饰春神。

9日，《小说世界》第6卷第6期"国耻特刊号"出版。发表《〈小说世界〉第二次纪念国耻日》、劲风《课外的一课》、蒋用宏《我的爱者——纪念"五·九"》及诗《阵雨》、望月轩《蛇妖之石像》、邹克儒《断指》、游龙丘《不敢说的国耻》等文章。登载了奥赛·柯南道尔著、小青译《歇洛克福尔摩斯》，忆秋生译《欧洲最近文艺思潮》，法国苏菲德霭南同著、冯六译《红钻石》等作品。

同日，泰戈尔于真光影戏院向北京青年作第一次公开演讲，所讲为泰氏幼年时代运动文学革命之经过。并于10日第二次于真光影戏院作演讲。

10日，《小说月报》第15卷第5号发行，西谛作卷头语。登载了落花生小说《读〈芝兰与茉莉〉因而想及我底祖母》、颉刚读书杂记《秦腔》、庐隐女士小说《旧稿》、希和《论诗的根本概念与功能》、许志行小说《孤坟》、玉薇女士诗歌《一日》及《梦中》、渺世小说《伤痕》、陈望道《修辞随录》、西谛《阿志巴绥夫与〈沙宁〉》等。选译日本生田春月诗歌《伤感之春》。发表郑振铎、沈雁冰《现代世界文学者略传（五）》，郑振铎《中国文学者生卒考（附略传）（五）》。

鲁迅的小说《在酒楼上》发表于《小说月报》第15卷第5号，收入《彷徨》集。《在酒楼上》是鲁迅的一篇重要作品，被誉为"最富鲁迅气氛"。

12日，泰戈尔于上午10时在真光影戏院作最后一次演讲，据《晨报》5月13日相关报道："到会听讲之男女各界有两千余人，会场拥挤异常……"同时提出：

"泰氏学说全部吾人虽不能无条件的赞成，而泰氏之精神，则无论何人凡知其经历者，皆应敬重。然纵有反对，亦并于应以不庄重之词句，下逐客令。若吾侪所闻非虚，则此种行动，实出自主张言论自由思想自由之人，尤足令人不解……"同日，徐志摩作演讲，后登载于本月19日《晨报副镌》。

《文学》周报第121期于12日出版。发表了黄运初诗《是谁？》、《在客舍里》，胡伯玄诗《春画的梅庵》，王佐才诗《长途的旅客》，潘垂统戏剧《一个小钱的战争》等作品。

沈雁冰《文学界的反动运动》刊载于《文学》周报第121期。文章指出，近一年来，中国处于反动政治的劫制之下，社会上各方面都现出反动的色彩来，文学上的反动运动的主要口号是"复古"，有反对白话主张文言的，"有再退后一步，要到中国的古书——尤其是经，里面去寻求文学的意义，他们的标语仍旧是'六经以外无文'，他们以为经史文之极则，子史已不足观……"同时深刻地提出了："中国的作者界就是读者界。'不过他们自己做这些东西的，买几本看看'……中国今日一般民众，毫无文艺的鉴赏力，所以新文学尚没有广大的读者界；要养成一般群众的正则的欣赏力，本来不是一朝一夕所可成功，或者要比产生一个大作家还困难。而况还有反动派作退后的运动呢？"沈雁冰呼吁："我们不肯在时间上开倒车的人应该怎样呢？等他们自己被时代潮流所淘汰么？还是我们要用几分力，推进时代的轮机呢？我们应该立起一道联合战线，反抗这方来的反动恶潮！"

后来，沈雁冰又一次针对文学界的反动运动，撰文《进一步退两步》于5月19日发表在《文学》第122期，指出两种现象："在白话的势力尚未十分巩固的时候，忽然做白话文的朋友自己谦逊起来，自己先怀疑白话文……尚未在广遍的社会里取得深切的信仰，建立不拔的根基时，忽然多数做白话文的朋友跟了几个专家的脚跟，埋头在故纸堆中，做他们的所谓'整理国故'……"沈雁冰认为："'整理旧的'也是新文学运动题内应有之事，但是当白话文尚未在全社会内成为一类信仰的时候，我们必须十分顽固，发誓不看古书……"并委婉地批评："许多新文学的朋友们忘记了他们的历史的使命，竟要把后一代人的事业夺到自己手里来完成，结果弄成了事实上的'进一步退两步'，促成这一年来旧势力反攻的局面，爆发为反动运动。"文末强调了联合战线的必要性，提醒文学界不可忘记白话运动的普遍宣传和根基巩固的历史使命。

同日，梁俊青作《评郭沫若译的〈少年维特之烦恼〉》，载于《文学》周报第 121 期。指出郭沫若译本中的错误，说："总之这本书实在不能说是水平线以上的。"此说因而又引起创造社与文学研究会之间关于翻译问题的一场论战，持续至 7 月、8 月间。

佚名作《治古文之意义与价值》，载于《文学》周报第 121 期。对赵景深的文章和沈雁冰的《杂感》提出不同看法。认为治古文的意义和价值是：能从古文里"发现民族的特性"，能从古文里"寻一条中国新文学应当走的坦途"，而"绝对不是摹仿和抄袭"。

13 日，《文艺周刊》第 33 期出版。发表陈翔鹤诗《梦》、林如稷诗《凄然》、学昭《愁眠》、周乐山《把你——赠给我的 WS》及散文《愁人杂记》、仿溪诗《雨中》等作品。

16 日，《小说世界》第 6 卷第 7 期出版。发表小青《天然的证据》、胡寄尘《爱的循环》、禹中《父母之心》、赵苕狂《离奇之情史》、松庐《家庭之累》、吟秋《突如其来的一个军人》、钱唐邨《园中》等作品。

同日，沈雁冰作《泰戈尔与东方文化——读泰氏京沪两次讲演后的感想》发表于《民国日报·觉悟》。

17 日，恽代英《文艺与革命》发表于《中国青年》第 31 期。文中说："我虽不知道文学是什么，亦相信文学是'人类高尚圣洁的感情的产物'；既如此说来，自然是要先有革命的情感，才会有革命文学的。现在的青年，有几个真可成为有革命情感呢……我相信最要紧是先要一般青年能够做脚踏实地的革命家；在这些革命家中，有些感情丰富的青年，自然能写出革命的文学……倘若你希望做一个革命文学家，你第一件事是要投身于革命事业，培养你的革命的感情。"同时批评了社会上的某种现象："现在的青年，许多正经问题不研究，许多正经事不做，自己顺着他那种浅薄而卑污的感情，做那些像有神经病，或者甚至于肉麻的哼哼调，自命为是文学，自命为是文学家，这却不怪我们藐视而抹煞了。"

18 日，《歌谣》周刊第 55 号出版。发表林玉堂《方言调查会方音字母草案》以及顾颉刚、周作人、胡适等学者参与的《各种方言标音实例》。

19 日，《创造周报》第 52 期出版。发表成仿吾《批评与批评家》、敬隐渔小说《玛丽》、鲁少飞素描《人体习作》等作品。

成仿吾的《一年的回顾》发表于《创造周报》第 52 号，宣告了《创造周报》停刊。文章讲到《创造周报》的诞生经历，回顾了"我们的艾尔这一年来所经过的路程的概况"，并表达了对曾经给予帮助的朋友们的感谢，也谈到《创造周报》停刊的原因："我们固然很愿意竭力于新文学的建筑，然而我们自己也要生活。""生活的困难，环境的恶劣，先在我们的双肩加上了一对死重的 deadweight……数年来疯狂一般的把自己的爱情献给了文艺的女神，然而环顾我的周围，又不禁悲愤而羞悔。我的世界到底还只是一个无限大的空虚与一片漫无着落的悲感。"成仿吾在文中呼喊道："我们热爱青春的生活，我们不能把我们有限的生命一齐都丢在一个无底洞里。……我们爱生活，我们还年轻，我们不愿忘记了自己的生活。"但同时，成仿吾也表示："然而我们既然带了这样顽恶的运命而来，我们决不是卑怯的逃避者，我们也决不愿意放弃我们的工作。我们的文学革命，和我们的政治革命一般，须从新再来一次。我们休息一时，当时一种准备的作用。不等到来年，秋风起时也许就是我们卷土重来的军歌高响的时候。"《创造周报》是创造社机关刊物之一，是包括政治、文学创作翻译和文艺批评的综合性刊物，1923年5月13日，《创造周报》创刊于上海，由泰东图书局出版，郭沫若、郁达夫、成仿吾编辑。发刊词是郭沫若的一首诗《创世工程之第七日》，指出："上帝，我们是不甘于这样缺陷充满的人生，我们是要重新创造我们的自我"。本刊提出了不少新的文学主张，如主张文学的现实性、提倡灵感和天才、反对文学功利主义等。该刊在文学主张和创作倾向上与《创造》季刊完全一致，而影响和出版数量比《创造》季刊更大。主要撰稿人多为创造社成员。1927年11月9日，鲁迅与创造社成员郑伯奇、蒋光慈、段可情会面，商议组织联合战线，恢复《创造周报》事宜。大革命失败以后，众多进步作家聚集上海，大家联合起来共同创办一个刊物，提倡新的文学运动，为迎接将来的革命高潮作准备。在1928年元旦出版的《〈创造周报〉复活了》一文中指出："我们不甘于任凭我们的文艺界长此消沉，任凭我们的文艺长此落后的几个人，发愿恢复我们当年的、不幸在恶劣的环境中停顿了的《创造周报》，愿以我们身中新燃着的烈火，点起我们的生命于我们消沉到了极点的文艺界，完成我们当年未竟的志愿。"

同日，《文学》周报第122期出版。发表了沈雁冰《进一步退两步》、严敦易小品文《风筝》及诗《中夜》，芳古杂谈三篇《梅孽》《中国太戈尔》《辜鸿铭》。"通信"栏刊登了梁俊青和沈雁冰的通信。

同日，《晨报副镌》登载济人针对泰戈尔访华所作文章《不了解的欢迎与不了解的驱逐》。

20 日，泰戈尔于晚 11 时由西车站乘坐京汉车出京，一行六人，由徐志摩陪同。

《文艺周刊》第 34 期于 20 日出版。发表王怡庵《留别上海的朋友》、周乐山诗《遐思》、学昭小说《愿你忘了罢》、汪静之《〈绮梦〉序诗》、林如稷《秋虫的注血》、周必太诗《荷花的一生》、王维克杂记《生活的痕迹》等作品。

23 日，《小说世界》第 6 卷第 8 期出版。发表禹钟《黄昏》、白羽《堕落的青年》、苔狂《犯罪与科刑》、祖堂《傍晚的一幕》、仲子诗《情死》等作品。

25 日，泰戈尔在汉口辅德中学发表演讲。

《歌谣》周刊第 56 号"婚姻专号之一"于 25 日出版。发表董作宾《一对歌谣家的婚仪》、杨德瑞《北京的旧式结婚》等文章，以及杨中伟《新打的茶壶》、白启明《回娘家》、《不图田》等歌谣。

26 日，《文学》周报 123 期出版。发表了张维琪小品《小妹妹》、《圆环》，味辛戏剧《田鼠的牺牲》，赵景深小说《情书》，溟若《孤人杂记》。登载了日本近松秋江著、六逸译《五月雨的诗趣》。

卢自杰《批评文艺的标准是什么》于《文学》周报第 123 期发表。认为用"古典派"的规律和"人生派"的标准去做艺术批评的尺度，是从艺术自身以外去寻求艺术的价值，"统统都弄错了"。文艺"丝毫不受客观规律的支配"，"也不是为人生而存在的"。我们批评艺术的唯一标准，"就是要寻找艺术令人赞美的通性"，即是向"作品里头去寻'自我'，要向艺术自身去寻美的生命"。

张天一作《宁波的文学界》载于《文学》周报第 123 期，介绍宁波文学界的情况。

27 日，《文艺周刊》第 35 期出版。发表冯至诗《赠》、陈翔鹤小说《春宵》等作品。

28 日，泰戈尔于上海慕尔鸣路 37 号的园会上作告别辞，并于 30 日乘船自沪赴日。

同日，《向导》第 67 期登载陈独秀作《泰戈尔是一个什么东西！》。

30 日，《小说世界》第 6 卷第 9 期出版。发表胡寄尘故事诗《敌国》、蒋用宏独幕剧《价值》、西巫瘦铁《疯教师》、秋凤《身后》等作品。

本月，广州各界公祭黄花岗七十二烈士，南京学生会举行"五四"纪念会，京津等地群众举行纪念"五七"国耻活动，张国焘在京被捕，中国国民党为逮捕事件发表《敬告国民书》，江西人民驱逐蔡成勋运动再掀高潮，厦门大学发生学潮，中共第三届执委扩大会议在上海召开，艺术家马莱威茨发表超现实文告。

本月，关于泰戈尔访华及其学说观念的论争见于各报，包括《晨报副镌》《向导》《小说月报》《中国青年》《国民日报·觉悟》《申报》等。争论持续到6月。

本月，《少年中国》第4卷第12期出版，至此，始于1919年7月15日的综合性刊物《少年中国》月刊终刊。刊载了张闻天《从梅雨时期到暴风雨时期》，萧楚女《讨论〈国家主义的教育〉的一封信——致恽代英》、《维廉·欧诗阀》，周太玄《〈生物学纲要〉序》等作品，还发表了张闻天的三幕剧《青春的梦》，以及载于"会员通讯"栏的《王光祈致苏州会议参加者诸会友》。

本月，《学衡》第29期出版。发表范祎《由读庄子而考得之孔子与老子》、景昌极《佛法浅释导言》、唐大园《八识本体即真义》、柳诒徵《评陆懋德周秦哲学史》、胡先骕《旅程杂诗十八首》等作品。登载向绍轩《学校考试与教育前途》《今日吾国教育界之责任》于"通论"栏目。

本月，姚民哀的小说《山东响马传》由世界书局出版。姚民哀与文公直、顾明道合称"武坛三健将"，不喜欢神怪和艳情，也并不擅长武术描写，但他能利用他对帮会内幕熟悉的优势，大写帮派故事。后来这种写作手法被郑证因继承下来，成为"北派武侠"中的重要一支。

本月，包天笑等的短篇小说集《说海精华》由大东书局编译所编，上海大东书局5月出版。收入包天笑《沧州道中》《两个小木鱼》《教育家之妻》，周瘦鹃《生育上之加减乘除》，毕倚虹《一星期的买办》《捕马季》，向恺然《兰法师捉鬼记》，徐卓呆《头发换长生果》《怕人山水》，骆无涯《票语》，程小青《点头》等数十位作家的作品，共分四册。

本月，张闻天的长篇小说《旅途》连载于《小说月报》第15卷第5号至第12号，并于1925年由商务印书馆出版。全书共分为三部分，讲述了青年工程师王均凯跋涉在人生旅途中由苦闷到振作，最后投入革命的故事。第一部写王均凯在天津某工程局工作时，正值"五四"落潮，感到生活寂寞空虚，加以父母强迫婚事，使他在痛苦中逐渐沉沦。第二部写他在美国经历爱情的痛苦后，认识到十月革命后的苏联才是改造黑暗中国的希望，从苦闷徘徊中振作精神。第三部写王均凯回国后目睹帝国主义的压迫和封建军阀的腐败，毅然参加革命政党，任第一路军副司令，在随北伐军进攻上海时身先士卒，率众进攻炮台，不幸牺牲。作品用较多的篇幅写主人公的爱情遭遇，折射出个人命运与社会解放互相联系的主题，具有鲜明的时代气息。缺点是主人公的转变写得有些突然，人物议论太多。

本月，一楚、含川合著，褚保衡编的《景山之东》由北京沙滩社出版，列为《沙滩社文艺丛书》。上卷题为《景山之东》，一楚作，收有《沙滩畔》、《盲诗人的印象》等散文 28 篇。下卷题为《沉默》，含川作，收有《入学的第一天》、《梦的回忆》等散文 9 篇。

本月，陈勋的叙事长诗《爱的果》由上海时还书局发行。前有潘锡纯《诗序》、芮禹成《序》、马浚知《序》、陈勋《自序》。

本月，六不如等的散文集《良心》作为《平民小丛书》出版。包括《吾的乞丐谈》、《下乡去吧》、《甚至罪》及种因《人生的悲歌》。

本月，蒲伯英的四幕剧《阔人的孝道》由北平晨报社出版，是《晨报社丛书》第 17 种。此剧以辛辣的笔触揭露了一个暴发户的虚伪、卑鄙和贪婪。剧本结构巧妙，人物形象鲜明，语言生动，使其抨击黑暗、腐朽，呼唤光明、公正的主题得到了生动的体现。

本月，欧阳兰的诗集《夜莺》由蔷薇社出版，作为《蔷薇社丛书》之一，包括《红杏树旁》、《雪夜》、《心灵的鲜花》、《人生的纯洁》等。

本月，吴芳吉作《三论吾人眼中之新旧文学观》。载于《湘君》第 3 期，又载于本年 7 月《学衡》第 31 期。文章三节：一论新派的"历史的文学观念"是新派"陷溺"的根本原因；二论新派"由其历史观念而益自致于陷溺者，则其科学之误解焉，有政党之附会焉"；三论"历史观念"是"致病之根源"。

本月，刘朴所著《辟文学分贵族平民之讹（后篇）》，载于《湘君》第 3 期。文章列举中外文学史中的事实，以证明"文学无贵族平民之分，而有是非之别"。

本月，曹慕管作《论文学无新旧之异》，载于《知识》第 4、5 期，又载于本年 8 月《学衡》第 32 期。文章分上、中、下三篇。上篇论"文学无新旧之异"，中篇论文言、白话问题，下篇论"文学无贵族平民之别"。

本月，唐小圃编译《俄国童话集》由上海商务印书馆发行，包括 6 册，内收童话 23 篇。

本月，美国女作家克林登著，毛文钟、林纾译《情天补恨录》由上海商务印书馆出版，收入《说部丛书》第 4 集第 22 编。

本月，英国莎士比亚著、邵挺译《天仇记》由上海商务印书馆出版，分上、下两册，收入《说部丛书》第 4 集第 21 编。1930 年 4 月收入《万有书库》。

本月，德国女作家施园著、杨敬慈译《人世地狱》由北京晨报社出版，收入《晨报社丛书》。

本月，法国孟代著、CF 女士（张近芬）译《纺轮的故事》由北新书局出版，收入《新潮社文艺丛书》童话集，包括《纺轮的故事》、《失去的爱》、格林兄弟《睡美人》、周作人《读〈纺轮的故事〉》。

六月

1 日，《歌谣》周刊第 57 号"婚姻专号之二"出版。发表郑宾于《歌谣中的婚姻观》、宁淑《几首北京的婚姻的歌谣》、孙少仙《云南关于婚姻的歌谣》、刘策奇《瑶人的婚姻》等文章。登载了傅振伦《满天星》、张祖基《月光光》、熊宴秋《白果果》、何植三《新人新眠床》、《新娘子》等歌谣。

同日，鲁迅开始以 5 月 31 日自商务印书馆购得影印明嘉靖四年（1525）汝南黄氏南星精舍刊本《嵇中散集》比勘自己的校录本。从 1913 年起多次校勘《嵇康集》，至本月基本写定，作《〈嵇康集〉逸文考》、《〈嵇康集〉著录考》、《〈嵇康集〉序》三篇，辑入鲁迅校本《嵇康集》，后均编入《古籍序跋集》。

2 日，《文学》周报第 124 期出版。发表了仲云《一种研究文学史的新方法》、徐志摩《泰戈尔》，张维琪小品《金鱼》，焦菊隐诗三篇《夜哭》、《母亲的病》、《早晨的愁云》，白采小说《侮辱》，黄运初诗三首《雨》、《淹没》、《中夜》，VG《忆念》，"杂感"栏登载玄珠《许多青年》。

3 日，《文艺周刊》第 36 期出版。发表陆侃如《读诗杂记》、周乐山《陶醉之夜》、混沌《纺车》、王怡庵《秣陵通信》等作品。

4 日，《向导》第 68 期登载实庵（陈独秀）《泰戈尔与金钱主义》，尖锐地提出："我们不佩服泰戈尔……难道科学与物质文明就是金钱主义吗？……难怪北京有人说他，是一个政客，不是诗人。而且泰戈尔他自己如果反对金钱主义，便应将他所受物质文明社会的造孽钱——诺贝尔赏金，散给无衣无食的印度人。"

6 日，《小说世界》第 6 卷第 10 期出版。发表唐小圃《梦中人》、乐山女士《小全》、何海鸣《财主的痛苦》等作品。

8日,《歌谣》周刊第58号"婚姻专号之三"出版。发表顾颉刚《一个光绪十五年的奁目》、孙少仙《云南旧式婚仪之一斑》、黄朴《读书人之妻的婚姻观》等文章。登载万元初《绿豆娘》、张四维《油炸巴巴》、《青菜头》、《火火虫》、《月婆婆》等歌谣。"纪事"栏目登载《研究所国学门风俗调查会开会纪事》一文。

9日,《文学》周报第125期出版。发表了鱼常诗《春水》、严敦易诗《烦念辞》、徐调孚《我们的杂记》等作品。

郭沫若致梁俊青信,载于《文学》周报第125期"通信"栏。对梁俊青批评《少年维特之烦恼》的错译,逐点加以"释明"。

同日,成仿吾致郑振铎信,载于《文学》周报第125期"通信"栏。指责梁俊青"轻薄"、"卑怯","艺术的良心的死灭",要求《文学》周报的编辑对此事负责。编者在信后答复说:"梁俊青关于《少年维特之烦恼》的批评文字'较之近来同行们的刻毒谩骂的批评已高出百倍'。"劝告"郭君!成君!且平心静气的与在同路相见,不必一闻逆耳之言即忘了自己前途的'事业',而悻悻然欲与言者拼命"。

10日,《小说月报》第15卷第6期出版。发表了冰心小说《六一姊》、庐隐女士小说《前尘》、朱自清诗歌《别后》、颉刚读书杂记《楚辞》、《〈官场现形记〉之作者》、玉薇女士诗歌《春意》、《小诗》、《夜淡的回忆》等6篇,梁宗岱诗歌《陌生的游客》等作品。登载了日本小川未明作童话两篇《种种的花》、《懒惰老人的来世》,晓天译。郑振铎《中国文学者生卒考(附略传)(六)》发表,内容包括杜审言、宋之问、沈佺期、苏味道、陈子昂、贺知章、上官婉儿、张九龄、孟浩然、王昌龄、崔颢、王维、李白、高适、颜真卿、杜甫、顾况等人生卒年及略传。郑振铎《文学大纲(六)》发表。"海外文坛消息"栏目登载沈雁冰《匈牙利小说》、《加拿大文学》两篇。

瞿秋白在《小说月报》第15卷第6期发表《赤俄新文艺时代的第一燕》,赞扬十月革命"辟出人类文化的新道路"。文章介绍了"无产阶级文化的'第一燕'——两位死于其天责的劳工诗人,无产阶级文化运动的创始者——菲独·嘉里宁和柏塞勒夸",认为"革命中资产阶级的文学家往往对于苏维埃政府过分的要求优待,却又'怀才自重',不肯轻易为平民服务;公认的著作家力竭声嘶的开展一些才能,不幸乃竟为新文化和新生活而死于战场"。

同日,《文艺周刊》第37期出版。发表冯至《好花开放在最寂寞的园里》、《梦及梦之前后——与羡季哥的一封信》、《拜月词》，顾泽培诗《海梦》等作品。

11日，鲁迅回八道湾宅取书时，与周作人在此发生激烈冲突。鲁迅在当天的日记中写道："下午往八道湾宅取书及什器，比进西厢，启孟及其妻突出骂詈殴打，又以电话招重久及张凤举、徐耀辰来，其妻向之述我罪状，多秽语。凡捏造未圆处，则启孟救正之，然终取书、器出。"许寿裳后来回忆这件事时说："这所小屋（指西三条南屋藏书室）既成以后，他就独自个回到八道湾大宅取书籍去了。据说作人和信子大起恐慌，信子急忙打电话，唤救兵，欲假借外力以抗拒；作人则用一本书远远的掷入，鲁迅置之不理，专心捡书。一忽外宾来了，正欲开口说话，鲁迅从容辞却，说这是家里的事，无烦外宾费心。到者也无话可说，只好退了。这是在取回书籍的翌日，鲁迅说给我听的。我问他：'你的书全部都已取出了吗？'他答道：'未必。'我问他我所赠的《越缦堂日记》拿出来了吗？他答道：'不，被没收了。'"①许广平也回忆道："后来的朋友告诉我，周作人当天因'理屈词穷'，竟拿起一尺高的狮形铜香炉向鲁迅头上打去，幸亏别人接住，抢开，这才不致打中。"②鲁迅这次只取了部分书物，至于以"十余年之勤"收拢来的古砖及拓本，则多为周作人霸占，鲁迅在《〈俟堂专文杂集〉题记》中愤慨地说："迁徙以后，忽遭寇劫，孑身逭遁，止携大同十一年者一枚出，余悉委盗窟中。"

12日，杨邨人作《读鲁迅的〈呐喊〉》，载于6月12日至14日《时事新报·学灯》。

13日，《小说世界》第6卷第11期出版。发表胡寄尘《文与文学》、小青《神秘的报复》、西万《镜框的故事》、李伊凉四幕短剧《父母与儿女》、钱起八新诗《呕吐》、卓呆《飞剑》、林履彬《琴话》等作品。

15日，《歌谣》周刊第59号"婚姻专号之四"出版。发表白启明《河南婚姻歌谣的一斑》等文章。

16日，《文学》周报第126期出版。发表何味辛童话《虹的桥》等作品。

严既澄作《一九二四年"王敬轩"》载于《文学》周报第126、127期"杂感"栏。抨击新近复古的倒行逆施。文章说："看见了那《智识》的第四、第五两期，其中最伟大的文章是新王敬轩先生的《论文学无新旧之异》一篇……这样的'妙文'，

---

① 许寿裳：《亡友鲁迅印象记·西三条胡同住屋》，人民文学出版社1953年版，第60页。
② 许广平：《鲁迅回忆录·所谓兄弟》，作家出版社1961年版，第58页。

我们除了摇头叹息，怜恨着我们的大国民在时间的轨道上开倒车的劣根性始终摆脱不了而外，我们还有什么兴致去和这种换汤不换药的新牌王敬轩打笔墨官司啊！"文章希望"未经染习的青年们，切勿上当盲从"。

同日，诵虞作《"平贵文学"》，载于《文学》周报第 126 期"杂感"栏。讽刺曹慕管《论文学无新旧之异》一文是一篇"奇文"，而"曹君真善于制造名词啊"！

宏图作《妙文一脔》载于《文学》周报第 126 期"杂感"栏，也是讽刺曹文的荒谬。指责曹攻击《小说月报》的"态度过于卑劣"。

梁俊青致郭沫若信，载于《文学》周报第 126 期，继续讨论郭沫若译文的错误，指出郭写于本月 9 日的信，是一种"强辩，反而益于足证出你的错误"。

梁俊青致成仿吾信，载于《文学》周报第 126 期，反驳成仿吾在本月 9 日给郑振铎的信中对他的攻击。指责成仿吾"意气实在太盛，并且近于村妇的骂法"。信中同时公开成仿吾给他的私信内容。因而又引出成在下一期《文学》周报上答复信。

17 日，《文艺周刊》第 38 期出版。发表干维克《恋爱·文学·革命》，乐山《愿望》，冯至《寄〈纺轮的故事〉》、诗《偕陈翔鹤夜步》，凌梦痕《家乡》，周泰京《别》等作品。

20 日，《小说世界》第 6 卷第 12 期出版。发表顾明道《还我清白》、陈济芸《豢养的狗》、素英《我的新村》等作品。

22 日，《歌谣》周刊第 50 号出版。特载乐均士《我为什么要介绍人？》、张安人《陇县闹洞房的歌谣》；发表重九《苏州的唱本》、刘策奇《獞人情歌六十首》、刘经庵《摇货郎》等歌谣。

23 日，《文学》周报第 127 期出版。发表了张维琪小品《酒后》、顾均正《威尔士的新著〈梦〉》、茅盾《四面八方的反对白话声》等。

成仿吾答梁俊青信，载于《文学》周报第 127 期"通信"。指责梁"以私信要挟我，等到则会些都不如意，更捏造谎言诬我"，这真"使你自己的个人道德破产了"。因此，对他的信，"恕我不再答复了"。

栋文作《"文与文学"》，载于《文学》周报第 127 期。针对《小说世界》第 6 卷第 11 期发表胡怀琛的《文与文学》，指出"文学"二字，如同"植物"、"动物"一样，"是铸成在一起"，是不能分开的。"其中的'学'字，并没有包涵'学问'的意思。"文章说："胡君一流的人实在是胆子太大，他自己连文学的概念都不知道，便执笔去写了许多文学书出来，纸张印工糟蹋了不要紧，把不正确的错误观念灌输了青年的洁白的脑中，乃是一件大罪过。"文章最后讽刺《小说世界》"原是笑话的制造所"。

24日，《文艺周刊》第39期出版。发表陈承荫《散后》，周乐山《湖畔诗草》、诗《从黄昏到夜半》，王怡庵《西归泣血》，顾泽培诗《茵席》，林如稷诗《独行》，学昭《钱塘忆惠》等作品。

27日，《小说世界》第6卷第13期出版。发表西神《玫瑰别墅》、金枫江《枫江笔记》、蒋用宏《暑假》、何海鸣《暑假》、CT《他俩》、仲可《纯飞馆笔记》等作品。

29日，《歌谣》周刊第61号出版，发表顾颉刚《东岳庙游记》、黄朴《搜集歌谣所应兼收之又一部分——截尾语》等文章，转载嘉白《童谣底艺术的价值》（录《艺术评论》第15期），并为暑假期内休刊告读者。

30日，《文学》周报第128期出版。发表王任叔《孤寂的小星》《人的深秋间》、蒲梢《法郎士八十岁诞日》、《近代最好的十本书》，庐隐女士小说《醉鬼》。登载了日本厨川白村著、仲云译《文学创作论（一）》，法国莫泊桑著、雷晋笙译《散步》。

本月，国民党广州市党部成立，孙中山下令各机关裁减预算，驻京公使团阻挠苏联政府收回俄使馆，钱能训病逝，国内学者讨论退还庚款用途，李大钊等参加共产国际五大，上海丝厂女工罢工，邓泽如等再次弹劾共产党，中共发出党内通知，指出国民党右派破坏活动，共产国际第五次代表大会召开，奥地利作家卡夫卡去世。

本月，《学衡》第30期出版。发表柳诒徵《励耻》、汤用彤《印度哲学之起源》、王桐龄《介绍柯凤孙先生新元史》等文章。

本月，鲁迅《中国小说史略》（下）由北京新潮社出版，所作后记述上册中未及增修之处。该书是鲁迅在北京大学讲授中国小说史课程的讲义，共有28篇，叙述中国古代小说发生、发展、演变的过程，是我国第一部小说专史。作者描述了自神话传说至清末谴责小说数千年中国小说的发展线索，将各种类型的小说及其发展结合当时社会各种条件进行考察，具有科学性和逻辑性。分析历代小说的思想和艺术，言简意赅，评断得当，并时有独创的见解；另外对小说中人物形象的分析也多有真知灼见，给读者以启迪。全书资料宏富，选材审慎，是现代专题文学史的一部力作，对研究中国小说具有深远的指导意义。又于本年7月在西安讲学，记录稿即《中国小说的历史的变迁》。

本月，汪馥泉《新文学概论》在《觉悟》发表。《觉悟》是《民国日报》的副刊，宣传新文化运动，并配合《新青年》展开反对无政府主义的斗争。曾刊有瞿秋白、恽代英等人的文章。

本月，李渺世发表短篇小说《买死的》。

本月，平襟亚短篇小说集《中国恶讼师》由上海公计书店出版，有周瘦鹃、吴朱麟、李云等人作序，共4集。

本月，冯叔鸾短篇小说集《叔鸾小说集》由上海世界书局出版。收有《孽海红筹》、《汽车》、《第一神相》、《捉刀记》等作品，包括赵苕狂所撰《冯叔鸾君传》。

本月，严独鹤短篇小说集《独鹤小说集》由上海世界书局出版。收有《恋爱之镜》、《月夜箫声》、《如此牺牲》、《留学生一》、《留学生二》等作品，以及赵苕狂所撰《严独鹤君传》。

本月，沈禹钟短篇小说集《禹钟小说集》由上海世界书局出版。收有《车尘》、《瓜棚下》等作品，以及赵苕狂所撰《沈禹钟君传》。

本月，张枕绿短篇小说集《枕绿小说集》由上海世界书局出版。收有《项圈》、《护新人》、《艺术之淫》等，以及赵苕狂所撰《张枕绿君传》。

本月，罗琛著、华通斋译中篇小说《恋爱与义务》由上海商务印书馆出版，收入《小说世界选刊》。

本月，徐剑瞻所著《傅胜氏》由北京实事白话发行部出版。

本月，沈从文等著《拜献》由上海天马书店出版。内收沈从文小说《夫妇》和长虹小说《生的跃动》。在充满抒情幻想的小说《夫妇》中，沈从文塑造了一个在现代文明的污染与压力下，生命变得空虚，因此患上神经衰弱症的城市人璜，他想回归大自然去寻找自然的生命力来治疗自己的病，可是原本潜藏着生命力的乡村世界却正在都市文明的侵染下逐渐失去原始的人性美与生命力。

本月，瞿秋白《赤都心史》由商务印书馆出版，为《文学研究会丛书》之一。收有《黎明》、《无政府主义之祖国》、《革命之反动》、《列宁》、《赤色十月》、《中国人》、《家书》等，包括杂感、散记、小品、游记、读书录、散文诗46篇。作于1921年至1922年初，与《饿乡纪程》为姐妹篇。记述作者在考察莫斯科时的见闻，以描绘了十月革命胜利初期苏俄社会生活中新的生机为背景，通过大量事实的记录，展示了列宁实行新经济政策给苏联经济带来的影响，介绍了不少著名人物的活动，以及苏联人民为战胜困难而进行的艰苦卓绝的斗争，既热情歌颂十月革命的伟大胜利，又展现了苏联建国初期在实行"军事共产主义"中人民生活的种种困苦。本书还忠实记录了作者如何成长为一个共产主义者的思想发展过程，充满了内心的独白和思索的印记，故称为"心史"。《赤都心史》文笔自然质朴，叙事舒展自如，抒情热情奔放，议论生动而富有哲理，既代表了新文学初期游记散文的成就，又开导了后来通讯报告的先河，无论在形式还是内容上，都堪称中国现代散文的代表作，出版后因统治者的禁止而未能广泛流传，但对许多探求救国救民真理的知识分子产生了极大的吸引力，影响深远。

茅盾后来回忆说："三十多年前，现在的五十多岁的人，被当时'十月革命'的炮声所惊醒，往往幻想着那横跨欧亚两洲的大国在革命以后就该一下子变成怎样一个极乐的世界。认为'就该是'，这是多么天真，多么幼稚……《饿乡纪程》和《赤都心史》却用'清醒的现实主义'……教育了上面说的那些太幼稚太天真的人。这样做是有好处的，至少在当时，因为我看到过，有些抱着那样幻想的人后来发现事实的发展不能一下子就符合他们的幻想，就觉得受了骗了（其实是他自己受了自己幻想的骗），于是从火热变为冰冷，甚至走上相反的道路。对于这样的人，我以为《饿乡纪程》和《赤都心史》可以医治他们的病。至少，我是有过这样的经验；而亦因此，种下了我对于这位不相识的作者的敬仰的情绪。"[1]

本月，沙刹的诗集《水上》出版，《沙刹丛书》第一种。全书分三辑，分别是金焦之花、赠与、美丽的梦。

本月，法国法郎士著、穆木天译《蜜蜂》由上海泰东图书局出版，收入《创造社丛书》之《世界儿童文学选集》。

七月

1日，《文艺周刊》第40期出版。发表王以仁《沫若的戏剧》、楚茨《近代戏剧中的家庭研究》、学昭诗《吊魂》、顾泽培诗《遐思》等作品。

---

[1] 茅盾：《纪念秋白同志，学习秋白同志》，《人民日报》1955年6月8日

4日,《小说世界》第 7 卷第 1 期出版。发表西神《春光》、双双《十字刀》、何海鸣《儿女》、程小青《两个疑问》、禹钟《孪生者》、胡文炜《冰冻的树》、蒋用宏《小别》等作品。

5日,萧楚女发表《艺术与生活》,载于《中国青年》周刊第 38 期。运用马克思主义的唯物史观,阐述了艺术和政治、法律、宗教、道德一样,"同是建筑在社会经济组织上的表层建筑物,同是随着人类底生活方式之变迁而变迁的东西。只可说生活创造艺术,艺术是生活的反映——艺术虽不能范围一切,却能表现一切"。

7日,《文学》周报第 129 期出版。发表化鲁《介绍一部讲革命故事的书》、王任叔诗《诗人和芙蓉》。登载了日本厨川白村著、仲云译《文学创作论(二)》,法国莫泊桑著、雷晋笙译《散步(续)》,唐珊南著、顾均正译《神底玩意儿》,John Greenleaf Whittier 著、鱼常译《赤脚的儿童》。

秉丞作《革命文学》,载于《文学》周报第 129 期"杂谈"。指出"革命者"不论"特意为文或乘兴为文",其文都"含着广义的革命意味",有着"震撼一时代的人心"的作用。所以,当前最需要的是"力行革命的事业"的真的"革命者"。

H 作《开倒车与准游魂》,载于《文学》周报第 129 期"杂谈"。抨击"独尊文言,反对白话"的复古派,尖锐地指出:"死守'文言'的目的,是想'保留少数人的神秘的地位,不致把从前受人尊敬的虚荣失掉'。"

同日,梁俊青致成仿吾信,载于《文学》周报第 129 期"通信",指责成仿吾"全想用一种势力来压迫人","手段又不算光明"。

8日,《文艺周刊》第 41 期出版。发表炜谟《给读者》《暮霭——给友人君培》、陈翔鹤《婚筵》。登载华兹华斯著、维克译《水仙花》。

10日,《小说月报》第 15 卷第 7 期出版。发表了许钦文小说《虚惊》、赵景深小说《枪声》、渺世小说《投军》、焦菊隐诗歌《淮军义冢》、张维琪诗歌《踯躅中之一幕》、王思玷小说《一粒子弹》、叶伯和小说《一个农夫的话》、冰心散文《往世(二)》、李青崖《几本谈大战的法国小说》、周仿溪诗歌《战争》等作品。登载了日本秋田雨雀小说《佛陀的战争》,晓天译;安徒生童话《凶恶的国王》,顾均正译;俄国迦尔洵小说《胆怯的人》,耿济之译;俄国安特列夫小说《红笑》,郑振铎译;法国莫泊桑小说《战栗》,李青崖译;日本武者小路实笃剧本《某画家和村长》,陈瑕译等译著。

13日，北京学生联合会、《政治生活》周刊社、中国社会主义青年团等五十多个团体，在北京发起建立反帝国主义运动大同盟，推选胡鄂公、雷殷、李世璋等15人为执行委员会委员，并发表成立宣言和通电。该组织的主要宗旨是开展废除不平等条约的运动，反对对华侵略政策，曾在全国发起反帝国主义运动周活动。1926年后逐渐停止活动。

14日，《文学》周报第130期出版。发表玄珠《苏维埃俄罗斯的革命诗人马霞考夫斯基》、严敦易小说《隔阂》、PS《旅行杂记》。登载了俄国普希金著、冯省三译《毒皇后》，J. R. Loweli 著、鱼常译诗《喷泉》，Alfred Tennyson 著、鱼常译诗《枭》。

同日，《小说世界》第7卷第2期出版。发表陆律西《好模范》、西巫瘦铁《搬场》、何其宽《离别日》、历南溪《新潮录》、吴羽白《一百元支票》等作品。

15日，《文艺周刊》第42期出版。发表陈承荫《片片的红叶——给翔鹤》、黄运初《如果》、菽桦《呓语》等作品。

17日，北京8所国立大学教职员召开联席会议，发表废除不平等条约的宣言。同年8月13日，又发表宣言，主张将退还的庚子赔款用于教育事业。8月14日，上海废除不平等条约运动大同盟在沪北公学召开成立大会，号召人们为废除不平等条约而斗争。同时，他们在天津、武汉、广州等地先后召开大会，进行废除不平等条约的宣传。

18日，《小说世界》第7卷第3期出版。发表王西神《薄命》、蒋用宏《……与人生》、胡寄尘《势力的眼光》、杨不平《自然的离异》、闻诚《胭脂虎》、烟桥《思想的变迁》、龙游丘《世界瞭望塔》等作品。

21日，《文学》周报第131期出版。发表行云小说《顽童》、从予诗《月夜》、郢小品《丛墓的人间》。

《文学》周报第131期"通信"栏发表《郭沫若致编辑诸君》和《编者公开答复信》，双方就创造社与文学研究会之间的一些纠葛进行争辩。郭沫若在信中以"滥招党羽"、"徒广销路"、"敷衍情面"、"借刀杀人"等罪状，加于《文学》周报编辑诸人，郑振铎和沈雁冰以"编者"名义作答复，指出创造社诸人"只寻别人的错头，忘记自己的过失"，声明"本刊同人与笔墨周旋，素限于学历范围以内，凡涉于事实方面，同人皆不愿置辩，待第三者自取证于事实"。今后"郭君及成君等如以学理相质，我们自当执笔周旋，但若仍旧羌无佐证谩骂快意，我们敬谢不敏，不再回答"。至此结束了两社长达 3 年之久的论战。

22 日，《文艺周刊》第 43 期出版。发表莎子《一人》、索以《下去》。登载了 Sedilot 著、吕修译《鼻烟盒》。

27 日，《小说世界》第 7 卷第 4 期出版。发表胡寄尘《第二生命》、杨小仲《一个畸零人》、历南溪《儿子的钱》、爱吾《她》等作品。

28 日，《文学》周报第 132 期出版。发表陈望道《修辞学在中国的使命》、陈醉云诗《解脱》、郢小品《丛墓的人间（续）》。登载了日本本间久雄著、章锡琛译《文学批评论》，俄国普希金著、冯省三译《毒皇后（续）》。

29 日，《文艺周刊》第 44 期出版。发表吕修诗《夜游》，冯至《海滨》、《历下通讯》，顾泽培诗《痛饮》，莎子《无题》，顾随《头的照片》，索以《酒的诱惑之后》，学昭《惊寂》等作品。

本月，农民运动讲习所开办。中华民国大学联合会在南京成立。国民党中央政治委员会成立。反帝运动爱国大联盟在北京成立。北京政府教育部公布改订《管理留学生规程》。

本月 4 日至 12 日，鲁迅西行赴陕，在西北大学作夏期讲演。

本月，《学衡》第 31 期出版。发表刘永济《文鉴篇》，景昌极《消遣问题——礼乐教育之真谛》，吴芳吉《三论吾人眼中之新旧文学观》（预录湘君季刊），叶玉森《说契》、《挚契枝谭》等作品。

本月，沙鸥所著长篇小说《自由岸》由北京实事白话报社出版。

本月，卜戈云诗集《一片》由上海梁溪图书馆出版。包括春闱里的落花、归燕之章、相思之章、别泪之章、飞影之章、残片之章等部分。

本月，英国 L. J. Beeston 著，常觉、觉迷译《雌魔影》由上海文明书局出版。

本月，日本神田慧穗著、徐傅林译的戏剧《学校剧本集》由上海商务印书馆出版。收有《女司令》、《圣诞节》、《三十五年》、《谍叛》等多部戏剧。

本月，从法国归来曾在明星影片公司担任摄影主任的汪煦昌和留法时同学徐琥合办了昌明电影函授学校。10 月初，他们在上海创办了神州影片公司。"神州派"电影代表作品为《不堪回首》、《难为了妹妹》、《花好月圆》、《可怜天下父母心》等。1927 年以古装片《卖油郎独占花魁女》结束了该公司的生涯。

本月，胡先骕作《文学之标准》，载于《学衡》第 31 期，说文学之本体可分形和质，认为"桐城文家，固不免有言之无物，徒摭拾古人糟粕之病"，然其注重文辞的研练精当。而"近日主张文体解放者，全昧于形质之别，但图言之有物，遂忘言之有序之重要"。他详细列举新文学中出现的浪漫主义、写实主义和自然主义创作方法之弊，认为"中正"即文学之标准。因此，文学"既不可食古不化，亦不可唯新是从。惟须以超越时代之眼光，为不偏不党的抉择"。

本月，《红玫瑰》周刊创刊于上海。此刊由《红杂志》改名而成，自第 4 卷起改为旬刊。由严独鹤任名誉编辑，赵苕狂任负责编辑。主要撰稿人有严独鹤、赵苕狂、包天笑、天虚生我（陈蝶仙）、程瞻庐、吴绮缘、徐卓呆、郑逸梅、胡寄尘、朱枫隐、王西神、刘豁公、徐枕亚等。周刊为 32 开，由世界书局发行。1932 年 1 月终刊，共出 7 卷 288 期。

本月，严独鹤在《发刊词》中说明："《红玫瑰》之与《红杂志》，就历史而言，就事实言，殆相衔接。""'红玫瑰'为名贵之花，谓能美而常新，斯则吾人所用以自励者也。"周刊作品要求短峭、滑稽、通俗，后期更强调"描写以现代现实社会为背景，务求与眼前的人情风俗相去不慎悬殊"。设有妇女、小小报、滑稽文章、新鲜笑话、中外趣闻、电影消息、关于剧场及游戏场之片谈、滑稽画、滑稽问答、对本刊之批评等栏目。长篇章回小说，除继续连载不肖生的《江湖奇侠传》外，有姚民哀的江湖秘闻《四海群龙传》、严独鹤的《人海梦》、赵苕狂的《玉碎珠沉录》、程瞻庐的《新广陵潮》等。还曾出过"春季号"、"夏季号"、"伦理号"、"因果号"、"消夏号"、"新妇女号"、"娼妓问题号"、"百花生日号"、"小说家号"等专号。除附有插图外，另刊《红玫瑰画报》12 期，并将所刊之短篇小说汇印成《红玫瑰丛刊》专集。

本月，文艺丛刊《我们的七月》出版。发表朱自清散文《绿》《生命的价格——七毛钱》。游记性散文《绿》是作者在第二次游览了梅雨潭后，对梅雨潭的"奇异的绿"所发出的一种感叹和赞美。在《生命的价格——七毛钱》文章开头，朱自清说："生命本来不应该有价格的；而竟有了价格！人贩子，老鸨，以至近来的绑票土匪，都就他们的所有物，标上参差的价格，出卖于人；我想将来许还有公开的人市场呢！"篇末，朱自清写道："因此想到自己的孩子的命运，真有些胆寒！钱世界里的生命市场存在一日，都是我们孩子的危险！都是我们孩子的侮辱！"

八月

1日，蒋光慈发表《无产阶级革命与文化》于《新青年》季刊第3期。提倡文学革命，说明在阶级社会中包括文学在内的文化都具有阶级性以及无产阶级文化产生的必然性。

同日，《新青年》季刊第3期出版。刊载了陈独秀《答张君劢及梁任公》、瞿秋白《实验主义与革命哲学》、蒋光慈（蒋侠僧）《唯物史观对于人类社会历史发展的解释》、周佛海《生产方法之历史的观察》等。翻译登载五篇苏联作品，包括浦列哈诺夫《辩证法与逻辑》、阿多那基斯《马克思主义辩证法的几个规律（节录）》、梨亚荫诺夫《马克思与俄罗斯共产党》、布哈林《社会主义的社会之基本条件和新经济政策》、罗诺夫斯基《现在的力量》。

同日，《小说世界》第7卷第5期出版。发表西神《死》、双双《逃犯的一封信》、杨小仲《孤雏》、叶劲风《敛钱术》、西巫瘦铁《自杀俱乐部》等作品。

同日，《娜拉走后怎样》经鲁迅重新订正后载于《妇女杂志》第10卷第8号。本文为1923年12月26日北京女子高等师范学校文艺会讲演而作，后载于1924年北京女子高等师范学校《文艺会刊》第6期（陆学仁、何肇葆记录）。鲁迅提出："从事理上推想起来，娜拉或者也实在只有两条路：不是堕落，就是回来。因为如果是一匹小鸟，则笼子里固然不自由，而一出笼门，外面便又有鹰，有猫，以及别的什么东西之类；倘使已经关得麻痹了翅子，忘却了飞翔，也诚然是无路可以走。还有一条，就是饿死了，但饿死已经离开了生活，更无所谓问题，所以也不是什么路。"在文末，鲁迅说道："正无需乎震骇一时的牺牲，不如深沉的韧性的战斗。"

4日，《文学》周报第133期出版。发表沈雁冰《欧战十年纪念》、陈醉云诗《残喘》、H小品《过去残影的片片》、郢小品《丛墓的人间（续）》。登载了日本本间久雄著、章锡琛译《文学批评论（续）》，俄国普希金著、冯省三译《毒皇后（续）》。

梁俊青作《我对于郭沫若致〈文学〉编辑一封信的意见》载于《文学》周报第133期"杂感"。文章先评谈郭译《少年维特之烦恼》一文发表的经过，指责成仿吾的"夜郎自大和自骄自傲不足与言"以及"一面讨好郭沫若一面又写信结好于自己"的"卑污手段"。

5日,《文艺周刊》第 45 期出版。发表冯至《读〈春的歌集〉》及诗《墓旁》,开先《水灾》等作品。

8日,《小说世界》第 7 卷第 6 期出版。发表程小青《天刑》、陆律西《因循》、钱起八《顾须》、奇呆《情死》、《可惜》、阿友《卝盦谈虎》、雨棠《在北固山》等作品。

8日至 10 日,《晨报副刊》发表冰心散文《山中杂记》。《山中杂记》作于 1924 年 6 月,全篇分 10 节,或回忆儿时的趣事,或抒写现实的观感,活泼简便,轻巧自然,充满童真的快乐和好奇。同年 10 月 10 日,《山中杂记》再次发表于《小说月报》第 15 卷第 10 号,后来收入《寄小读者》及《冰心散文集》。

10 日,《小说月报》第 15 卷第 8 号出版,发表了沈雁冰《欧洲大战与文学(一)(二)——为欧战十年纪念》,以及渺世小说《谁哭》、孙俍工小说《一个逃兵》、王任叔小说《龟头桥上》、蒋用宏小说《梅岭上的云烟》、郝笃祜诗歌《流弹》、徐志摩诗歌《太平景象——江南即景》、大悲剧本《虎去狼来——两幕悲惨的喜剧》、张耀南诗歌《一个士兵》、冯西冷小说《战争的一幕》、从予杂文《四骑士》、王郁青诗歌《将收服的匪》、周仿溪组诗《炮火之花》、徐调孚《反对战争的文学》等作品。登载了印度诗人泰戈尔《第一次的谈话》及《告别辞》,徐志摩译;法国巴比赛小说《门廊》,李青崖译;法国朵尔惹雷司小说《得胜了》,李青崖译;日本武者小路实笃剧本《某日的事》,仲云译等译著。

许杰的小说《惨雾》发表于《小说月报》第 15 卷第 8 号。写浙江农村玉湖和环溪两个村庄之间因传统陋习而引起的一场械斗。械斗起于环溪农民在下溪渚的芦苇丛里垦地这一小事,双方互相激荡而导致事态扩大,最终形成一场残酷的战斗。贯穿全篇的主人公桂香姊,由环溪村丈夫家回到玉湖娘家,目击了交战双方;一边是娘家,一边是夫家,她不知是为娘家而怨恨环溪,还是为丈夫去责备玉湖,缠绵的情思犹如惨雾一样笼罩她的心,结果弟弟和丈夫在这场恶斗中同归于尽。小说中,气魄雄壮的战斗气氛与愁思绵绵的闺房生活交织穿插,构成了特殊的韵味,并通过这场悲剧揭示了原始性的宗法野蛮旧俗的罪恶。作品在斗争中表现了农民的各自性格特征,生动形象;小说结构缜密,背景壮阔,气势跌宕,乡土风味浓郁,是许杰早期乡土小说的名作。

11 日,《文学》周报第 134 期出版。发表涌虞《新近去世的海洋文学家——康特拉》、程菀小诗五首、PS《旅行杂记(续)》。继续登载日本本间久雄著、章锡琛译《文学批评论（续）》，俄国普希金著、冯省三译《毒皇后（续）》等作品。

15日，《小说世界》第7卷第7期出版。发表胡文炜《电扇》、禹钟《谈艺之友》、健梁《秋的傍晚》、西巫瘦铁《平等》、蒋用宏诗《复她的一封信》等作品。

18日，《文学》周报第135期出版。发表俞平伯《〈浮生六记〉新序》、郢《骨牌声》、化鲁译犹太民间故事《幸福》、徐调孚译安徒生童话《雏菊》。

20日，《洪水》周刊创刊于上海，32开，是后期创造社主办的期刊，泰东图书局发行，为政治、经济、文艺以及文艺理论批评的综合性刊物。周全平、倪贻德等编，郭沫若、成仿吾、周全平、倪贻德撰稿。

出版《洪水》的目的是容纳《创造周报》的余稿，但终因准备不足，只出了第1期，旋即停刊。第1期上有周全平的《撒旦的工程》一文，宣传"没有创造，便没有世界"，但"破坏时比创造更为紧要。不先破坏，创造的工程师是无效的。彻底的破坏，一切固有势力的破坏，一切丑恶的创造的破坏，恰是美善的创造的第一步工程"。

第1期还登载了郭沫若《盲肠炎与资本主义》、倪贻德《迷离的幻影》、全平《对于梁俊青君的意见》、成仿吾《通信一则》。

《洪水》周刊第2期编成后，因卢齐战争（浙江督军卢永祥和江苏督军齐燮元之间的军阀混战）而未刊印。1925年9月16日复刊，改为半月刊，发表《洪水复刊宣言》。1927年12月15日终刊，共出3卷36期。1926年12月曾出版《洪水周年增刊》一本。第1—2卷，即第1—24期，由周全平编辑；第25期以后，由郑伯奇、穆木天、郁达夫编辑。其中第1—12期由光华书局发行，第13—36期由创造社出版部发行。

《洪水复刊宣言》申明："我们并没有什么远大的计划，也没有什么巨大的野心，更没有什么伟大的主义，只因为看不惯眼前的丑态，遏不住自己的感情而又找不到可以让我们自由的发表思想的地方，才把这小小的《洪水》复活。""洪水的野心是想破坏一切既成的恶习，独断的权威，无论在思想上、生活上、政治上、经济上，凡有碍青年人的心性发展的，不论大小，一例加以攻击。"这表明创造社开始了"转换方向"的"变化"。《洪水》周刊内容偏重批评，以评论、小说、诗为主，并有散文、杂文、杂记、译作、通讯、插图等。主要撰稿人有郭沫若、郁达夫、成仿吾、周全平、洪为法、叶灵凤、严良才、郑伯奇、穆木天、倪贻德、张资平、蒋光慈、王独清、周毓英、敬隐渔等。该刊曾展开了对郭沫若《马克思进文庙》一文的讨论，发表过郭沫若的《盲肠炎与资本主义》《穷汉的穷谈》《共产与共管》，成仿吾的《今后的觉悟》《完成我们的文学革命》，郁达夫的《无产阶级专政和无产阶级的文学》、《在方向转换的途中》，漆树芬的《赤化与军阀》，以及毛尹若的《马克思社会阶级观简说》等文。

同日，《文艺周刊》第47期出版。

22日，《小说世界》第7卷第8期出版。发表劲风《梦魂中的香港》、西巫瘦铁《文学奖金》、程小青《往事》、莳竹农《祖母的愤慨》、忆兰生《南游闻见志气奇》等作品。

25日，《文学》周报第136期出版。发表西谛《新与旧》、章锡琛《文学批评论（续）》、沈雁冰《非战文学杂谈（一）》、郢《卖白果》等作品。

26日，《文艺周刊》第48期出版。

28日，恽代英的文章《民治的教育》发表于《民国日报》副刊《觉悟》，文中提出教育的目的应是"养成为民众服务的人"。他说："从前皇帝时代，皇帝就是一国主人，所以那时的教育，只要使大家知道忠君报国……只知道有皇帝，不知道有自己，也不知道有民众。""民国时代与此人不相同，主人翁就是民众，所以教育就要使大家明白自己的地位，知道自己的责任。"

30日，《小说世界》第7卷第9期出版。发表西巫瘦铁《成功的悲哀》、鼎《一件寻常事》、张碧梧《临死前的灵光》等作品。

川岛散文集《月夜》由北京北大新潮社出版。收有《月夜》、《刹那间的起伏》、《莺哥儿》、《惘然》等散文作品，并附录斐君的《许是梦里》、《他的来信》两篇。

孙俍工《最近的中国诗歌》于《星海》上发表。

王统照《最近的中国小说》于文学研究会的《星海》上发表。

本月，中国参加万国童子军大会。中国民众抗议下关事件。孙中山公布大学条例八条。美国新移民法使我国学生赴美国留学受到影响。北京政府国务会议通过关税附加税赈捐办法，商团煽动罢市，北京金融市场发生波动。黄埔军校招收第二批学员。

本月，《星海（上）》出版。《学衡》第32期出版，发表吴宓译《白璧德论民治与领袖》、太虚《东洋文化与西洋文化》、缪凤林《评快乐论（上）》、吴梅《无价宝杂剧》、曾广钧《环天室诗集外》等文章。

本月，郁达夫创作了短篇小说《薄奠》，写一个人力车夫的悲剧。那位车夫希望通过积攒拉车挣来的血汗钱买一辆旧车，以摆脱车行老板的盘剥。然而拼命拉车所得，"还不够供洋车租主的绞榨"。事实使他明白买车的愿望不但不可能实现，而且一家四口人的生活也难以靠拉车来维持。作品中的"我"决定给他力所能及的资助，但当他再去见车夫时，车夫已在大水中淹死。为了慰藉他的亡灵，他按照车夫妻子的要求，买了一辆纸糊的洋车，带着车夫一家老小去车夫坟上祭奠。作品反映了城市个体劳动者的悲惨命运，对剥削阶级提出了强烈的控诉，表达了下层知识分子对劳动者的深厚同情。这是"五四"时期较早地塑造劳动人民形象的优秀之作，被誉为是"一篇悲愤诗式的小说"。

本月，赵苕狂编《滑稽探案集》由上海世界书局出版。收有《大侦探与毕三党》、《太太奶奶式的侦探》、《母之情人》、《自己上当》、《什么东西》等。

本月，文明书局所编中篇小说集《怪都郭》由上海文明书局出版。

本月，徐雉的诗集《雉的心》由天津新中国印书馆出版，是《绿波社丛书》之一，共分五集并附录少年集。诗的主题大都是反对封建礼教，歌颂恋爱自由；诗歌格式不受拘束，质朴而极少艳饰，带有年轻人的挚诚与率真。叶圣陶为该书写了序，指出："近来大家喜欢作小诗，而徐君却有好些近百行的长诗。固然，不能说长诗就是较好，但材料的丰富和组织的经心，可以想见了。"后来，文学史家唐弢在他的《晦庵书话》中，从文学史的角度进行评论："《雉的心》与刘大白《旧梦》、康白情《草儿》、汪静之《蕙的风》等同为早期受注意的诗集。这几本诗集有个共同的地方，就是承受'五四'的余风，倡导自由恋爱，解放男女社交，被卫道士所反对，而又为当时新派诗人所爱读，乘风扬帆，正是极富于时代气氛的作品。"

本月，陈志莘的诗集《茅屋》由上海新文化书社出版，全书分两编。

本月，法国都德著、李劼人译的小说《达哈士孔的狒狒》由上海中华书局出版，收入《少年中国学会丛书》。

九月

15日，鲁迅作《秋夜》，用象征性的抒情手法告诫青年人，既不能脱离实际，生活在缥缈的梦境中；也不要作无谓的牺牲。这首诗于1924年12月1日以《野草一·秋夜》为题在《语丝》周刊第 3 期初次发表，署名为鲁迅，后收入散文诗集《野草》，由北京北新书局 1927 年 7 月出版发行。1924 年间，虽然南方的革命形势蓬勃发展，但是北方仍然处在英美日等帝国主义控制下的走狗军阀直、皖、奉三系先后统治的黑暗时期。此时的鲁迅，一方面接受了马克思列宁主义的影响，认为"十月革命"是人类"新世纪的曙光"，因而开始了他彻底的反帝反封建的战斗。另一方面，他于 1924 年前后参加"女师大事件"和"三一八"惨案的战斗，又受南方大好的革命形势的鼓舞，他战斗得更加英勇。《秋夜》就是在这样的社会背景下创作的，因此始终有明显的积极反抗和战斗的思想倾向。

积极战斗、英勇反抗的精神是这首诗的主调，但同时，从诗中也可以读到一些空虚失望的消极情绪和黑暗的重压之感。全诗用象征的手法，通过写景抒发自己的战斗思想感情和对于美好事物的向往和赞美。《秋夜》中那"奇怪而高的天空"是对当时反动黑暗统治者的象征。"在我的后园，可以看见墙外有两株树，一株是枣树，还有一株也是枣树"，这里的"枣树"具有坚忍不拔的战斗精神，"猩红的栀子开花时"，他也会"做小粉红花的梦，青葱地弯成弧形"，然而到了无梦的秋夜，他却能作绝望的抗争，用它那铁似的枝干，默默地直刺"奇怪而高的天空"。

全诗共十个自然段。第一段开篇用了一个重复，"一株是枣树，还有一株也是枣树"，这样就使"枣树"这个战士的形象深入人心！第二、三、四、五段描写了草木特别是枣树对象征阴险、冷酷的"秋夜的天空"进行的斗争。天空将繁霜撒在被它摧残的"野花草上"，"似乎自以为大有深意"，正在它洋洋得意的时候，那极细小的花，"在冷的夜气中"，还"萎缩地做梦"，她梦见了春和秋，梦见也被旧社会（"秋夜的天空"）摧残的诗人，他们同病相怜。诗人告诉她"秋虽然来，冬虽然来，而此后接着还是春"，黑暗的统治不会长久，最终都是要被推翻的，小粉红花"虽然颜色冻得红惨惨的，仍然萎缩着"，但也为了即将到来的光明微微"一笑"。不仅小粉红花在抗争，枣树同样在被寒冷的秋夜摧残着，"他们简直落尽了叶子"，但仅凭那没有叶子的枝干顽强地做着战斗。统治者害怕了，连它的帮凶——月亮，也"窘得发白"。枣树不管多么寒冷，也不管那些前来为统治者助威的夜游的恶鸟多么可怕，他坚持战斗，就像《这样的战士》中的战士一样，举起了他的投枪！即使战斗不能成功，为了光明的牺牲也是崇高的，小青虫在"灯罩上撞得丁丁的响"。最后一段，当"猩红的栀子开花时"，枣树也做起"小粉红花的梦"，小青虫已经死了，作者"点起一支纸烟,喷出烟来,对着灯默默地敬奠这些苍翠精致的英雄们",通篇抒发了作者对战斗者的赞美。

利用收集来的材料,鲁迅编辑了《俟堂专文杂集》,在9月21日写下《俟堂专文杂集·题记》,是单行本。题记后用"宴之敖者"作为笔名,但以后未再使用。其夫人许广平在《欣慰的记忆》一书中回忆了鲁迅对"宴之敖"一词的解释,"先生说:'宴从宀(家),从日,从女;敖从出,从放(《说文》作赦,游也,从出从放);我是被家里的日本女人逐出的。'"这大概与1919年鲁迅家里发生的变化有关。1919年底,鲁迅一家搬到北京的一个大院子,同享天伦,但是弟弟周作人的日本妻子羽太信子因为治家无方,导致家里月月亏空,家庭矛盾日趋激烈,后来鲁迅竟然不得不自备饭菜。从这个笔名可以看出鲁迅当时心中的无奈和辛酸。

24日,鲁迅创作散文诗《影的告别》和《求乞者》,后收入散文诗集《野草》,由北新书局出版。

北新书局,1925年3月15日正式开张营业,一直延续到解放初期,是一家民营书店,最初店址在北京翠花胡同,领导者是李小峰和孙伏园。北新书局在中国现代文学史上具有重要的地位,萧乾曾经感慨,北新书局的出版史就是现代中国的"半部文学史"。北新书局与北京大学新潮社有着深刻的历史渊源。新文化运动中,新潮社大放光彩,它不仅是一个简单的学生社团,而且还立意从事新文化的出版和传播工作,出版过鲁迅、周作人、冰心、孙伏园等作家的许多杰作。在处理新潮社出版事务的过程中,李小峰和孙伏园萌生创办书局的念头,这一想法得到了鲁迅等人的支持,北新书局应运而生。鲁迅是李小峰最为尊敬的文学家,事实上,北新书局出版的第一本书,就是鲁迅翻译的《苦闷的象征》,出版时间为1925年3月15日,北新书局也把这一天作为书局对外开张营业的日子。后来又陆续出版了24部鲁迅的著作。北新书局的出版物大部分是宣传新思想的新文学作品以及"左翼"文学作品。1926年,因发行鲁迅编辑的《语丝》杂志,被进占北京的东北军阀张作霖查封,不久迁往上海营业。1930年,北新书局一度致力于出版革命文学作家蒋光赤的著作,但一出版就遭到了封禁,北新书局并未改变,还陆续出版了其他"左翼"文学作品,甚至代售以出版社会主义学说为主的华兴书局的书籍,对"左翼"文学的发展起到不可忽视的推动作用。

24日夜,鲁迅在致青年学生李秉中的信中说道:"我喜欢寂寞,又憎恶寂寞",

"我自己总觉得我的灵魂里有毒气和鬼气,我极憎恶他,想除去他,而不能。我虽然竭力遮蔽着,总还恐怕传染给别人,我之所以对于和我往来较多的人有时不免觉到悲哀者以此"。他剖析了自己思想上的苦闷和矛盾,既希望青年人可以有所思考和觉悟,同时又不愿自己的消极影响了青年一代。

28日,鲁迅在《晨报副刊》发表《又是"古已有之"》,以某生者署名,初收拟编书稿《集外集拾遗》。以幽默辛辣的笔法讽刺批判了张耀翔对现代白话诗的无理批判。张耀翔在《新诗人的情绪》一文中提出多用感叹号的白话诗是"亡国之音"的论调。章鸿熙针对这篇文章在1924年9月15日《晨报副刊》发表《感叹符号与新诗》一文,"请愿政府明令禁止"做白话诗、用感叹号。"凡作一首白话诗者打十板屁股";"凡用一个感叹号者罚洋一元";"凡出版一本白话诗集或用一百个感叹号者,处以三年的监禁或三年有期徒刑;出版三四本的白话诗集或用一千个以上的感叹号者,即枪毙或杀头",笔法幽默讽刺。鲁迅写此文赞同了章鸿熙的观点,同样讽刺了张耀翔的无知和迂腐。

29日,鲁迅作《笞二百系笞一百之误》,以某生者署名。刊载于10月2日的《晨报副刊》。

从1924年9月到1929年6月,老舍(舒庆春)在伦敦大学东方学院以华语讲师的身份在华语学系任教,主要教授官话口语、古文、翻译、道教和佛教文选、历史文选、作文等课程,每学期10周课,一年分为三个学期,他的年薪共250英镑。1926年改称为中国官话和古文讲师,年薪也增至300英镑。在这将近五年的时间里,老舍在工作之余也不忘创作,完成了三篇长篇小说,它们是《老张的哲学》《赵子曰》和《二马》。老舍还与许地山相识,关系甚密。

鲁迅在本月作《中国小说的历史的变迁》,分为六讲,分别是"从神话到神仙传"、"六朝时之志怪与志人"、"唐之传奇文"、"宋人之'说话'及其影响"、"明小说之两大主潮"、"清小说之四派及其末流"。全文从时间顺序上简明扼要地概述了中国古代小说的发展历程。在小说发展比较缓慢的前提下,分析了各个时期小说的特点和代表作,并作了精妙的评论。本文原载于1925年3月29日西北大学出版的《国立西北大学、陕西教育厅合办暑期学校演讲集(二)》。

许地山1923年夏与冰心、梁实秋一同赴美国留学,进入纽约哥伦比亚大学研究院哲学系研究宗教,次年获得了文学硕士学位。因不习惯美国的生活方式,于

1924年9月转入位于英国伦敦的剑桥大学,继续研究宗教史、梵文、印度哲学和民俗学等。在英国期间,许地山结识了老舍,两人来往甚密。老舍的第一部小说《老张的哲学》就是在他的鼓励下创作完成的,并且是由他推荐给《小说月报》发表出来的。许地山在此期间也创作了一系列作品,例如诗歌《看我》《情书》《邮箱》、《做诗》、《月泪》以及小说《枯杨生花》等,这些作品也都在《小说月报》上发表出来。

本月,瞿秋白散文《饿乡纪程》出版,上海商务印书馆将其改名为《新俄国游记》,这是我国现代散文史上第一部文学游记,也是我国最早反映苏联革命初期社会现实和革命精神的散文著作。在《饿乡纪程·跋》中,作者写道:"具体而论,是记'自中国至俄国'之路程,抽象而论,是记著者'自非饿乡至饿乡'的心程。……此中凡路程中的见闻经过,具体事实,以及心程中的变迁起伏,思想理论,都总叙总束于此。"瞿秋白将路程和心程融为一体,既展现出新生的社会主义国家的战斗风貌,又表现了现代中国知识分子所经受的精神洗礼,从而深刻真实地揭示了中国革命必须走俄国人道路的真理。该作品形式多样,有速写,有游记,也有随感录和散文诗,记叙、抒情、议论兼而有之,相互配合,构思完整巧妙,既代表了新文学初期游记散文的成就,又开创了后来通讯报告的先河,在文学史上具有重大的意义。

瞿秋白,原名瞿双,他曾两度担任中国共产党最高领导人(1927年7月—1928年7月,1930年9月—1931年1月),是中国共产党早期主要领导人之一,马克思主义者,无产阶级革命家、理论家和宣传家,中国革命文学事业的重要奠基人之一。1920年8月,瞿秋白被北京《晨报》和上海《时事新报》聘为特约通讯员到莫斯科采访。瞿秋白的杂文锐利而有才气,俄语水平更是当时数一数二的,他翻译了许多俄语文学、政治著作,1923年6月15日他第一个把《国际歌》翻译成中文。根据他临终前的自述,他只是一个半吊子的文人,参与政治运动,乃至成为中国共产党的领袖完全是一个"历史的误会"。另外,瞿秋白与苏联汉学家曾合作制订中国拉丁化新文字(简称"北拉")。在吴玉章的倡导下,"北拉"在延安甚至一度取得了和汉字相当的地位。许多目不识丁的农民通过这套拼音文字脱了盲,不但能读拼音报,还能写简单的信件,这更坚定了语言学家们对新文字的信心。不过,由于连年战乱,新文字的实验和推广始终没有在全国展开。瞿秋白主要文学作品有《饿乡纪程》《赤都心史》《多余的话》,并翻译了《高尔基创作选集》。

9月至11月,鲁迅翻译了日本文艺批评家厨川白村的文艺批评集《苦闷的象征》并写引言、译后三日序以及译者附记。《苦闷的象征》全书分为四部分,分别是"创作论"、"鉴赏论"、"关于文艺的根本问题的考察"、"文艺的起源"。该书的主旨是阐述一种文艺观,即"生命受了压抑而生的苦闷懊恼乃是文艺的根柢,而其表现法乃是广义的象征主义"。鲁迅在后记中表明了自己翻译此书的意图:"我译这书,也并非想揭邻人的缺失,来聊博国人的快意。中国现在并无'取乱侮亡'的雄心,我也不觉得负有刺探别国弱点的使命,所以正无须致力于此。但当我旁观他鞭策自己时,仿佛痛楚到了我的身上了,后来却又霍然,宛如服了一贴凉药。生在陈腐的古国的人们,倘不是洪福齐天,将来要得内务部的褒扬的,大抵总觉到一种肿痛,有如生着未破的疮。未尝生过疮的,生而未尝割治的,大概都不会知道;否则,就明白一割的创痛,比未割的肿痛要快活得多。这就是所谓的'痛快'罢?我就是想借此先将那肿痛提醒,而后将这'痛快'分给同病的人们。"这委婉地批评了中国的部分学者不懂得反省自身的问题。

俞颂华著的散文集《游记第二集》由北京晨报社出版,该书属于《晨报社丛书》。俞颂华(1893—1947),名垚,又名庆尧,笔名澹庐,江苏太仓人,1915年赴日本留学,毕业于东京政法大学。1919年任《时事新报》副刊《学灯》的主编,宣传新思潮和新文化运动,曾全文转载毛泽东在《湘江评论》上发表的重要政论《民众的大联合》。他一生尽瘁报业,"以新闻事业为唯一终身职志"。这本《游记第二集》就是根据他在苏俄时写的通讯报道集结而成的。主要篇目有《旅俄之感想与见闻》、《赤俄之文化》、《赤俄之政治》、《赤俄社会实况之一斑》、《农民问题》、《欧俄粮食缺乏的原因》等。1920年俞颂华在梁启超等人的支持下,以上海《时事新报》与北京《晨报》特派员身份赴苏俄采访,同行的还有瞿秋白与李仲武。俞颂华是最早采访"十月革命"后苏俄的中国新闻记者,在苏俄期间,写了《旅俄之感想与见闻》等通讯报道,对当时的中国知识界了解苏联"十月革命"后的真实情况,起了重要作用。他是蜚声中国新闻界的著名报人,也是20世纪二三十年代文化界的一位名人。

十月

1日开始至31日的《晨报副刊》刊载了鲁迅翻译的日本厨川白村的文艺批评集《苦闷的象征》，署名为鲁迅。这本书在1924年12月出版，作为《未名丛刊》之一。1925年3月出版单行本，由北京大学新潮社代售，后改由北新书局出版。

3日，鲁迅写作自称为"拟古的新打油诗"的《我的失恋》，最初发表于1924年12月8日《语丝》第4期，后收入诗集《野草》中。鲁迅这首诗是针对当时青年过度沉溺于个人恋爱的狭小空间里，而不去积极投身于方兴未艾的人民革命斗争的伟大浪潮中去的现象进行的讽刺批评。那些青年把恋爱看得至高无上，似乎失恋了就没有再生活下去的必要，一旦失恋，他们就做起"啊呀啊唷，我要死了"之类无聊的失恋诗来，于是，鲁迅就"故意做一首用'由她去罢'收场的东西，开开玩笑"（《我和〈语丝〉的始终》）。这首诗是鞭挞青年空虚和负义的灵魂的经典之作。鲁迅在1925年4月给许广平的信中说："现在我想先对思想习惯加以明白的攻击，先前我只攻击旧党，现在我还要攻击青年。"这种变化表明，鲁迅已经逐渐摆脱了"青年必胜于老年"的笼统的进化论认识的局限，更加重视对青年的思想问题进行深入的思索和批判了。所以，总结辛亥革命直至五四运动以来的斗争历史经验，探索青年在革命过程中的弱点和他们前进的道路，成了20世纪20年代中期鲁迅创作的一个重要主题。《我的失恋》这首诗是模仿东汉张衡的《四愁诗》的格调而作。《四愁诗》中以"我所思兮在泰山"的格调，抒写了主人公不断寻找恋人，但最后因为种种阻碍不能相见的痛苦。鲁迅在《我的失恋》中，每节结尾都写失恋以后痛苦的情状，最后一节则别出心裁，不再哀叹"何为怀忧心烦惋"，而是以一句"不知何故兮——由她去罢"结尾，这种出乎意料的结尾方式，突出了诗歌诙谐幽默的辛辣讽刺的效果。

5日，徐志摩在《晨报·文学旬刊》上发表散文诗《婴儿》，署名为徐志摩。徐志摩短短的一生都在致力于自己理想的"馨香的婴儿"的迎候。《婴儿》不是对真实的人的诞生的描写，是一个凝聚作者情感和愿望的诗歌意象，是象征性的。"婴儿"和《为要寻一颗明星》中的光明一样，都是诗人对"一个更光荣的将来"的期盼。难产的婴儿象征着民主自由的社会理想，而在"生产的床上受罪"的产妇则象征着受帝国主义和国内封建军阀双重压迫的中华民族。作者用大量的篇幅描写了产妇生产的艰难过程，"美丽的少妇，现在在绞痛的惨酷里变形成魔鬼似的可怖"，她那眼"现在吐露着青黄色的凶焰，眼珠像是烧红的炭火"，"她的口颤着，噘着，扭着，死神的热烈的亲吻不容许她一息的平安，她的发是散披着，横在口边，漫在胸前，像揪乱的麻丝，她的手指间紧抓着几穗拧下来的乱发"。作者这样写的目的是表现这个馨香儿出生的困难，虽写的意象是丑陋的，但实际在描写一个美的升华的过程，生命在炼狱般的受难中转化，升华为一种义无反顾的壮美。"这母亲在她生产的床上受罪"的形象，既概括了当时的时代状况，其实也是这之后境况的预言性象征。

9日，林纾逝世。

林纾（1852—1924），原名群玉，字琴南，号畏庐、畏庐居士、六桥补柳翁，别署冷红生；晚称春觉斋主人、蠡叟、践卓翁等，私谥贞文。室名春觉斋、烟云楼等。福建闽县（今福州）人，近代文学家、翻译家。幼年家境贫寒，"家贫而貌寝"，但刻苦读书，9岁入村塾，11岁时跟随薛则柯学古文辞，薛给林纾讲授欧文、杜诗，培养了林纾的读书兴趣。林纾因为家中贫寒，无钱买书，偶尔在叔父的书箱里找到《毛诗》、《尚书》、《左传》和《史记》，如获至宝，日夜诵读。他曾在墙上画了一具棺材，旁边写着"读书则生，不则入棺"，以此作为自己的座右铭。19岁之后，"既遭闵凶，遂病肺"，但在此后的十年里始终没有放弃读书，他以"果以明日死者，今日固以饱读吾书"自勉。从13岁到20余岁，校阅残烂古籍两千余卷，31岁结识了李畬曾，又借读了李氏兄弟的三四万卷书，40岁之前已经遍览唐宋小说，被乡人视为"狂生"。林纾20岁前在朱韦如、陈蓉圃门下学过制举文。28岁入县学，31岁与陈衍等结福州支社，领乡荐，中试为举人，但后来考进士时多次落第。20岁开始教蒙学，25岁设馆王灼三家做塾师。46岁在福州苍霞精舍为汉文总教习。48岁应杭州知府林迪臣聘，在杭州东城讲舍讲学。58岁入京任金台书院讲席后，先后在五城学堂、京师大学堂、闽学堂、孔教大学等任教，教授经义、古文和伦理学。在北京五城学堂任教期间，结识了桐城派的末代宗师吴汝纶。吴汝纶曾称赞林纾的文章是"抑遏掩蔽，能伏其光气者"。林纾在讲学时仍坚持研究，在原先博览的基础上，对生平爱好的书籍反复钻研。他主张"积理养气"，敷文明道，提倡取径左、马、班、韩，以为这四人的文章是"天下文章之祖庭"。当时甲午战争后，国家形势日益危急，林纾曾上书反对割辽东半岛、台湾、澎湖列岛给日本，并且在1897年撰写了《闽中新乐府》32篇，同年12月在福州用活字版印行。在这些人诗歌中，林纾愤念国仇，忧悯时俗，倡导新政的思想溢于言表。他说："国仇国仇在何方，英德法俄偕东洋"（《国仇》）；"无数芳年泣落花，一弓小墓闻啼鸟"（《小脚妇》）。胡适在1926年《林琴南先生的白话诗》一文中评价说："林先生的新乐府不但可以表示他文学观念的变迁，而且可以使我们知道：五六年前的反动领袖在三十年前也曾做过社会改革的事业。我们这一辈的少年人只认得守旧的林琴南，而不知道当日的维新党林琴南。只听得林琴南老年反对白话文学，而不知道林琴南壮年时曾做过很通俗的白话诗，——这算不得公平的舆论。"同年（1897年），林纾新丧偶，劳愁寡欢。王寿昌便邀请林纾翻译法国作家小仲马的《茶花女遗事》，由王寿昌口述，林纾笔录，当时王告诉林纾："子可破岑寂，吾亦得以介绍一名著于中国，不胜蹙额对坐耶！"于是林纾以这种特殊方式走上了翻译的道路，这也是中国系统地翻译外国文学之始。《茶花女遗事》出版于1899年，在福州刊印。本书内容新鲜，译笔又凄婉而有情致。他的朋友汪康年为之出资重刊后，一时洛阳纸贵，风行海内。这一个意外的成功，激起了林纾翻译的激情。当时正值甲午海战之后，民族危机深重，社会矛盾激烈，林纾不甘于屈服于列强的淫威，在列强的侵略面前，"独念小说一道，尚足感人"，他想多译有益之书为劝喻之助，做唤醒同胞起而爱国保种的"叫旦之鸡"。林纾译书，不仅译笔出色，而且速度惊人，"耳受手追，声已笔止"。运笔如风落霓转，往往是口译者的话音刚落，他的译文就写好了。每天译作四个小时，得文字六千言，不加窜点，脱手成篇。林纾不仅在翻译外国文学方面成就巨大，他在绘画上也有很高的造诣。林纾的老师陈又伯，是画家汪瘦石、谢琯樵的学生，陈又伯"能写高松兰竹，亦间为翎毛花卉"。林纾向陈学画26年，"得山人翎毛用墨法，变之以入山水"，有所创新。他在七十岁高龄的时候还坚持每天六七个小时在画桌前苦心经营，且每画必附一绝句诗。其山水画意境开阔，笔力精到，有很多佳作，时人称之为"能诗善画"者。

  1911年，林纾与樊增祥等在京结诗社。辛亥革命爆发以后，林纾决意以清朝遗老的身份终其一生作诗曰："老来早备遗民传，分定宁为感遇诗。两字纲常还认得，仍将语录课诸儿。"他曾11次赴河北易县崇陵，并且多次拒绝段祺瑞、袁世凯的顾问之聘。1912年，《平报》创刊，林纾为该报开辟了"铁笛亭琐记"、"讽喻白话诗"、"践卓翁短篇小说"等专栏，并且自己担任编纂的工作。从此开始自己撰写小说，如《京华碧血录》、《金陵秋》等,同时也为其他杂志撰稿。1917年,胡适、陈独秀相继在《新青年》上发表《文学改良刍议》和《文学革命论》,倡导新文化运动。林纾作《论古文之不当废》一文,反对胡适等人宣传的新文化运动。文中说:"知腊丁之不可废,则马班韩柳亦有其不宜废者。吾识其理,乃不能道其所以然,此则嗜古者之痼也。"同时。林纾又开文学讲习会教授古文。1919年,《新申报》为林纾开辟"蠡叟丛谈"专栏,北京《公言报》为他开辟"劝世白话新乐府"专栏,林纾在其上发表了《母送儿》、《日本江司令》、《一见大吉》等篇。1924年病逝前,犹以"古文万无灭亡之理,其勿怠尔修"勉励自己的儿子。9日丑时,林纾逝世,终年73岁。林纾开风气之先,他翻译的外国文学是中国系统地翻译外国文学的开始。虽不谙外文,仅凭他人口述,难免讹谬,但是他的文笔极好,以古文笔法出之,也是别具一格。他的译作极多,除了《茶花女遗事》之外,还有1901年的《黑奴吁天录》、1905年的《迦茵小传》、1908年的《块肉余生述》和《不如归》,1913年又翻译了《离恨天》等。包括未刊本及稿本,他翻译的小说总量在180种以上,曾合编为《林译小说丛书》(未全)。"林译小说"不止在清末民初的文坛上影响很大,就是对新文化运动也起过积极的作用。他的自著小说也用文言,长篇有《剑腥录》(1913年)、《金陵秋》(1914年)、《劫外昙花》(1915年)、《冤海灵光》(1915年)、《官场新现形记》(初名《巾帼阳秋》,1917年)等5种,短篇有《践卓翁小说》1—3辑(1913年—1917年),另有笔记《技击余闻》(1913年)、《铁笛亭琐记》(1916年)、《畏庐笔记》(1917年)等,剧本《蜀鹃啼传奇》(1917年)等3种。除译著小说以外,犹致力于古文,1913年著《春觉斋论文》,1914年著《韩柳文研究法》等专论,并编多种古文选评本行世。文存《畏庐文集·续集·三集》,诗收入《畏庐诗存》。其中,未入集的诗文还有很多。

10日,王鲁彦在《小说月报》第15卷第10号上发表短篇小说《柚子》。该小说以反讽的语调叙述了长沙处决犯人时人们倾城而出的"盛况",对民众的看客心态和嗜血心理进行了尖锐的讽刺,同时也抨击了当时封建军阀政府草菅人命的残暴统治。鲁迅在《中国新文学大系·小说二集》的序中评价王鲁彦以及小说《柚子》:"作者是往往想以诙谐之笔出之的,但也因为太冷静了,就又往往化为冷话,失掉了人间的诙谐。""然而'人'的心是究竟还不尽的,《柚子》一篇,虽然为湘中的作者所不满,但在玩世的衣裳下,还闪露这地上的愤懑,在王鲁彦的作品里,我以为倒是最为热烈的了。"

13日，鲁迅作《记"杨树达"君的袭来》，署名鲁迅。原载于1924年11月24日《语丝》周刊第2期，初收于1935年5月上海群众图书公司版《集外集》。

17日，鲁迅作杂文《"说不出"》。载于1924年11月17日《语丝》周刊第1期。

21日，鲁迅作《关于杨君袭来事件的辩证》。原载于1924年12月1日《语丝》周刊第3期，署名鲁迅。

28日，鲁迅作杂文《论雷峰塔的倒掉》。载于11月17日《语丝》周刊第1期，未署名。初收于1927年3月北京未名社版《坟》，署名鲁迅。当时有雷峰塔倒掉的社会新闻，鲁迅借题发挥，就把这社会新闻和《白蛇传》的民间故事巧妙地结合起来，借雷峰塔的倒掉，讽刺批判了统治阶级残酷镇压人民群众的可恶行径，赞颂了白娘子为争取幸福和自由而作出的不懈努力和决战到底的反抗精神，鞭挞了封建礼教的卫道者，表达出人民对"镇压之塔"倒掉的欢欣之情。作者借助于联想，按照事物之间的内在联系把许多零碎的现象缀合在一起，使事物的本质更加突出、显豁，凸显它的历史、现状和未来。文章以议为主，夹叙夹议，叙议结合，行文生动活泼，妙趣横生。

30日，鲁迅作散文《说胡须》。载于12月15日《语丝》周刊第5期。初收于1927年3月北京未名社版《坟》，署名鲁迅。作者从自己的胡须说起，他曾经因为胡须的形状而遭到无理的诽谤，这篇文章就借此讽刺了那些"国粹家"的迂腐，口口声声说着爱国，却不知道爱国的真正含义，反而在毫无意义的细节上追究不停。

31日，鲁迅翻译厨川白村的《西班牙的剧坛将星》并附译后记，载于《小说月报》第16卷。初收于1929年4月上海北新书局出版的《壁下译丛》。全文共四篇，分别是《罗曼底》、《西班牙剧》、《培那文德》、《戏剧二篇》。其中，《戏剧二篇》译自厨川白村的另一部著作《走向十字街头》。

本月，欧阳予倩在《东方杂志》第21卷第20号上发表剧作《回家以后》。

本月，甘乃光著的《春之化石》由民智书局付梓出版。这是一个诗文合集，内收较多新诗，有《溪边》、《泪的慰藉》、《悲喜》、《一笑》、《赠然子》、《长途》（小诗十五首）、《南海招魂》、《微飓》（二首）、《溪水》、《覆压着的我》（散文诗）、《夜里的行程》、《游罢江南》（绝句六首）。甘乃光（1897—1956），黄埔军校政治部英文秘书兼教官，别字自明，广西岑溪人，毕业于广州岭南大学经济系，他的主要成就在经济思想史上。他以一部《先秦经济思想史》，成为开创中国经济思想史专门研究的"第一人"。

本月，《胡思永的遗诗》在上海亚东图书馆出版，胡思永著，属于《明天社丛书》之一。诗集分为两编，第一编名为"闲望"，第二编名为"南归"。主要篇目有《船》《不用愁呵》《游颐和园道中》《归家》《堕落者的忏悔》等。诗集前面的序为胡适所作。

本月，张闻天翻译的意大利剧作家丹农雪鸟著的戏剧《琪娥康陶》由上海中华书局初版，1926年9月再版，1928年11月3版。该著作被收入《少年中国学会丛书》。

本月，丹麦安徒生著的《旅伴》由林兰和C.F翻译，在本月由新潮社初版，被收入《北新丛书》。本书中收入《丑小鸭》、《小人鱼》等篇目。

本月，白福庇著的小说《盗窟花》由文明书局翻译，上海文明书局于本月初版，该书为文言译文。

本月，滕固小说集《壁画》初版，是一部短篇小说集，出版社为上海狮吼社。《壁画》中主要篇目有《壁画》、《乡愁》、《牺牲》等。滕固（1901—1941），字若渠，月浦人。早年毕业于上海美术专科学校，留学日本，攻读文学和艺术史，获硕士学位。1929年又赴德国柏林大学留学，1932年获美术史学博士学位，这在当时留学生中为凤毛麟角。他是一位颇具成就的美术理论家，善诗词书法，并且著作颇丰，在《小说月报》和《创造》季刊上发表了很多小说。其中，小说集《壁画》是他的第一部文字书籍，完成于东京留学期间。

十一月

6日，沈泽民在《民国日报》副刊《觉悟》上发表文章《文学与革命的文学》。文章讨论了文学怎样为革命服务的问题。文章说："我们并且不以过去的文艺成绩为满足，要从社会生活的彻底翻造中把人类——全人类——的心灵解放出来，使他们在宇宙中发挥空前的光耀！把人类从阶级的偏见中救出来，从长时间的苦作中救出来，从无智识的黑暗中救出来。"并且指出，表现今天"暴风雨的时代"的文学是"现在我们所需要的文学"。一个革命的文学家应该成为"民众的舌人"，成为"民众的意识的综合者"。他们应该用革命的文学慰藉民众的痛苦，同时使民众潜在的意识得到具体的表现，"把他们散漫的意志，统一凝聚起来"。革命的文学家若想要用文学去渲染"被压迫者的欲求，苦痛，与愿望"，就必须"走到无产阶级革命里去"，这是因为"现代的革命源泉是在无产阶级里面，不走到这个阶级里面去，决不能交通他们的情绪生活"，也就"决不能产生革命的文学"。

9日，《狂飙周刊》创刊发行。《狂飙周刊》是狂飙社期刊，由高长虹等人创办，当时一同创办的周刊还有《世界语周刊》。《狂飙周刊》第1期的编辑者署名为"平民艺术团"，发行者署"《国风日报》社《狂飙周刊》部"，发行处设在北京中老胡同15号吕蕴儒寓所。《狂飙周刊》第15期上刊有《本刊启事》，宣布"本刊自第14期后，大加革新，扩充内容，增加材料"，刊物由专登文学作品扩充为兼登艺术、思想方面的文章，形式也作相应的改良。鲁迅在该刊第16期上刊登了翻译日本伊东干夫的《我独自行走》一诗，这是鲁迅在《狂飙周刊》上发表的唯一作品。后来由于种种问题，刊物的发行受阻，《狂飙周刊》在1925年3月22日第17期停刊。同年4月，鲁迅提议组织"莽原社"，吸收了高长虹。由于《莽原》内部存在一些矛盾，高长虹在1926年秋离开《莽原》，到上海再次创办《狂飙周刊》。于是，《狂飙周刊》于1926年10月10日正式由上海光华书局刊行，共出17期。1927年1月13日，又因为经费问题再次停刊。

在《狂飙周刊》第1期上发表了《狂飙周刊的开始》一文说："我们尊崇科学，尊崇艺术。我们以为艺术表现人类的行为。科学指导人类的行为。""我们以为中国只有两条路可走：有科学与艺术便生存，没有科学与艺术便灭亡。我们以为人类只有两条路可走，有新的科学艺术便和平，没有新的科学艺术便战争。我们倾向和平，然而我们也尊崇战争，我们要为科学艺术而作战！"狂飙社在创刊时，在《本刊宣言》一文中宣称："软弱是不行的，睡着的希望是不行的。我们要做强者，打倒障碍或被障碍打倒。我们并不惧怯，也不躲避。"在狂飙社诞生之际，就以介入现实，搏击人生，呼喊"打倒障碍或被障碍打倒"的口号的勇猛的战士形象出现在中国文坛上。狂飙社的主要成员有高长虹、向培良、尚钺、高歌、高沐鸿、黄鹏基、柯仲平等人，但在当时，狂飙社还处在慢慢自立的过程中，只发表了这些自称"强者"、"狂人"的作家们的作品，并没有很多研究社会、思想、文化的论文，真正进行实践活动是他们在《莽原》的时期。上海时期的狂飙社从反抗社会和黑暗人生转变为蔑视和反抗他们认为不正确的一切权威，思想上混乱，并且不断波动，在方向上出现了偏差。中国20世纪20年代需要一批反抗残暴统治和思想压迫的战士，需要对世俗社会的超然思想。跟随着鲁迅时，高长虹等人曾是搏击人生的战士，然而，一旦他们的双脚脱离现实社会，唯我独尊，目空一切的时候，必然会重重摔下来。

10日，叶绍钧发表长诗《浏河战场》。

11日，郭沫若从日本回到上海，住在环龙路44弄。

15日，上海《民国日报》副刊《觉悟》发表了《"春雷文学社"启事》，宣告了春雷社成立。这是一个在现代文学史上比较早提倡革命文学的社团之一，主要领导者是蒋光赤和沈泽民。他们以上海的《民国日报》副刊《觉悟》为主要阵地，提倡革命文学。

16日，郁达夫发表散文《给一位文学青年的公开状》，载于《晨报副刊》。这个文学青年就是后来成为大作家的沈从文。信中指出，文学青年的生计和出路问题是一个严重的社会问题。郁达夫为其指出三条道路：上策是"找一点事情干"，但前提是有背景，有后台；中策是回老家，但一家团聚以后只能等死。以上二策均无法实行。而下策就是去当兵或者当小偷。文章尖锐地揭示了在帝国主义和封建军阀统治下的中国的政治腐败，百姓流离失所的社会现实，喊出了知识分子的内心苦痛和反抗者的呼号，虽未指出青年的出路，但是具有震撼人心的战斗力量！文章感情丰沛，说理晓畅，独具风格。

17日，鲁迅和一些文化界人士发起成立"语丝社"，创办《语丝》周刊，16开。语丝社是中国现代文学30年期间最有影响力的四大文学社团之一。鲁迅为刊物定的宗旨是："催促新的产生，对于有害于新的旧物，则竭力加以排击。"《语丝》周刊最初由北京大学新潮社出版发行，第141期开始改由语丝社出版发行。原为孙伏园担任主编，一个月后换作由周作人担任主编，《语丝》周刊在当时黑云压城的社会状况下，受到了群众的普遍欢迎，首印的两千份很快就被抢购一空。它以杂文为主体，与陈西滢等的《现代评论》经常进行笔战。鲁迅在《语丝》上发表小说、杂文、散文、诗、回忆和译作139篇。1927年11月26日出版第156期，被奉系军阀查封。12月随即迁到上海复刊，同年12月17日第4卷第1期开始，由北新书局出版发行，改为半月刊，大32开，鲁迅任主编。1929年3月10日第5卷第1期开始，又由柔石任主编，同年9月第5卷第27期开始，改由北新书局编辑，李小峰负责。1930年3月10日出版第5卷第27期后停刊。《语丝》共出版5卷，

265 期，主要作家有鲁迅、周作人、刘半农、孙伏园、钱玄同、川岛、李小峰、韩侍桁、俞平伯、林语堂等一系列著名作家。

《语丝·发刊词》中指出，该刊想做的是"想冲破一点中国的生活和思想界的昏浊停滞的空气"，"这个周刊的主张是提倡自由思想，独立判断，和美的生活"。因此，周刊上的文字"大抵以简短的感想和批评为主"，但也兼采"文艺创作以及关于文学美术和一般思想的介绍与研究"，同时也要发表"学术上的重要论文"，要"发表自己想说的话"，反对"一切专断和卑劣"。该刊多发表杂文、随笔和小品文，形式生动、泼辣、幽默的语丝文体，对中国现代散文的发展做出巨大贡献。《语丝》上登载大量的短评和杂感，所载作品注重社会批评和文化批评，兼采文学创作以及关于文学美术和一般思想的介绍和研究。

《语丝》"在不意中显了一种特色，是：任意而谈，无所顾忌，要催促新的产生，对于有害于新的旧物，则竭力加以排击，——但应该产生怎样的'新'，却并无明白的表示，而一到觉得有些危急之际，也还是故意隐约其词"。虽然鲁迅在《语丝》周刊上发表的学术著作最多，《语丝》也是鲁迅最关心的刊物，但和《新青年》一样，鲁迅最终还是和语丝社的一些伙伴分裂了。他在《三闲集·我和〈语丝〉的始终》（上海北新书局 1932 年 9 月初版）提到了这样的情节："同我关系较为长久的，要算《语丝》了。"后《语丝》迁往上海，半年以后，鲁迅辞去编辑的职位，1930 年 2 月 2 日，鲁迅在致章矛尘的信中说："'语丝派'的人，先前的确曾和黑暗战斗，但他们自己一有地位，本身便变成黑暗了，一声不响，专用小玩意，来抖抖地把守饭碗。……贱胎们一定有贱脾气，不打是不满足的。今年我在《萌芽》上发表了一篇《我和〈语丝〉的始终》，便是赠予他们的还留情面的一棍……此外，大约有几个人还须特别打几棍，才好。"不可否认的是，"语丝社"和"语丝派"作家们对中国现代小品散文的发展产生了深刻的影响。

21 日，段祺瑞通告组织临时政府。他为了巩固自己的反动统治，在日本帝国主义的支持下，准备召开善后会议，与孙中山倡导的国民会议相对抗。各省区代表资格为：各省区军民长官、非贿选议员、国民军司令代表等。

蒋光赤在《国民日报·觉悟》副刊上发表诗《哀中国》。蒋光赤，原名蒋如恒，作家、诗人。1920 年加入上海社会主义青年团，1921 年到苏俄莫斯科东方共产主义劳动大学留学。1924 年回国，国内的无边的黑暗使他在苏俄时那种欢欣、嘹亮的歌声再也发不出来了。长歌当哭就成了他诗歌的主旋律,《哀中国》就是这一时期的代表作。《哀中国》一诗中,作者以饱满的激情和崇高的革命思想,义正词严地批判抨击了帝国主义的侵略行径和封建军阀的黑暗统治。诗人的呼喊包含着对祖国的热爱和对处在危险中的中国的焦急,他的思想像一束火炬,给当时的人们带来了光明、勇气和振奋。在结构上,全诗灵活自如地运用大量的叠句、对举、排比句,使诗歌的气势更加宏大,读来激昂澎湃,很好地表达了诗人痛苦忧愤的感情。

本月,《小说月报丛刊》由上海商务印书馆开始陆续出版,主编为叶圣陶和郑振铎。该刊主要是将《小说月报》上优秀的作品加以整理分类编纂印成单行本,汇订为5集,一共60种,其作品有小说、诗歌、恋歌、故事,还介绍了一些国家的文学概况。《小说月报》是中国现代文学史上的一个重要刊物,创刊于1910年7月,地点在上海,由商务印书馆出版发行,最初由恽铁樵、王莼农(王蕴章)主编。自1921年1月,《小说月报》第12卷第1期开始改由沈雁冰(茅盾)主编,成为文学研究会的机关刊物,也成为倡导"为人生"的现实主义文学的重要阵地。此后,刊物开辟了论评、研究、创作、杂载等栏目。论评主要刊登鲁迅、郑振铎等人的理论文章,倡导"为人生"的艺术,批判了封建的文学观念,极大促进了中国新文学的发展。创作以小说为主,兼有诗歌、散文和戏剧。1923年第13卷开始,郑振铎担任主编,又开辟了"整理国故与新文学运动"的栏目,《小说月报》发展成为当时我国规模最大、影响最广的新文学刊物。刊物所载作品在广阔的社会背景下,从不同侧面反映了20世纪20年代我国的社会状况和时代风貌,有强烈的现实主义精神。《小说月报》创刊以来,始终保持鲜明的特色,即选得快、选得精、选得准和多样化。上面刊载的紧扣时代脉搏,贴近现实,思想性和艺术性都很高的作品,使得刊物不仅显得厚重沉实,而且丰富多彩,不仅能够满足普通读者阅读欣赏的需要,又顾及到专家学者的研究需要。《小说月报》的历任5位主编(王蕴章、恽铁樵、茅盾、郑振铎、叶圣陶)均为中国近现代文学发展史上重要的文学大家和文化传播者,有的人不但开创了文学期刊史上许多"首开先河"的重要举措,而且他们都通过传媒这一有利的渠道促进了文化的传播,起到了开启民智的作用。

本月,《胡适文存》二集(一至四册)由亚东图书馆出版。

《小说月报丛刊》第15卷第11号上发表了王以仁的小说《神游病者》。

本月，散文合集《剑鞘》出版。作者为叶绍钧和俞平伯。该书作为"霜枫之四"，由霜枫社出版。书前的《序》为俞平伯所作，点明了写这本散文的意图："鞘以韬锋，徒具其形，不有其利；故遂以'剑鞘'署此书，非另有其他深意。"散文集分前后两部分，第一部分为叶绍钧所作，收有《读者的话》《没有秋虫的地方》《藕与莼菜》、《第一口蜜》、《回过头来》、《将离》、《错过了》等12篇，后一部分则是俞平伯所作。

27日至29日，为法在《学灯》上发表《评〈红烛〉》。

本月，王统照著戏剧《死后的胜利》初版，七幕剧，《小说月报丛刊》第7种，小说月报社编，由上海商务印书馆出版。

本月，话剧集《我的心肝儿肉》，陈涤虑著，由厦门徐振亚发行。目次为《唐翼举序》、《吴枕潮序》、《徐炳勋序》、《我的心肝儿肉》（20幕话剧）。

本月，孙中山离开广东北上，在途中发表了《北上宣言》，号召打倒封建军阀和帝国主义，废除一切不平等条约，主张召集国民会议"以谋求中国之统一与建设"。

本月，中国共产党发表第四次对时局的主张，号召全国各人民团体促成国民会议，争取国民会议预备会议尽速在北京召开，并向国民会议提出目前最低要求13项。

女师大国文系预科二年级学生三人，因江浙战争期间道路被阻，未能按时返回学校，缺课两月余，杨荫榆以违章勒令三人退学。女师大学生自治会代表主持公道，要求杨收回成命，反而被杨辱骂，由此，酝酿已久的"女师大风潮"爆发了。

本月，仲密（周作人）等著的诗集《歧路》在上海商务印书馆首次出版，是《小说月报丛刊》第八种。中间收有周作人的《歧路》，朱自清的《冷漠》、《自白》，梁宗岱《森严的夜》、《感受》，王统照的《酬答》、《不眠》，郑振铎的《语言》、《工作以后》等篇目。

本月，高滋翻译印度著名文学家泰戈尔的戏剧集《泰戈尔戏剧集（二）》在上海商务印书馆初版，收入《文学研究会丛书》中。该戏剧集收有二幕剧《马丽妮》、独幕剧《牺牲》。

本月，法国著名作家莫泊桑的小说《髭须记其他》翻译本在上海朴社初版，李青崖译。该书收有《窗前的失败》、《代理人》等篇。

本月，胡仲持翻译德国作家H.苏台尔曼的小说《忧愁夫人》由上海商务印书馆初版，1929年再版，被收入《文学研究会丛书》。

本月，上海商务印书馆连续出版了法国短篇小说家莫泊桑的两本小说集，分别是《莫泊桑短篇小说集（二）》和《莫泊桑短篇小说集（三）》，两本著作均由李青崖翻译，收入《文学研究会丛书》。其中《莫泊桑短篇小说集（二）》在1927年9月3版，收有《寂寞》《残废的人》等篇。《莫泊桑短篇小说集（三）》则收有《羊脂球》、《伯爵夫人的轶事》等。

本月，英国小说家曼殊斐儿的小说《曼殊斐儿》由徐志摩、西滢翻译，由上海商务印书馆初版，该书被收入《小说月报丛刊》。其中，《一个理想的家庭》由徐志摩翻译，而《太阳和月亮》由西滢翻译，附录的《曼殊斐儿略传》由沈雁冰撰写。

十二月

1日，徐志摩在《晨报六周年纪念增刊》上发表诗《为要寻一颗明星》。这首诗是徐志摩发自内心的呼唤，是追求理想的宣言。现实使他大失所望，他要寻找自己的理想。为了追求理想，作者"骑着一匹拐腿的瞎马"，冲入"黑绵绵的昏夜"和"黑茫茫的荒野"，在黑暗中奔驰，不管前路有多艰险，只要有寻找明星的理想，就只顾风雨兼程。即使自己有自身条件的缺乏，也可以为了理想不顾一切！后来，追梦人"累坏了"，胯下的牲口也"累坏了"，但是追梦人似乎没有得到任何回应，"那明星还不出现"，待到光明出现，"天上透出了水晶似的光明"时，只剩下"荒野里倒着一只牲口，黑夜里倒着一具尸体"的结局，全诗散发着悲观的气息。但是诗人要真正表达的是对这种英勇无畏、矢志不渝的追求者的赞颂，所以诗的基调应该是乐观的。全诗一共四节，用叠句贯穿，第四节稍加变动，并且采用了包韵的方式配合，表现出追求理想时急切而坚定的状态，达到情绪和格调的高度统一。

本日，鲁迅在《语丝》杂志第3期上发表散文诗《野草一·秋夜》。

本日，王明道发表《我对新文学的意见》，载于《铭贤校刊》第1卷第2期（山西铭贤学校半年刊），文中指出"就文学的短处，在太重形式，但词句之概括，文字之富丽，韵调之不苟，远超过新文学"，并且认为，如果只因为它的一点短处就批评为"死文学"，并"欲用新文学来完全代替"，简直就是"舍本求末自失国粹"。王明道的主张是"新旧并存，旧文学让专门学识者研讨，新文学让求普通知识者讲求。这样一方面可保存数千年的国粹，一方面可以促进新文学的应用"。

本日，郭沫若应孤军社的邀请，与周全平一起前往江苏省宜兴市调查卢齐战祸，为时一个星期，调查以后把调查经过写成《到宜兴去》的长文，后编入《水平线下》一书。

5日，《京报副刊》（日刊）创刊，为"五四"时期的四大副刊之一（"五四"时期的四大副刊为：《时事新报》的副刊《学灯》、北京《晨报副刊》、上海《民国日报》的副刊《觉悟》、北京《京报副刊》）。该刊由孙伏园编辑，主要撰稿人有鲁迅、孙伏园、周作人、高长虹、黎锦明、许钦文、陈学昭、向培良、荆有麟、尚钺、朱湘、冯文炳、王莲友、章衣萍、毕树棠、余上沅等，其中一部分是当时文学研究会、语丝社、狂飙社等文学团体的成员。孙伏园在《理想的日报附张》中指出，《京报副刊》强调"文艺与人生是无论如何不能脱离的，我们绝不能够在人生面前天天登载些否定人生的文艺"。因此，《京报副刊》上发表的文章大多比较严肃，反映和揭示了社会矛盾和心理面貌。该刊还比较注重刊登外国文学作品译作和介绍外国文学思潮的文章，从古典主义到新浪漫主义，从欧美日到苏俄，涉及面非常广，许多国家各种风格的作品都有，但问题在于没有一个明确的选择和重点。同时，《京报副刊》虽然偏重于文学，所发表的小说、诗歌、散文、剧本、杂文以及文艺评论、文学翻译等作品，约占一半以上，但在哲学、历史、经济、伦理、宗教、自然科学、文学、艺术等各方面也有所兼顾。除了文学方面的撰稿人以外，该刊还有一批文学之外的撰稿人，他们有张竞生、吴稚晖、高一涵、林语堂、王世杰、马寅初、丁文江、孙伏熙、彭基相等。孙伏园在《从〈晨报副镌〉到〈京报副刊〉》中说，《京报副刊》有意办成一个"自由发表文字的机关"。所发表的文章从政治倾向看，有不少宣扬"国家主义"、"无政府主义"等思潮的，但有更多的文章表现出进步的革命的倾向。在当时革命形势日益高涨的情况下，该刊积极支持群众爱国运动，抨击军阀专制政策和帝国主义的侵略行径；同时倡导进步文化，批判"甲寅派"的封建复古思想和"现代评论派"的资产阶级自由思想，一大批作者为其撰稿，鲁迅曾在上面发表了杂文40多篇。

《京报》创刊于1918年10月5日，由报人邵飘萍与潘公弼于北京创办，主张言论自由，自我定位是民众发表意见的媒介，无党无派，不以特殊权力集团撑腰。该刊很快得到广大读者喜爱，名动一时。一年后中国北方各省皆有报纸代派处，1919年8月《京报》因屡次发表揭露、批评政府腐败文章，被当时的政府查封，邵飘萍逃亡到日本，至1920年曹锟、吴佩孚上台后才回国，并于同年9月17日，直皖战争后复刊。继续主张言论自由，以关注社会和国家命运、揭露腐败为原则办报。后来，《京报》揭露事件真相的报道惹怒了当权军阀，邵飘萍被缉捕、追杀。1926年4月26日，邵飘萍从俄国驻北京大使馆被张翰举骗出而被拘捕，26日被枪决。同日，《京报》被奉系军阀张作霖以"宣传赤化"为借口查封，终期为2275号。

8日，鲁迅的三首诗《影的告别》、《求乞者》、《我的失恋》发表于《语丝》周刊第4期，题目为《野草二四》，署名为鲁迅，后收入诗集《野草》中。三首诗中《影的告别》和《求乞者》作于本年9月24日，《我的失恋》原作于本年10月3日，署名为某生者，并有一副题，为《拟古的新打油诗》，是模仿《四愁诗》的形式而作。原诗共三节，在《晨报副刊》排印时，被代理总编辑刘勉己抽去，孙伏园为此辞去《晨报副刊》的编辑工作，与鲁迅同创《语丝》周刊。后来，鲁迅在《我的失恋》一诗中又增加一节，发表在《语丝》周刊上，一同发表的还有《影的告别》和《求乞者》两首。《我的失恋》在《语丝》发表时，改某生者为鲁迅作为署名。鲁迅在1932年北新书局版的《三闲集·我和〈语丝〉的始终》说，写作本诗"是看见当时'啊呀啊唷，我要死了'之类的失恋诗的盛行，故意做一首用'由她去罢'收场的东西，开开玩笑的"。

9日，《民众文艺周刊》创刊，地点在北京，主编为项拙（亦愚）、胡也频、江震亚、陈士钰、荆有麟五人。刊物每周二随《京报》发行。在《民众文艺周刊》第2期、第3期上申明了刊物的宗旨，即刊登"表现民众思想"、"以民众为材料"的文艺，并欢迎"描写第四阶级的作品，及替世界被压迫人民呼吁之呼声"。《民众文艺周刊》自第25期开始改名为《民众周刊》，第31期又改名为《民众》。

11日，杨鸿烈在《京报副刊》上发表《为萧统的〈文选〉呼冤》一文。本文是针对钱玄同在新文化运动中批判桐城派等发表的"选学妖孽"、"桐城谬种"等言论进行的反驳。文中说，钱玄同"因为攻击雕琢的旧文学，就以《文选》所选录最多的六朝文为唯一的祸首，当他们是妖孽"是没有道理的。钱告诫人们"选学妖孽所尊崇之六朝文，桐城谬种所尊崇之唐宋文，则实在不必读"；而杨文章认为，萧统对文学有真知灼见，他的文学观念也是正确的，把这样优秀的作品埋没，会是中国文学史上最冤枉的一件事。

13日，《现代评论》（周刊）在北京创刊，16开，每期24页，每26期为一卷。

每周六由现代评论社发行，各地的商务印书馆代售。主编为王世杰，自第138期开始由丁西林主编，并在上海出版，是一份综合性的刊物。燕树棠、周鲠生、钱端升、陈翰笙、彭学沛等人先后参加了编务工作。陈西滢（陈源）是第1卷、第2卷文艺版的阅稿人，后由杨振声继任。1928年12月29日终刊，共出版209期。第1期至第138期由北京大学出版部印刷，此后各期由上海印刷。刊物涉及政治、经济、法律、哲学、教育、科学、文艺等诸多方面，以发表文学创作和评论为主，也刊载翻译作品。主要撰稿人有胡适、徐志摩、陈源、王世杰、郁达夫、丁西林、杨振声、闻一多、顾颉刚、沈从文、彭学沛、唐有壬、杨端六、陈翰笙、燕树棠、李四光、张奚若、凌叔华、胡也频、皮宗石、周鲠生等人，其中多数为留学英美的教授和学者。在现代文学史上，《现代评论》的一些代表人物被称为"现代评论派"。刊物从第1卷第22期开始，开设"闲话"一栏，由陈西滢主撰，后辑成《西滢闲话》一书出版。该刊具有浓厚的自由主义色彩。在"五卅"运动、北京女师大风潮和"三一八"惨案中曾刊登过一些反帝反封建反军阀统治倾向的作品和文章，但也发表过一些支持段祺瑞政府，诋毁革命运动，攻击以鲁迅为首的革命知识分子的文章。鲁迅对此曾在1925年6月1日的《京报副刊》第166期写下《并非闲话》一文，批判道："自在黑幕中，偏说不知道；替暴君奔走，却以局外人自居；满肚子怀着鬼胎，而装出公允的笑脸……"1927年前往上海以后，更加倾向于国民党政权，曾与《甲寅》、《学衡》等刊物就文言文与白话文的问题展开激烈论战，发表了很多重要的新文学作品。此外，《现代评论》还出版了4种增刊，分别是"第一周年纪念增刊"、"第二周年纪念增刊"、"第三年周年纪念增刊"和"关税会议特别增刊"，并且以现代社的名义编辑出版了《现代社文艺丛书》。

14日，上海国民会议促进会成立，代表有400余人。国民会议促进会发表宣言，号召全国人民团结起来，努力创造真正代表人们的国民议会，要求废除不平等条约、保障人民言论自由、民选上海市长等。

20日，鲁迅发表散文诗《复仇》，载于《语丝》周刊第7期，副题为《〈野草〉之五》，署名为鲁迅，后收入《野草》。鲁迅曾说过《复仇》题目的含义。他在1934年5月16日给郑振铎的信中曾说："我在《野草》中，曾记一男一女，持刀对立旷野中，无聊人竞相而往，以为必有事件，慰其无聊，而二人又毫无动作，以致无聊人仍然无聊，至于老死，题曰《复仇》，亦是此意。"鲁迅又作《复仇》（其

二),同载于《语丝》周刊第 7 期,副题为《〈野草〉之六》,署名鲁迅,收入《野草》。

22 日,《晨报副刊》上发表了沈从文的《一封未曾付邮的信》,署名为休芸芸,这是沈从文确知篇目的公开发布的第一篇文章。

段祺瑞发表《外崇国信宣言》,声称尊重不平等条约,同时又公布了善后会议条例,以此抵抗孙中山召开国民会议的主张。月底,孙中山带病入京。南北双方政见尖锐对立,政局十分紧张。

《新青年》(季刊) 第 4 期出了"国民革命号",上面刊登了一些宣传革命的文章,有蒋光赤翻译的列宁的《民族与殖民地问题》、斯大林的《列宁主义之民族问题的原理》,弱时翻译的列宁的《中国战争》和仲武翻译的列宁的《亚洲的醒悟》。

本月,周作人发表散文《吃茶》。

本月,郁达夫在《太平洋》第 4 卷第 9 期发表短篇小说《薄奠》,本篇小说作于同年 8 月。

本月,朱自清诗文合集《踪迹》由上海亚东图书馆出版,分两辑,第一辑收诗 31 首,第二辑收散文 7 篇。内收的新诗有《光明》、《歌声》、《满月的光》、《羊群》、《新年》、《北河沿的路灯》、《怅惘》、《沪杭道中》、《秋》、《自白》、《纪游》、《送韩伯画往俄国》、《湖上》、《转眼》、《沪杭道上的暮》、《挽歌》、《除夜》、《笑声》、《灯光》、《独自》、《匆匆》、《侮辱》、《宴罢》、《仅存的》、《小舱中的现代》、《毁灭》、《细雨》、《别后》、《赠 A.S.》、《风尘》。其中,长诗《毁灭》和散文《桨声灯影里的秦淮河》、《生命的代价——七毛钱》都是名篇。

本月,熊闰同著的诗集《白莲集》由广东光东书局出版。目次如下 :卷上《雪和伊》、《晚眺》、《寻春》、《恕了我罢》、《神女泣诗人舞后》、《不见》、《酒后的狂歌》、《裸体与装饰》、《途中》、《答心一》、《浴的三部曲》、《晚妆三首》;卷下《杂诗九首》、《落叶》、《春雨词六首》、《本事诗六首》、《珠江杂诗六首》、《寄心一潮州》、《带醉听歌篇示若翘》、《秋怀四首》、《兰娘曲》、《秋夜吟》、《晚步》、《夜市四首》、《六榕塔歌》、《赠戴平万》。

本月,梁宗岱诗集《晚祷》出版,这是他的第一部诗集,由商务印书馆出版发行。诗集中收入诗歌 19 首,均写于 1921 年至 1924 年间,诗集另有《代跋》。诗歌采用自由体,还有部分散文诗。

本月,田汉剧作集《咖啡店的一夜》出版,属于《少年中国学会丛书》,由上海中华书局初版，是一个独幕剧集。目次为《咖啡店之一夜》（1920年冬东京初稿）、《午饭之前》（1922年夏作）、《乡愁》（1922年作）、《获虎之夜》（1922年作）、《落花时节》（1922年作）。

本月，赵诚之翻译的《普希金小说集》由上海亚东图书馆初版。其中收有《一个驿站的站长》、《射击》、《棺材匠》等篇目。

本月，鲁迅翻译俄国作家爱罗先珂的《世界的火灾》初版，出版社为上海商务印书馆，本书被收入《文学研究会丛书》，其中包括《世界的火灾》、《红的花》、《时光老人》等。

本月，田汉翻译的日本戏剧家菊池宽的戏剧《日本现代戏剧（第1卷·菊池宽剧选）》由上海中华书局初版，1925年11月再版，收入《文学研究会丛书》，包括《屋上的狂人》、《海之勇者》等。

本月，王以仁的小说《孤雁》在《小说月报》第15卷第2号上发表。白采的《白采的小说集》出版，出版社为中华书局。

1925年

一月

1日，蒋光慈《现代中国社会与革命文学》刊载于《民国日报》副刊《觉悟》，署名"光赤"。该文认为"现代中国的社会真是制造革命的文学家之一个好场所"，他们应该是"代表社会的情绪"、"表现社会的生活"、"代表民族解放运动的精神"的。但现在却找不到这样"反抗的、伟大的、革命的"的文学家，反而都是"市侩派的文学家"，其特点是"近视眼"的、"无革命性"的、"安于现社会生活"的。这类文学家的代表是叶绍钧、冰心、俞平伯等。作者批评叶绍钧的文章中充满着"市侩的生活"，批评俞平伯"没有人生观"，认为冰心的作品表现的"只是市侩式的女性，只是贵族式的女性"。同时，作者高度赞扬了郁达夫和郭沫若，认为郁达夫虽然是颓废派，但其作品"已经触到了现代社会的根本——经济制度"，郭沫若则是"现在中国唯一的诗人"，是"一个社会主义者"，是"一个热烈追求人类解放的诗人"。作者在文章中还提出了革命文学的标准："谁个能将现社会的缺点、罪恶、黑暗……痛痛快快地写出来，谁个能高喊着人们来向这缺点、罪恶、黑暗……奋斗，则他就是革命的文学家，他的作品就是革命的文学。"

4日，《京报副刊》刊出启事，征求当时学术界、教育界的知名人士为青年推荐"爱读书"和"必读书"各十部。

5日，沈雁冰在《文学》周报及《十月》第196期连续发表《论无产阶级艺术》。

5日、12日、19日，《文学》周报第155、156、157三期连续刊登郑振铎译《印度寓言》，署名"西谛"。

10日，《小说月报》第16卷第1号发表叶绍钧短篇小说《潘先生在难中》。该小说塑造了小学校长潘先生这一小知识分子的形象，它由三部分组成：第一部分描写在战争来临前，潘先生携带妻子儿女慌张狼狈地逃离家园奔向上海。在上海，他觉得即使是"有阵阵恶臭"的旅馆也是"乐园"，在里面喝酒吟诗也是快意的事情。第二部分描写潘先生害怕不辞而别丢掉职位，匆忙回家，但不幸碰到战火再起，于是跑到红十字会给全家领了徽章，还把红十字会的旗子插到自己家门口，以此来保命保家。第三部分写潘先生听到正安失守的消息后躲进了洋人的"红房子"里，但在战事停止后却为杜统帅写颂词。本文通过潘先生这个人物以及他在逃难中的所作所为和思想变动，批判了小知识分子苟且偷安、自私自利以及麻木、奴性的弱点。本文后收入短篇小说集《线下》。

茅盾曾给予该小说高度评价，他说："要是有人问道：第一个'十年'中反映着小市民知识分子的灰色生活的，是哪一位作家的作品呢？我的回答是叶绍钧！他的'人物'写得最好的……是一些心脏麻木的然而却又张皇敏感的怯懦者，如《潘先生在难中》的潘先生以及他的同事（短篇集《线下》），他们在虚惊来了时最先张皇失措，而在略感得安全的时候他们又是最先哈哈笑的……"[①]

同日，庐隐小说《父亲》发表于《小说月报》第16卷第1号。

同日，王以仁小说《落魄》发表于《小说月报》第16卷第1号。

同日，凌叔华短篇小说《酒后》发表于《现代评论》1925年第1卷第5期。该小说主人公是一对夫妻，在酒后夜深人静之时，妻子采苕请求丈夫永璋让她亲吻醉卧在客厅的朋友子仪。永璋在短暂的心理冲突后答应了妻子的请求，但采苕却在移步至子仪身旁后心跳加速，最终放弃了亲吻子仪的行动。小说从女性的视角对女性的心理作了独特的刻画，历来被认为是女性小说的精品之作。该小说后被喜剧作家丁西林改编为同名独幕剧。

同日，洪深历史题材电影剧本《申屠氏》开始于《东方杂志》第22卷第1—4期发表。它是中国第一个比较完整的电影文学剧本，是中国电影文学发展史上第

[①] 茅盾：《现代小说导论（一）——文学研究会诸作家》，《中国新文学大系导论集》，上海书店1982年11月影印本，第109页。

一块坚实的基石。整个剧本由楔子和 7 本正文组成，共分为 107 节，592 个场景，在每个场景之前都标注有拍摄方法。该剧本由洪深在 1922 年从美国回国后受聘于中国影片制造股份有限公司期间写成，但因各种原因直到 1925 年才得以发表。

11 日至 22 日，中国共产党第四次全国代表大会在上海召开。陈独秀、蔡和森、瞿秋白、陈潭秋、张太雷、周恩来、彭述之、李立三、罗章龙等 20 人出席了会议。本次会议的中心议题是：研究和讨论中国共产党如何加强对日益高涨的革命运动的领导，工人阶级如何参加民族革命运动，以及党在组织上和群众工作上如何进行准备。本次大会明确提出了无产阶级在民族革命中的领导权问题和工农联盟问题，并在总结和国民党建立统一战线经验的基础上，确定了以"打击右派，争取中派，扩大左派"为基本方针的同国民党关系的新政策。

16 日，《小说世界杂志》第 9 卷第 3 期开始连载唐小圃译《克鲁伊洛夫寓言》（今译《克雷洛夫寓言》），至 6 月 26 日第 10 卷第 13 期为止，共刊载 24 期。

17 日，徐志摩诗《雪花的快乐》在《现代评论》周刊第 1 卷第 6 期上发表，后收入诗集《志摩的诗》。本诗借物抒情，流露出对理想信念充满信心的乐观情绪。

18 日，国立北京女子师范大学学生自治会紧急会议召开。会议通过了驱逐杨荫榆，不承认杨荫榆为女师大校长的提案，并向教育部申报，"驱杨运动"爆发。但杨荫榆凭借教育部的支持，最终并未下台。

19 日，鲁迅的散文诗《希望》发表于《语丝》第 10 期，收入《野草》。谈及写作此文的目的，鲁迅说："因为惊异于青年之消沉，作《希望》。"[①] 鲁迅在文中两次提到"绝望之为虚妄，正与希望相同"。

26 日，鲁迅散文诗《雪》发表于《语丝》第 11 期，收入《野草》。作者在文中写道，"那是孤独的雪，是死掉的雨，是雨的精魂"，赞美了"朔方的雪"的独立自由之精神。

31 日，郭沫若小说《亭子间的文士》在《现代评论》周刊第 1 卷第 8 期上发表。

本月，"中华戏剧改进社"由闻一多在美国参与发起，主要成员有余上沅、梁实秋、梁思成、林徽因、瞿世英、熊佛西、赵太侔等。同时，他们还约请国内新

---

① 鲁迅：《〈野草〉英文译本序》，《鲁迅全集》第 4 卷，人民文学出版社 1981 年版，第 356 页。

月社成员入社,并约定"均愿以毕生全力置诸剧艺,并抱建设中华国剧的宏愿"②,在学成归国后为发展中国戏剧艺术尽力。

本月,由北京中法大学西山学院学生组织的社团——北京西山文学社成立。陈毅、金满成等为该社成员。

本月,宁波华升印书局出版柔石短篇小说集《疯人》,收录《疯人》《船中》《爱的隔膜》等6篇作于1923年至1924年的小说。6篇小说多以爱情为主题,笔触感伤、孤寂,悲剧色彩浓郁,集中体现了"五四"时期青年的探索与彷徨。

本月,许地山首部短篇小说集《缀网劳蛛》由商务印书馆出版,是《文学研究会丛书》之一。收录《命命鸟》《商人妇》《缀网劳蛛》《换巢鸾凤》等13篇小说。

茅盾通过《缀网劳蛛》一书对许地山的人生观作了概括分析,并且对这种人生观进行了辩证的评价。他说:"他的作品从《命命鸟》到《枯杨生花》,在'人生观'这一点上说来,是那时候独树一帜的。他不像冰心、叶绍钧、王统照他们似的憧憬着'美'和'爱'的理想的和谐的天国,更不像庐隐那样苦闷彷徨焦灼,他是脚踏实地的。他在他的每一篇作品里,都试要放进一个他所认为合理的人生观。他并不建造一个什么理想的象牙塔。他有点怀疑人生的终极意义(《空山灵雨》第17页,《蜜蜂和农人》),然而他不悲观也不赞成空想;他在《缀网劳蛛》里面写了一个'不信自己这样的命运不甚好,也不信史夫人用定命论的解释来安慰她,就可以使她满足'的女子尚洁,然而这尚洁并不是麻木的,她有她的人生观,她说:'我像蜘蛛,命运就是我的网。蜘蛛把这一切有毒无毒的昆虫吃入肚里,回头把网组织起来。他第一次放出来的游丝,不晓得要被风吹到多么远,可是等到粘着别的东西的时候,他的网便成了。他不晓得那网什么时候会破,和怎样破法。一旦破了,他还暂时安安然然地藏起来,等有机会再结一个好的。人和他的命运又何尝不是这样?所有的网都是自己组织得来,或完或缺,只能听其自然罢了。'(短篇集《缀网劳蛛》第135—136页)同样的思想,在《商人妇》里也很强力地表现着。这便是落华生(许地山)的人生观。""他这人生观是二重性的。一方面是积极的昂扬意识的表征(这是'五四'初期的),另一方面却又是消极的意识(这是他创作当

---

② 熊佛西:《佛西论剧》,北京朴社出版社1923年版。

时普遍于知识界的),所以尚洁并没确定生活的目的,《商人妇》里的惜官也没有……落华生是反映了当时第三种对于人生的态度的。"①

茅盾还认为,许地山的作品在形式上有二重性:"……浓厚的异域情调是浪漫主义的……而同时这些又是写实主义的。他这形式上的二重性,也可以跟他思想上的二重性一同来解答。浪漫主义的成分是昂扬的、积极的'五四'初期革命意识的产物,而写实主义的成分则是'五四'风暴过后觉得依然满眼是平凡灰色的迷惘心理的产物。"②

本月,小说月报社编短篇小说集《商人妇》由商务印书馆出版。收录许地山(署名落华生)《商人妇》、梦雷《快乐之神》《死后二十日》、徐玉诺《一个不重要的伴侣》、子耕《被幸福忘却的人》、徐雉《失恋后》等6篇小说。

本月,小说月报社编短篇小说集《或人的悲哀》由商务印书馆出版。收录庐隐《或人的悲哀》、西谛《淡漠》、冰心《六一姊》、趾青《明日》等4篇小说。

本月,小说月报社编短篇小说集《笑的历史》由商务印书馆出版。收录朱自清《笑的历史》、鲁迅《端午节》、潘训《乡心》、叶绍钧《游泳》和俍工《命运》等5篇小说。

本月,上海书店出版蒋光慈第一部诗集《新梦》,署名蒋光赤,其中收录了蒋光慈留俄三年期间的诗歌创作,另有《自序》和高语罕《〈新梦〉诗集序》。作者在《自序》中称,自己"一点心灵早燃烧着无涯际的红火,我愿勉力为东亚革命的歌者"③。钱杏邨对《新梦》有着高度的评价,他说:"《新梦》……在全部里所表现的精神,只是向上的、革命的歌调;只是热烈的、震动的喊叫;只是向帝国主义及一切反动力量抗斗的特征;没有悲愁的创作,没有失意的哀喊……全书的思想当然是劳动阶级的,劳动阶级的革命思想。"④对于《新梦》的历史意义和地位,钱杏邨说:"它……简直如一颗爆裂的炸弹,惊醒了无数青年的迷梦……实在的,中国的革命诗歌集,是没有比这一部再早的了,简直可以说是中国革命文学的开山祖。"⑤

---

① 茅盾:《〈中国新文学大系·小说一集〉导言》,上海书店1982年11月影印本,第112—114页。
② 茅盾:《〈中国新文学大系·小说一集〉导言》,上海书店1982年11月影印本,第114页。
③ 蒋光慈:《战鼓》(上卷),方铭等编:《中国现代文学史资料汇编(乙种)蒋光慈研究资料》,宁夏人民出版社1983年7月版,第29页。
④ 钱杏邨:《蒋光慈与革命文学》,《现代中国文学作家》,上海泰东图书局1928年版,第160页。
⑤ 钱杏邨:《蒋光慈与革命文学》,《现代中国文学作家》,上海泰东图书局1928年版,第160页。

本月，朱湘第一部新诗集《夏天》由商务印书馆出版，是《文学研究会丛书》之一，除《自序》一篇外，还收录《死》、《废园》、《宁静的夜晚》、《南归》、《春鸟》等 26 首诗作。对于诗集名称"夏天"的寓意，朱湘在《自序》中写道："小册子，命名《夏天》，取青春期已过，入了成人期的意思。"他的诗以友谊和大自然为主要吟诵对象，多采用自由体，语言典雅凝练。

本月，王统照等著诗集《良夜》由商务印书馆出版。收录有王统照《良夜歌》、朱湘《春》、汪静之《七月的风》、佩蘅《伊和他》等诗作 20 余篇。

本月，沈泽民等译俄国作家安特列夫著小说《邻人之爱》，由商务印书馆出版，收入《小说月报丛刊》。其中附录《安特列夫略传》由沈雁冰著。

本月，耿济之译俄国作家果戈里著小说《疯人日记》，由商务印书馆出版，收入《小说月报丛刊》。

本月，孙伏园等译俄国作家 L. 托尔斯泰著小说集《熊猎》，由商务印书馆出版，收入《小说月报丛刊》。其中《贼》由俄国作家陀思妥耶夫斯基著，陈大悲译。

本月，高君箴、郑振铎译《天鹅》，收录王尔德、克鲁洛夫、安徒生等多篇著作，由商务印书馆出版，1932 年 11 月国难后第 1 版，收入《文学研究会丛书》。

本月，张志澄译英国琼斯著戏剧《玛加尔及其失去的天使》，由商务印书馆出版。收入《文学研究会丛书》。

本月，邵挺、许绍珊译英国作家索士比著戏剧《罗马大将该撒》（今译《罗马大将凯撒》），由译者自刊，邵挺在书前作序。

本月，徐曦、林笃信译印度作家泰戈尔著小说《沉船》，由商务印书馆出版。

本月，包天笑译述日本作家押川春浪著小说《未来世界》，由上海国学书室出版。

本月，《学衡》杂志第 37 期出版。刊登柳诒徵《湖楼晓起》、胡先骕《辛夷树下口占》等诗。

二月

1 日，在中国共产党的倡议之下，广东革命政府举行第一次东征，主要讨伐对象是陈炯明。陈炯明自 1922 年退居东江一带后，一直同广东政府对抗。1925 年初又趁孙中山北上之机同段祺瑞政府和英帝国主义相勾结，自封"救粤军总司令"，妄图推倒广东政府。于是广东革命政府决定东征。第一次东征于 1925 年 2 月初至 3 月下旬进行，主力是由两个教导团、军校第二期学生和第三期入伍生第一营组成的黄埔学生军三千人和粤军许崇智部，由军校校长、粤军参谋长蒋介石统领。军校政治部主任周恩来负责指导学生军的战时政治工作，参与东征的领导。共产党员和青年团员在东征中起了骨干作用。海陆丰农民在彭湃领导下积极配合革命军作战，在后方扰乱敌人、牵制敌军，并给革命军带路以及协助运输等。在东江农民的支援下，革命军勇猛前进，不到两个月，就打垮了陈炯明的主力三万多人，占领了潮州、梅县等地，陈军退到江西和闽南。

在第一次东征期间，滇、桂军阀杨希闵、刘震寰表面上打着三民主义的旗号，暗中勾结陈炯明和英帝国主义，妄图趁机发动叛乱，颠覆革命政府。面对杨、刘的叛变，中国共产党和国民党"左派"坚决反对胡汉民、汪精卫等企图妥协的做法，坚持主张讨伐。6 月 6 日，东征军回师广州，并于 6 月 12 日迅速平定叛乱，使局势转危为安，大大巩固了广东革命政府的地位。但由于东征军回师，陈炯明重新占领东江，并同粤南军阀邓本殷相勾结，形成对广州的夹击态势。为了肃清反革命势力，10 月，国民革命军开始了第二次东征，11 月初即收复东江，全歼陈炯明部队。1926 年 2 月，海南岛的邓军残部被歼灭。至此，广东全境统一处在广东革命政府的管辖之下。两次东征的胜利，巩固了广东革命根据地，同时为北伐奠定了基础。

同日，段祺瑞善后会议在北京开幕。1924 年 10 月直系军阀政府被冯玉祥推翻后，皖系军阀段祺瑞被推举为临时政府临时执政执掌政权。段祺瑞为了巩固其反动统治，在日本帝国主义支持下，于 1925 年 2 月 1 日在北京召开善后会议，与孙中山倡导的国民会议相对抗。次日，中国国民党发表宣言，反对善后会议。在全国人民的声讨之下，4 月，善后会议解散。

2 日，《语丝》杂志第 12 期发表鲁迅《风筝》，副题为《〈野草〉之九》，主要叙述了小时候"我"以为放风筝"是没出息孩子所做的玩艺"，并以粗暴的方式阻止弟弟放风筝。待长大后明白游戏对于儿童的意义后，"我"后悔于自己小时候对弟弟的"精神虐杀"，于是主动向弟弟道歉，然而弟弟对此已全然忘却。

2 日、9 日、16 日、23 日《文学》周报连续刊载郑振铎《太戈尔诗杂译》，署名"西谛"。

7日，陈源在《现代评论》第9期的"时事短评"中，发表《北京的学潮》一文。他捏造事实真相，嘲讽女师大学生，批判学生运动。他在文中写道："不过我们觉得那宣言中所举的校长的劣迹，大都不值一笑。至于用'欲饱私囊'的字眼，加杨氏以'莫须有'之罪，我们实在为'全国女界的最高学府'的学生不取。"

8日，《民国日报》副刊《觉悟》出版"列宁号特刊"，悼念列宁逝世一周年，并译载列宁的《托尔斯泰与当代工人运动》，郑超麟译。

9日，《语丝》杂志第13期发表鲁迅散文诗《好的故事》，副题为《〈野草〉之十》。

14日，冯文炳小说《鹧鸪》发表在《现代评论》周刊第1卷第10期上。

16日，冯文炳小说《竹林的故事》在《语丝》杂志第14期上发表。该小说采用第一人称叙事。作者运用几近散文化的语言，描写了菜农老程的女儿阿三的几个生活片段：父亲打渔，她在一旁看着，回家后还请父亲喝酒；后来老程去世，城里赛龙灯，但阿三执意陪伴母亲没有去看；她卖的菜质量很好，大家都愿意买。后来，阿三出嫁。12年后的清明，她回家祭奠先人，此时的阿三已经成为了妇人。通过对阿三生活片段的描写，作者塑造出了一个贤惠乖巧的女性形象。全文淡雅朴实，具有田园般的诗情画意。

周作人为《竹林的故事》作序，并刊登在《语丝》杂志第1卷第48期上。周作人在序中表达了对冯文炳小说的喜爱，称其文章是"温和的"："我不知怎地总是有点'隐逸的'……正如一个人喜欢在树荫下闲坐，虽然晒太阳也是一件快事。我读冯君的小说便是在树荫下的时候。"周作人还表示，虽然冯文炳的小说是"温和的"，但并不是"逃避现实的"。"他所描写的不是什么大悲剧大喜剧，只是平凡人的平凡生活，——这却正是现实。特别的光明与黑暗固然也是现实之一部，但这尽可以不去写他，倘若自己不曾感到欲写的必要，更不必说如没有这种经验。文学不是实录，乃是一个梦：梦并不是醒生活的复写，然而离开了醒生活梦也就没有了材料，无论所做的是反应的或是满愿的梦。"同时，周作人还谈到了冯文炳小说题材的选取，并对其文章"独立的精神"给予了赞美："冯君所写多是乡村的儿女翁媪的事，这便因为他所见的人生是这一部分，——其实这一部分未始不足以代表全体"，"将来著者人生的经验逐渐进展，他的艺术也自然会有变化，我们此刻当然应以著者所愿意给我们看的为满足，不好要求他怎样地照我们的意思改作，虽然爱看不爱看是我们的自由。""他三四年来专心创作，沿着一条路前进，发展他平淡朴讷的作风,这是很可喜的。……冯君从中外文学里涵养他的趣味,一面独自走他的路,这虽然寂寞一点,却是最确实的走法,我希望他这样可以走到比此刻的更是独殊的他自己的艺术之大道上去。"

同日,李叔良诗《弃妇》发表在《语丝》杂志第 14 期上。李叔良即李金发。李金发被誉为"中国第一个象征主义诗人",他接受了波德莱尔的"审丑"美学与恶魔主义精神,同时承袭魏尔伦的感伤与颓废气质,在诗作中多采用法国象征主义的写作手法,在感觉的边缘进行陌生化的探讨,并将纤细而敏锐的艺术感觉融入到生命的深层体验和潜在意识中,着重"表现的是'对于生命欲揶揄的神秘及悲哀的美丽'"[1]。

18 日,文学月刊《支那二月》创刊于上海。主编应修人,由湖畔诗社出版发行,16 开横排本,共出 4 期,于 1925 年 5 月第 1 卷第 4 期出版后终刊。

该刊物以发表新诗为主,也少量刊载小说和散文,主要撰稿人有应修人、汪静之、冯雪峰、潘漠华等。他们作品的特点是大胆真诚地表现青年爱情心理,被朱自清誉为"真正专心致志作情诗的"[2]年轻诗人。

同日,郭沫若开始创作组诗《瓶》,至 3 月 30 日完成。其中共有诗歌 42 首,外加《献诗》一首。据作者自述,"《瓶》可以用'苦闷的象征'来解释",里面的诗"全是写实,并无多少想象成分"[3]。郁达夫认为《瓶》是诗人在"再现过去恋情的痕迹"[4]。

21 日,鲁迅《青年必读书——应〈京报副刊〉的征求》一文发表于《京报副刊》,后收入《华盖集》。对于青年必读书,鲁迅表示"从来没有留心过,所以说不出",接下来在附注中,他谈到了对读书的看法,希望"略说自己的经验,以供若干读者的参考","我看中国书时,总觉得就沉静下去,与实人生离开;读外国书——但除了印度——时,往往就与人生接触,想做点事。中国书虽有劝人入世的话,也多是僵尸的乐观;外国书即使是颓唐和厌世的,但却是活人的颓唐和厌世"。所以,鲁迅认为"要少——或者竟不——看中国书,多看外国书",因为"但现在

---

[1] 朱自清:《中国新文学大系·诗集导言》,上海良友图书公司1936年版。
[2] 朱自清:《中国新文学大系·诗集导言》,上海良友图书公司1936年版,第229页。
[3] 蒲风:《郭沫若诗作谈》,《现世界》创刊号,1936年8月。
[4] 郁达夫:《〈瓶〉附记》,《创造月刊》第1卷第2期,1926年4月16日。

的青年最要紧的是'行',不是'言'","少看中国书,其结果不过不能作文而已"。

鲁迅的文章发表以后,遭到了诸多的攻击。柯柏森在《偏见的经验》一文中,说鲁迅是在"卖国"。熊以谦在《奇哉!所谓鲁迅先生的话》一文说鲁迅的主张会"贻误青年",使青年"完全变成一个外国人",鲁迅这样讲实属"浅薄无知识"。还有人责问鲁迅：你自己中国书读得非常多,如今偏不让青年读,这是什么意思,等等。鲁迅作文《聊答"偏见的经验"》、《报〈奇哉所谓鲁迅先生的话〉》、《这是这么一个意思》等文章,回敬各种攻击和指责,坚持自己的主张,公开同"整理国故"的口号相斗争,让青年在民族危亡之际脱离故纸堆,投身到革命斗争中去。在这里,鲁迅给了"国粹"派论调以坚决的打击。

后来,鲁迅在《写在〈坟〉后面》一文中重申："去年我主张青年少读,或者简直不读中国书,乃是用许多苦痛换来的真话,决不是聊且快意,或什么玩笑,愤激之辞。……现在呢……许多青年作者又在古文,诗词中摘些好看而难懂的字面,作为变戏法的手巾,来装潢自己的作品了。我不知这和劝读古文说可有相关,但正在复古,也就是新文艺的试行自杀,是显而易见的。"①

汪静之对鲁迅的观点十分赞同,他在 5 月 1 日致周作人的信中说:"《京报副刊》上《青年必读书》里面鲁迅说的'少看中国书,多看外国书',我一见就拍案叫绝,这真是至理名言,是中国学界的警钟的针砭,意见极高明,话语极痛快,我看了高兴得很。"②

23 日,鲁迅杂文《再论雷峰塔的倒掉》刊载于《语丝》杂志第 15 期,后收入《坟》。

25 日,由"浅草社"成员自费出版的刊物《浅草》季刊终刊,共出 4 期。

28 日,周作人首次涉及"女师大事件"。当时学潮已经进入高潮时期,自称中立派的两位学生登门拜访周作人,称只要换掉校长,学潮之事便可平息,请求他代为斡旋。于是周作人将此事转告时任教育部次长的马叙伦,但因后来章士钊出任教育总长,调解失败。

本月,杨振声中篇小说《玉君》由现代社出版。《玉君》最早在《现代评论》

---

① 鲁迅：《写在〈坟〉后面》,《鲁迅全集》第1卷,人民文学出版社1981年版,第289页。
② 鲁迅博物馆、鲁迅研究室编：《鲁迅年谱》第2卷,人民文学出版社1983年版,第177页。

上发表，是《现代丛书》之一。1929年北京朴社印行第4版。1957年人民文学出版社将其收录在杨振声小说集《玉君》中，并由人民文学出版社出版。

　　本月，吴宓对《玉君》一文评价道："《玉君》一书在今世盛行之欧化文法短篇写实小说中，实为矫然特异，殊有可取。然而此书之篇幅初非甚长，书中人之理想亦非甚高。攻讦礼教，教育平民等，不出寻常新派学生之见解。书中文法词句，亦仍未脱时派欧化之势。牵强支离，在所不免。效颦末节，处处可见。"同时，吴宓也对《玉君》受欧式白话文学的影响、采用新式标点的做法给予了批评。"居今日欲创造完美精粹之文学……西洋小说之体裁方法尽可摹仿，西洋小说中之事实材料尽可采用，但须洞明其意旨，取得其精华且须完全融化过来，不露痕迹，方可以入吾书，如是方为善能利用西洋小说者。若乃效颦逐末，沾沾自喜，或改变中文语句，或杂入西式标点，或敷陈一篇之学理，或炫示满纸之名词，又或专务攻讦礼教，鄙弃道德，与人生之重要问题，不求沉着深微之了解，而以谑浪笑傲之态度，妄肆评论。但表现感情放纵之美，而不悟规矩检束之要。凡兹所为，根本谬误。"但吴宓依旧给予了《玉君》肯定的评价："《玉君》描写甚佳，实兼有写实小说之长。其叙玉君与林一存二人之关系，脉脉含情，而能以礼自持，以淡雅胜。较之时下短篇小说，专以搂抱接吻等事写恋爱者，实高出其上多多。"由此来看，"《玉君》乃一甚有价值之小说"。吴宓又以此扩展开来，表达了对当时中国文学的看法。他认为中国的文学天才不在少数，但"大都为号称新文学家所误，闻风响慕，走入歧途，一往不返。此诚可痛心之事也"。《玉君》之所以产生诸多缺点，是因其作者"颇染时习，追步新文学家"，但这是"时世之过"，"准斯以谈，《玉君》之关系，宁不重哉"。[①]

　　鲁迅对《玉君》颇有微词。他说："杨振声的文笔，却比《渔家》更加生发起来，但其与先前的战友汪敬熙占成对蹠；他'要忠实于主观'，要用人工来制造理想的人物。而且凭自己的理想还怕不够，又请教过几个朋友，删改了几回，这才完成一本中篇小说《玉君》，那自序道——'若有人问玉君是真的，我的回答是没有一个小说家是说实话的。说实话的是历史家，说假话的才是小说家。历史家用的是记忆力，小说家用的是想象力。历史家取的是科学态度，要忠实于客观；小说家

[①] 吴宓：《评杨振声〈玉君〉》，《学衡》第39期，1925年3月。

取的是艺术态度，要忠实于主观。一言以蔽之，小说家也如艺术家，想把天然艺术化，就是要以他的理想与意志去补天然之缺陷。'他先决定了'想把天然艺术化'，唯一的方法是'说假话'，'说假话的才是小说家'。于是依照了这定律，并且博采众议，将《玉君》创造出来了，然而这是一定的，不过一个傀儡，她的降生也就是死亡。我们此后也不再见这位作家的创作。"①

本月，光华书局出版周全平小说集《梦里的微笑》，共4篇小说，分上、下两卷。上卷收有《林中》，下卷收有《圣诞之夜》《爱与血的交流》和《旧梦》等3篇，书前有诗《昨夜的梦——代序》，书末附《致梦里的友人》。本书被列入《创造社丛书》。

本月，上海中华学艺社出版张资平短篇小说集《雪的除夕》，列入《中华学艺社文艺丛书》。

本月，商务印书馆出版王统照第一部诗集《童心》，收录了诗人从1919年至1924年创作的诗作91首，如《蛛丝》《紫藤花下》等，是《文学研究会丛书》之一。在《〈童心〉弁言》中，诗人说道："苦楚，烦郁，失望和欢愉，长思与沉虑，都似从其中传出。"

本月，孙福熙散文集《山野掇拾》由上海北新书局出版。

本月，胡宪生译E.R.巴勒斯著小说《野人记》，由商务印书馆出版，分上、下两册，收入《小说世界丛刊》。

三月

6日，由北京大学师生创办的综合性刊物《猛进》周刊创刊。该刊物以"猛进社"的名义出版，共出版53期，1926年3月19日终刊。其中第1—25期由徐炳昶主编，第26—53期由李宗桐主编。《猛进》是当时有进步倾向的政治性周刊，以抨击时政为主，文学创作与研究为辅，明确反对只谈艺术、不问政治的错误观点。6月份，《猛进》周刊连续三期出版"沪案特刊"，声援"五卅"运动。鲁迅对此刊物有着高度的评价："猛进很勇，而论一时的现象的文字太多。"②

---

① 鲁迅：《现代小说导论（二）》，《中国新文学大系导论集》，上海书店1982年11月影印本，第127页。
② 鲁迅：《两地书（八）》，《鲁迅全集》第11卷，人民文学出版社2005年版，第33页。

10日,《小说月报》第16卷第3号发表王鲁彦的小说《许是不至于罢》,署名鲁彦。

茅盾首先从人物的角度对王鲁彦小说进行了评价,并将其同鲁迅小说里的人物进行了对比:"王鲁彦小说里最可爱的人物,在我看来,是一些乡村的小资产阶级,例如《黄金》里的主人公,和《许是不至于罢》里的王阿虞财主。我觉得他们和鲁迅作品里的人物有些差别:后者是本色的老中国的儿女,而前者多少已经感受着外来工业文明的波动。"接着,茅盾又从思想性上评价了鲁彦的小说:"王鲁彦的短篇小说,到现在似乎也不过十多篇……在这中间,我最喜欢,并且认为思想技术都最好的,只有两篇:《许是不至于罢》和《黄金》。"《许是不至于罢》描写土财主的忧虑。土财主没有什么享乐,除了乡下人见面时的恭维,也没有什么威风,反是过着 humble 的生活。当他的三儿子成婚的时候,他在欢笑的包围中独自忧虑着强盗要抢他未来的儿媳妇;他这种愁闷,是没有人来为他分担的。当儿子的婚事总算平安过去了以后,又逢到半夜的小偷,那半夜的慌乱的锣声正表示着土财主的惊悸的心的抖颤;然而他这种惊悸,也是没有人来为他分担的。人类的自利,人类对于别人祸福的不介意,很渲染得明艳。可是土财主并不因此怨恨他的同村人,他以为'他们现在并不来破坏'就很满足了。他更加客气地感谢那些空口敷衍来'慰问'的乡邻。但是土财主却不是像大哲学家懂得'谦逊'之必要,所以这般做的;所以使他谦逊的原因就是金钱。财产成了他负罪的记号,使他不得不格外谦虚了。这就是乡村小资产阶级的心理;他们的处世哲学。"[①]

12日,孙中山在北京逝世。中国共产党发表告中国民众书,指出孙中山先生的逝世是"中国民族自由运动的一大损失",号召全国民众"加倍努力",共同反抗帝国主义及国内反动军阀。

孙中山(1866—1925),广东香山人,原名孙文,号逸仙。旅居日本时化名中山樵。近代伟大的民主主义革命的先行者,中华民国和中国国民党创始人,三民主义的倡导者。

1866年11月12日,孙中山出生于广东省香山县(今中山市)翠亨村,10岁时始进村塾求学,聪颖过人。1878年,12岁的孙中山得长兄孙眉的帮助,到檀香山就学。1881年孙中山毕业,获夏威夷王亲颁英文文法优胜奖。之后,他进入当

[①] 方璧(茅盾):《王鲁彦论》,《小说月报》第18卷第11期,1927年11月10日。

地最高学府、美国教会学校"奥阿胡学院"（Oahu College）继续学业。1883年，由于孙中山有信奉基督教的意向，被兄长送回家乡。于同年冬天到香港，与陆皓东一同在公理会受洗入基督教，并就读于拔萃书屋（今日之拔萃男书院）。1884年，进入中央书院（今日之皇仁书院），1887年进入香港西医书院（香港大学的前身），1892年7月以首届毕业生中第二的成绩毕业，并获当时港英政府总督威廉·罗便臣亲自颁奖。之后，他在澳门、广州等地行医。在广州行医期间，他常常批评国事，畅谈革命，致力于救国的革命运动。1894年6月，孙中山上书李鸿章，并在《上李傅相书》中，提出多项改革建议，被李鸿章拒绝。于是，他于11月24日赴檀香山茂宜岛，筹划通过募款创建革命组织兴中会，并提出了"驱逐鞑虏，恢复中国，创立合众政府"的口号，并计划以"振兴中华"为目标。1895年，孙中山到香港。2月12日，孙中山在中环士丹顿街13号正式成立了"香港兴中会总会"。2月20日，孙中山在香港大学作公开演讲时提到，他的革命思想源于香港。1895年2月21日，兴中会总会在香港正式成立，与会者以"驱除鞑虏，恢复中华，建立民国，平均地权"为誓，选出杨衢云为会办，孙中山为秘书。这是我国近代史上第一个资产阶级革命团体。3月16日，首次干部会议决定，采用青天白日旗为起义军旗。战略上先攻取广州为根据地，随后即分工展开各种活动。1900年孙中山在广东发动起义，遭到失败。1905年8月，在日本人内田良平的牵线下，联合孙中山的"兴中会"，黄兴与宋教仁等人的"华兴会"，蔡元培与吴敬恒等人的"爱国学社"，张继的"青年会"等组织，在日本东京成立"中国同盟会"。孙中山被推选为同盟会总理，并将"驱除鞑虏，恢复中华，建立民国，平均地权"确定为革命政纲。在机关刊物《民报》发刊词中，他首次提出"民族、民权、民生"的"三民主义"学说，与梁启超、康有为等保皇派展开激烈论战。从1895年到1911年，同盟会曾多次发动武装起义，但均以失败告终。1911年10月10日，武昌起义爆发，得到各省纷纷响应，清王朝土崩瓦解。1912年1月1日，中华民国成立，孙中山在南京就任中华民国临时大总统，1912年4月卸任。1912年8月，同盟会联合其他党派改组成立国民党，孙中山被推举为理事长。1913年3月20日，热衷于议会民主的国民党领袖宋教仁被暴徒暗杀。1913年7月，为了反抗袁世凯复辟帝制的阴谋，国民党发动二次革命，但不幸被袁世凯武力打败，孙中山等流亡海外。1914年7月他在日本组织中华革命党。1917年9月在广州召开国会非常会议，组织护法军政府，当选为陆海军大元帅,开展"护法运动",宣告与北京袁世凯政府对立。1918年5月,因受西南桂系和政学系军阀的挟制,被迫辞去大元帅之职。1919年10月,孙中山将中华革命党改组为中国国民党,并发表《孙文学说》和《建国方略》。1921年4月,孙中山在广州重组军政府,任非常大总统,再次举起护法大旗。1924年1月,中国国民党第一次全国代表大会在广州召开,孙中山发表改组国民党宣言,确定"联俄、联共、扶助农工"的三大政策,并通过新党纲、新党章,把旧三民主义重新解释为新三民主义,将中国国民党改组为包含工人、农民、小资产阶级和民族资产阶级的革命联盟,从而实现了第一次国共合作。11月,应冯玉祥电请北上"讨论国是"。在北上途中重申了反对帝国主义和封建军阀主张,并提出召开"国民会议"和废除不平等条约的口号。当时孙中山在天津肝病发作,但仍扶病于31日由津入京并发表了《入京宣言》。1925年3月12日,因肝病在北京不幸病逝,终年59岁。临终前在遗嘱里指出"革命尚未成功,同志仍需努力","必须唤起民众,及联合世界上以平等待我之民族,共同奋斗"。

16日,茅盾作《现成的希望》刊载于《文学》周报第164期,署名"玄珠"。茅盾与郑振铎介绍年轻作家顾仲起赴黄埔军校参军,写作此文对他寄予厚望,希望他能写出"合意的战争文学来"。茅盾在文中说道:"我们的创作坛的不好现象,正是有暇写的人偏偏缺乏实际的经历,而有实际的经历的人偏没有工夫写。……我的现成的希望,便是顾仲起君了。"

21日,凌叔华的小说《绣枕》发表于《现代评论》第1卷第15期。该小说的主人公是一位深闺小姐,她在家中默默地绣着一个绣枕,完工后将其送给白总长,以便得到高层人物的赏识觅得佳偶。但绣枕却在宴会上被醉酒的客人吐脏,最终绣枕只得落到仆人的手里。凌叔华以其一贯清淡细腻的笔触,深刻地揭示了旧社会中妇女地位低下任人摆布,无法主宰自己命运的现象。本文曾受到鲁迅先生的高度评价。

23日,马芝瑞作《给小说世界的编辑者的一封公开信》刊载于《文学》周报第165期,强烈谴责《小说世界》对女作家的作品可次一等选用的这种"开倒车"的做法,并称其为对"女子之人格"的侮辱。

25日,谢旦如诗集《苜蓿花》自费出版,共收录三行小诗35首,收入《湖畔诗集》第4集。《苜蓿花》是谢旦如唯一的一本诗集,作者本人在《苜蓿花·自序》

中写道:"为了安慰我自己的心,想在夜里睡一刻无梦的浓睡,所以把积在心头的悲哀,亲手埋葬在苜蓿花的花丛里。我并没有重大的欲望,只要夜半人静后,听到哭声里有我书的一句。"

28日,赵元任译英国作家路易斯·卡罗尔著《阿丽思漫游奇境记》(今译《爱丽丝梦游奇境》)在《现代评论》第1卷第16期上发表。

本月,《北京国民日报》创刊,邵元仲主编。

本月,上海江湾立达学园组织的立达学会成立。1925年6月,该会创办《立达》季刊(1926年改为半月刊,后停刊;1932年4月复刊,并于1934年9月起改为月刊)。1926年9月创办《一般》月刊,夏丏尊为主编。其主要撰稿人为文学研究会成员,有叶圣陶、郑振铎、朱自清、胡愈之等。

本月,胡寄尘著短篇小说集《家庭小说集》由上海广益书局出版。收录《先生的车夫》、《债主》、《封建式的家庭》、《心病》等19篇小说。

本月,徐雉著短篇小说集《毁去的序文》,由上海新文化书社出版,为《绿波社小丛书》。其中包括三篇序和一篇小说《毁去的序文》。其中,序一和序二分别以诗《爱情的花》、《乞丐》代序。

本月,滕固著中篇小说《银杏之果》,由上海群众图书公司出版。其中序写作于1924年7月26日。

本月,邓湘寿著短篇小说《十八箱》由上海中华书局出版,为《平民文学丛书》小说。

本月,小说月报社编短篇小说集《彷徨》,由上海商务印书馆出版,为《小说月报丛刊》。收录庐隐《彷徨》、徐玉诺《一只破鞋》、俍工《医院里的故事》和肖纯《遗失物》等4篇小说。

本月,小说月报社编短篇小说集《三天》,由上海商务印书馆出版,为《小说月报丛刊》。收录冰心《悟》、刘师仪《三天》和白采《白瓷大士像》等3篇小说。

本月,小说月报社编短篇小说集《平常的故事》,由上海商务印书馆出版,为《小说月报丛刊》。收录叶绍钧《平常的故事》、徐玉诺《祖父的故事》、张维琪《赌博》和曹元杰《引弟》等4篇小说。

本月,小说月报社编短篇小说集《归来》由上海商务印书馆出版,为《小说月报丛刊》。收录吴立模《猫鸣声中》,仲起《最后一封信》、《归来》,陈著《哭与笑》和孙梦雷《毕业后》等5篇小说。

本月，陆士谔著长篇小说《雍正游侠传》，由上海世界书局出版。

本月，小说月报社编《孤鸿》，为《小说月报丛刊》第48种，由上海商务印书馆出版。收录顾一樵作四幕剧《孤鸿》和朴园作独幕剧《农家》。

本月，小说月报社编《孤鸿》，为《小说月报丛刊》第35种，由上海商务印书馆出版。收录叶绍钧作独幕剧《恳亲会》和王成组作三幕剧《飞》。

本月，梁宗岱著诗集《晚祷》由上海商务印书馆出版，为《文学研究会丛书》。这是梁宗岱一生唯一出版的诗集。该诗集收录《晚祷》、《夜枭》、《星空》等19首诗。梁宗岱的作品传世的并不多，但他的诗歌却能独树一帜，"以质取胜，抵挡得住时间尘埃的侵蚀，保持其青春的鲜艳和活力"[①]。幽婉沉郁，隽永含蓄是梁宗岱一贯的诗风，他把象征主义和浪漫主义相结合，具有情理结合的独特抒情方式。《晚祷》中的诗歌多描写爱情和大自然，并且始终围绕文学研究会提出的"为人生而艺术"的创作宗旨。

本月，唐钺散文集《唐钺文存》由上海商务印书馆出版。收录《答同学赠别词》、《游王泉山记》、《达尔文传》、《机械与人生》等近20篇散文。

本月，欧阳予倩的独幕剧《泼妇》收入《剧本汇刊》第1集，由上海商务印书馆出版。该剧已开始围绕着人物性格设置冲突，使得人物性格在剧情的逐步展开中得到显现，使戏剧中人物形象丰满了起来。

《泼妇》的主人公叫素心，她与丈夫陈慎之的婚姻属于自由恋爱，但丈夫在公婆陈旧婚姻观念的怂恿之下，瞒着她又娶一房小妾。素心得知此事后，同公婆展开了激烈的言语交锋，驳得公婆哑口无言，并以杀子为要挟，同陈慎之签署离婚字据，携子而去。在本剧的最后，一句"众人齐曰：'真好泼妇啊！'"画龙点睛，完成了人物形象的塑造。除《泼妇》外，收入《剧本汇刊》的还有汪仲贤独幕剧《好儿子》，洪深据英国戏剧家王尔德《温德米尔夫人的扇子》改编的四幕剧《少奶奶的扇子》等。

本月，沈雁冰的《人物的研究》一文发表于《小说月报》第16卷第3号。

本月，鲁迅译日本文艺批评家厨川白村著文艺论文集《苦闷的象征》出版，由北京大学新潮社代售，后改由北新书局出版，是《未名丛刊》之一。

[①] 《梁宗岱选集·前言》，转引自张瑞龙《诗人梁宗岱》，载《新文学史料》1982年第3期，第78页。

谈到翻译此书的原因，鲁迅在"引言"中说："中国现在的精神又何其萎靡痼弊呢？这译文虽然拙涩，幸而实质本好，倘读者能够坚忍地反复过两三回，当可以看见许多很有意义的处所罢：这是我所以冒昧开译的原因——自然也是太过分的奢望。"而对于本书的主旨，鲁迅援引厨川白村的话说，是"生命力受了压抑而生的苦闷懊恼乃是文艺的根柢，而其表现法乃是广义的象征主义"。对于象征主义，作者又作了进一步阐释："所谓象征主义者，绝非单是前世纪末法兰西诗坛的一派所曾经标榜的主义，凡有一切文艺，古往今来，是无不在这样的意义上，用着象征主义的表现法的。"鲁迅认为："作者据柏格森一流的哲学，以进行不息的生命力为人类生活的根本，又从弗洛特（今译弗洛伊德）一流的科学，寻出生命力的根柢来，即用以解释文艺，——尤其是文学。然与旧说又有不同，柏格森以未来为不可预测，作者则以诗人为先知，弗洛特归生命力根柢于性欲，作者则云及其力的突进和跳跃。这在目下同类的群书中，殆可以说，既异于科学家似的专断和哲学家似的玄虚，而且也并无一般文学论者的琐碎。作者自己就很有独创力的，于是此书也就成为一种创作，而对于文艺，即多有独到的见地和深切的会心。"

本月，周建人译英国作家约翰克尔诺斯著小说《菲陀尔·梭罗古勃》、译俄国作家梭罗古勃著《微笑》，收入《小说月报丛刊》，由上海商务印书馆出版。

本月，上海商务印书馆出版《北欧文学一脔》，主要由蒋百里、沈雁冰等译挪威作家般生、瑞典作家史特林堡和苏特尔褒格的作品，收入《小说月报丛刊》。

本月，上海商务印书馆出版《芬兰文学一脔》，主要由周作人、鲁迅等译芬兰作家哀禾《父亲拿洋灯回来的时候》、明那·亢德《疯姑娘》等作品，收入《小说月报丛刊》。

本月，周作人、樊仲云译日本作家武者小路实笃著戏剧、小说合集《武者小路实笃集》，收入《小说月报丛刊》。其中独幕剧《一日里的一休和尚》和短篇小说《某夫妇》由周作人译，独幕剧《桃色女郎》由樊仲云译。

四月

10日，《艺林》旬刊创刊，附于北京《晨报副刊》刊出，由武昌艺林社主编。自10月30日第19期起改为《艺林》半月刊，由武昌时中合作书报社印行。

1925年年初成立的艺林社是国立武昌大学国文系学生文学团体，主要从事古典文学研究和新文学创作，出版创作集《长题湖畔》，主要撰稿人有艺林社成员蒋鉴璋、胡云翼、刘大杰以及郁达夫、黄侃等人。1925年末受学校风潮影响，艺林社解散，《艺林》停刊。

同日，蒋鉴璋作《今日中国的文坛——几年来目睹的怪现象》刊载于《晨报副刊·艺林旬刊》第1号，认为新诗"仍然是没有成熟"，提倡新诗是"为了迎合一般青年好逸恶劳的不健全心理"，会"贻害青年"。对于旧诗，蒋鉴璋表示"并没有破产，依旧要去研究"。

12日，段祺瑞执政府同法国签订《中法协定》，接受法国以金佛郎偿付庚子赔款的要求，造成中国6200万两的海关银损失。

13日，鲁迅小说《示众》刊载于《语丝》杂志第22期，后收入小说集《彷徨》。《示众》以空间形式叙事，通过18个不知名的人物的行为片段在空间关系上的连缀和并列，利用"群像"来展现中国国民的"看客"心态。

14日，《晨报副刊》刊载丁润石作《评〈今日中国的文坛〉》，反驳蒋鉴璋反对青年写作新诗的观点。

15日，刘清扬主持召开中国女界联合会筹备会。

21日，段祺瑞政府正式向外界公布了中法金佛郎案协定，财政总长李思浩公布说明书，强调此案如此解决，对于中国"利大于弊"。"金佛郎案"公布后，社会各界纷纷声讨北京政府的卖国行径，总检察厅对财政总长李思浩、外交总长沈瑞麟发出触犯刑律的指控，表示他们"应予起诉"；司法总长章士钊表示此案必须严审，以肃法律。但被告无一人到庭。1926年3月6日，北京高等检察厅宣布不予起诉，此案不了了之。

同日，鲁迅在《京报》广告栏中发表《〈莽原〉出版预告》，表示："本报原有之《图画周刊》（第五种），现在团体解散，不能继续出版，故刊另一种，是为《莽原》。闻其内容大概是思想及文艺之类，文字则或撰述、或翻译、或稗贩、或窃取，来日之事，无从预知。但总期率性而为，凭心立论，忠于现世，望彼将来云。由鲁迅先生编辑，于本星期五出版。以后每星期五随《京报》附送一张，即为《京报》

第五种周刊。"①

22日,《新青年》杂志改为不定期刊,本月为第一期,出版"列宁专号"。该刊发布了《中国共产党第四次大会对于列宁逝世一周年纪念宣言》,并译介了列宁著作《第三国际及其在历史上的位置》、《社会主义的国际地位和责任》、《专政问题的历史观》等。瞿秋白《列宁主义概论》、《列宁主义与杜洛茨基主义》,陈独秀《列宁主义与中国民族运动》等多篇介绍列宁主义的文章也在该刊物上发表。

24日,《莽原》在北京创刊。最初为周刊,附《京报出版》刊行,鲁迅编辑,至11月27日停刊,共32期。1926年1月10日复刊,并改为半月刊,由北京未名社出版发行。8月鲁迅离京,由韦素园接编。后因内部分裂,于1927年12月25日第2卷第23、24期合刊出版后终刊,共出版48期。1928年1月易名《未名半月刊》,并缩小篇幅。

随着《莽原》的出版发行,鲁迅主导的文学社团莽原社正式在北京成立,主要成员有高长虹、向培良、韦素园、黄鹏基、尚钺、章衣萍等。起初《莽原》作为《京报》第5种周刊出版,后独立出版,由北新书局发行。1926年8月韦素园接编,不久高长虹、向培良以韦素园压下自己的稿件为由,与之发生冲突,并退出莽原社,引起莽原社内部分裂。随着《莽原》于1927年末停刊,莽原社宣告解散。

对于创刊《莽原》的目的,鲁迅在《〈华盖集〉题记》中写道:"我早就很希望中国的青年站出来,对于中国的社会、文明,都毫无忌惮地加以批评,因此曾编印《莽原周刊》,作为发言之地。"②后来,鲁迅又在《两地书·一七》中说:"中国现今文坛的状况,实在不佳,但究竟作诗及小说者尚有人。最缺少的是'文明批评'和'社会批评',我之以《莽原》起哄,大半也就为了想由此引些新的这一种批评者来,……继续撕去旧社会的假面。"③这体现了《莽原》注重"文明批评"和"社会批评",并且注重提携青年作者的特点。其主要撰稿人除了编者外,还有林语堂、冯文炳、鲁彦、许钦文、戴望舒、王燊、金满成、常惠等。至于该杂志名称"莽原"的由来,鲁迅解释:"那'莽原'二字,是一个八岁的孩子写的,书目也并无意义,

---

① 鲁迅:《〈莽原〉出版预告》,《鲁迅全集》第8卷,人民文学出版社1981年版,第424页。
② 鲁迅:《〈华盖集〉题记》,《鲁迅全集》第3卷,人民文学出版社1981年版,第4页。
③ 鲁迅:《两地书·一七》,《鲁迅全集》第11卷,人民文学出版社1981年版,第63页。

与《语丝》相同，可是又仿佛近于'旷野'。"①

《莽原》杂志以出版预告中说的"率性而言，凭心主论，忠于现实，望彼将来"为办刊宗旨，创作和翻译并重。鲁迅杂文《灯下漫笔》、《春末闲谈》，收入《朝花夕拾》的10篇散文也均在该刊物上发表。翻译方面侧重介绍日本和苏联的文学理论和文学作品。

26日，蒋鉴璋作《诗的问题》答复丁润石，刊载于《晨报副刊》。文章认为提倡新诗的人只有对旧诗有所研究，才能写出高明的新诗来。

29日，全国各界妇女联合会举行成立大会。会议发表了《成立宣言》，并选举委员和候补委员。该会在《成立宣言》中号召各地妇女："一齐集中在全国各界妇女联合会的组织之下，去做一般的解放运动，以得到女子在社会、经济、政治、法律、教育上之平等权利与地位。"②

本月，章士钊兼任"教育总长"，扬言要"整顿学风"。他禁止学生在"五一"、"五四"、"五七"等日集会、游行、演讲。但北京的学生们并不屈服，纷纷游行示威、发表演说，同镇压学生运动的军警进行斗争，并质问章士钊颁布该禁令的理由，结果18名学生遭到逮捕。

本月，林如稷小说《将过去》发表于《浅草》第1卷第4期。该小说被鲁迅先生选入由他所编选的《中国新文学大系·小说二集》。

本月，陈炜谟小说《狼筅将军》发表于《浅草》第1卷第4期。该小说描写了战乱给一个大官僚家庭带来的灾难。"我"暑假回到故乡四川金鸡寺，好友白棣得给"我"讲述了发生在赵悌甫一家悲惨的变故：赵悌甫生于官宦世家，自己也是举人，毕业于政法学校。但他家在兵乱中长女"被军士们掳去，两年无消息"；长子"城里派军款，期限太迫，缴款不及，狱中死的"；叔父"办团种下恶根，给匪人捉去，挖出心肝，尸骨被狗吃了"。从这以后，赵悌甫发了疯，自封"狼筅将军"，做起了"勋章锵锵，彰服衮衮，武夫前呵，从者塞途"的军阀美梦，在家里设起了审判厅，经常升堂问案，用酷刑虐待家人，不久他也死去了。

本月，海上说梦人长篇小说《新歇浦潮》由上海世界书局出版第3版，前附

---

① 鲁迅、许广平：《两地书》，人民文学出版社1973年版，第45页。
② 《全国各界妇女联合会成立宣言》，《中国妇女运动历史资料（1921—1927）》，第378页。

两篇序，分别由严独鹤、苕狂执笔。

本月，许钦文著《短篇小说三篇》由作者在北京自刊。收录《吃锅贴》、《美妻》、《与未识者——闹玩之七》等3篇小说。

本月，小说月报社编短篇小说集《一个青年》，由上海商务印书馆出版，收入《小说月报丛刊》。其中收录叶绍钧《一个青年》、严既澄《一个月的前后》、潘训《人间》、王思玷《刘并》和王统照《寒会之后》等5篇小说。

本月，苕狂编短篇小说集《月圆》，上海世界书局出版第3版。除一篇《序》外，收录江红蕉《大好姻缘》、马二先生《海外奇缘》、张碧梧《重阳糕》等10篇小说。

本月，小说月报社编短篇小说集《生与死的一行列》由上海商务印书馆出版，收入《小说月报丛刊》。收录王统照《生与死的一行列》、汪静之《被残的萌芽》、庐隐《旧稿》等7篇小说。

本月，小说月报社编短篇小说集《在酒楼上》由上海商务印书馆出版，收入《小说月报丛刊》。收录鲁迅《在酒楼上》、俍工《隔绝的世界》、刘纲《冷冰冰的心》、李开先《埂子上的一夜》和褚东郊《旧稿》等5篇小说。

本月，小说月报社编短篇小说集《技艺》由上海商务印书馆出版，收入《小说月报丛刊》。收录王统照《技艺》、赵景深《红肿的手》、王思玷《瘟疫》等5篇小说。

本月，小说月报社编短篇小说集《校长》由上海商务印书馆出版，收入《小说月报丛刊》。收录叶绍钧《校长》、许钦文《三柏院》、徐志摩《老李的惨史》等6篇小说。

本月，小说月报社编小说戏剧集《牧羊儿》由上海商务印书馆出版，收入《小说月报丛刊》。收录叶绍钧小说《牧羊儿》、严既澄小说《灯蛾的胜利》、徐志摩小说《小赌婆儿的大话》等。

本月，苕狂编短篇小说集《凄风》，上海世界书局第3版，为《锦囊四妙》之一。收录徐枕亚《买饧时节杜鹃声》、江红蕉《半页之日记》、张枕绿《护新人》等10篇小说。

本月，诗歌集《眷顾》由上海商务印书馆出版，为《小说月报丛刊》第58种。其中收录朱自清、梁宗岱、徐志摩、朱湘、陈宽等多位诗人的诗作。

本月，姜卿云诗歌集《心琴》由上海古今图书店出版，为《星光社丛书》第一种。该诗集共分4辑，收录百余首诗。前有自序和查士元序。

本月，白吐凤著长诗《白采的诗——羸疾者的爱》由上海中华书局出版。

本月，易家钺著散文创作合集《西子湖边》，由上海泰东图书局出版，内收游记《西子湖边》一篇。

本月，商务印书馆出版郑振铎著《太(泰)戈尔传》，为《文学研究会丛书》之一。这是我国第一部研究泰戈尔的专著。

本月，沈性仁、匀瑞、高六珈译法国作家法郎士著《法郎士集》，由上海商务印书馆出版，收入《小说月报丛刊》。《法郎士集》为戏剧小说合集，收录法郎士二幕剧《哑妻》、小说《穿白衣的人》和小说《红蛋》。

本月，《波兰文学一脔》收录周作人、耿式之等译波兰作家所著文学作品，分上、下两册，分别收入《小说月报丛刊》第42、43种。主要有戈木列支奇《燕子与蝴蝶》、《农夫》，显克微支《二草原》，普路斯《古埃及的传说》、《影》等小说。

本月，周作人、夏丏尊、美子译《日本小说集》由上海商务印书馆出版，收入《小说月报丛刊》。收录有加藤武雄《乡愁》，志贺直哉《到网走去》，国木田独步著《女难》、《汤原通信》等4篇小说。

本月，沈泽民译法国作家佛罗贝尔小说《坦白》由上海商务印书馆出版，收入《小说月报丛刊》，卷末附有沈雁冰《佛罗贝尔》一文。

本月，沈雁冰、沈泽民译《新犹太小说集》由上海商务印书馆出版，收入《小说月报丛刊》。收录有潘莱士小说《禁食节》、拉比诺维奇小说《贝诺思亥尔思来的人》、阿胥独幕剧《冬》和S.Vendroff小说《淑拉克和波拉尼》。其中沈雁冰在《贝诺思亥尔思来的人》和《冬》后附有译后记。

本月，怆叟译比利时戏剧家梅脱灵著戏剧《娜拉亭与巴罗米德》由上海商务印书馆出版，收入《小说月报丛刊》。

本月，冬芬、希真等译犹太作家宾斯奇著独幕剧《美尼》、《波兰》及短篇小说《拉比阿契巴的诱惑》、《暴风雨里》、《一个俄人的故事》，编入《宾斯奇集》，由上海商务印书馆出版，收入《小说月报丛刊》。

本月，李青崖译法国雷里、安瑞合著戏剧《木马》由上海商务印书馆出版，收入《文学研究会丛书》。后附有《译者附记》。

本月，潘家洵译英国戏剧家萧伯纳著戏剧《华伦夫人之职业》，由上海商务印书馆出版，1935年出第2版，收入《文学研究会丛书》。前有《译者小序》和沈雁冰著《戏剧家的萧伯纳》。

本月，林纾、魏易译《拊掌录》校注本由上海商务印书馆出版，校注者为严既澄。《拊掌录》是由美国作家华盛顿·欧文编著的散文、随笔合集，即《见闻札记》。在本校注本中，附有严既澄作《导言》《欧文著作年表》以及《研究欧文之参考书》。

五月

1日，鲁迅散文《灯下漫笔》在《莽原》周刊第 2 期上发表。《灯下漫笔》是《春末闲谈》的姊妹篇，均收入到杂文集《坟》。在文中鲁迅批驳了封建史学家和近代历史教科书编辑者们对历史扭曲，对封建社会的吃人本质和阶级对立的历史真相作了深刻揭示。在书中，鲁迅满怀悲愤地分析了中国百姓的一种劣根性："中国的百姓是中立的，战时连自己也不知道属于哪一面，但又属于无论哪一面。"[①] 并于 22 日同在《莽原》上发表《灯下漫笔（二）》。《莽原》是由鲁迅主编的文学刊物，他曾说过："我早就很希望中国的青年站出来，对于中国的社会、文明，都毫无忌惮地加以批评，因此曾编印《莽原周刊》，作为发言之地。"

4日，《文学》周报第 171 期刊载《〈文学周报〉独立出版声明》，"自五月十日起完全脱离《时事新报》而独立发行"。并于 10 日发行的第 172 期正式改名为《文学周报》。在同期《今后的本刊》中编者说："以前本刊是专致力于文学的，现在却要更论及其他诸事。""以前的本刊是略偏于研究文字的，现在却更要与睡梦的、迷路的民众争斗。""我们今后所要打破的是文艺界的诸恶魔，是迷古的倒流思想；我们所要走的是清新的、活泼的生路。"《文学周报》文学研究会机关刊物，创刊于 1921 年 5 月 10 日，郑振铎、谢六逸、叶绍钧、赵景深等人先后任责任编辑。初名《文学旬刊》，于 1923 年 7 月第 81 期改名为《文学》。1929 年 12 月停刊，共 380 期。

7日，北京学生原定在天安门举行国耻纪念。因警察总监朱深，教育总长章士钊派军警阻抗，而被迫改至景山公园。会后 900 名学生赴章宅责问。章士钊命警察镇压，并打伤学生 7 人，逮捕 18 人。同时北京女子师范大学校长杨荫榆利用学生举行国耻纪念日的机会，在校内布置一个讲演会，由她主持并演讲，借以维持其校长地位，但遭到学生的反对并将她赶出会场。

[①] 鲁迅：《灯下漫笔》，载于《莽原》周刊第2期。

8日,台静农在《莽原》上发表文章《死者》。台静农是《莽原》杂志的主要撰稿人。在该刊发表了不少"撕去旧社会假面"的杂文。

9日,学生自治会主席刘和珍,以及许广平、蒲振声、郑德音、姜伯谛等6人被以"不守本分,违背校规","扰乱秩序,侮辱师长"的理由开除学籍。这一无理决定立刻引起强烈反响。以鲁迅、周作人、沈尹默为首的教师当即发表宣言表示抗议,并声援学生。而另一方面以陈源为代表的"东吉祥派"也以《现在评论》副刊《闲话》为主阵地,为校方辩护。

北京女子师范大学,原名北京女子高等师范学校,始建于清末,1924年改名为"北京女子师范大学",并由杨荫榆任校长。她主张学生应该专心读书,少参加社会活动,并禁止学生与异性接触,甚至于私拆学生信件等。这与北洋政府惧怕学生运动,禁止学生关心国家大事的心理不谋而合,遭到了全校师生的强烈反对。1924年秋,女师大学生便连续多次请愿要求撤换校长,开展了一场声势浩大的"驱杨运动"。

1925年8月,女师大被北洋政府下令解散,成立国立女子大学。同时,学生积极开展护校运动,坚守校园。时任教育部总长的章士钊命其亲信,专门教育司司长刘百昭雇用了一批乞丐进入学校,对学生大打出手,想借此驱赶学生出校。鲁迅、许寿裳、周作人等许多教师成立校务维持会以伸张正义,支持学生的行动。并在端王府西南的宗帽胡同租了一所房子,为学生授课,继续女师大的教学活动。1925年11月,在社会各界的重压之下,章士钊辞去教育总长之职,杨荫榆也于1926年5月下台。女师大复校,搬回原址。这场持续12个月之久的风潮最终以学生的胜利而结束。

在此期间,鲁迅发表多篇杂文声援女师大学生的正义斗争,如《忽然想到(七)》、《"碰壁"之后》、《并非闲话》、《咬文嚼字(三)》等,揭露抨击压迫学生的女师大校长杨荫榆及其支持者章士钊和陈西滢等人。期间,章士钊将鲁迅视为眼中钉,借故免去其教育部佥事之职,许寿裳、齐寿山等人因为鲁迅鸣不平也被免职。后鲁迅提起诉讼,胜诉之后,三人恢复原职。

10日,《文学周报》第172、173、175、196期连载了沈雁冰的长篇论文《论无产阶级艺术》。文章共分为五节。第一节探讨了无产阶级艺术的历史形成,第二节论述了无产阶级艺术产生的条件,第三节探讨了无产阶级艺术的范畴,第四节就苏联的文艺现状讨论无产阶级艺术的内容,第五节讨论了无产阶级艺术的形式。沈雁冰在提到艺术产生的条件时说:"用方程式来表示,便是新而活的印象＋自己批评(即个人选择)＋社会的选择＝艺术。"①文章说:"无产阶级艺术"是"对于资产阶级艺术而言"的一种新的艺术。它的范畴应该定为:"第一,无产阶级艺术并非即是描写无产阶级生活的艺术之谓。所以和旧的农民艺术有极大的区别。……无产阶级艺术绝非仅仅描写无产阶级生活即为了事,应以无产阶级为中心创造一种适应于新世界(就是无产阶级居于统治地位的世界)的艺术。""第二,无产阶级艺术非即所谓的革命的艺术,故凡对于资产阶级表示极端之憎恨者,未必准是无产阶级艺术。""第三,无产阶级艺术又非旧有的社会主义文学。"②因此,"无产阶级的艺术意识须是纯粹自己的,不能渗有外来的杂质;无产阶级艺术至少须是:(一)没有农民所有的家族主义和宗教思想;(二)没有兵士所有的憎恨资产阶级个人的心理;(三)没有知识阶级所有的个人自由主义"③。在第四节就苏联文艺现状讨论文学艺术的内容时,沈雁冰认为:"以为无产阶级艺术的题材只限于劳动者的生活,甚至有'无产阶级文艺即劳动文艺'之语,这是极错误的观念。"在他看来,"因为观念的褊狭和经验的缺乏",而"弄成无产阶级艺术内容的浅狭"。第五节中,在研讨无产阶级艺术的形式时,沈雁冰认为,我们必须有一个"形式和内容相互和谐"的目的来做努力的方针。因此,"无产阶级如果要利用前人的成绩,极不该到近代的所谓'新派'中间去寻找,这些变态的已经腐烂的'艺术之花'不配做新兴阶级的精神上的滋补品。换句话说,近代的所谓'新派'不足为无产阶级所应承受的文化遗产"。

关于这篇文章,作者说:"我的目的,一则是想对无产阶级艺术的各个方面做一个探讨;二则也有清理一番自己过去的文学艺术观点的意思,以便用'为无产阶级的艺术'来充实和修正'为人生的艺术'。""在1925年中国还不存在无产阶级的艺术。但是,我已经意识到无产阶级艺术的基本原理将会指引中国的文艺创作走上崭新的道路,因此,我大胆的做了这番尝试。"(茅盾回忆录《五卅运动与

---

① 沈雁冰:《论无产阶级艺术》,连载于《文学周报》第172、173、175、196期。
② 沈雁冰:《论无产阶级艺术》,连载于《文学周报》第172、173、175、196期。
③ 沈雁冰:《论无产阶级艺术》,连载于《文学周报》第172、173、175、196期。

商务印书馆罢工》)

同日，滕固小说《葬礼》发表于《小说月报》。

11日，由郑振铎主编的《时事新报鉴赏周刊》创刊，这是书报评论性质的专刊。

同日，鲁迅的《高老夫子》发表于《语丝》杂志，后收入小说集《彷徨》。《高老夫子》中的"高老夫子"原名高干亭，被牌友们戏称为"老杆"，因为发表了一篇关于整理国史的所谓"脍炙人口"的名文，便自以为学贯中西了，因"仰慕"俄国文豪高尔基之名，而更名为"高尔础"，其实他是一个只会打牌，听书，跟女人的无赖，他为了去贤良女校看女学生，便应聘去教书，而因为胸无点墨而当众出丑便辞去职务，大骂新式教育，小说设置了三个场景，将"高老夫子"虚伪、污秽的灵魂，如同三面放大镜般展示给读者。同时又极为完美地运用了各种讽刺手法。

15日，上海日本纱厂工人为抗议日本资方无理开除工人再度罢工，日本资本家开枪打死工人顾正红（共产党员），打伤十余名工人，激起上海工人、学生和市民的强烈愤怒。同时，在上海的帝国主义者提出有损中国主权，打击中国民族工商业的"四提案"，该决定于6月2日在上海纳税外人会上通过，引起了包括民族资产阶级在内的上海各阶层人士的强烈反对。30日，上海工人、学生举行游行示威，以抗议日本纱厂资本家的暴行。租界巡捕当场抓人，激起近万群众的抗争，英租界巡捕射击示威群众，打死群众十多人，打伤无数，造成了震惊中外的"五卅"惨案。《文学周报》等报刊纷纷发表文章揭示其真相，谴责帝国主义的暴行。

17日，朱佩弦译A.Francn的著作《圣林》，并发表于《文学周报》第174期。

22日，胡适在《猛进》上发表时事短评《翁方纲与墨子》。

27日，由鲁迅撰写，马裕藻、沈尹默、钱玄同、周作人等共同签署的《对于北京女子师范大学风潮宣言》发表于《京报》。文章反对校长杨荫榆开除六名学生。该文后收入鲁迅的《集外集拾遗补编·附录一》。《宣言》指出："可知公论尚在人心，曲直早经显见，偏私谬戾之举，究非空言曲说所能掩饰也。"说："然品性学业，皆有可征：六人学业，俱非不良，至于品性一端，平素尤绝无惩戒记过之迹。以此与开除并论，而又若离若合，殊有混淆黑白之嫌。"

30日，陈西滢作《粉刷茅厕》，载于《现代评论》第1卷第25期"闲话"栏。指责女师大风潮"闹得太不像样了"。说七教员的宣言"未免过于偏袒一方，太不公允"。说"学校的丑态既然毕露，教育界的面目也就丢尽。到了这个时期，实在旁观的人也不能再让他酝酿下去，好像一个臭茅厕，人人都有扫除的义务，在这个时候劝学生不为过甚，或是劝杨校长辞职引退，都无非粉刷茅厕，并不能解决根本问题。我们以为教育当局应当切实的调查这次风潮的内容……加以适当惩罚，万不可再敷衍姑息下去"。并影射攻击鲁迅"暗中挑剔风潮"，说"女师大的风潮，有在北京教育界占最大势力的某籍某系的人在暗中鼓动"。

本月，余上沅、赵太侔、闻一多先行回国。一到上海正碰上"五卅"惨案，使他们深受刺激，"一个个哭丧着脸，恢恢失去了生气"，"在纽约的雄心此刻已经受过一番挫折"。① 血的现实与他们的艺术梦想竟如此隔膜，是他们始料不及的。但他们并没有因此醒悟过来，依然做着固执的梦。他们离开上海，到了北京，建立他们心目中的"国剧"运动的基地。并在北京创办了中国话剧史上第一个由政府主办的教育机构——国立北京艺术专门学校，成为"于中国戏剧运动有重大关系的事"。

本月，北京英华教育用品公司出版臧亦蘧著《弦响》。收录《穿黄衣的警察》、《女性的笑》、《小女儿》、《回家》等篇目。

本月，上海光华书局出版了滕固著的诗集《死人之叹息》。

本月，丁西林剧本集《一只马蜂及其他独幕剧》由现代评论社出版。收录《亲爱的丈夫》《酒后》和《一只马蜂》等3部剧本。后被列为《现代社文艺丛书》之一。《一只马蜂》创作于1923年，独幕剧，描写的是"五四"后觉醒的青年为争取婚姻的自主而与守旧势力抗战的一幕喜剧。剧中三个人物都有鲜明的喜剧性格，三个人的喜剧性格都是心口不一、言行不一。是独幕剧的经典代表之作。

本月，侯曜的戏剧《山河泪》、《弃妇》由上海商务印书馆出版，后由侯曜本人执导，改编成同名电影《弃妇》。

本月，巴洛兹的小说《还乡记》由曹梁厦翻译，上海商务印书馆出版，并被收入《小说世界丛刊》。

本月，郭沫若翻译的德国作家霍普特曼的小说《异端》由上海商务印书馆出版，后被收入《世界文学名著丛书》。

---

① 余上沅1926年中秋写给张嘉铸的信，《国剧运动》，新月书店1927年版。

六月

1日，鲁迅作《并非闲话》载于《京报副刊》第166期。对陈西滢的《粉刷茅厕》的攻击污蔑进行驳斥，揭露他伪装公允，实则偏袒一方的嘴脸。"假使一个人还是有是非之心，倒不如直说的好，否则，虽然吞吞吐吐，明眼人也会看出他暗中偏袒的那一方，所表白的不过是自己的阴险与卑劣，……所谓'挑剔风潮'的'流言'，说不定就是这些伏在暗中，轻易不太露面的东西所制造的。"还说陈西滢等"现代派"，是一些"自在黑幕中，偏说不知道；替暴君奔走，却以局外人自居；满肚子怀着鬼胎，而装出公允的笑脸；有谁明说出自己所观察的是非来，他便用了'流言'来做不负责任的武器"的鬼蜮。这才是"蛆虫充满的'臭茅厕'，是难于打扫干净的"。文章笔法犀利，观点尖锐，与陈西滢的《粉刷茅厕》可谓针锋相对。

2日，《晨报》刊载汪懋祖《致全国教育界》。文中颠倒黑白，赞扬女师大校长杨荫榆的所作所为，认为她是"为女界争一线光明，还说她为正义所在，虽赴汤蹈火，在所不辞"。并且用"萁豆相煎"的典故污蔑学生。说"今反杨者，相煎益急"，把杨荫榆比作"豆"把学生比作"萁"，反诬学生煎逼杨荫榆。

3日《公理日报》创刊，这份报纸是由郑振铎、沈雁冰、胡愈之、叶圣陶等以"上海学术团体对外联合会"的名义创办，旨在揭露英、日帝国主义，并积极声援上海工、商、学各阶层爱国群众的反帝斗争的刊物。出至6月24日第22号因经费不足被迫停刊。

5日，鲁迅作品《我的"籍"和"系"》发表于《莽原》周刊第7期。该文是针对陈西滢《粉刷茅厕》一文中，"某籍某系的人"挑剔女师大风潮的含沙射影攻击进行的反击。文中嘲讽说："我常常要'挑剔'文字是的确的，至于'挑剔风潮'这一种连字面都不通的阴谋，我至今还不知道是怎么样的做法。"说陈西滢所谓的对自己的"尊敬"，其实不过是从乏的古人那里拾来的"一个制驭别人的巧法：可征服的将他压服，否则将他抬高，而抬高也就是一种压服的手段"。但是，"这一个办法便成为了八面锋，杀掉了许多乏人和白痴"。"我本来也无可尊敬，但也不愿受人尊敬，免得不如人意的时候，又被人摔下来。……然而无论如何，'流言'总不能吓哑我的嘴。"《我的"籍"和"系"》是鲁迅针对陈西滢的《粉刷茅厕》的攻击所作的又一次反击，虽不如《并非闲话》言辞激烈，但也沉重回击了陈的言论。

7日，上海反帝运动的公开指挥机关，由上海总工会、上海学生联合会、商界联合会组成的工商学联合委员会成立。该委员会拟定了17项与帝国主义交涉的条件。其主要内容是：要求撤退驻沪的英、日海陆军，取消领事裁判权，华人在租界有言论、集会、出版自由，承认中国工人有组织工会和罢工自由等。

同日，《文学周报》第176期刊载郑振铎的《"谴责小说"》一文。文中针对黑幕小说和鸳鸯蝴蝶派小说的堕落作了深刻揭露，并呼吁"我们要光复小说的尊严"。文中还批判了那些"以揭发或布漏某某人隐私为目的"的"谴责小说"作家，是"无聊而且卑下的"。指出小说家的任务是"把永在的忧郁和喜悦，把永在的恋爱与同情，写在小说中，使人喜，使人悲，使人如躬临其境"。从而"给读者以理想的世界，以希望的火星"。他们所持的态度是极严肃的，"不谴责，也不嘲骂"。

同日，沈雁冰在《文学周报》上发表《谭谭〈傀儡之家〉》。

同日，《京报副刊》刊载鲁迅杂文《咬文嚼字（三）》。针对汪懋祖在《致全国教育界》一文中，为杨荫榆辩护，参与迫害学生的丑恶嘴脸进行揭露。在文中，鲁迅"活剥"了曹植《七步诗》一首，为豆萁申冤："煮豆燃豆萁，萁在釜下泣，我烬你熟了，正好办教席。"

同日，陈西滢作《多数与少数》发表于《现代评论》第2卷第29期"闲话"栏。说中国人"自庚子以来，一听见外国人就头痛，一看见外国人就胆战。这与拳匪的一味横蛮通是一样的不得当"。这番言论是站在帝国主义的立场上，攻击中国人的。

8日，林语堂在《语丝》杂志第30期上发表《话》。

11日，郭沫若创作历史剧《聂嫈》，共两幕，后收入《三个叛逆的女性》，并于9月1日由上海光华书局出版，列入《创作社丛书》。后经过修改，成为五幕剧《棠棣之花》的第四、五幕。作者自述说："没有五卅惨剧的时候，我的《聂嫈》的悲剧不会产生，但这是怎样一个血淋淋的纪念品哟！"[①] 郭沫若还说自己"尤其得意的是那第一幕里的盲叟，那流浪的盲目艺人所流露出的情绪是我的心理之最深奥

---

① 郭沫若：《写在〈三个叛逆的女性〉后面》，彭放编：《郭沫若谈创作》，黑龙江人民出版社1982年3月版，第99页。

处的表白"。但那种心理之得以具体化,"却是受了爱尔兰作家约翰沁孤的影响"。[①]

14日,少年中国协会、中华学艺社、《太平洋》杂志社、文学研究会、《孤军》杂志社、《醒狮》日报社、上海世界语协会、妇女问题研究会、中国科学社上海社友会等12个团体,联合发表《上海学术社团对外联合会宣言》,载于《文学周报》第177期。《宣言》针对"五卅"惨案中帝国主义的暴行进行抗议,以血的事实揭露英帝国主义枪杀中国人民的暴行,要求"收回全国英租界"、"惩办凶手等六项抵抗办法",呼吁国人坚持用"彻底的经济绝交"的办法来抵制。

15日,《语丝》周刊第31期发表了鲁迅的《俄文译本〈阿Q正传〉序及著者自叙传略》。该文应译者王希礼(B.A.Vassiliev)之请而作,被译为俄文,并被收入1929年出版的《阿Q正传》(俄文版《鲁迅短篇小说选集》),后被收入鲁迅的《集外集》。在该文中,鲁迅说明了《阿Q正传》的创作意图,"写出一个现代的我们中国的魂灵来"。鲁迅还指出,由于封建传统的毒害和方块汉字的困难,使中国的老百姓像压在大石底下一样"默默地生长,萎黄,枯死";但他相信"在将来,围在高墙里面的一切人众,该会自己觉醒,走出,都来开口的罢"。此外,鲁迅还批评当时对《阿Q正传》的各种错误评论,说明"看人生是因作者而不同,看作品又因读者而不同"。同时鲁迅也期望《阿Q正传》在俄国读者眼中,"也许又会照见别样的情景的罢"。

同日,川岛的散文《哭》发表于《语丝》杂志的第31期。

19日,省港大罢工爆发。省港大罢工是广州、香港工人为抗议帝国主义制造"五卅"惨案而发动的大罢工,是为支援上海人民的反帝斗争而举行的政治大罢工。这次大罢工是在中华全国总工会的直接领导下,有组织、有准备地举行的。"五卅"惨案发生后,中共广东区委和中华全国总工会派邓中夏、杨殷、苏兆征、林伟民、李启汉等人到香港和广州沙面租界的工会以及工人群众中进行了罢工的准备工作。香港各工会联合向港英政府提出严正的要求条件:(一)拥护并坚持上海工商学联合会的17项条件,包括撤退外国驻华的武装等;(二)港英当局要保证华人享有集会、结社、言论等自由和权利。港英当局对以上要求不予答复。1925年6月19日,香港海员、电车工人、印刷工人首先罢工,接着其他行业的工人也纷纷响应,罢工

[①] 郭沫若:《创作十年续篇》,《郭沫若全集·文学编·十二卷》,人民文学出版社1992年版,第234页。

人数达 25 万人。工人声明拥护上海工商学联合会对"五卅"惨案提出的 17 项条件，并针对英帝国主义在香港执行的歧视华人政策提出了"政治自由、法律平等、普遍选举、劳动立法、减少房租、居住自由"6 项要求。有 10 万多名工人在苏兆征等人的率领下回到广州。广州英、美、日洋行和广州沙面租界的工人也加入了罢工的行列。

当游行队伍经过沙面租界对岸沙基时，遭到英法帝国主义的射击和军舰炮轰，造成"沙基惨案"。惨案的发生激起广州、香港人民的更大的怒火，罢工工人迅速扩大到 20 多万人，并在广州建立了省港罢工委员会，同意领导罢工，对香港实行封锁。交通断绝，工厂停工，商店关门，供应困难，物价飞涨，垃圾粪便没人打扫，香港成了"臭港"、"饿港"、"死港"。省港大罢工持续 16 个月。直到 1926 年 10 月才宣告胜利结束。省港大罢工既是一场政治活动，也为文学创作和思想启蒙提供了条件。

同日，鲁迅的杂文《杂忆》发表于《莽原》第 9 期。他在文中写道："报复，谁来裁判，怎能公平呢？"又立刻自答："自己裁判，自己执行；既没有上帝来主持，人便不妨以目偿头，也不妨以头偿目。"

21 日，仲云作《可悲的中国文艺界》，载于《文学周报》第 178 期。文中认为，我国现在的文学界，"并没有认清时代精神之所在，他们只是迎合时好，所以到头来弄到萎靡不振"，"死气沉沉"。并希望献身文学的同志，"都能努力于民众全体被人压迫的痛苦表现，大家向着独立自由的程途，共建设国民文学的基础来"。

22 日，《语丝》第 32 期刊登了冰心的《赴敌》。"I was ever a fighter, / so- one fight more, / The best and the last / 晓角遥吹 / 催动了我的桃花骑 / 他奋鬣长鸣 | 耸鞍振辔 | 要我先为备 | 哪知道他的主人 | 这次心情异 | 我扶着剑儿 / 倚着马儿 | 不自主的流下几点英雄泪 / 残月未坠 / 晓山凝翠——湖上的春风 / 吹得我心魂醉 | 休想杀得个敌人 | 我无有精神——昨夜不曾睡 | 我扶着剑儿 / 倚着马儿 / 不自主的流下几点英雄泪 / 昨夜灯筵 / 几个知人意 / 朋友们握手拍肩 | 笑谈轻敌 / 只长我骄奢气 / 如今事到临头 / 等闲相弃 / 我扶着剑儿 / 倚着马儿 / 不自主的流下几点英雄泪"（节选）表现出一种为家为国、不顾生死，只有杀敌归来才可以安心的情感。

同日，《语丝》第 32 期连续刊登鲁迅的《野草》之十四、十五篇《失掉的好地狱》、《墓碣文》。作为鲁迅先生唯一的一本散文诗集，《野草》收入了 1924 年至 1926 年所作23篇散文诗，书前有题词一篇。以曲折幽晦的象征表达了20世纪20年代中期作者内心世界的苦闷和对现实社会的抗争。《墓碣文》等篇描绘了对自我深刻解剖之后的迷茫心境。在题词中，鲁迅如是说："当我沉默着的时候，我觉得充实；我将开口，同时感到空虚。过去的生命已经死亡。我对于这死亡有大欢喜，因为我借此知道它曾经存活。死亡的生命已经朽腐。我对于这朽腐有大欢喜，因为我借此知道它还非空虚。"充分体现出他在那个时期的迷茫与苦闷。

23日，台静农的《铁栅之外》发表于《莽原》第10期。同期杂志还刊登了鲁迅的《补白》。

28日，叶圣陶的《五月卅一日急雨中》发表于《文学周报》第179期。文章通过在老闸捕房的所闻所见，控诉了帝国主义屠杀中国人民的罪行，歌颂了爱国群众的斗争意志。全文运用比喻、象征、描摹等多种手法，具有很强的艺术感染力。作者既愤怒于列强及北洋政府的黑暗，高呼"五卅"烈士的血迹"没有了，一点儿也没有了！已经给仇人的水龙头冲的光光，已经给烂了心肠的人踩得光光，更给恶魔的乱箭似的急雨洗得光光"。但他同时又认为："不要紧，我想。血曾经淌在这个地方，总有渗入这片土地里的吧。那就行了。这块土是血的土，血是我们的伙伴的血，还不够是一课严重的功课么？血灌溉着，血滋润着，将会看到血的花开在这里，血的果结在这里。"作者以短促有力的笔触，抒发了强烈的个人感情。

同日，《文学周刊》第179期刊载郑振铎以"西谛"为署名的作品《街血洗去之后》。作者在"五卅"惨案事后当日上街，看到"街道上是依然的灰色，并不见有什么血迹。——血，一大堆的，一大堆的，都被冲洗去了。——要不是群众如此的惊骇而拥挤观看，我几乎不能相信一点三十分钟之前，在这里正演着一出大残杀的话剧"。该文同叶圣陶的《五月卅一日急雨中》有着异曲同工之妙，均表现出文学工作者们对于北洋政府及帝国主义的暴行和虚伪的愤怒。

29日，沈从文的小说《福生》发表于《语丝》第33期。文中对福生及其生活场景进行了生动的刻画。"'昔孟母，择——呀，呀，呀，择，择邻……''择邻处！'这声音是这样的严重，一个两个正预备夹书包离开这牢狱的小孩，给那最后一个'处'字，都震得屁股重贴上板凳"（节选）等多处描写，让人眼前一亮，忍俊不禁。同时也揭露出旧式教育体制对儿童天性的压抑和扼杀。

本月，梁凤楼著长篇小说《情海风波》出版于上海海左书局。由顽石生作序。

本月，许地山散文集《空山灵雨》出版于上海商务印书馆，其副标题为《落华生散记之一》，后被列为《文学研究会丛书》之一。散文集除《弁言》外收散文44篇。《空山灵雨》是许地山早期的小品散文集，阐扬平民主义。其小品富含哲理，兼具浓郁的宗教色彩。这一时期，他把文学看作"济世救人"的工作，致力于人生观的探讨。其友沈从文曾称《空山灵雨》为"妻子文学"，因为集中四分之一的文章出现妻子或隐藏妻子的形象。作者在《弁言》中说："生本不乐，能够使人觉得稍微安适的，只有躺在床上那几小时，但要在那短促的时间中希冀极乐，也是不可能的事。自入世以来，屡遭变难，四方流离，未尝宽怀就枕。在睡不着时，将心中似忆似想的事，随感随记；在睡着时，偶得趾离过爱，引领我到回忆之乡，过那游离的日子，更不得不随醒随记。积时累日，成此小册。以其杂沓纷纭，毫无线索，故名《空山灵雨》。"收录《爱就是刑罚》、《荼蘼》、《光的死》、《三迁》、《暗途》、《落花生》等篇章。此时的许地山在人道主义与佛教思想的矛盾中挣扎。现实的一再打击使他作为凡人的一面终于觉醒，逐渐放弃了用佛教的观点使世人从痛苦中解脱的想法。这种觉醒反映在《空山灵雨》中，是"花花相对，叶叶相当"的七宝池上，人间爱欲与庄严佛法的交锋。

本月，戏剧《断鸿零雁》由厦门思明报社出版，黄嘉谟著。该剧为根据苏曼殊小说《断鸿零雁记》改编的九幕剧。再出版时改为六幕剧，书前有黄嘉谟《题记》，毛常《序》。

本月，吴芳吉在《学衡》第42期发表《四论吾人眼中之新旧文学观》，攻击、贬低白话诗。吴芳吉开始接触诗歌，正值"五四"文学革命兴起。他在诗歌创作中提出了自己独特的见解，参与"新旧文学观"的论战。对于诗界全部否定传统诗格的"突变论"、全盘欧化的"另植论"、死守陈规的"保守论"等观点有不同看法，并都对其进行了批判。他认为诗歌要有时代感和现实感。吴诗充满了爱国主义的激情，根植于现实生活，描写人民的苦难，对社会的矛盾进行揭露和尖锐的批评，表达了人民的追求和意愿，而且语言清新晓畅，朗朗上口，形式自由，长短不拘。

本月，郭鼎堂（郭沫若）翻译俄国作家屠格涅夫的小说《新时代》即《处女地》。由上海商务印书馆出版，后被收入《世界文学名著丛书》。

本月，上海亚东图书馆出版陶孟和著《孟和文存》。全书分为社会、政府、教育的效力三卷，收录《中国的人民的分析》《我们的政治生命》《欧美之劳动问题》、《论学生运动》《论世界语》等文章。

七月

1日，中华民国国民政府在广州成立。中华民国国民政府，简称国民政府（1925年7月1日—1948年5月20日），是中华民国训政时期的中央政府机构与最高行政机关。国民政府自1925年7月1日成立至1948年5月20日改组为总统府，经历了广州、武汉、北平、沦陷前的南京国民政府、陪都重庆和抗战胜利后的还都南京国民政府等几个时期。1925年孙中山应冯玉祥之请，北上商讨国是，不料肝炎复发病逝北京。为了统一全国，中国国民党政治委员会决议筹组国民政府，于1925年7月1日在广州正式成立。汪精卫任主席，并发布宣言，主张履行孙中山遗言，召集国民会议。

3日，《莽原》第11期刊载鲁迅《补白（二）》，后收入鲁迅的《华盖集》。"现在的强弱之分固然在有无枪炮，但尤其是在拿枪炮的人。假使这国民是卑怯的，即纵有枪炮，也只能杀戮无枪炮者，倘敌手也有，胜败便在不可知之数了。这时候才见真强弱。""我们仔细查察自己，不再说诳的时候应该到来了，一到不再自欺欺人的时候，也就是到了看见希望的萌芽的时候。我不以为自承无力，是比自夸爱和平更其耻辱。"

5日，沈雁冰作《暴风雨——五月三十一日》，发表于《文学周报》第180期。文章是以"五卅"惨案为背景进行描写的。作者在文中写道："有好几片的'三道头'和'印捕'拔出手枪擎起木棍来驱逐群众，撕去揭帖；但是刚赶走了面前的一群，身后的空间早又填满了群众，刚撕去了一张揭帖向前走了几步，第二张揭帖早又端端正正的贴在原处。冷酷的武力不能浇灭群众的沸腾的热血！昨日的炮火已把市民的血烧到沸滚！"

在描写暴风雨般的革命形势时，还写道："自来水向密集的群众注射了！但是有什么用？'打倒帝国主义'的呼声像春雷似的从四面扑来，盖过了一切的声音。W百货公司屋顶花园的高塔上忽然撒下无数的传单来，趁风力送得很远；鼓掌声和欢呼声陡的起来欢迎。沿马路每家商店楼上的窗洞里都有人头攒动，阳台上也挤满了人,都鼓掌,高喊,和马路中的群众呼应。"最后,在众人的努力下,"热烈的空气终于冲进了冷静的高高的小阁子里。F先生像受了'城下之盟'似的对众宣布了'同意罢市'。在万众欢呼'明天罢市'的呼声里,女学生的防线撤了,群众也渐渐散去了,那已是又一个黄昏。多么可纪念的一个黄昏"。

同日,郑振铎以"西谛"为笔名在《文学周报》第180期,连发两文《迂缓与麻木》、《杂谈》。《迂缓与麻木》以各界对刚发生不久的"五卅"惨案为主线,批判了"中国民族的做事是如何的迂缓迟钝,头脑是如何的麻木不灵"。文中写道:"各酒楼上,弦歌之声,依然鼎沸。各商店灯火辉煌,人人在欢笑,在嘲谑。……我不敢相信又不能不相信:'上海难道竟是一个至治之邦,"鸡犬之声相闻,民至老死不相往来",的么?'又到了南京路,各商店仍旧是大开着门欢迎顾客,灯光如白昼的明亮,人众憧憧的进出。依然的,什么大雷雨扫荡的痕迹也没有,什么特异的悲悼的表示也没有。"文中还刻画了一个青年:"穿着长衫的,被驱而避于一家商店的檐下,英捕还在驱他。他只是微笑的躲避着皮鞭。什么反抗的表示也没有。这给我以至死不忘的印象。我血沸了,我双拳握得紧紧的。他如来驱我呀,……皮鞭如打在我身上呀!"

同日,《文学周报》第180期刊载叶圣陶的《"认清敌人"》。文中作者高声疾呼"同胞,我们彼此是唯有的伴当",并且写道:"他们说,'没有什么,/不过打死了几只小鸡,何妨?'/他们说,'驱散群众/最好的办法就是开枪!'/我听见了,/我们听见了。"在"他们"血腥行为过后的轻侮声中,"我"融入了"我们"。再一次就"五卅"惨案进行批判。

6日,《语丝》第34期发表4篇书信,分别是穆木天寄给周作人的《寄启明》、周作人的《答木天》,钱玄同的《敬答穆木天先生》和张定璜的《寄木天》。

10日,鲁迅作《补白(三)》发表于《莽原》第12期。同期还刊登了韦素园译俄国戈里奇的《海莺歌》,景宋的《一死一生》,自觉的《创作与模仿》。

12日,西谛在《文学周报》第180期上发表《六月一日》。"大雷雨之后,不料又继之以大雷雨。……被杀者之血,溅满了好几丈阔,好几丈长的东方最繁华的街道,染得灰色的路变作紫红色。""但被几阵的自来水的冲洗,街血也便随了染成红色的水,流到沟中,流到黄浦江中,流到大海……浑身是水的人无数。街道上,全是水流,被滑倒的也不少。"

13日，鲁迅作《野草》之十六、十七篇《颓败线的颤动》《立论》，发表于《语丝》第35期。在《颓败线的颤动》中他写道："她在深夜中尽走，一直走到无边的荒野；四面都是荒野，头上只有高天，并无一个虫鸟飞过。她赤身露体地，石像似的站在荒野的中央，于一刹那间照见过往的一切：饥饿，苦痛，惊异，羞辱，欢欣，于是发抖；害苦，委屈，带累，于是痉挛；杀，于是平静。……又于一刹那间将一切并合：眷念与决绝，爱抚与复仇，养育与歼除，祝福与咒诅……她于是举两手尽量向天，口唇间漏出人与兽的，非人间所有，所以无词的言语。"这位老女人的遭遇所象征、展示的是精神界战士与他所生活的世界——现实人间的真实关系：带着极大的屈辱，竭诚奉献了一切，却被为之牺牲的年青一代（甚至是天真的孩子），以至整个社会无情地抛弃和放逐。《颓败线的颤动》也许是《野草》中最震撼人心的篇章。

15日，综合性刊物《大江》季刊创刊于上海。大江社编，实际撰稿人是何浩若、梁实秋等人，由上海泰东图书局发行，32开。1925年11月15日出版至第2期停刊。该刊是当时部分信仰国家主义的留学生组织的团体——大江学会的机关刊物。该刊是综合性刊物，但文学创作和论述文艺问题的文章占显著地位，其中有闻一多的新诗，顾一樵的剧本，以及梁实秋的小说和文学论文。国家主义从本质上说是一股民族沙文主义的反动思潮，但是在早期信仰国家主义的人们眼中，并不能完全认识这一点。该时期的闻一多发表了《长城下的哀歌》《我是中国人》《七子之歌》和《南海之神》等诗篇，抒发了强烈而深挚的爱国主义思想感情，被人们称为"惊心动魄的爱国诗"。

17日，韦素园译戈里奇《埃黛钓丝》发表于《莽原》第13期。同期还刊载了景宋的《瞎扯》，成均的《异床同梦》。

19日，《文学周报》第182期继续刊登与"五卅"惨案有关的文章，如沈雁冰作《街角的文学》。

20日，《语丝》第36期刊登鲁迅《野草》之十八篇《死后》。文章写出了对未来的疑惧，深刻地表现出作者的人生哲学。其中"万不料人的思想，是死掉之后也会变化的"一句发人深省。

24日，《莽原》第14期刊登鲁迅译日本金子筑水的《新时代与文艺》以及韦素园译俄国柯罗连科的《小小的火》。韦素园（1902—1932），又名散国，未名社成员。他一生勤于文学翻译,译著有俄国果戈理小说《外套》、俄国短篇小说集《最后的光芒》、北欧诗歌小品集《黄花集》、俄国梭罗古勃的《邂逅》等。同时还创作了大量散文、小品、诗歌等文学作品。逝世后,鲁迅先生手书"呜呼,宏才远志,厄于短年,文苑失英,明者永悼"碑文,并撰写了《忆韦素园君》一文。

27日,鲁迅作《论"他妈的"》发表于《语丝》第37期。"无论是谁,只要是在中国过活,便总得常听到'他妈的'或其相类似的口头禅。我想这话的分布,大概就跟着中国人的足迹之所至罢;使用的遍数,怕也未必比客气的'您好呀'会更少。假使依国人所说,牡丹是中国的'国花',那么,这就可以算是中国的'国骂'了。"

31日,作《挣面子》发表于《莽原》第15期。

本月,章士钊在北京将《甲寅》复刊为周刊。该刊是章士钊于1914年5月在日本东京创办的一本文言政治性刊物。两年后出至第10期停刊。初期为月刊,1925年复刊后改为周刊,仍为章士钊主编。初期的月刊具有进步性,陈独秀、李大钊、胡适曾为其撰稿。后来,周刊则多宣传封建复古思想,反对新文化和新文学,为当时的段祺瑞政府张目。设有时评、评论、通讯、公文、呈文等栏目。发表的东西为军阀政府的公报,章士钊的日记和书信,"甲寅派"其他成员的文章。鲁迅曾说,《甲寅》的"精神虽然是自己广告性的半官报,形式却成了公报尺牍合璧了,我中国自有文字以来,实在没有过这样滑稽体式的著作"。1927年2月出至第45期停刊。

章士钊作《大愚记》,载于《甲寅》第1卷1号。"民国三年。愚违难东京。愤袁氏之专政。谋执文字以为殳。爰约同人。创立杂志。仓卒无所得名。即曰甲寅。昭其岁也。"[①]

本月,庐隐第一部短篇小说集《海滨故人》由商务印书馆出版。后被列入《文学研究会丛书》。共收短篇小说14篇,包括《一个著作家》、《一封信》、《两个小学生》、《灵魂可以卖吗》、《思潮》、《余泪》、《月下的记忆》、《或人的悲哀》、《丽石的日记》、《彷徨》、《海滨故人》、《沦落》、《旧稿》和《前尘》。作品写露沙等5位女青年,天真浪漫,用幻想编织着未来的自由王国。整篇小说好似用多愁善感

---

① 章士钊:《大愚记》,载《甲寅》周刊第1卷第1号,1925年7月18日。

的女子和无数泪珠串成的,有着巨大的感染力。庐隐这类小说,往往含自叙传的性质,又喜用书信、日记来直接露人物情怀,具有抒情小说的形态特征。对此茅盾称庐隐的全部著作在总体上"题材的范围很仄狭","她给我们看的,只不过是她自己,她的爱人,她的朋友"。这些弥漫着感伤情绪的小说,比较真切地反映了"五四"后寻找出路的知识分子思想状况,也打着"五四"退潮中思想变迁的烙印。

但同时,未明(茅盾)认为《海滨故人》中有7篇是例外。他在评论这部小说集时认为,该集前面的7个短篇小说表明:"那时的庐隐很注意题材的社会意义,在自身以外的广大社会生活中找题材。"对此,茅盾评论道:"这七篇是她的初期作品,是同一个时期内写下来的。那时候,庐隐是朝着客观的写实主义走,例如《一封信》写农民的女儿怎样被土财主巧夺为妻,以致惨死;《两个小学生》写军阀政府轰打请愿的小学生;《灵魂可以卖吗》写纱厂女工;《余泪》写一个真正为'和平'而殉道的女教士;即如《月下的回忆》虽然只能说是一篇小品,但作者沉痛的告诉我们,日本帝国主义怎样用他们的'帝国教育'来麻醉大连的中国儿童,用吗啡来麻醉大连的中国成人。"在他看来,"这几篇,虽然幼稚,但证明了庐隐如果继续向此努力不会没有进步"。"《两个小学生》就很使人感动。我们看了这两位情愿受伤的小英雄的故事,我们明明白白看到那时候教育界的'正人君子'所谓'小学生无知盲从受人利用'那些话,是怎样的卑劣无耻,替军阀政府辩护,我们看到了两位小英雄的坚决勇敢,我们忍不住要大叫一声:敬礼!"茅盾还盛赞"那时候向'文艺的园地'跨进第一步的庐隐满身带着'社会运动'的热气","虽然这几篇在思想和艺术上都还很幼稚,但'五四'时期的女作家能够注目在革命性的社会题材的,不能不推庐隐是第一人"。

本月,章衣萍著诗歌集《深誓》,由北京北新书局出版。被列为《文艺小丛书》之一。收录《深誓》《归去》《我的心》《只愿》《拒绝》《种树》《无字的信》等篇。

本月,徐志摩的《翡冷翠山居闲话》发表于《现代评论》第2卷第30期。《翡冷翠山居闲话》是一篇富有田园牧歌情调的"诗化"小品散文。文章笔调舒缓,从容闲适,虽仍然大有信笔谈来的风格,但细细品赏,却绝非完全的自由。全文以与隐含的读者"你"交谈"闲话"的口吻和叙述方式展开写景和抒情——亲切自然,又带有些急于让"你"与之共享、与之"众乐乐"的迫不及待。文中说:"你一个人漫游的时候,你就会在青草里坐地仰卧,甚至有时打滚,因为草的和暖的颜色自然的唤起你童稚的活泼；在静僻的道上你就会不自主的狂舞，看着你自己的身影幻出种种诡异的变相，因为道旁树木的阴影在他们纡徐的婆娑里暗示你舞蹈的快乐；你也会得信口的歌唱，偶尔记起断片的音调，与你自己随口的小曲，因为树林中的莺燕告诉你春光是应得赞美的；更不必说你的胸襟自然会跟着漫长的山径开拓，你的心地会看着澄蓝的天空静定，你的思想和着山壑间的水声，山罅里的泉响，有时一澄到底的清澈，有时激起成章的波动，流，流，流入凉爽的橄榄林中，流入妩媚的阿诺河去……"充满着恬淡与悠适。

本月，姚公鹤著《上海闲话》，由上海商务印书馆出版。

本月，王国维书评《书辜氏汤生英译〈中庸〉后》，发表于《学衡》第43期。

本月，吴芳吉作《赠别稻田第九班女生》，发表于《学衡》第43期。

八月

2日，《文学周报》第184期刊载仲云作《文学与政治及舆论》。他认为现在"现在文学与政治，乃渐生亲密的关系"。因此，希望文艺界的同志，"当以实际生活为其根基"，"努力于政治问题的艺术化，指明或暗示解决的方法，并且于必要的时候，能出而为实际运动以指导一般民众"。

同日，刘大白作《我所见闻的徐文长的故事》发表于《文学周报》第184期。刘大白在五四运动前就开始写白话诗，是新诗的倡导者之一。他的诗以描写民众疾苦见长。其新诗还显示了由旧诗蜕化而来的特点，感情浓烈，语言明快有力，通俗易懂，并触及重大的社会课题和鲜明的乡土色彩，在"五四"时期的诗坛上别具一格。同期周报还刊出丰子恺漫画《无言独上西楼月如钩》。

7日，鲁迅作《流言与谎话》，发表于《莽原》第16期。文中，鲁迅就女师大风潮再次发表议论，说："且住，我又来说话了，或者西滢先生们又许要听到许多'流言'。然而请放心，我虽然确是'某籍'，也做过国文系的一两点钟的教员，但我并不想谋校长，或仍做教员以至增加钟点；也并不为子孙计，防她们在女师大被诬被革，挨打挨饿，我借一句Lermontov的愤激的话告诉你们：'我幸而没有女儿！'"后收录至《集外集》。

同日，韦素园译俄国作家米耶夫《厄运》，发表于《莽原》第16期。

9日，郑振铎以西谛为笔名发表《叙拳乱的两部传奇》于第185期《文学周报》。同期还刊载了沈雁冰译《乌克兰结婚歌》以及丰子恺漫画《摘花高处赌身轻》。

10日，《小说月报》第16卷第8号出"安徒生号（上）"，第9号（9月10日）又出"安徒生号（下）"，以纪念丹麦童话家安徒生逝世50周年。该号刊载了郑振铎的《安徒生的作品介绍》、赵景深的《安徒生童话的艺术》、顾均正的《安徒生传》等文章共35篇，图片17幅。

14日，李霁野作《美丽的甲虫》，发表于《莽原》第17期。

同日，《莽原》第17期还刊登了高成均的《力的缺乏》及韦素园译波兰作家解特玛尔的《鹤》。

15日，《甲寅》第1卷第5号刊登江吟龙的《白话与科举》。

16日，《文学周报》第186期发表多篇与安徒生有关的文章，以纪念其逝世50周年。包括顾均正的《安徒生的恋爱故事》，沈雁冰译《文艺的新生命——布兰特斯〈安徒生论〉第一节的大意》，赵景深《安徒生童话里的思想》，徐调孚《安徒生的处女作》等文章。

21日，高成均作《败退之下》发表于《莽原》第18期。同期还刊载了燕生的《挽论雪耻与御侮》，黄鹏基的《眼睛》等。

22日，瞿宣颖作《文体说》，发表于《甲寅》第1卷第6号。从文本上攻击白话文"枯槁生硬"，不如文言"活泼"。说："文体之活泼，乃莫善于用文言。缘其组织之法，粲然万殊。即适于时代之变迁，尤便于个性之驱遣。……世间难状之物，人心难写之情，类非日用口语所能足用，胥赖此柔韧繁复之文言，以供喷薄。"而白话文是"自缚于枯槁生硬之境"，"反自矜活泼，是真好为捧心之妆，适以自翘其丑也"。瞿宣颖（1894—1973），别名益锴，字兑之，简署兑，号铢庵，晚号蜕厂、蜕园。湖南善化（今长沙市）人。晚清军机大臣瞿鸿禨之子。精诗词书画，尤擅于文史掌故，是深具国学功底的文学家和史学家。著有《汉代风俗制度史前编》、《汉魏六朝赋选》、《北平建置谈荟》、《北平史表长编》、《同光间燕都掌故辑略》、《中国社会史料丛钞》、《方志考稿甲集》、《长沙瞿氏丛刊》、《补书堂讨录》等丰富著述。还著有《燕都览古诗话》，为咏览燕都之作，以诗系文，诗文并茂。其中有关什刹海地区的诗文有15篇。

23日，宋介作《吊章士钊并讨反动派》，载于《自由周刊》第1卷第4期。

24 日，谢六逸作《盛夏漫笔》，载于《文学周报》第 187 期。谢六逸（1898—1945），我国现代新闻教育事业的奠基者之一。著名的作家、翻译家、教授。号光燊，字六逸，笔名宏徒、鲁愚。1898 年 8 月 12 日生于贵阳一个仕宦之家。1917 年以官费生赴日就读于早稻田大学。1922 年毕业归国，入商务印书馆工作。后历任神州女校教务主任及暨南、复旦、大夏等大学教授。1930 年任复旦大学中文系主任，又创设后来闻名于海内的新闻系，任主任。并提出新闻记者须具备"史德、史才、史识"三条件。

28 日，《莽原》周刊第 19 期刊载鲁迅《答 KS 君》。文章主要批判推崇复古主义的"甲寅派"。并无情地揭露胡适、陈西滢等"现代评论派"冒充公允的"丑态"。文章说，章士钊主办的《甲寅》周刊，提倡复古，但是他的文章，"比先前不通的多，连成语也用不清楚，如'每况愈下'之类"。"文字庞杂犹如泥浆混着沙砾一样。""这种东西，用处只有一种，就是可以借以看看社会的黑暗角落里，有着怎样的灰色的人们……至于别的用处，我委实至今还找不出来。倘说这是复古运动的代表，那可是只见得复古派的可怜，不过以此当作讣闻，公布文言文的气绝罢了。"后收入鲁迅《华盖集》。

同日，《莽原》第 19 期还刊载了韦素园译俄国契里珂夫作《垣上的一朵小花》。

29 日，陈西滢作《参战》，发表于《现代评论》第 2 卷第 38 期"闲话"栏。文章就北京群众高呼"打！打！"来反抗美国兵殴打一个中国车夫的事，发表"闲话"，讥讽群众说："打！打！宣战！宣战！这样的中国人，呸！"表现出一种十足的洋奴嘴脸。作为鲁迅的主要论敌之一，陈西滢身为"五四"知识分子中的一员，以"不主附和"的"独立的"写作，"管闲事"的现实关怀精神，"意态从容"的"闲话"形式，进行了广泛的社会批评，但仍难以掩饰其真实嘴脸。

30 日，《国语周报》第 12 期，连续发表 7 篇批判章士钊及其"甲寅派"对新文化运动的批判，因此这一期周报被冠以"反章专号"之称。这七篇文章分别是：胡适之的《老章又反叛了》，吴稚晖的《"友丧"》，健攻的《打倒国语运动的拦路虎"》，涤洲的《雅洁与恶滥》，荻舟的《驳瞿宣颖君"文体说"》，健攻的《摘评文体雅洁的教育总长停办北京女子师范大学呈文》、钱玄同的《甲寅与水浒》。

胡适的文章说："白话文学的运动是一个很严重的运动，有历史的根据，有时代的要求。有他本身的文学的美，可以使天下睁开眼睛的共见共赏。这个运动不是用义气打得倒的。"认为章士钊对待白话文的态度"完全是小丈夫悻悻然闹意气的态度"。他"自夸'摈白话弗读,读亦弗卒'的人,是万万不配反对白话的",以此来驳斥章士钊利用《甲寅》对白话文所做的攻击。吴稚晖的《"友丧"》很短很特殊,他以讣文的形式替章士钊发表,也是为一切反对新文化运动的人发丧。全文为:"不友吴敬恒等罪孽深重,不自陨灭,祸延敝友学士大夫府君:府君生于前甲寅,病于后甲寅无疾而终。不友等亲视含殓,遵古心丧。惭愧昏迷,不便多说。哀此讣闻。"荻舟的文章指出:白话文比起文言文来,更能跟着时代而演变,更便于表达"世间难状之物,人心难写之情",白话的活泼更便是"个性之驱遣"。与瞿宣颖的文体说针锋相对。涤洲和健攻的文章都是针对"甲寅派"所谓的"文宜雅洁,忌粗俗"等问题。涤洲在文章中说:"什么是雅或不雅呢?比如'遗精'这件事,章太炎先生在《邹容传》里说'溲膏',在《邹容墓表》里说'遗下'。倘使以为这件事是秽亵不雅,根本就不应该说;既然说得,难道这三个词会有雅俗的区别?""至于'洁'字,标榜文言雅洁的章士钊先生是最不讲文字雅洁的。他在《停办北京女子师范大学呈文》里,使用了什么'竟体忘形'啦,'尽丧其守'啦,闭目想想,他把女师大的学生说成什么样的人物?"

31日,仲云作《作家与作品》发表于《文学周报》第188期。同期还刊载了顾均正译安徒生的《荷马墓里的一朵玫瑰花》。顾均正(1902—1980),现代科普作家、出版家、文学翻译家。出生于浙江嘉兴,逝世于北京。1923年考入商务印书馆编译所当编辑,先在理化部编撰理化读物,后调入《少年杂志》《学生杂志》任编辑。1926年,应上海大学文学系主任陈望道之邀,在该校讲授世界童话。1928年,到开明书店工作,历任编校部主任、编辑部主任。

本月,国立北京大学教员王尚济、朱家骅、朱希祖、沈士远、沈尹默、鲁迅、周作人、马裕藻、钱玄同等40余人联名发表《反对章士钊的宣言》。揭露章士钊"思想陈腐,行为卑鄙,他作为司法总长,……训令各校禁止学生开会纪念国耻",并提倡"荒谬绝伦的复古运动,压迫新思想,抹杀时代精神"。他还"借整顿学风的名目,行摧残教育的计划,对于女师大的风潮,不用公允的办法解决,竟用武装警察强迫解散该校,又用巡警老妇强迫拉出女生,直接压迫女师大,间接示威于教育界"。"借此压倒种种爱国运动,达到他一网打尽的目的。""所以今天我们要出来抵抗他。反对他为教育总长。"

本月，鲁迅发起成立未名社，主要成员有韦素园、李霁野、曹靖华、台静农、韦丛芜等。主要翻译介绍和出版外国文学，尤其是苏联文学。先后出版《未名丛刊》、《未名新集》等翻译、创作丛书数十种，发行《莽原》半月刊 48 期，《未名》半月刊 24 期。《莽原》，初为周刊，后为半月刊。1952 年 4 月 20 日创刊于北京，由鲁迅主编，附《京报》发行。1927 年 12 月 25 日出至第 2 卷第 23、24 期合刊停刊。出版两卷，共 48 期。1926 年 1 月 10 日改为半月刊，由北京未名社印行，刊物上署"未名社编辑部"实际为鲁迅编辑，后由韦素园接编。《未名》，文学半月刊，1928 年 1 月 10 日创刊于北京，停刊于 1930 年 4 月 30 日第 2 卷第 9—12 期合刊号，共出版两卷。出版《未名》是未名社后期的重要活动之一，该刊虽发刊于 1928 年，但早有酝酿，1926 年 10 月，高长虹等从莽原社分裂出去开始筹备。主要撰稿人曹靖华、韦素园、李霁野、韦丛芜和戴望舒等的译文，多为苏俄和英、美等国的文学作品；创作上有李霁野、台静农等人。

未名社社务主要由鲁迅负责，1926 年 8 月以后由韦素园接替。1928 年 3 月 26 日，未名社被北京警察厅查封，李霁野等三人被捕。1928 年 10 月启封。直到 1931 年因经济亏空和社员离散而停止活动。但是在 1934 年鲁迅在《忆韦素园君》一文中指出："未名社现在几乎是消灭了……然而未名社的译作，在文苑里却至今没有枯死的。"鲁迅在回忆该社的由来时说："那时我正在编印两种小丛书，一种是《乌合丛书》，专收创作，一种是《未名丛刊》，专收翻译，都由北新书局出版。出版者和读者不喜欢翻译书，那时和现在也并不两样，所以《未名丛刊》是特别冷落。恰巧，素园他们愿意介绍外国文学的到中国来，便和李小峰商量，要将《未名丛刊》移出，由几个同人自办。小峰一口答应了，于是这一种丛书便和北新书局脱离。稿子是我们自己的，另筹了一笔印费，就算开始。因这丛书的名目，连社名也就叫了'未名'——但并非'没有名目'的意思，是'还没有名目'的意思，恰如孩子的'还未成丁'似的。"[①]

鲁迅亲自为青年们编改译稿、校阅印稿、设计书面装潢，写发行广告等，以此来办好未名社。该社以其踏实的工作和严谨的作风，被鲁迅称赞为"是一个实

---

① 鲁迅：《且介亭杂文·忆韦素园君》，《鲁迅全集》第 6 卷，人民文学出版社 1981 年版，第 63、64 页。

地劳作，不尚叫嚣的小团体"①。鲁迅曾经这样评价未名社的工作："未名社的同人，实在并没有什么雄心和大志，但是，愿意切切实实的，点点滴滴的做下去的意志，却是大家一致的。"②又说，由未名社印的《未名新集》中的一些作品，"在那时候，也都还算是相当可观的作品"，"在文苑里却至今没有枯死的"。③

本月，彭家煌著小说《怂恿》出版于上海开明书店。被列为《文学周报社丛书》。包括《Dismeryer 先生》、《到游艺园去》、《军事》、《怂恿》、《今昔》、《活鬼》、《存款》、《势力范围》等篇章。

本月，徐志摩的第一部诗集《志摩的诗》由作者自费出版，上海中华书局代印。收录了1922年至1925年所作诗歌共55首。其中包括《这是一个怯懦的世界》《为要寻一颗启明星》、《沙扬娜拉》（第18节）、《雪花的快乐》等名篇。1928年8月上海新月书店再版时，删其15首，增加《恋爱是什么一回事》，共计41首。另外《沙扬娜拉》删去17节（原诗有18节），其他诗作在文字上也略有变动。诗集中大多写对自由、爱情、理想的追求，也有部分表现对下层民众的同情，以及少数的向往大自然和天国的诗作。既有自由诗也有新格律体诗。作者对这本诗集曾说过一段话："大部分还是情感的无关阑的泛滥，什么诗的艺术或技巧……我的笔本来是最不受羁勒的一匹野马，看到了一多的谨严的作品，我方才憬悟到我自己的野性。"徐志摩的诗歌共有4本，即《志摩的诗》、《翡冷翠的一夜》、《猛虎集》和《云游》。

本月，郑振铎编译德国莱森著《莱森寓言》，由上海商务印书馆初版，1927年1月再版。收入《文学研究会丛书》。收寓言33则，前有郑振铎的《序》。

本月，李善通译 Thorton W.Bugeso 著《列地狐历险记》，由上海商务印书馆出版，收入《儿童世界丛刊》。

本月，王少明译德国格尔木兄弟（格林兄弟）《格尔木童话集》，由开封河南教育厅编译处出版。收录《格氏兄弟小史》、《大萝卜》、《裁缝游天宫》、《雪姑娘》、《小死衣》、《鬼的使者》、《月亮》等。

---

① 鲁迅：《且介亭杂文末编·曹靖华译〈苏联作家七人集〉序》，《鲁迅全集》第6卷，人民文学出版社1981年版，第553页。
② 鲁迅：《且介亭杂文·忆韦素园君》，《鲁迅全集》第6卷，人民文学出版社1981年版，第63、64页。
③ 鲁迅：《且介亭杂文·忆韦素园君》，《鲁迅全集》第6卷，人民文学出版社1981年版，第63、64页。

本月,沈雁冰编纂《希腊神话》,由上海商务印书馆出版,收入《儿童世界丛刊》。

本月,曹靖华译俄国作家柴霍甫戏剧《三姐妹》,由上海商务印书馆初版,1927年1月再版,收入《文学研究会丛书》。目次包括《三姐妹》《柴霍甫评传》(译者)。

本月,顾德隆改译英国高尔斯华绥的戏剧《相鼠有皮》,由上海商务印书馆初版,1927年4月再版,收入《文学研究会通俗戏剧丛书》。目次包括《序》(顾德隆)、《相鼠有皮》。

本月,汤元吉译德国歌德的戏剧《史维拉》,由上海商务印书馆出版,收入《文艺丛刻乙集》,上海商务印书馆1933年12月国难后第1版,收入《世界文学名著丛书》。

本月,《学衡》8月刊发表吴芳吉《南门行》以及陈寂的词《踏莎行》《临江仙》等。

九月

5日,胡适作《爱国与求学》。刊载于《现代评论》第2卷第39期。文章说:"救国是一件顶大的事业,排队游行,高喊着'打倒英日强盗',算不得救国事业。""在一个扰攘纷乱的时期里跟着大家乱跑乱喊,不能就算是尽了爱国的责任,此外还有更难更可贵的任务:在纷乱的喊声里,能立定脚跟,打定主意,救出你自己,努力把你这块材料铸成个有用的东西!"《现代评论》,综合性周刊。1924年12月13日创刊于北京,1927年7月迁至上海出版,1928年12月终刊,共出9卷209期。主要撰稿人多为新月社成员,有胡适、陈西滢、徐志摩等。期刊内容包括政治、经济、法律、哲学、教育、科学等各种评论文章,同时刊登文学创作和文艺评论,发表闻一多、徐志摩等人的诗歌、小说、剧作、散文和文艺评论等。该刊创办者和主要撰稿人的基本政治倾向代表了资产阶级右翼,当时被称为"现代评论派"。

同日,章士钊作《新旧》。刊载于《甲寅》第1卷第8号。章士钊(1881—1973),"甲寅派"代表人物,新文化运动中复古主义者,著名思想家。1914年5月,在东京与陈独秀等人创办《甲寅》月刊。之后于1925年7月11日在北京出版周刊,至1927年2月停刊,共出45期。该刊前期刊登反封建专制的文章较多。后期则倡导深入经典,弘扬传统儒家人文精神;反对对汉语语言资源的滥俗化,对峙于新文化运动,是当时非激进主义发表自己言论的一个主流刊物。章士钊也成为"甲寅学派"的代表人物。主要著作有《柳文指要》、《逻辑指要》等。《甲寅》，政治性杂志，章士钊主编。先为月刊，1914年5月在东京发行，以政论为主，反对袁世凯。1914年10月出至第10期停刊。章士钊任北洋军阀政府教育总长后，1925年7月在北京复刊，改为周刊，1927年2月停刊，共出45期。鲁迅称它为"自己广告性的半官报"，受到新文化阵营的抨击。

10日，《小说月报》第16卷第9号"安徒生号（下）"发行。

12日，孙师郑作《读经救国》。刊载于《甲寅》第1卷第9号。

同日，陈西滢作《利害》。刊载于《现代评论》第2卷第40期。说："中国人只有利害，没有是非。……你代被群众专制所压迫者，说了几句公平话，那么你不是与那人有'密切的关系'，便是吃了他或她的酒饭。"文章攻击反对他的人"只能在黑暗中施些鬼蜮伎俩，顶多匿名的在报上放一两枝冷箭"。陈西滢（1896—1970），作家、文学评论家。"现代评论派"重要成员，《现代评论》"闲话"专栏的主要作者，主要著作有《西滢闲话》、《西滢后话》等。

13日，沈雁冰作《文学者的新使命》。刊载于《文学周报》第190期，文章中提道："文学是人生的真实的反映"，也"负荷了指示人生向更善的将来"。"但是文学者决不能离开了现实的人生，专去讴歌去描写将来的理想世界。我们心中不可不有一个将来社会的理想，而我们的题材却离不了现实人生。"而"被压迫民族与被压迫阶级的解放就是现代人类的需要"。所以，"文学者目前的使命就是要抓住了被压迫民族与阶级的革命运动的精神，用深刻伟大的文学表现出来，使这种精神普遍到民间，深印入被压迫者的脑筋，因此保持他们的自求解放运动的高潮，并且感召起更伟大更热烈的革命运动来"。"文学者更须认明被压迫的无产阶级有怎样不同的思想方式，怎样伟大的创造力组织力，而后确切著名地表现出来，为无产阶级文化尽宣扬之力。""这样的文学足称为能于如实地表现现实人生面外，更指出人生向更美善的将来，这便是文学者的新使命。"文章最后激情满怀地说："在我们这时代，中产阶级快要走完他的历史路程，新鲜的无产阶级精神开辟一新时代，我们的文学者也应该认明了他们的新使命，好好的负荷起来。"沈雁冰（1896—1981），我国现代进步文化的先驱者，伟大的革命文学家，卓越的无产阶级文化战士。1921年与郑振铎等人发起成立了文学研究会，是我国最早的文学社团之一。主要著作有《子夜》、《林家铺子》、《白杨礼赞》、《蚀》三部曲等包括小说、散文、话剧在内的大量作品。

14日,《文学周报》第190期出版。收有《文学者的新使命》《龙山梦痕序》等。

21日,鲁迅作《"碰壁"之余》,刊载于《语丝》周刊第45期。陈西滢在"闲话"《走马灯》一文中说:"现在一部分报纸的篇幅,几乎全让女师风潮占去了。现在大部分爱国运动的青年的时间,也几乎让女师风潮占去了。……女师风潮实在是了不得的大事情,实在有了不得的大意义。"还说:"外国人说,中国人是重男轻女的,我看不见得吧。"在别一篇"闲话"中,又攻击鲁迅对章士钊的斗争是没有"学者的态度",还有"人格卑污"。本文就为反击这种攻击、污蔑而作。文章说:陈西滢在女师大风潮中,提出"重女轻男这些大秘密",也是怀着"各种各样的心思、手段"。"倘使好讲冷话的人说起来,……侮蔑若干女性的事,有时也就可以说意在于一个女性。偏执的弗罗特先生宣传了'精神分析'之后,许多正人君子的外套都被撕碎了。"西滢要想做"超然似的局外人",那是不可能的。《语丝》,综合性周刊。1924年11月17日创刊于北京,初由孙伏园、周作人编辑,鲁迅给予大力支持。周刊文字以简短的感想和批评为主,兼有文艺创作以及关于文学艺术的一般思想的介绍与研究。但以其锋利尖锐的杂文短论及随笔体散文著称,并形成一种风格幽默又泼辣的"语丝文体",在反对北洋军阀反动统治和封建思想文化过程中,发挥战斗作用。鲁迅的许多重要杂文以及部分小说、散文诗集《野草》全部,周作人的散文集《雨天的书》所集作品,均刊载于本刊。

同日,《文学周报》第191期出版。收有《黑暗时代法庭之一幕》、《法国著名的民歌》等。

25日,北京《文学旬刊》发行至第82期停刊。停刊原因是为了合理办好上海发行的《文学周报》,"省得力量分散"。

同日,鲁迅作《并非闲话(二)》,刊载于《猛进》周刊第30期。针对陈西滢的"闲话"《参战》而发(见8月29日条目)。指出陈西滢的那种奴才论调的实质是要"中国人该被打而不作声",像他"这样的中国人,呸!呸!"文中还针对陈西滢在"闲话"《利害》一文中(见9月12日条目),用诬陷别人"造谣"来遮掩自己制造"流言"的行径,揭露他明明充当章士钊、杨荫榆的帮凶,而又打着为"所压迫者说了几句公平话"的招牌,实质"卑鄙龌龊","远不如畜类"的伪善面目。《猛进》,政治性周刊。北京大学猛进社发行。1925年3月6日在北京创刊。1926

年3月19日出至第53期停刊。注重社会批评和思想文化批评。

26日,章士钊作《疏解辑义》,刊载于《甲寅》第1卷第11号。攻击新文化运动凌辱了传统的仁礼纲常,谩骂"新文化者,亡文化也"。

29日,《文学周报》第192期出版。收有《小说的创作》《复活后的土拨鼠》等。

同日,黎锦明创作小说《出阁》刊载于《晨报副刊》。将自己的乡情紧裹在客观的描述之中,又不乏诗情。笔致宁静而又流畅,清晰展现湘间的民俗风情,山水澄澈而美丽,人物淳朴又可爱。作品风格简约朴素、轻妙别致。黎锦明(1906—1999),作家。1925年开始发表作品,1930年加入"左翼"作家联盟,创作了中国现代文学史上第一部描写大革命时期农民运动和武装斗争的小说《尘影》,由鲁迅作序,并得到鲁迅的充分肯定,是一个为鲁迅先生所称赞的"湘中作家"。

本月,由张闻天、沈泽民、杨贤江、沈雁冰、郭沫若等人联合发起,在上海成立革命团体中国济难会。总会设在上海,全国各重要省市设有分会。主要任务是保护和营救受迫害的革命者及赈济革命烈士家属。1929年12月改名为"中国革命互济会"。

本月,瞿秋白发表《中国国民革命与戴季陶主义》,以此批判戴季陶主义。文中提道:"戴季陶的思想及主张完全是要想把国民党变成纯粹资产阶级的政党,而且尽(量)要把各阶级的革命分子吸收去,使他们都变成季陶派——资产阶级的民族主义者。"瞿秋白(1899—1935),文艺理论家,文学翻译家,文学运动的重要领导者,中国共产党早期领导人之一。主要作品有散文集《饿乡纪程》等。

本月,章士钊发表《答适之》。

本月,《洪水》改为半月刊,1927年12月出版至第36期终刊。

本月,郭沫若作《落叶》(中篇),连载于《东方杂志》第22卷第18至第21号。《东方杂志》,旧中国历史最久的大型综合性杂志。1904年3月11日于上海创刊,商务印书馆出版发行。初为月刊,1920年第17卷起,改为半月刊。1948年12月停刊,共出44卷。"五四"时期开始宣传新思潮,发表新文学作品,译介外国文学。

本月,许啸天作长篇小说《上海风月》(初集),由时还书局初版。许啸天(1886—1946),作家,热心民族革命。曾与夫人高剑华创办《眉语》月刊,跻身鸳鸯蝴蝶派报刊之列。曾为"春柳社"成员。

本月，赵苕狂作长篇言情小说《墙外桃花记》，由中国第一书局出版。赵苕狂（1892—1953），大东书局第一任总编辑，后在世界书局任17年总编辑。作品以传奇类、侠客类、侦探类居多，属典型的鸳鸯蝴蝶派作品。其主编的《红玫瑰》杂志历时9年，影响非凡。

本月，张静庐作短篇小说集《薄幸集》，由上海群众图书公司初版。除《薄幸集序》（王玄冰）（吴希夷）（冯都良）及《薄幸集自序》外，分为上、下两卷，收有小说9篇。张静庐（1898—1968），中国出版家，民盟成员。为新文化运动作出较大贡献。

本月，李士元作长篇小说《金鸡墩》，上海作者自刊。前有《王序》（王廷扬，1924年1月），《邵序》（邵振清，1924年3月于北京）等。

本月，徐志摩作诗集《志摩的诗》，自印线装本出版，由上海中华书局代印。收有《这是一个懦弱的世界》、《多谢天！我的心又一度的跳荡》、《我有一个恋爱》、《去罢》等诗50余首。创下其诗歌的特有风格。作者对这本诗集曾说过一段话："大部分还是情感的无关阑的泛滥，什么诗的艺术或技巧……我的笔本来是最不受羁勒的一匹野马，看到了一多的谨严的作品，我方才憬悟到我自己的野性。"此线装本磁青纸封面，竖19.5厘米，横13厘米。白色笺条，手写黑字书名。无扉页与版权页，只在衬页背后印有四字："献给爸爸"。"志摩的诗目录"，目录未标示页码。全书诗作55首，开头一首为《这是一个懦弱的世界》，最末一首为《康桥》。集中大都歌咏爱情和人生，有对社会的反抗，对时弊的揭露，但也有对剥削阶级的歌颂和对清王朝衰败的叹惋，对理想的资产阶级革命的期待，体现了作者资产阶级人道主义思想。风格清新明朗，婉转轻柔，但时常流露出感伤、凄惘的情愫，具有鲜明的唯美主义倾向，在当时具有一定的影响。上海新月书店1928年8月印发平装本初版。

本月，施牧子作诗集《柴火》，由宁波华升印局付印。收有《吊牧子》《芦中人》、《自奠词》、《柴火》等7首。

本月，李鸿梁作戏剧《红玫瑰》，由上海梁溪图书馆1925年9月初版，全民书局1931年11月7版。除《红玫瑰序》（刘大白，1924年12月22日）外，包括《红玫瑰》（五幕剧）。

本月，郭沫若作戏剧《聂嫈》，为《创造社丛书》之一，由上海光华书局初版，广州创造社出版分部于1926年7月再版。收有《聂嫈》(二幕剧),附录有《棠棣之花》残稿,《别墓》、《濮阳桥畔》(1921年作)等。剧中道白借主人公之口喊出了"大家提着枪矛回头去杀各人的王和宰相"之言,表达了当时中国人民爱国反帝的心声。

本月,郁达夫作《介绍一个文学的公式》,刊载于《晨报副刊》。

本月,裴文中作《平民文学的产生》及《平民文学的需要》,刊载于《晨报副刊》。

本月,希腊谛阿克列多思等著、周作人译《陀螺》,由上海北新书局初版。收入《新潮社文艺丛书》。本书为小说、戏剧、诗歌合集。

本月,欧高德著,贝厚德、沈骏英译小说《四姊妹》,由上海广学会初版。

十月

1日,国民革命军开始进行第二次东征,讨伐陈炯明。

同日,徐志摩开始主编《晨报副刊》(即《晨报副镌》),从此《晨报副刊》为"现代评论派"掌握。《晨报》的前身是《晨钟报》,于1916年8月15日创刊。是以梁启超、汤化龙为首的进步党(后改为宪法研究会,即研究系)的机关报。1918年12月,《晨钟报》改为《晨报》发行。每逢周一为6版,其他时间为8版。其中第7版(周一为第5版)专载小说、诗歌、小品以及学术演讲录等。政治上拥护北洋军阀政府,但其副刊,在进步力量推动下,介绍新知识、新思潮,提倡新文艺,宣传社会主义和苏俄革命。翌年2月7日,对第7版进行了改革,增设"自由论坛"和"译丛"两栏。从此这个副刊成为宣传新文化运动的一个阵地。曾出"马克思纪念"和"俄国革命纪念"专号。发表许多新文学作品,如瞿秋白关于苏俄革命的通讯和报导;鲁迅著名小说《阿Q正传》,批判"学衡派"、"鸳鸯蝴蝶派"和针砭时弊的杂文;周作人、冰心等人的作品和评论等。译介大量的近代世界著名作家如高尔基、契诃夫、托尔斯泰等人的作品,在当时的思想界和文艺界中具有广泛的影响。《晨报副刊》和《民国日报·觉悟》、《时事新报·学灯》以及《京报副刊》一起,被称为新文化运动中的"四大副刊"。1920年7月,孙伏园接任第7版的主编,1921年10月12日,《晨报》第7版宣告独立,改出4开4版单张。由鲁迅拟就为《晨报副刊》,报头定为《晨报副镌》。鲁迅对这个副刊给予很大的支持与帮助。

鲁迅的杂文、小说、翻译等有很多是在这个副刊上发表的。由于鲁迅的诗《我的失恋》在《晨报副刊》上发排时，被代理总编辑刘勉己抽掉，孙伏园与刘闹翻并辞去主编职务。同时接受《京报》总编邵飘萍的邀请主编《京报副刊》。此后，《晨报副刊》中经刘勉己、丘景尼、江绍原、瞿菊农，至徐志摩接任主编后，即呈现明显的资产阶级自由主义倾向，政治上转为保守，直到1928年6月停刊。

4日，《文学周报》第193期出版。收有《高原夜话（诗）》、《小说的创作（续）》等。

10日，朱湘发表长诗《猫诰》于《小说月报》第16卷第10期，后收入《草莽集》。《猫诰》采取寓言的手法，通过老猫对"仁儿"的从家世传统到处世哲学的教诲告诫，描画出老猫强词夺理、自吹自擂又欺软怕硬的强盗嘴脸，以此影射批判社会上仗势欺人而又心安得的无赖形象，揭露老猫一类人物"大怯若勇"的虚弱本质，具有批判现实的进步意义。全诗120余行，不分章节，一气呵成，句式整齐，音韵和谐，语言诙谐，是较为成功的寓言长诗。朱湘（1904—1933），诗人。著有诗集《夏天》等。诗清新幽婉，却又感伤阴郁。是新格律诗派的重要诗人。

同日，章士钊（署孤桐）作《文俚评义》，刊载于《甲寅》第1卷第13号。

11日，《文学周报》第194期出版。收有《大时代中一个无名小卒的杂记》《诗二首》等。

17日，章行严作《评新文学运动》，刊载于《甲寅》周刊第1卷第14号。全面阐释对新文学的见解，进一步鼓吹复古，抨击新文学运动。宣传旧礼教和旧文化，是四千年来，"吾国君相师儒，继续用力以恢弘之"的东西，"固无可如何者也"，认为"文言贯乎数千百年，意无二致，人无不晓"，"可得琅然诵于数岁儿童之"，怎能说是"死文学"呢？而"白话文之万无成理"，它"无生气"，"干枯杂沓，恼乱不堪"。所以"吾国之国性群德，悉存文言，国苟不亡，理不可弃。今举百家九流之书吗，一一翻成白话，当非君等力能所至"。章行严，即章士钊。

18日，《文学周报》第195期出版。收有《关于"烈夫"的》、《小桥》等。

24日，《文学周报》第196期出版。收有《秋晨（剧）》、《论无产阶级艺术（四）》等。

31日，郁达夫作《咒〈甲寅〉十四号的评新文学运动》，刊载于《现代评论》第2卷第47期。以此驳斥章士钊美化礼教纲常谬论，并质问道："孤桐氏仿佛说抑压人性的自然，加上一番矫揉造作，就是所谓礼教，就是所谓文化。我在此地，且不必说出别的辩论来，只须问孤桐氏几件事情就对了。第一问，缠得很小的脚，是香的呢？还是不香的？是文化呢？还是不文化？第二问，若把你一个男子拿来当妇人用，是礼教呢？还是非礼教？"

同日，《文学周报》第 197 期出版。收有《幸亏得》、《花与少年》等。

本月，浙奉战争开始，孙传芳组织五省联军，进攻上海，占领南京。11 月底战争结束，苏、皖、浙等五省被孙传芳占领。

本月，中国致公党成立，前身为洪门致公堂，主要由归侨、侨眷中上层人士组成，具有政治联盟性质。

本月，由邹韬奋创办的《生活》周刊在上海创刊。邹韬奋（1895—1944），新闻记者政论家，出版家。主要著作有《萍踪寄语》等。后来主要著作都收入《韬奋文集》。

本月，嘤嘤书室的《贡献月刊》在上海创刊，撰稿者有李青崖、孙福熙等人。

本月，沉钟社由陈翔鹤、陈炜谟、杨晦、冯至等人在北京创立。他们是"将真和美歌唱给寂寞的人们"。该社以德国剧作家霍普特曼的名剧《沉钟》命名。剧中人物钟师亨利决心铸成一只能将沉睡的山峦都唤起回响的巨钟，可是壮志未酬，但他"死也得在水底用自己的脚敲出洪大的钟声"。"沉钟社"一名表明了要学习钟师亨利的坚韧不拔精神，执着地追求艺术。因此周刊创刊号首页页眉端就引用英国作家吉辛的话："而且我要你们一齐都证实……我要工作啊，一直到我死亡至一日。"社团主要成员除杨晦外，陈翔鹤、陈炜谟、冯至、林如稷等皆为原浅草社骨干成员。浅草社于 1922 年成立于上海，1925 年其主要成员鲁迅从上海至北京，另建沉钟社，浅草社无形解散。在文学思想和创作倾向上，沉钟社与浅草社基本一致，浪漫主义精神贯穿始终，后来又加强了批判性的现实主义，"它在风沙扑面的北京城里，降生于秋风萧索之时，命终于冰雪未消之日，像是一片黄叶在风雪中挣扎了一番，便自然而然地化为泥土了"。不满于旧社会的黑暗冷酷，但是又无可奈何，因此常常为抑郁低沉的氛围所环绕。该刊创作与译介并重，译介有俄国、匈牙利、德国、法国、英国、美国、瑞士等进步作家的作品，对罗曼·罗兰、霍夫曼、霍普特曼、王尔德、尼采、爱伦·坡等人表现出极大兴趣，注重对外国文学，尤其是德国文学的介绍。对于他们专注于翻译和写作，鲁迅曾提出过批评："你们为什么总是搞翻译、写诗？为什么不发议论？对有些问题不说话？为什么不参加实际斗争？"李霁野后来提及这件事时说："沉钟社的杨晦、冯至、陈翔鹤、陈炜谟，他都常提到，很喜欢他们对文学的切实认真的态度。不过他也觉得他们被抑郁沉闷的气氛所笼罩。鲁迅先生对我们的劝告和这些情况有密切的关系。他曾多方面地鼓励我们，不使我们陷入消沉悲观之中。"社团刊物为《沉钟》，10月10日创刊于北京，初为周刊，12月出至第10期休刊；1926年8月10日，复出半月刊，1927年1月26日出至第12期再次休刊。曾陆续出版《沉钟》周刊10期、《沉钟》半月刊34期，以及爱伦·坡、霍夫曼特号各一期。成员作品带有朴实而又悲凉的色彩，主要由于严峻的社会现实与成员本身对生活和文学的真诚态度。1927年起编印《沉钟社丛书》7种。内容反抗现实,讴歌自由民主,对艺术始终抱有诚实态度。1934年2月《沉钟》半月刊停刊，共出34期。至此，被鲁迅誉为"中国的最坚韧，最诚实，挣扎得最久的团体"宣告解散。

本月，新潮社出版冯文炳（又名废名）短篇小说集《竹林的故事》，是《新潮社文艺丛书》，刊载于《语丝》1925年第14期。收录1923年至1925年所写短篇小说14篇、译文1篇，被列为《新潮社文艺丛书》之九。《竹林的故事》是作者的第一本小说集，属乡土文学。采用第一人称的手法，内容涉及乡村的凡人琐事、风土人情，表达了对不幸人们的同情，具有一种静谧、委婉、幽远又冲淡的风格特征，以平淡质朴的笔调描画一幅幅与时代气氛不相协调的乡村和乐图景，表现带有古民风采的人物的淳朴风尚，寄托了作者天真而执拗的人生理想，博得广泛的注意和好评。从竹边的三姑娘到桃园里的阿毛，从小河旁的浣衣母到柳荫下的陈老爹，都展现出难得的淳朴宁静的人性美。书前有周作人《〈竹林的故事〉序》，以及作者《序》。小说包括《讲究的信封》、《柚子》、《少年阿仁的失踪》、《病人》、《浣衣母》、《半年》、《我的邻居》、《初恋》、《阿妹》、《火神庙的和尚》、《鹧鸪》、《竹林的故事》、《河上柳》、《去乡》和《窗》。作品刻意追求写景的精细，具有散文之美和诗的意境。如《竹林的故事》描写清新优雅的乡村自然风光，澄澈轻灵之气沁人心脾，尤其是重点描写的河边那片葱绿的竹林，好似有意设置一种富于诗意的象征意境，衬托出主人公三姑娘纯洁美好的性格特征。小说所描写的三姑娘拥有竹一般的"直"与"节"，竟使拿铜子买菜的顾客自觉得"俗气"。小说田园牧歌式的意境和韵味在写景和写人方面都有体现，从内容上看，未免脱离现实，超脱而又空幻。但是作家着意通过古典诗词简练、含蓄又富于跳跃性的特点，以及古典山水小品清新疏朗的绝美笔致，赋予其情节简单的小说以诗情画意，拥有一种奇特的诗体形式。但是由于作家过多地追求小说叙述语言形式的跳跃变换，使得语义上出现过长的空白，流于晦涩，反而影响了小说抒情功能的发挥。废名的小说风格和某些手法对后来沈从文等作家产生过一定的影响。在现代抒情体小说发展史上，废名与郁达夫等作家的"自序传"抒情小说一起，做出了巨大的贡献。废名的小说以"散文化"闻名，他将周作人的文艺观念引至小说领域加以实践，熔西方现代小说技法和中国古典诗文笔调于一炉，文辞简约幽深，兼具平淡朴讷和生辣奇僻之美。鲁迅曾评价《竹林的故事》，说："在一九二五年出版的《竹林的故事》里，才见以冲淡为衣，而如著者所说，仍能'从他们中理出我的哀愁'的作品。"周作人在该书序言中这样评论："冯君的小说我并不觉得是逃避现实的。他所描写的不是什么大悲剧大喜剧，只是平凡人的平凡生活，——这却正是现实。""冯君所写多是乡村的儿女翁媪的事，这便因为他所见的人生是这一部分，——其实这一部分未始不足以代表全体。""将来著者人生的经验逐渐进展，他的艺术也自然会有变化。"此外，周作人还认为："冯君著作的独立的精神也是我所佩服的一点。他三四年来专心创作，沿着一条路前进，发展他平淡朴讷的作风，这是很可喜的。""冯君从中外文学里涵养他的趣味，一面独自走他的路，这虽然寂寞一点。却是最确实的走法，我希望他这样可以走到比此刻的更是特殊的他自己的艺术之大道上去。"

本月，鲁迅作《孤独者》和《伤逝》，未另发表，收入《彷徨》集。

本月，叶圣陶小说集《线下》，列入《文学研究会丛书》，由商务印书馆出版。收有《孤独》、《平常的故事》、《游泳》等11篇。作者自认为该小说集的思想艺术水平均在水平线以下，故以《线下》命名。逐渐摆脱了唯心主义的"爱"和"美"的追求，转向现实生活中的贫富对立、压迫者和被压迫者的矛盾冲突，其中反映创办理想学校的愿望破灭的《校长》和鞭挞小资产阶级知识分子懦弱猥琐的《潘先生在难中》是著名的两篇。

本月，汪敬熙作短篇小说集《雪夜》，由上海亚东图书馆初版。除《自序》外，收有《雪夜》、《一个勤学的学生》、《砍柴的女儿》、《死与生》等9篇。内容主要是揭露好学生的秘密和反映苦人的灾难，力求从侧面反映人生的真实面貌。艺术虽然幼稚，但是显示了新闻学创始期最初的收获。汪敬熙（1897—1968），作家。

新潮社成员。

本月,刘大杰作短篇小说集《黄鹤楼头》,列入《艺林社丛书》,由武昌时中合作书社初版。除《序》外,收有《中秋晚上》《黄鹤楼头》《雨后的刑场》《文艺家之沦落》等9篇。刘大杰(1904—1977),作家,文学史家,文学翻译家。著有《托尔斯泰研究》等。早期小说多带有自叙传性质,采取浪漫主义抒情手法,宣泄个人内心的苦闷,文笔柔婉,结构有散文化倾向;1928年后的作品转向现实主义,态度严谨,注意布局谋篇,但仍有较浓的主观感情色彩。

本月,《弥洒社丛书》之二——诗文合集《弥洒社创作集(第二)》,内收新诗,由上海商务印书馆初版。收有《玄云所感六首》(慕越)、《花自香五首》(慕越)、《芳名》(陈寂)、《点滴》(胡山源)等。弥洒社,文学社团,1922年秋成立于上海。由胡山源、钱江春、赵祖康等组织,主要成员还有陈德征、唐鸣时、赵景沄等。次年3月在上海创办《弥洒》月刊,出版《弥洒社创作集》。该社宣称"我们乃艺术之神",有为艺术而艺术倾向。鲁迅称他们是"为文学的一群"。1927年春该社活动全部停止。

本月,鲁迅作《论小说的浏览和选择》,刊载于《语丝》第49、50期。

本月,丹麦安徒生著、林兰译《旅伴及其他》,由上海北新书局初版,1927年8月再版。收有童话12篇。

本月,日本武者小路实笃著、周白棣译戏剧《妹妹》,由上海中华书局初版,1928年10月3版。

十一月

1日,郭沫若在《洪水》半月刊第1卷第4期发表《穷汉的穷谈》,后又在11月16日《洪水》半月刊第1卷第5期发表《共产与共管》,引发与"孤军派"国家主义者的论战。

在《穷汉的穷谈》中,郭沫若强烈驳斥"孤军派"国家主义者灵光(及林)在《孤军》第3卷第4期发表的《独立党出现的要求》中对共产主义的诽谤,说"共产主义是要废除私有财产的","所以这种主义和有产业的人是对头",但是要实现共产主义革命必须"有一定的步骤",精神是"集产"。

《共产与共管》一文在1930年4月改题为《双声叠韵》，被收入《盲肠炎》集中，该文针对灵光在《独立党出现的要求》一文中提到的"中国共产党的革命"，"若一成功，同时便是中国受列强共管之时"，证明他既是高谈过共产主义的人，意在别有用心地混淆"共产"与"共管"。事实是半殖民地的中国被外国"共管"已经多年，"现在是应该想想，怎样才能够从这既成的经济的国际共管之下脱离"，第一步应该"把保护他们的条约废除"，进一步还需"厉行国家资本主义"。

同日，谷凤田作《〈漆黑一团〉的应声——呈为法先生》，刊载于《洪水》半月刊第1卷第4号。该文是对为法的文章《漆黑一团》的反响。指责、讥讽《小说月报》的诗作、译作，认为"为法先生说中国的创作界不要脸"，使人"痛快二十分"。

2日，教育部下令自初小四年级起必须读经。

3日，鲁迅第一本杂文集《热风》由北新书局出版。除《题记》外，收杂文41篇。创作于1918年至1924年，多为简短的随感录。其中，1918年至1919年收录随感录27篇，原发表于《新青年》（"随感录"栏）；1921年以后的杂文14篇，均发表于晨报副刊。主要篇章有《随感录三十三》《三十五》《三十六》《三十九》、《四十一》《四十六至四十九》《五十三》《五十四》《五十六"来了"》《五十七现在的屠杀者》《五十九"圣武"》《六十五暴君的臣民》《生命的路》《估〈学衡〉》《反对"含泪"的批评家》等。文章多是对于社会和时事的短评。鲁迅在《题记》中说：我"觉得周围的空气太寒冽了，我自说我的话，所以反而称之为《热风》"；文章内容"有的是对于扶乩，静坐，打拳而发的，有的是对于所谓'保存国粹'而发的；有的是对于那时旧官僚的以经验为自豪而发的；有的是对于上海《时报》的讽刺画而发的"；有的是"对于所谓'虚无哲学'而发的"，也有"对于上海之所谓'国学家'而发"的。文章通过对一些具体问题的论述，对旧文化、旧道德进行猛烈抨击，反映了"五四"新文化运动所涉及的广泛的社会问题，展示了彻底不妥协的反帝反封建的革命精神。除社会批评外，还有一些涉及文艺问题的文章，对文学革命提出了具体的要求。本集作品反映了作者积极投身于"五四"新文化运动的激动情绪和英勇战斗的精神。形式短小精悍，尖锐泼辣。

7日，陈西滢作《版权论》，刊载于《现代评论》第2卷第48期"闲话"。文章从著作的版权发表议论，说中国"书贾的凶恶"，"是利用中国的著作家的普通的弱点，知道他们不肯反抗的"。而书贾"有一种最取巧的窃盗他家的版权。……

鲁迅、郁达夫、叶绍钧、落华生诸先生都各人有自己出版的创作集，现在有人用什么小说选的名义，把那里的小说部分或全部剽窃了去，自然他们自己书籍的销路大受影响了"。

同日，陈西滢作《创作的动机与态度》，刊载于《现代评论》第2卷第48期"闲话"。说："一件艺术品的产生，除了纯粹的创造冲动，是不是常常还夹杂着别种动机？是不是应当夹杂着别种不纯洁的动机？……可是，看一看古今中外各种文艺美术品，我们不能不说它们的产生的动机大都是混杂的。虽然有些伟大的作品是纯粹的创造冲动的结果，它们也未必就优胜于有些动机不同样纯粹，却同样伟大的作品。"又说："一到创作的时候，真正的艺术家又忘却了一切，他只创造他心灵中最美最真实的东西，断不肯放低自己的标准，去迎合普通读者的心理。"文章又言："一个靠教书吃饭而时时想政治活动的人不大会是好教员，一个靠政治活动吃饭而教几点钟的书的人也不大会是好教员，……我每看见一般有些天才而自愿著述终身的朋友在干着种种无聊的事情，只好为著作界的损失一叹了。"

8日，《文学周报》第198期出版。收有《序〈子恺的漫画集〉》《朝露》等。

9日，孙伏园作《〈语丝〉的文体》，刊载于《语丝》第52期。这篇文章是给周作人的一封信。说《语丝》"最尊重的是文体的自由，并没有如何规定的。四五十期以来的渐渐形成的文体，只是一种自然的趋势"。孙伏园（1894—1966），散文家，编辑。著有散文集《伏园游记》《鲁迅二三事》等，其他散见各报刊。一生致力于编辑事业，对中国新文学的发展贡献较大。

同日，成仿吾作《读章氏〈评读新文学运动〉》。成仿吾（1897—1984），作家，文艺理论家，教育家，是创造社发起人之一。早年主要作品有短篇集《流浪》，文学评论集《使命》《从文学评论到革命文学》等，并与郭沫若一起编译《德国诗选》。1977年写成《长征回忆录》。从事文学创作并取得成就主要在20世纪20年代至30年代初，进入苏区参加长征后，主要精力用于党的教育工作上。

10日，王任叔短篇小说《疲惫者》发表于《小说月报》第16卷第11号，收入作者短篇小说集《破屋》，后被茅盾选入《中国新文学大系·小说一集》。小说追随鲁迅揭出精神病苦以引起疗治的问题，写的是一个贫苦农民王运秧的生活经历。他长期为人佣工，累弯了背，最后想以最低的价格出卖劳力也没人接受，落得不名一文，孑然一身，无家可归。揭示了宗法制农村的社会悲剧。运用写实手法，风格冷峻。王任叔（1901—1972），作家，文艺理论家。文学研究会和左联成员。主要作品有短篇小说集《监狱》等，中长篇小说《死线上》等。新中国成立后主要从事杂文、文艺评论、文艺理论写作，其中《文学论稿》、《鲁迅的小说》、《遵命集》影响颇大。

11日，徐志摩作《守旧与"玩"古——孤桐先生的思想书后》，刊载于《晨报副刊》。

14日，章士钊（署名孤桐）作《答志摩》，刊载于《甲寅》第1卷第18号。徐志摩在《守旧与"玩"古》一文中，批评章士钊是一个"实际政家"，思想没有基本信念，说的做的只是根据一时之利害，"一切主义与原则都失却了根本的与绝对的意义与价值，却只是为某种特定作用而姑妄言之的一套"。章士钊在文章中为此反驳徐志摩的批评。

15日，《文学周报》第199期出版。收有《猫》、《秋夜》（漫画）等。

17日，鲁迅作《评心雕龙》，刊载于《莽原》周刊第32期。以此讽刺当时文坛上流行的一些稀奇古怪的论调，其中有从林琴南到章士钊的读经尊孔的复古主义，胡适、徐志摩、陈西滢等人对西方资产阶级文化的奴颜婢膝，同时也批评新文艺阵营中的某些偏向和不正确的主张。《莽原》，莽原社文艺期刊。1925年4月24日创刊于北京，以刊登社会批评、文化批评和描写农村生活的小说散文见长。

21日，陈源在《现代评论》第2卷第50期上发表《剽窃与抄袭》，污蔑鲁迅的《中国小说史》系抄袭日本盐谷温之作。陈源，即陈西滢。

22日，朱自清发表散文《背影》于《文学周报》第200期，后收入散文集《背影》。文章叙述家庭遭遇变故之后父亲送子远行时的一段场景，通过对父亲买橘子时的背影和动作的细致描写，展现父亲对"我"的爱护关心，也表达了"我"对父亲的敬爱与怀念，从中反映出在灰暗的社会中人们不可避免的生活遭遇。描写细致入微，叙述平实又不乏深情，极富感染力。《背影》是作者散文代表作之一，也是中国现代文学史上艺术成就较高的散文佳作，对当时及以后的文学创作产生了较大的影响。朱自清（1898—1948），散文家，诗人，学者。主要作品有散文集《背影》、《欧游杂记》、《伦敦杂记》、《你我》等，诗文合集《踪迹》，诗集《雪朝·第一集》等。后有1953年版4卷本《朱自清文集》发行。其诗作和散文表现了对黑暗现实的不满和对光明前途的追求，文笔秀丽、洗练，感情真挚动人。

同日，《文学周报》第 200 期出版。收有《背影》、《童话的分系》等。

23 日，鲁迅作《离婚》，发表于《语丝》第 54 期，收入《彷徨》集。

同日，周作人署岂明作《答伏园论"〈语丝〉的文体"》，刊载于《语丝》第 54 期。《语丝》同人对于政治"没有兴趣，所以不去说他"。该文"都依了个人的趣味随意酌定，没有什么一定的规律。除了政党的政论以外，大家要说什么都是随意，唯一的条件是大胆与诚意，或如洋绅士所高唱的所谓'费厄泼赖'（fairplay），——在这一点上我们可以自信比赛得过任何绅士与学者。……我们有这样的精神，便有自由言论的资格"。

27 日，鲁迅在《猛进》周刊第 39 期发表《十四年的"读经"》，借此批判章士钊尊孔读经的文化复古行为。时任教育总长的章士钊，曾在本月 2 日教育部部务会议上规定，小学生从四年级起就要读经，至高小毕业为止，每周一小时。这一行为引起当时很多"正经老实"的人与其"评道理"、"讲利害"。针对这样的情况，鲁迅在文中指出：历来只有"胡涂透顶的笨牛"，才会"诚心诚意"地去读经或主张读经，而"阔人"或"聪明人"的读经或主张读经，是为了"假借大义，窃取美名"，猎取"实利"，他们是"明知道读经不足以救国的,也不希望人们都读成他自己那样的"。谈到章士钊的主张读经，鲁迅说，这"不过是这一回耍把戏偶尔用到的工具"。除此之外，鲁迅还指出：在衰老的中国，每每有人提倡读经，是"因为大部分的组织被太多的古习惯教养得硬化了"，而一些被坏经验教养得"聪明了"的家伙，便在这"硬化的社会里"妄行。"唯一的疗效"，是"另开药方：酸性剂，或者简直是强酸剂"。

28 日，陈篯枢作《评新文化运动书后》，刊载于《甲寅》第 1 卷第 20 号。赞同章士钊《评新文化运动》一文的观点，并在此基础上有所发挥。说："谓古文为已陈刍狗，不足以代表社会，必易以白话之文，则文言衰歇，国故陵迟，经传诸子之书，必至无人过问。即或资其功用，广为传译，其微言奥旨，必已什伯无存，是举中国数千年相承之文化，一朝而摧灭尽净，其所余之社会，与所造之环境，非寄养于殊方之阍隶，即流转为上古之原人。"

29 日，《文学周报》第 201 期出版。收有《我友之书》、《做一桩买卖吧（波兰恋歌）》等。

本月，国民党右派在北京召开西山会议，策划另立国民党中央，反对孙中山的三大政策。史称"西山会议派"。

本月，北京群众举行游行示威，捣毁章士钊住宅，并通电全国，要求段祺瑞下野。

本月，冯都良作短篇小说集《怅惘》，由上海光华书局初版。除《序》（胡仲持，1925年9月20日）外，收有《怅惘》《她的烦恼》《外慕》《游艺会》等15篇。

本月，李金发作诗集《微雨》，是《新潮社文艺丛书》之八，由北新书局初版。除《导言》外，收有《弃妇》《给蜂鸣》《琴的哀》等116首，多作于1922年。《微雨》是中国新文学最早的象征诗集，中国初期象征派诗歌的开山之作，在当时具有较大影响。内容大多抒发爱情的欢乐与痛苦，描绘自然景色和个人感受，也有对人生悲惨命运的歌唱。意象朦胧神秘，比喻奇特跳跃。其后又出了商务版的《为幸福而歌》。李金发（1900—1976），诗人，雕塑家。著有诗集《微雨》《为幸福而歌》《食客与凶年》，诗文集《仰天堂随笔》《异国情调》，以及部分学术文章和译作。他的诗歌深受法国象征派诗歌的影响，以文白相杂的生硬语言，表现新奇晦涩的意象，扑朔迷离，难以捉摸。

本月，孙福熙作散文集《大西洋之滨》，列入《文艺小丛书》，由北京北新书局初版。收有《大西洋之滨》（1—21则）。孙福熙（1898—1962），散文家，美术家。主要作品有散文集《山野掇拾》《归航》《大西洋之滨》，杂文集《北京乎》，小说集《春城》等。

本月，郁达夫等作，刘大杰编小说散文集《长湖堤畔》，列入《艺林社丛书》，由武昌时中合作书社初版。收有《秋柳》（达夫）《性的等分线》（资平）《三七晚上》（资平）《二人》（资平）等11篇。

本月，白薇作三幕诗剧《琳丽》，1925年11月初版，1926年11月由商务印书馆再版。白薇（1894—1987），女作家，反抗封建婚姻，曾东渡日本留学。抗战爆发后，加入中华全国文艺界抗敌协会；新中国成立以后加入中国作协。主要作品有剧本《琳丽》《打出幽灵塔》《革命神的受难》，长篇小说《炸弹与征鸟》等。其作品多具有浪漫主义色彩。

本月，馥琴等作《两个窟窿》，列入《儿童报社丛书》，北京儿童报社编辑。由上海中华书局1925年11月初版，1936年10月再版。收有《两个窟窿》（一幕短剧，馥琴作）《丽尔和羔羊》（二幕短剧，吴景岳作）《家信》（一幕滑稽剧，马文亭作），等8篇。

本月，王独清作《论国民文学书》，刊载于《语丝》第54期。王独清（1898—

1940），诗人。参与发起创造社。著有诗集《圣母像前》、《威尼市》、《锻炼》等。他的诗作前期颓废哀伤，赴法留学归国后风格有所改变。

本月，法国弗洛贝尔著、李劼人译小说《马丹波娃利》，由上海中华书局初版，收入《少年中国学会丛书》。

本月，俄国 L. 托尔斯泰编、李藻译《我的生涯——一个俄国农妇的自述》，由上海商务印书馆初版，收入《文学研究会丛书》。除《引言》（译者）外，收有《达娣阿娜·老凡夫娜·苏考娣娜给厦尔莱·沙罗门的信》。

十二月

1日，成仿吾作《读章氏〈评新文学运动〉》，刊载于《洪水》半月刊第 1 卷第 6 号。文章从理论和事实上批驳了章士钊关于新文学运动的兴起是人们"避艰贞而就不易"的谬说。指明新文学的发生原因是"一般青年的心里，对于旧文学早有不满念头，一部分早已使用白话，而他方面因为对于国事极端偏激的结果，认旧文学为衰弱的象征，不足表现生机勃勃的青年人的朝气"。所以一经提倡，则全国青年响应了。又言：新文学的提出，是"理性的作用"的结果，"这种因时制宜的行动，实是我们民族自觉的一个证据，与章氏所盛称的古之圣人创为礼文的行为，同出一途，理无二致的"。

6日，《文学周报》第 202 期出版。收有《白衣妇人》、《牛鉴》等。

7日，鲁迅作《并非闲话（三）》，刊载于《语丝》周刊第 56 期。就陈西滢在《论版权》一文（见 11 月 7 日条目）中说鲁迅等人的作品被书贾擅自选印而蒙受损失的言论，借题发挥进行反击："所以上海的小书贾化作蚊子，吸我的一点血，自然是给我物质上的损害无疑，而我却还没有什么大怨气，因为我知道他们是蚊子，大家也都知道他们是蚊子。我一生中，给我大的损害的并非书贾，并非兵匪，更不是旗帜鲜明的小人：乃是所谓'流言'。即如今年，就有什么'鼓动学潮'呀，'谋做校长'呀，'打落门牙'呀这些话。"文章还批判了陈西滢所宣扬的天才论，"创作冲动"论，"灵感"论等唯心主义文艺思想。

同日，岂明作《失题》，刊载于《语丝》第 56 期。提倡"费厄泼赖"。本年 11 月 28 日，北京爆发轰轰烈烈的"反奉倒段"运动，在这股强大的斗争冲击下，时任执政府头目段祺瑞逃之夭夭，教育总长章士钊被迫下台，女师大校长杨荫榆被撤职。在这种形势下，《失题》指出："到了现在，段君（即指段祺瑞）即将复归于禅，不再为我辈法王，就没有再加以批评之必要，况且'打落水狗'（吾乡方言，即'打死老虎'之意）也是不大好的事。"说章士钊"代表无耻"应与彭允彝同样加以反对。但是目前"这个出出气的机会也有点要逸过去了：一日树倒胡狲散，更从哪里去找这班散了的，况且在平地上追赶胡狲，也有点无聊、卑劣，虽然我不是绅士，却也有我的体统与身份"。这些论断明显表明周作人对敌人的凶残与狡黠本质缺乏认识，这对于群众继续坚持斗争也是不利的。

10日，鲁迅作《这个与那个（一）——读经与读史》，刊载于《国民新报副刊》。针对"读经救国论"，主张青年现在，"倒不如去读史，尤其是宋朝明朝史，而且尤须是野史；或者看杂说"。史书虽然是"过去的陈帐簿，和急进的猛士不相干"，但是，翻翻则可以"知道我们现在的情形，和那时的何其相似，而现在的昏妄举动，胡涂思想，那时也早已有过，并且都闹糟了"，"总之：读史，就愈可以觉悟中国改革之不可缓了"。

13日，《文学周报》第203期出版。收有《月上柳梢头》（漫画）、《我给您这朵蔷薇花》等。

14日，林语堂作《插论〈语丝〉的文体——稳健，骂人，及费厄泼赖》，刊载于《语丝》第57期。该文借谈《语丝》的文体，斥江亢虎、章士钊为"文妖"，说其"笔墨如何高明"，但"一察其人的行径，又是其文足道，其人不足观"。文章在谈到周作人所说的"费厄泼赖"时，认为："此种'费厄泼赖'精神在中国最不易得，我们也只好努力鼓励，中国'泼赖'的精神就很少，更谈不到'费厄'，惟有时所谓不肯'下井投石'即带有此义。……且对于失败者不应再施攻击。因为我们所攻击的在于思想而非在人，以今日之段祺瑞、章士钊为例，我们便不应再攻击其个人。……大概中国人的'忠厚'就略有费厄泼赖之意，惟费厄泼赖决不能以'忠厚'二字了结他。此种健全的作战精神，是'人'应有的，与暗放冷箭的魑魅伎俩完全不同，大概是健全民族的一种天然现象，不可不积极提倡。"林语堂（1895—1976），作家，语言学家，学者，教授。语丝社成员之一。主要作品有诗集《剪拂集》，杂文集《大荒集》《自己的话》等。在美国期间用英文写了不少文学作品和学术著作。

15日，日本政府内阁议决出兵满洲。以斋藤义少将为总指挥官，从朝鲜龙山调步、炮、骑兵开进中国东北。26日,南京市民万余人举行游行示威,抗议日本出兵满洲。

19日,擎黄作《告恐怖白话文的人们》,刊载于《现代评论》第3卷第54期。该文针对"甲寅派"攻击白话文冗长,而古文简练的理由而发。文章阐述了单音字向复音字发展的必然趋势。并指出在文句中加字是为了意思表达更加清楚,不能因此说它累赘、冗长。文章以"二桃杀三士"为例,来证明自己的主论。

20日,鲁迅在《京报副刊》发表《寡妇主义》,反对杨荫榆的封建家长式的统治。

同日,《文学周报》第204期出版。收有《恋爱——一个恋人的日记》、《花瓣》(诗)等。

21日,鲁迅发表散文诗《这样的战士》。

24日,鲁迅作《"公理"的把戏》,刊载于《国民新报副刊》。文章回顾了女师大学生近一年来所受到的反动当局"黑暗残虐"、"百端迫压"的事实经过,揭露了陈西滢之流打着"公理"、"道义"的旗子的虚伪面目。章士钊之流在经历过女师大师生的斗争而学校终于复校后,不甘失败,由陈西滢出面与女子大学校长胡敦复相勾结,于14日晚,在撷英番菜馆的饭局上,策划对策,于是"从这饭局里产生了'教育界公理维持会'",次日又改名为"国立女子大学后援会"。打着维持公理的旗号,实质进行着攻击女师大进步师生的种种活动。针对这种"公理"的把戏,文章指出:当"章氏势焰熏天",迫害女师大学生的时候,"现在突起之所谓'教育界名流'者,那时则鸦雀无声;甚至捧献肉麻透顶的呈文,以歌功颂德"。而女师大复校后,陈西滢等人以维持"公理",在后援会中"所啸聚的一彪人马,也不过是各处流来的杂人",是些"城狐社鼠之流"。他们"口头的鸟'公理'",实不过是"对于形同鬼蜮破坏女师大的人",为压迫女师大的人做"站在背后的援助"。

27日,郭沫若的文论集《文艺论集》由上海光华书局出版,收录1923年至1925年所作文艺论文40篇,内容涉及艺术的起源、艺术的社会生活、艺术的社会功利主义,以及天才、审美、自然美和艺术美等问题。是作者第一本系统阐述其文艺观、美学观的论文集。作者为该书作《序》,回顾自己的思想历程,说自己的思想、生活和作风"在最近一两年里,可以说是完全变了"。"我从前是尊重个性、景仰自由的人,但在最近一两年之内与水平线下的悲惨社会略略有所接触,觉得在大多数人完全不自主地失掉了自由,失掉了个性的时代。有少数的人要来主张个性，主张自由，总不免有几分僭妄"，"在大众未得发展其个性，未得生活于自由之时，少数先觉者无宁牺牲自己的个性，牺牲自己的自由，以为大众人请命，以争回大众的个性与自由"。作品中提出了文学革命和有关革命文学理论的重要见解，对于研究无产阶级革命文学运动的发生发展情况及成就与不足，提供了大量有参考价值的史学资料。

同日，《文学周报》第205期出版。收有《风波》、《一串葡萄》等。

31日，鲁迅作《这回是"多数"的把戏》，刊载于《国民新报副刊》。1926年1月4日《女师大周刊》第116期转载。本月24日，《晨报》刊出《女大学生二次宣言》，其中提到："女师大学生，原来不满二百人，而转入女师大者，有一百八十人……女师大之在宗帽胡同者，其数不过二十人"，从而断定"恢复女师大校址，当然应归此多数主持"。陈西滢在26日《现代评论》第3卷第55期"闲话"中引用了这个《宣言》，对事件真相进行歪曲，说"女大和女师大之争，还是这一百八十人和二十人之争"。以支持"多数"为名反对女师大复校。针对陈西滢玩弄"多数"的把戏，颠倒黑白，把女师大学生反迫害的斗争，说成是女师大与女大学生之间的斗争，企图转移斗争目标的阴谋，本文加以揭露指出：陈西滢的论调，无非是要"二十人都往多的一边跑，维持会早该趋奉章士钊"。"其实，'要是'章士钊再做半年总长，或者他的走狗们做起祟来，宗帽胡同的学生纵不至于'都入了女大'，但可以被迫胁到只剩一个或不剩一个，也正是意中事。……那么，怎么办呢？我想，维持。那么，'目的究竟是什么呢？'我想，就用一句《闲话》来答复：'代被群众专制所压迫者说几句公平话。'"文章还通过反诘的方式揭露说："'要是'帝国主义者抢去了中国大部分，只剩了一二省，我们便怎样？别的都归了强国了，少数的土地还要维持么！？明亡之后，一点土地也没有了，却还有窜身海外，志在恢复的人。凡这些，从现在的'通品'看来，大约都是谬种，应该派'在德国手格盗匪数人'，立功海外的英雄刘百昭去剿灭他们的罢。"

本月，欧阳山组织广州文学会，创办《广州文学》周刊。欧阳山（1908—2000），作家。参加"左联"和"左翼"文化总同盟活动。主要作品有中篇小说《青年男女》、《崩决》，短篇集《七年忌》、《鬼巢》，长篇小说《高干大》。新中国成立后有中篇小说《英雄三生》、《前途似锦》，特写《红花冈畔》，长篇小说《一代风流》的第一卷《三家巷》、第二卷《苦斗》等。

本月，《国民新报副刊（乙刊）》创刊。《国民新报》为北京国民党"左派"主办的日报。1925年底创刊，1926年7月停刊。"以主张国民救国，宣传民族自决，打倒帝国主义，锄除黑暗势力为宗旨。"① "乙刊"为文学艺术版，由鲁迅与张凤举按期轮流值编，每周二、四、六出版，次年4月停刊。

本月，赵太侔、余上沅在北京艺术专门学校增设戏剧系。

本月，张闻天创作长篇小说《旅途》，由商务印书馆出版，分上、中、下三部，为《文学研究会丛书》之一。上部写青年工程师王钧凯的苦闷以及他与蕴青姑娘的恋爱；中部写他在美国的工作，同美国姑娘安娜、玛格莱三人的情感纠葛，以及他的思想转变；下部写他回国参加革命并牺牲。描写比较成熟，只是下部稍显仓促。张闻天（1901—1976），作家，理论家，无产阶级革命家。文学研究会成员。主要著作除新诗、短篇小说、杂文外，有长篇小说《旅途》，剧本《青春的梦》。译有西班牙倍那文德的《热情之花》《伪善者》，俄国安特列夫的《狗的跳舞》，俄国柯罗连科的长篇小说《盲音乐家》，以及著译文艺论著多种。1983年有《张闻天早期文学作品选》出版。

本月，周全平作短篇小说集《梦里的微笑》，列入《创造社丛书》，由上海光华书局初版。除《昨夜的梦——代序》（1925年初秋）外，分为上、下两卷。

本月，敬隐渔作短篇小说集《玛丽》，列入《文学研究会丛书》，由上海商务印书馆初版。收有《养真》、《玛丽》、《袅娜》、《宝宝》等4篇。

本月，不肖生作《江湖小侠传》，由世界书局出版。

本月，孙俍工作短篇小说集《生命的伤痕》，由上海民智书局出版。孙俍工（1894—1962），作家，语言学家。1923年加入文学研究会。主要著作有小说散文集《海底渴慕者》，散文集《告J国小朋友》，剧本《世界的污点》，诗剧《理想之光》，诗集《杀到东京去》等。

本月，张我军作诗集《乱都之恋》，1925年12月发行，由《台湾民报》各地批发处代售。除《序》外，收有《沈寂》、《对月狂歌》、《无情的雨（十首）》等。张我军（1902—1955），文学家，台湾新文学奠基人之一。

本月，俞平伯作诗集《忆》，由北京朴社初版。收有《自序》、《题词》、《诗

---

① 《国民新报广告》。

三十六首》等，后有《跋》(朱自清)。主要为作者早期回忆童年的诗作，手写本，线装，小本，有丰子恺作画。俞平伯(1900—1990)，诗人，散文家，著名"红学"家。参与发起新潮社。参加过文学研究会、语丝社等社团。著有诗集《冬夜》、《西还》、《忆》等，散文集《燕知草》、《杂拌儿》等，另有学术著作《红楼梦辨》等。

本月，贺扬灵作，霓僧编诗集《残夜》，由武昌时中合作书社初版。收有短诗60首，前有《自序》。

本月，张蓬洲作诗集《孤寂》。收有《秋天》《窗心纸影》《情之热》《泪波》等。

本月，陈赞作诗集《回忆》，顽园第一种，由蓓蕾学社出版。收有《回忆》、《有感》、《爱》、《落花》等。

本月，陈赞作诗集《北行》，顽园第二种，由蓓蕾学社出版。收有《北行》、《客邸秋夜》、《夜色》、《远望》等。

本月，长虹作诗集《闪光》，是《狂飙小丛书》之一，由北京狂飙社出版。

本月，周作人散文集《雨天的书》由北新书局出版。卷首有作者《自序一》《自序二》以及《又记》。共收录散文50篇。书后附有汪仲贤的《十五年前的回忆》。文章大多涉及一些不为人注意的小题材，谈天说地，回味故乡风俗，阐发自身对世事的感想。风格平淡，语言无华，氛围幽静淡远，于随意闲谈中给人以情绪的感染和知识的教育。在当时产生过较大影响，是作者小品散文的代表作之一，其中《故乡的野菜》、《苦雨》等都是作者的名篇。

本月，陈学昭作散文集《倦旅》，由上海梁溪书局出版，据上海光华书局1929年3月第2版。除《自序》外，收有散文30余篇。通过女主人公逸樵生活片段和内心感受的描写，记录了作者在安徽省立第四女子师范教书期间的一些经历和她对生活的感念，表现了作者既惆怅厌世又努力追求的人生态度。陈学昭(1906—1991)，散文家，小说家。"五四"时期开始新文学创作并加入文学团体浅草社。主要著作有散文集《倦旅》、《寸草心》，长篇小说《南风的梦》，中篇小说《如梦》，短篇小说《工作着是美丽的》等。陈学昭是现代文学史上出现较早、较有影响的女作家。

本月，孙福熙作散文集《山野掇拾》出版。

本月，西林作独幕喜剧集《一只马蜂及其他独幕剧》，列入《现代社文艺丛书》，由北京大学现代评论社出版。除《小序》(1925年5月5日北京)外，收有《一只马蜂》、《亲爱的丈夫》、《酒后》等3篇。三部独幕剧以诙谐幽默的笔调描写了知识分子的家庭、婚姻与爱情生活。语言明快，构思巧妙。《一只马蜂》借青年男女的反话和"谎话"，表达其追求自由爱情、反对包办婚姻的愿望。结构新颖，语言活泼，但是思想不够深刻。

本月，余上沅作《兵变》，刊载于《晨报七周年纪念增刊》。余上沅（1897—1970），戏剧理论家，剧作家，翻译家。主要著作有《戏剧概论》、《中世纪的戏剧》、《西洋戏剧理论批评》以及译著等。

本月，熊佛西作《洋状元》（三幕剧），刊载于北平《晨报副刊》。这部讽刺喜剧以极度夸张的手法，描写家庭出身贫苦的杨长元，留学十三年，获得博士学衔，被人称为"洋状元"，回归故乡时的一幕幕丑剧。通过其自吹自擂、忘恩负义、装腔作势等表演，讽刺崇洋媚外的思想，暴露外强中干、欺世盗名的洋奴嘴脸，并在一定程度上反映了兵荒马乱、天灾不断、民不聊生的社会现实。构思巧妙，运用夸张、对比手法，强化了讽刺批判效果。

本月，王世栋编文论集《新文学评论》出版。该文论集是有关新文学运动的文章汇编。由上海新文化书社出版。分上、下两卷，收有胡适《文学改良刍议》、陈独秀《文学革命论》、周作人《人的文学》等论文，以及教育部训令等共27篇。

本月，日本厨川白村著、鲁迅译《出了象牙之塔》出版。

本月，俄国克雷洛夫等著、李秉之选译小说诗歌《俄罗斯名著》（第一集），由上海亚东图书馆1925年12月初版，1928年11月再版。除《译者序》外，收有《橡树与芦苇》（克雷洛夫著）、《歌士》（莱蒙托夫著）、《比留克》（屠格涅夫著）等12篇。

本月，瑞士伊里雅著、李秉之译散文《俄宫见闻记》，由上海亚东图书馆初版。

本月，德国许雷著、马君武译《威廉退尔》，由上海中华书局初版，1929年11月3版，1941年3月昆明4版。

本月，俞天游译述小说《黑白记》，由上海商务印书馆初版。分为上、下册。收入《小说世界丛刊》。

1926年

一月

1日至19日，中国国民党第二次全国代表大会在广州召开，会议中国民党"左派"和中国共产党占优势。大会通过了《弹劾西山会议决议案》。李大钊、林伯渠、吴玉章、恽代英、毛泽东等14人分别被选为中央执行委员、候补执行委员。这次会议坚持了孙中山的联俄、联共、扶助农工三大政策，加强了统一战线。大会继承和发扬了国民党一大的原则，对促进中国革命运动的发展，起了一定的积极作用。

1日，郭沫若、沈雁冰、张闻天、恽代英等人共同发起的中国济难会成立，发表《中国济难会宣言》。"五卅"运动以后，帝国主义和军阀政府的恐怖政策变本加厉，阶级斗争和民族斗争更加剧烈。中国共产党为了保护被难的革命者，与进步人士共同发起了中国济难会，营救、保护、支援被难的同志。该会于1929年更名为中国革命互济会。

7日，清华国学研究院举行第六次教务会议。会议由吴宓主持，王国维、梁启超、赵元任和李济均出席。首先由主席报告前日校务会议情况，关于研究院发展计划等，对应否减少招生人数，诸教授讨论良久。

10日，鲁迅在《莽原》半月刊第1期上发表了《论"费厄泼赖"应该缓行》。自1925年11月以来，全国民众因反对关税会议掀起了声势浩大的"反奉倒段"运动，段祺瑞、章士钊等人迫于情势，纷纷逃匿。这时，吴稚晖、周作人、林语堂等人纷纷提出了"不应再攻击其个人"，应该发扬宽容大度、勿追穷寇的"费厄泼赖"精神的论调。

对此，鲁迅在《论"费厄泼赖"应该缓行》一文中坚决予以回击。他以"落水狗"比喻暂时"塌台"的反动人物，指出："狗性总不大会改变的"；"倘是咬人之狗，我觉得都在可打之列，无论它在岸上或在水中"。而对于"叭儿狗"式的帮闲文人，则尤应"先行打它落水，又从而打之"，因为它"虽然是狗，又很像猫"，显然更阴险狡猾，更具有欺骗性。鲁迅在文中还总结了辛亥革命的血的教训，说明不打落水狗的结果，必定是纵恶，断送革命成果，使反动势力复辟，从而揭露了在政治斗争中的所谓"费厄泼赖"，亦即为"中庸之道"和"恕道"的虚伪性。文章指出：辛亥革命时"革命党也一派新气……'文明'得也可以，说是'咸与维新'了，我们是不打落水狗的，听凭它们爬上来罢。于是它们爬上来了，伏到民国二年下半年，二次革命的时候，就突出来帮着袁世凯咬死了许多革命人，中国又一天一天沉入黑暗里，一直到现在，遗老不必说，连遗少也还是那么多"。鲁迅又说："假使此后光明和黑暗还不能作彻底的战斗，老实人误将纵恶当作宽容，一味姑息下去，则现在似的混沌状态，是可以无穷无尽的。"那么，如何"改换"斗争的"态度和方法"呢？鲁迅以为，实行"即以其人之道还治其人之身"的"直道"，痛打落水狗，将革命进行到底，实为革命的正道。对于这篇文章，鲁迅后来曾自我评价说："这虽然不是我的血所写，却是见了我的同辈和比我年幼的青年们的血而写的。"[①]

16日，鲁迅控告章士钊胜诉，教育部令"周树人暂署本部佥事"，"免职之处分系属违法，应予取消"。

此事起因于"女师大风潮"。1925年初，因不满女校长杨荫榆的封建压制政策，女师大学生自治会向她递交了使其去职的宣言，并派代表前去教育部申述杨荫榆任校长以来的种种黑暗情况，请求教育部撤换校长。4月，章士钊以司法总长兼任教育总长后，强调"整顿学风"，公开支持杨荫榆。此后，女师大又多次发生"驱杨运动"。5月27日，鲁迅、钱玄同等7人联名在《京报》上发表《对于北京女子师范大学风潮宣言》，表示坚决支持学生。7月底，杨荫榆借口暑假整修宿舍，叫来警察强迫学生搬出学校。8月1日，她又领军警入校，殴打学生，截断电话线，关闭伙房，强行解散入学预科甲、乙两部等4个班。8月10日，教育部下令停办女师大，另成立国立女子大学。22日，坚守女师大的学生骨干刘和珍、许广平等

[①] 鲁迅：《鲁迅全集》第1卷，人民文学出版社1981年版，第283页。

13人被教育部派出的打手打伤、拖出校门。在女师大风潮中，以鲁迅为首，以女师大国文系教员为主的周作人、沈尹默、马裕藻等站在受处分学生一边，与杨荫榆和支持她的教育部进行了对抗。对此章士钊很是不满，8月14日，鲁迅被非法免除教育部佥事职位。第二天，鲁迅即草拟起诉书，控告章士钊。据尚钟吾回忆："……他坦然地笑着。'找哪个律师呢？'我问……'律师只能为富人争财产；为思想界争真理，还得我们自己动手。'他也拿起一支烟……"25日，鲁迅好友许寿裳（时任教育部常任编译员），齐宗颐（教育部视学）公开在《京报》发表《反章士钊宣言》，谴责章"秘密行事，如纵横家，群情骇然，以为妖异"，表示"今则道揆沦丧，政令倒行，虽在部中，义难合作。自此章士钊一日不去，即一日不到部，以明素心而彰公道"。31日，鲁迅赴平政院控告章士钊。9月12日，平政院正式决定由该院第一厅审理此案。随后，鲁迅在与章士钊的对辩中充分指出了免职的矛盾性和违法性。互辩结束后，平政院对此案进行了裁决。1926年1月16日，鲁迅控告章士钊初步获胜，教育部于这天发表了"复职令"："兹派周树人暂署本部佥事，在秘书处办事。"因教育部呈请北洋政府的命令当时还没有发表，所以鲁迅复职为"暂署佥事"。随后的3月23日，平政院根据《行政诉讼法》第23条的规定，做出书面裁决：取消教育部之处分。这时，章士钊已辞教育总长三月之久，改任执政府秘书长，段祺瑞也即将下台。在这种情况下，北洋政府决定取消对鲁迅的处分，以防止事态的扩大。平政院裁决结束后，依法律程序还须请最高当局批令主管官署执行。3月31日，国务总理贾德耀终于签署了给教育总长易培基的训令。至此，鲁迅的这一诉讼事宜告一段落。

　　25日，鲁迅作杂文《古书与白话》。此文刊载于2月2日《国民新报副刊》，署名鲁迅，后收入《华盖集续编》。文中针对章士钊的做好白话文必须"读破几百卷书"的论调，揭露他鼓吹文言文，反对白话文的手段，不过是袭用"保古家"的"祖传的成法"："新起的思想，就是'异端'，必须歼灭的，待到它奋斗之后，自己站住了，这才寻出它原来与'圣教同源'……无论什么，在我们的'古'里竟不包函了！"[①]其目的是要"将还未朽尽的'古'一口咬住，希图做着肠子里的寄生虫，一同传世；或者在白话文之类里找出一点古气，反过来替古董增加宠荣"。并强调

---

① 鲁迅：《鲁迅全集》第1卷，人民文学出版社2005年版，第227页。

指出"古文已经死掉了；白话文还是改革道上的桥梁"，由古文到白话的发展趋势是任何人也改变不了的。

本月，《独立评论》（半月刊）在上海创刊。今见最后一期为第9期，由胡适、丁文江主编，上海独立评论社发行。间登文艺作品，如小说有天风的《田老板》、烈文的《田先生的死》等。

本月，蹇先艾的小说《水葬》发表于《现代评论》第3卷第29期。

鲁迅评价说："诚然，虽然简朴，或者如作者所自谦的'幼稚'，但很少文饰，也足够写出他心曲的哀愁。他所描写的范围是狭小的，几个平常人，一些琐屑事，但如《水葬》，却对我们展示了'老远的贵州'的乡间习俗的冷酷，和出于这冷酷中的母性之爱的伟大——贵州很远，但大家的情境是一样的。"①

本月，亚东图书馆出版了蒋光慈的《少年漂泊者》。

《少年漂泊者》，中篇小说。该作品借主人公汪中写给进步文学家维嘉先生的一封长信，在自叙生平中对黑幕高张的社会作了不留情面的剥露。作品借一页漂泊者的心史，使人认识了一个可诅咒的时代。这部小说的意义还在于它反映了20世纪20年代我国社会政治领域的斗争。作品倾尽全力讴歌了学生、工人反帝国主义侵略、反军阀统治的斗争，对于震惊中外的京汉铁路工人"二七"大罢工，更作了正面的描绘，把这场斗争的壮烈场面写得沸沸扬扬，炙热人心，从而成为我国近代史上早期工人革命斗争的艺术写真。

汪中的形象感召着许许多多不满现实的年轻人走上自觉反抗旧社会的革命道路，产生了极为深广的社会影响。

本月，郭沫若的小说戏剧集《塔》由商务印书馆出版。该书署名郭鼎堂，收入小说7篇，历史剧3篇，其中《鹓雏》一篇后改名为《漆园吏游梁》，《函谷关》一篇后改为《柱下史入关》，"Donna Karmela"一篇后改为《喀尔美萝姑娘》。1957年4月将《塔》的小说部分编入《沫若文集》第5卷，剧作部分编入《沫若文集》第3卷。

本月，穆木天作《潭诗——寄沫若的一封信》，后发表于同年《创造月刊》第1卷第1号。穆木天在文章中认为，"胡适说，作诗须如作文，那是他的大错"。据此，

---

① 鲁迅等：《中国新文学大系导论集》，上海书店1982年版，第133页。

穆木天提出了自己的诗学主张，他说，"先当散文去思想，然后译成韵文，我认为是诗道之大忌"，"得先找一种诗人的思维术，一个诗的逻辑学"，"直接用诗的思考法去思想，直接用诗的旋律的文字写出来"，"用诗的思考法去想"，用超越散文文法规则的"诗的文章构成法去表现"。他于是进而要求"诗与散文的清楚的分界"，创作"纯粹的诗歌"。穆木天所谓的"纯诗"包括两个方面：首先，诗与散文有着完全不同的领域，主张"把纯粹的表现的世界给了诗作领域，人间生活则让散文担任"，"诗的世界是潜在意识的世界"，诗是"内生命的反射"，"是内生活真实的象征"；其次，是应有不同于散文的思维方式与表现方式："诗是要暗示的，诗最忌说明的，说明是散文的世界里的东西。诗的背后要有大的哲学，但是不能说明哲学。"因此，穆木天概括说："诗不是像化学的那样的明白的，诗越不明白越好。明白是概念的世界，诗最忌概念的。"

本月，上海光华书局出版了郁达夫的《小说论》。该书是郁达夫于1925年11月自武昌师范大学离职以后，"在上海、杭州流转的中间"，以"四天工夫写成的"。

《小说论》共分成6章。分别对小说的现状、渊源、目的、人物、结构和背景进行了自己的阐释。在《现代的小说》一章中，作者提出，中国古人对小说的态度，无非是轻视和重实用，由此，作者说，"我们中国的文献里，旁的方面都可以与世界各国的学术抗衡而无愧，独有小说的一门，拿得出来的，只不过寥寥的几部"，"中国现代的小说，实际上是属于欧洲的文学系统的"。作者引别人的话说，"说二十世纪，是小说的世纪"。最后作者分析了小说具备如此发达的地位的原因：第一，是艺术发展的必然趋势；第二，是现代教育的普及和一般求知欲的亢进；第三，是现代社会生活的干燥；第四，是由于小说创作职业化、报酬丰富的结果。从这个角度审视现代小说，作者的眼光还是很高的。

第二章《现代小说的渊源》则是把西方小说的发展历程进行了简要的阐述。接下来的几章，则是郁达夫对小说理论的具体阐述。作者充分运用了西方文艺理论知识，甚至也调用了心理分析理论，从而对小说的各个方面进行了全面的阐释。

后来郁达夫又于同年3月16日在《洪水》第2卷第13期上发表了《〈小说论〉及其他》一文，对《小说论》一书的创作进行了补充性的说明。作者说，"为生活所迫，不得不卖文章，并不是名誉。因为是卖钱的文章，所以做得不好"，足见郁达夫之坦诚。随后作者又说，"我想凡是天才……总不必先研究诗或小说戏剧的结构，然后方才下笔。譬如曹雪芹并不读过小说作法之类的书。可是现在二十世纪，是科学方法猖獗的时代。它的坏处原是很多，但有的地方，也许有一点好处贡献我们……有些地方，却的确也可以提醒初学，不至使一般志有余而力不足的青年，终于陷入邪道去"。① 由此亦知此书实是为初学小说者而作。

二月

1日，《语丝》周刊第64期发表了鲁迅的《学界的三魂》，署名鲁迅，收入《华盖集续编》。文中针对"现代评论派"污蔑鲁迅等为"土匪"、"学匪"的谬论，对"官魂"、"匪魂"、"民魂"作了具体分析，揭露了当时教育界"官气弥惶，顺我者'通'，逆我者'匪'"的黑暗现象，戳穿了陈西滢等人貌似"民魂"实为"官魂"的画皮，并深刻揭示了历史上农民起义失败的原因，强调打倒黑暗现状的希望在于"民魂"，"惟有民魂是值得宝贵的，惟有他发扬起来，中国才有真进步"。同时指出，在当前极复杂的斗争中，要特别注意识别那些"貌似'民魂'"而实为"官魂"者的面目。

3日，鲁迅创作了《我还不能"带住"》。载于2月7日《京报副刊》，署名鲁迅。收入《华盖集续编》。本文是针对徐志摩鼓吹"休战"的新计谋的。在陈源攻击、诬蔑鲁迅遭到反击后，本日《晨报副刊》以《结束闲话，结束废话！》为题，发表了徐志摩等人的通信，在继续对鲁迅攻击的同时，又假惺惺地说，"大学的教授们"是"负有指导青年重责的前辈"，不该如此"混斗"，"让我们对着揭斗的双方猛喝一声，带住"，妄图阻止鲁迅的反击。鲁迅在文中揭露他们至今还在"用绅士服将'丑'层层包裹，装着好面孔"，去冒充"青年的导师"；并表示要无情地将他们的假面"撕下来"，"撕得鲜血淋漓，臭架子打得粉碎"，绝不"带住"。鲁迅还明确表示："我自己也知道，在中国，我的笔要算较为尖刻的，说话有时也不留情面。但我又知道人们怎样地用了公理正义的美名，正人君子的徽号，温良敦厚的假脸，流言公论的武器，吞吐曲折的文字，行私利己，使无刀无笔的弱者不得喘息。倘使我没有这笔，也就是被欺侮到赴诉无门的一个；我觉悟了，所以要常用，尤其是用于

---

① 郁达夫：《郁达夫全集》第10卷，浙江大学出版社2007年版，第178页。

使麒麟皮下露出马脚。"[1]

21日，鲁迅作《狗·猫·鼠》，从此开始作系列回忆散文，后集为《朝花夕拾》。《狗·猫·鼠》载于3月10日《莽原》半月刊第5期，副题《旧事重提之一》，署名鲁迅。本文联系现实斗争，抨击"现代评论派"帮闲文人，揭露他们对弱者"幸灾乐祸"，对强者"一副媚态"的嘴脸。文中说："虫蛆也许是不干净的，但它们并没有自命清高；鸷禽猛兽以较弱的动物为饵，不妨说是凶残的罢，但它们从来没有竖过'公理'、'正义'的旗子，使牺牲者直到被吃的时候为止，还是一味佩服赞叹它们。"作者忆述了幼时向猫复仇的故事："最先不过是追赶，袭击；后来却愈加巧妙了，能飞石击中它们的头，或诱入空屋里面，打得它垂头丧气。"启示读者对一切邪恶势力要进行勇猛机智的斗争。

本月，创造社北京分部成立。

本月，魏金枝的小说《留下镇的黄昏》发表在《莽原》半月刊上。鲁迅评论这部小说："描写着乡下的沉滞的氛围气。"[2]

三月

12日，日本军舰驶进大沽口以助奉军进攻天津，炮轰国民军却被击退。16日，日本针对上述事宜联合英、美等八国发出最后通牒，勒令段政府严惩大沽口守军，并提出赔款要求。段政府表示愿意协商解决。

15日，吴宓辞去清华国学研究院主任职务，由校长曹云祥兼理。

吴宓（1894—1978），字雨僧、雨生，笔名余生，著名西洋文学家，国学大师。1894年（清光绪二十年）生，陕西省泾阳县人。1917年23岁的吴宓赴美国留学，攻读新闻学，1918年改读西洋文学。留美十年间，吴宓对19世纪英国文学尤其是浪漫诗人作品的研究下过相当的功夫，有过不少论著。1926年吴宓回国，即受聘在国立东南大学文学院任教授，讲授世界文学史等课程，并且常以希腊罗马文化、基督教文化、印度佛学整理及中国儒家学说这四大传统作比较印证。吴宓在东南

---

[1] 鲁迅：《鲁迅全集》第3卷，人民文学出版社2005年版，第260页。
[2] 鲁迅等：《中国新文学大系导论集》，上海书店1982年版，第137页。

大学与梅光迪、柳诒徵一起主编 1922 年创办之《学衡》杂志，11 年间共出版 79 期，于新旧文化取径独异，持论固有深获西欧北美之说，未尝尽去先儒旧义，故分庭抗礼，别成一派。这一时期他撰写了《中国的新与旧》、《论新文化运动》等论文，采古典主义，抨击新体自由诗，主张维持中国文化遗产的应有价值，尝以中国的白璧德自任。他曾著有《吴宓诗文集》、《空轩诗话》等专著。

吴宓离开东大后到东北大学、清华大学外文系任教授。

吴宓于 1941 年被教育部聘为首批部聘教授。1943 年至 1944 年吴宓代理西南联大外文系主任，1944 年秋到成都燕京大学任教，1945 年 9 月改任四川大学外文系教授，1946 年 2 月吴宓婉拒了浙江大学、河南大学邀他出任文学院院长之聘约，到武昌武汉大学任外文系主任，1947 年 1 月起主编《武汉日报·文学副刊》一年，其间清华大学梅贻琦和陈福田一再要他回去。至 1949 年广州岭南大学校长陈序经以文学院院长之位邀他南下，且其好友陈寅恪亦在岭南，教育部长杭立武邀他去台湾大学任文学院长，女儿要他去清华大学，而他即于 4 月底飞到重庆到相辉学院任外语教授，兼任梁漱溟主持的北碚勉仁学院文学教授，入蜀定居了。1950 年 4 月两院相继撤销，吴宓到新成立的四川教育学院，9 月又随校并入西南师范学院历史系（后到中文系）任教。结果是虎落平阳，晚景甚为不佳。至"文革"到来，吴宓成为西南师院批斗的大罪人，以种种罪名蹲入"牛棚"、到平梁劳改，受尽苦难。76 岁的老人干不动重活，还被架上高台示众，头晕眼花直打哆嗦，被推下来跌断左腿，之后又遭断水断饭之折磨。腿伤稍好，即被责令打扫厕所。1971 年病重，右目失明、左目白内障严重，就只好被责令回重庆养病。1977 年吴宓生活已完全不能自理，只好让其胞妹吴须曼领回陕西老家，这终于使他得到了一些兄妹深情的照顾和温馨，延至 1978 年 1 月 17 日病逝老家，终年 84 岁。

16 日，《创造月刊》创刊，由上海创造社出版部发行。16 开，为后期创造社的文学刊物。该刊至 1929 年 1 月 10 日停刊，共出 2 卷，合计 18 期。郁达夫、成仿吾、王独清、冯乃超等先后编辑。除了编者外，主要撰稿人有郭沫若、穆木天、蒋光慈、张资平、段可情、周全平、梁实秋、徐祖正、李初梨、郑伯奇、彭康、黄药眠、阳翰笙、朱镜我、陶晶孙、沈起予、许幸之等。创刊号上刊载郁达夫的《卷头语》说："我们志不在大，消极的就想以我们无力的同情，来安慰安慰那些政治的惨败的人生的战士，积极的就想以我们微弱的呼声，来促进改革这不合理的目下的社会的组成。"刊物的内容和性质，与《创造》季刊大体相同，理论批评和创作并举，偏重于介绍欧洲浪漫主义思潮，并有诗作、剧作、小说等类。所载小说有郁达夫的《寒宵》《过去》，蒋光慈的《鸭绿江上》，张资平的《苔莉》；诗有郭沫若的《瓶》，王独清的《吊罗马》，冯乃超的《生命的哀歌》；剧本有郑伯奇的《牺牲》，李初梨的《爱的掠夺》；论文有郭沫若的《革命与文学》，成仿吾的《文艺批评杂论》《从文学革命到革命文学》，蒋光慈的《十月革命与俄罗斯文学》，梁实秋的《拜伦与浪漫主义》等。1928年，创造社开始倡导无产阶级革命文学，该刊内容随即起了变化。第2卷第1期《编辑后记》说："本志以后不再以纯文艺的杂志自称，却以战斗的阵营自负。"在革命文学论争中，此刊发表了成仿吾的《从文学革命到革命文学》，麦克昂（郭沫若）的《桌子的跳舞》、杜荃（郭沫若）的《文艺战线上的封建余孽》等文，还发表了彭康的《什么是"健康"与"尊严"》、冯乃超的《冷静的头脑》等，并批评"新月派"。

17日，施蛰存与戴望舒、杜衡一起创办文学同人刊物《璎珞》，出版创刊号，为32开16页的旬刊，先后出版4期。施蛰存以"安华"的笔名在该刊发表了《上元灯》和《周夫人》两篇小说。

18日，段政府制造了震惊中外的"三一八"惨案。针对上述事件中八国提出的无理要求，在中共北方区委的领导下，北京5000余名群众在天安门前集会。他们通过了以下决议：反对八国最后通牒、驱逐八国公使、立即驱退天津外国兵舰、督促国民军为驱除帝国主义而战、组织北京市反帝大同盟等。会后，2000多人一同前往段政府所在的铁狮子胡同请愿。段政府命令其卫队向请愿群众开枪，同时用刀棍攻击群众，结果群众死亡47人，重伤200人。

同日，鲁迅因为"三一八"惨案写成了《无花的蔷薇之二》。该文章29日在《语丝》周刊第72期发表，署名鲁迅，收入《华盖集续编》。3月18日早晨鲁迅就知道上午有群众向执政府请愿的事。下午，女师大学生许羡苏到鲁迅的西三条寓所，报告了卫队开枪屠杀群众，刘和珍等遇害的噩耗。当时鲁迅正在写《无花的蔷薇之二》，已经写到了前三节，听到军阀政府对革命群众施行大杀戮的消息，极为愤怒，感到"已经不是写什么'无花的蔷薇'的时候了"，因此，在此文的后六节中，鲁迅将投枪匕首的锋芒，直接刺向段祺瑞军阀政府："如此残虐险狠的行为，不但在禽兽中所未曾见，便是在人类中也极少有的。"鲁迅还明确指出："这不是一件事的结束，而是一件事的开头。墨写的谎说，决掩不住血写的事实。血债必须用同物偿还。拖欠得越久，就要付更大的利息！"表现出鲁迅极大的革命义愤和对胜利的坚定信念。文章末尾鲁迅还特意写明："三月十八日，民国以来最黑暗的一天。""三一八"惨案给予鲁迅的震动极为强烈。许羡苏回忆说："过了三天，我去看鲁迅先生，他母亲对我说：'许小姐，大先生这几天气得饭也不吃，话也不说。'几天以后，他才悲痛地说了一句：'刘和珍是我的学生！'就这样，鲁迅先生气病了。"李霁野回忆说："我从未见到先生那样悲痛，那样激愤过。他再三提到刘和珍死难时的惨状，并且说非有彻底巨大的变革，中华民族是没有出路的。他恨透了残酷反动的军阀统治，他知道那样的社会不是枝枝节节可以改好的。同时他的心也比任何以前时候都表现得更坚定……青年的鲜血仿佛给鲁迅先生施行了革命的洗礼。他要'以别种方法的战斗'，为中华民族打出一条生路。"

同日，郭沫若应广东大学（中山大学）之聘，从上海坐轮船出发，赴广州出任该校文科学长。此行郭沫若与郁达夫、王独清三人相伴，到码头送行的有楼建南、应修人、周全平等人。郭沫若把家眷留在上海。后来郭沫若回忆到此日活动时说："日期碰得那样凑巧，真正是偶然的事情。刚刚碰着了'三一八'！这是一个世界的纪念日，已经就足够名贵。谁料到就在同一天，北京的段祺瑞还在天安门用青年学生的血把它更染红一次，成为了我们民族的纪念日呢？"

23日，朱自清写完《执政府大屠杀记》。该文刊载于3月29日《语丝》第72期。《执政府大屠杀记》以准确的记事为主，它是中国现代文学史上一篇难得的惨案纪实文章。作者亲自参与了"三一八"惨案的当天的游行，也是"三一八"大屠杀的身历者，亲眼目睹，面对"各报记载多有与事实不符"的情况，他在文章中说道："我只说我当场眼见和后来耳闻的情形，请大家看看这阴惨惨的二十世纪二十六年三月十八日的中国！"

他的散文擅长写人、写景、抒情、说理，但这篇《执政府大屠杀记》却以记事为主，侧重于对当时场景的描述，以此揭露执政府的虚伪和残暴。此文以细腻的视角和描写方法，公布了事实真相，回击了执政府的造谣污蔑，在务求客观真实的同时，又带有很强的感情色彩，客观性叙述与主观性议论抒情相结合，可以看出，作者是满怀悲愤之情的，字里行间显现一个热血的身影。他对政府感到无望，愤怒地说道："请大家看看这阴惨惨的二十世纪二十六年三月十八日的中国！""在首都的堂堂执政府之前，光天化日之下，屠杀之不足，继之以抢劫、剥尸！这种种兽行，段祺瑞等固可行之而不恤，但我们国民有此无脸的政府，又何以自容于世界！——这正是世界的耻辱呀！"

25日，鲁迅、周作人等前往女师大参加"三一八"惨案中遇害的刘和珍、杨德群追悼会。

刘和珍（1904—1926），号素予，安徽合肥人，生于江西南昌。1918年考入江西省立女子师范学校，积极参加学生运动和妇女运动。1923年考入北京女子高等师范预科，后升入女师大英文系。女师大风潮期间，被选为女师大学生自治会主席。1926年"三一八"惨案中被杀害。

杨德群（1902—1926），一名德琼，字先哲，湖南湘阴人。1918年于湖南第一女子师范学校毕业后，任长沙第一女子高小教员。1923年入南京东南大学暑期学校，次年就学武昌师范大学。1925年转学北京，欲入女师大攻读社会科学，适逢北洋军阀停办女师大，遂暂入艺术专门学校。1926年1月女师大复校时转入该校，在"三一八"惨案中被杀害。

同日，鲁迅作杂文《"死地"》。刊载于3月30日《国民新报副刊》，署名鲁迅。收入《华盖集续编》。"三一八"惨案发生后，陈西滢等人公然诬蔑革命青年和爱国群众是"自蹈死地"，为段祺瑞执政府的屠杀暴行开脱罪责。鲁迅在本文中一方面揭露了这种论调的阴谋毒辣，"比刀枪更可以惊心动魄"；另一方面又明确指出，革命人民绝不会被反动统治者制造的"死之恐怖"所吓倒。同时，鲁迅还启示革命青年要从这次流血事件中吸取教训，认清敌人的凶残本质，"知道死尸的沉重"，从此停止请愿，采取更有效的方式进行战斗。

同日，《晨报副刊》发表了梁实秋的《现代中国文学之浪漫的趋势》，连载至31日。

梁实秋在文章中指出："'现代中国文学'系指我们通常所谓的'新文学'而言。'浪漫的'系指西洋文学的'浪漫主义'而言。我这篇文章的主旨即在说明'新文学运动'的几个特点，以证明这全运动之趋向于'浪漫主义'。""我的批评方法是把一切西洋文学分为两个主要类别，一是古典的，一是浪漫的。"

从这一批评方法出发，梁实秋在文中讨论了以下四个问题：一，关于外国文学对新文学的影响。梁实秋说："文学并无新旧可分，只有中外可辨。旧文学即是本国特有的文学，新文学即是受外国影响后的文学。我先要说明，凡是极端的承受外国影响,即是浪漫主义的一个特征。浪漫主义所最企求者即'新颖''奇异'。但一国之文学,或全部之文化,苟历年过久,必定渐趋于陈腐。一国鼎盛的时候,人才辈出,创作发达,但盛极必衰,往往传统的精神就陷于矫揉造作,艺术的精神沦为习惯的模仿。……而浪漫主义者实难堪此。他们要求自由,活动和新奇。……浪漫主义者的解脱之道,即在打破现状。"至于"打破"的方法,在梁实秋看来,"一是返古,一是引入外国的影响"。浪漫主义者喜欢"蓬蓬勃勃的气象,不守纪律的自由活动",所以他们就"无限制的欢迎外国影响"。在考察了现代中国文学之后,梁实秋认为白话文运动和新诗、小说、戏剧均受了外国文学的影响,而"外国文学影响侵入中国之最显著的象征,无过于外国文学的翻译"。

梁实秋进一步指出,外国文学"全部影响之最紧要处,乃在外国文学观念之输入中国……在文学观念一点而论,我们本来和柏拉图有点仿佛,现在则有点像亚里士多德。我们本来的文学观念可以用'文以载道'四个字来包括无遗;现在的文学观念则是把文学当作艺术"。"外国影响侵入中国之最大的结果,在现今这个时代,便是给中国文学添加了一个标准。我们现在有两个标准,一个是中国的,一个是外国的。浪漫主义者的步骤,第一步是打倒中国的固有标准,实在不曾打倒;第二步是建设新标准,实在所谓新标准即是外国标准,并且即此标准亦不曾建设。浪漫主义者唯一标准,即是'无标准'。所以新文学运动,就全部看,是'浪漫的混乱'。混乱状态亦时势之所不能免,但究非常态则可断言。至于谁能把一个常态的标准从混乱中清理出来,我不知道,不过我知道他一定不是一个浪漫主义者。"

二,新文学对情感的推崇。梁实秋认为,浪漫主义者重"感觉"、重激情,"现代中国文学,到处弥漫着抒情主义"。"近年来情诗的创作在量上简直不可计算",这是因为"外来影响而发生所谓新文化运动,处处要求扩张,要求解放,要求自由"。"'抒情主义'的本身并无什么坏处,我们要考察情感的质是否纯正,及其是否有度。从质量两方面观察,就觉得我们的新文学运动对于情感是推崇过分。情感的质地不加理性的选择,结果是:(一)流于颓废主义,(二)假理想主义。""情感在量上不加节制,在作者的人生观上必定附带着产出'人道主义'的色彩。人道主义的出发点是'同情心',更确切些,应是'普遍的同情心'。这无限制的同情在一切浪漫作品都常表现出来,在我们的新文学里亦极显著。"而后,梁实秋进一步分析了这种"普遍的同情心"的起源,他说:"吾人试细按普遍的同情,其起源固由于'自爱'、'自怜'之扩大，但其根本思想乃是建筑于一个极端的假设，这个假设就是'人是平等的'。平等观念的由来，不是理性的，是情感的。重情感的浪漫主义者，因情感的驱使，乃不能不流为人道主义者。吾人反对人道主义的惟一理由，即是因为人道主义不是经过理性的选择。同情是要的，但普遍的同情是要不得的。平等的观念，在事实上是不可能的。在理论上也是不应该的。"

三，新文学的印象主义。梁实秋认为："'灵魂的冒险'是浪漫主义的'适当的注脚'。印象主义便是浪漫主义的末流。"印象主义者"随着他的性情心境的转移改换他对自然人生的态度"。"现在中国文学就是被这印象主义所支配。"接着，梁实秋从新文学的体裁出发，分析了"印象主义"的盛行，他说，"近来'小诗'在中国的风行一时"，"足以表示出国人趋于印象主义的心理"。"在小说里我们也可以看出印象主义的趋势"。"近来'游记'的发达，也是印象主义的一个征候。""印象主义最有效的使用是在文学批评方面……凡主张鉴赏批评者必于自己的性情嗜好之外不承认有任何固定的标准，故其批评文学只据一己之好恶。"这即是"浪漫的"、"情感的"，印象批评乃是其"极端的例子"。"中国近来文学批评并不多见"，但多是印象主义的。在印象主义者看来，艺术文学"没有固定的标准"，"我们可以不必诉诸传统的精神，不必诉诸理性。我们可以要求有理性的文学作者，像阿诺德所说'深静的观察人生，并观察人生的全体'。印象主义者的惯技，乃匆促的模糊的观察人生，并只观察人生的外表与局部"。

四，新文学的自然和独创。在这一部分，梁实秋分析了浪漫主义的内在矛盾，他说："浪漫主义者一方面要求文学的自然，一方面要求文学的独创。其实凡是自然的便不是独创的，这似乎是浪漫主义者的冲突。但矛盾冲突正是浪漫主义的一大特色。浪漫的即是没有纪律的。中国新文学运动的初步即是攻击旧文学，主张'皈返自然'，攻击因袭主义，主张'独创'。现今全部的新文学作品都可以说是这两种主张的收获。""儿童文学的勃兴，与歌谣的搜集，都是我们现今中国文学趋于浪漫的凭据。我们可以赞成'皈依自然'，但我们是说以人性为中心的自然，不是浪漫主义者所谓的自然。浪漫主义者所谓的自然，是与艺术立于相反的地位。我们也可以赞成独创，但我们是说在理性指导之下去独创，不是浪漫主义者所谓叛离人性中心的个性活动。"

通过以上几个方面的考察，梁实秋最后总结说："我说现今文学是趋向于浪漫主义的，因为：(一)新文学运动根本的是受外国影响；(二)新文学运动是推崇情感轻视理性；(三)新文学运动所采取的对人生的态度是印象的；(四)新文学运动主张皈依自然并侧重独创。"所举的这四点是现代中国文学最显著的现象，同时也是艺术上浪漫主义最主要的部分。

26日，《文学周报》第218期发表叶圣陶、W生（王任叔）、郑振铎、徐蔚南等人的文章。抗议帝国主义及军阀政府制造的"三一八"惨案，声援北京爱国民众的正义斗争。

同日，鲁迅因被列名于所传北洋军阀政府通缉名单，离寓先后至莽原社、山本医院、德国医院、法国医院暂避。后于5月2日返寓。

本月，蒋介石制造了反革命的"中山舰事件"。1926年3月18日，蒋介石为了排斥共产党人，夺取国民革命军第一军的军权，指使欧阳格以黄埔军校驻广东省办事处的名义，命令海军的代理局长——共产党员李之龙调派中山舰到黄埔港候用。第二天，中山舰开到黄埔，蒋介石却诬蔑中山舰擅自开入黄浦，是共产党员阴谋暴动。20日，蒋遂调军队，强占中山舰，包围省港罢工委员会、东山苏联顾问办事处，逮捕李之龙及各军共产党员50余人，并扣捕黄埔军校及第一军中以周恩来为首的全部共产党员，强迫他们退出第一军，史称"中山舰事件"。这是国民党右派跟无产阶级争夺革命领导权的一次阴谋政变。当时，毛泽东等曾提出予以反击，但不为机会主义者陈独秀所采纳。蒋介石策动此次事件，也含有排挤汪精卫的目的。事后，汪被逼称病出洋。

本月，创造社广州分部成立。

四月

1日，《晨报副刊·诗镌》在北京创刊。这是中国现代文学史上第二个专门发表诗和诗评的专刊。此前曾有朱自清、叶绍钧等人在1922年创办了《诗刊》，但是第二年即夭折。

《诗镌》的主要撰稿人有闻一多、徐志摩、朱湘、饶孟侃、杨世恩、杨振声、蹇先艾等人，大家轮流编辑。刊头图案为一匹双翼飞马，前蹄跃起，后蹄蹬在初升的圆月上，为闻一多所作。《诗镌》每周一期，共出了11期。

《诗镌》创刊号是"三一八"专号，旨在纪念3月18日的"三一八"惨案。其上刊载有闻一多《文艺与爱国——纪念三月十八》《欺负着了》，徐志摩《诗刊弁言》，饶孟侃《天安门》，朱湘《评〈尝试集〉》等。其中，闻一多的《文艺与爱国——纪念三月十八》一文正式表达了文艺的爱国主义。"我希望爱自由，爱正义，爱理想的热血要流在天安门，流在铁狮子胡同，但是也要流在笔尖，流在纸上。"他以为伟大的同情心是艺术的真源，而且更进一步说："同情心发达到极点，刺激来得强，反动也来得强，也许有时仅仅一点文字上的表现还不够，那便非现身说法不可了。所以陆游一个七十衰翁要'泪洒龙床请北征'，拜伦要战死在疆场上了。所以拜伦最完美，最伟大的一首诗也就是这一死。所以我们觉得诸志士们三月十八日的死难不仅是爱国，而且是最伟大的诗。……若得着死难者的热情的全部，便可以追他们的遗迹，杀身成仁了。"

从此，该刊开始刊登探讨新格律的理论文学和诗作，形成了新格律诗运动。其中饶孟侃的《新诗的音节》《再论新诗的音节》，闻一多的《诗的格律》等文，对有关新格律诗的诸多方面作了颇为具体的探讨。闻一多曾发表《诗的格律》，提倡"节的匀称"、"句的均齐"，认为诗在音节上应该有音乐美，在辞藻上应该有绘画美，在章句上应该有建筑美。该刊创刊号刊出徐志摩执笔的《诗刊弁言》，其中写道："我们信我们自身灵里以及周遭空气里多的是要求投胎的思想的灵魂，我们的责任是替他们构成适当的躯壳，这就是诗文与各种美术的新格式与新音节的发现；我们信完美的形体是完美的精神唯一的表现。"要求创造诗的新格式、新音节以表现完美的精神，这是《诗镌》的基本主张。

同日，创造社出版部成立。地点在上海闸北三德里，当时郭沫若、郁达夫、成仿吾均在广东。出版部的经费"是由五元一股的青年股东们凑合起来的"。"成立虽然仅仅一年半光景，因受青年们的爱护，业务的发展蒸蒸日上。而出版部本身，差不多就是一个文学俱乐部，每顿开饭，连主带客常常是两大圆桌。但这盛况并不是春和景明的繁花，而是在暴风雨激荡中的海燕。"（《海涛集·跨着东海》）

2日，朱自清写《哀韦杰三君》一文。

韦杰三（1903—1926），壮族，广西蒙山人。幼年入私塾读书。1917年秋考入梧州道立师范。1919年春前往广州，考入培英中学半工半读，并任校刊《培英杂志》编辑和校学生自治会干事。1921年转入东南大学附中任学生自治会周刊编辑。1923年夏，因家庭生活困难辍学，回蒙山县立中学任教。1924年秋，考入上海大学英文系，积极参加反帝爱国斗争。1925年秋，上海大学被封闭后，考入北京清华大学学习。1926年3月18日，参加北京各界群众在天安门举行的抗议八国通牒的国民大会和示威游行，遭到段祺瑞反动政府的屠杀，身中4弹，于3月21日牺牲。时年23岁。他是一名清华学子，以一个青年学子的远识与忧患，挺身于民族危难发端之时，不惜为救国而赴汤蹈火；他是一位向"恶社会"挑战的作家，是壮族近代史上第一个为民主革命而牺牲的爱国知识分子。朱自清在文章中称他为"一个可爱的人"，说他"年纪虽轻，做人却有骨气"。

3日，鲁迅翻译的《苦闷的象征》由北新书局再版。

《苦闷的象征》，文艺论文集，由日本文艺批评家厨川白村著、鲁迅翻译。其第一、第二两部分译文曾陆续发表于1924年10月1日至31日的《晨报副镌》。1925年3月出版单行本，为《未名丛刊》之一，由北京大学新潮社代售，后改由北新书局出版。后来鲁迅重新校订此书，于1926年3月19日校毕。

厨川白村（1880—1923），日本文艺理论家，曾留学美国，回国后任大学教授。著有《近代文学十讲》《出了象牙之塔》《文艺思潮论》等文艺论著多种，主要介绍19世纪末20世纪初的欧美文学和文艺思潮。作为一位文艺思想家，厨川白村在自己的著作中，明晰地阐发了自己的文艺主张与文艺观点，同时作为一位社会文明批评家，他也批判了社会弊端，将笔锋直指社会现实，勇敢地承担起了社会批评这一社会历史责任。

《苦闷的象征》是一部未完成的书，作者因地震丧生，没能写完。已完成部分，包括创作论（以上所引，均出这部分）、鉴赏论、关于文艺的根本问题的考察、文学的起源（未完）四部分。

鲁迅在1924年到1925年，利用讲授《中国小说史略》的时间，把厨川白村的《苦闷的象征》作为讲义。至于鲁迅为什么要翻译而且讲授《苦闷的象征》这本书，有一种说法是："厨川白村根据柏格森的哲学和弗罗特的心理分析学，认为'生命力受了压抑而生的苦闷懊恼乃是文艺的根柢，而其表现法乃是广义的象征主义'。这种唯心的观点是不正确的。鲁迅翻译并讲授这本书，只能说明鲁迅这时期不只在政治上，而且在文艺思想上也在探索根本性的问题。这样的问题，《苦闷的象征》是回答不了的……"

12日，《语丝》周刊第74期发表了鲁迅的《纪念刘和珍君》。后收入《华盖集续编》。

本文沉痛地悼念了在"三一八"惨案中死难的烈士刘和珍，愤怒地揭露了帝国主义和北洋军阀的无比凶残和惨无人道，以及"现代评论派"所谓学者文人们的卑劣；同时热情地歌颂了刘和珍等人身上表现出来的中国妇女在反帝反封建斗争中英勇无畏、互相救助、殒身不恤的革命精神，并告诫青年们不要以请愿的方式做无谓的牺牲；最后，作者激励后继者更加勇猛地去战斗。在文章中，作者毫无保留地表达着自己对当局和"文人学者"的愤怒，并且由此联想到民族的兴亡："惨象，已使我目不忍视了；流言，尤使我耳不忍闻。我还有什么话可说呢？我懂得衰亡民族之所以默无声息的缘由了。沉默呵，沉默呵！不在沉默中爆发，就在沉默中灭亡！"在写到刘和珍、杨德群君死亡的时候，作者写道："始终微笑的和蔼的刘和珍君确是死掉了，这是真的，有她自己的尸骸为证；沉勇而友爱的杨德群君也死掉了，有她自己的尸骸为证；只有一样沉勇而友爱的张静淑君还在医院里呻吟。当三个女子从容地转辗于文明人所发明的枪弹的攒射中的时候，这是怎样的一个惊心动魄的伟大呵！"在这里，作者在赞颂她们的同时又感到无比地惋惜。最后，作者说："我向来是不惮以最坏的恶意来推测中国人的。但这回却很有几点出于我的意外。一是当局者竟会这样地凶残，一是流言家竟至如此之下劣，一是中国的女性临难竟能如是之从容。我目睹中国女子的办事，是始于去年的，虽然是少数，但看那干练坚决，百折不回的气概，曾经屡次为之感叹。至于这一回在弹雨中互相救助，虽殒身不恤的事实，则更足为中国女子的勇毅，虽遭阴谋秘计，压抑至数千年，而终于没有消亡的明证了。倘要寻求这一次死伤者对于将来的意义，意义就在此罢。苟活者在淡红的血色中，会依稀看见微茫的希望；真的猛士，将更奋然而前行。"[①]作者怀着沉重的叹息，怀着对逝者的无限哀痛，怀着对未来的坚定信念，再次号召人们勇敢地前进。

同日，沈雁冰（即茅盾）辞去商务印书馆编辑职务，担任国民党上海交通局主任，从事革命宣传工作。

13日，郭沫若在广州写成《革命与文学》，后该文在5月发表于《创造月刊》第1卷第3期。该文较早地明确提出了"革命文学"的主张。

---

① 鲁迅：《鲁迅全集》第3卷，人民文学出版社2005年版，第293—294页。

15日,《诗镌》第3号发表了闻一多的诗作《死水》《黄昏》。其中《死水》为闻一多的代表作:

> 这是一沟绝望的死水,
> 清风吹不起半点漪沦,
> 不如多扔些破铜烂铁,
> 爽性泼你的剩菜残羹。
>
> 也许铜的要绿成翡翠,
> 铁罐上锈出几瓣桃花,
> 再让油腻织一层罗绮,
> 霉菌给他蒸出些云霞。
>
> 让死水酵成一沟绿酒,
> 漂满了珍珠似的白沫;
> 小珠笑一声变成大珠,
> 又被偷酒的花蚊咬破。
>
> 那么一沟绝望的死水,
> 也就夸得上几分鲜明。
> 如果青蛙耐不住寂寞,
> 又算死水叫出了歌声。
>
> 这是一沟绝望的死水,
> 这里断不是美的所在,
> 不如让给丑恶来开垦,
> 看他造出个什么世界。

《死水》一诗排在本期首位,它的格式极为整齐,每行均为九字,每段韵脚不同，诗句用两个字或三个字构成音尺，收尾处均为双音词，读起来十分和谐，被诗坛公认为是闻一多所提倡的格律诗的代表作。骞先艾《〈晨报诗刊〉的始终》中说：先生"亲自向我们朗诵过《死水》，的确悦耳动听，富有音乐气息。对外界有无影响，我不知道，不过《晨报诗刊》同人却偏爱这首诗"（《新文学史料》1979年第3辑）。

《死水》除了格律诗的艺术风格外，更体现了先生心中的"火"。他后来在给臧克家的信中说："我只觉得自己是座没有爆发的火山，火烧得我痛，却始终没有能力（就是技巧）炸开那禁锢我的地壳，放射出光和热来，只有少数跟我很久的朋友（如梦家）才知道我有火，并且就在《死水》里感觉出我的火来。"①

《死水》在文坛引起一定反响，苏雪林在《论闻一多的诗》中评论《死水》时写道："这首诗假如真咏死水，还有什么意义，顶好我们借徐志摩在上海暨南大学演讲稿一段话来解择。徐氏于痛论中国现代病症之后，又说了个譬喻道：'这情形就比是本来是个海湾和大海是相通的，但后来因为沙地的涨起，这一湾水渐渐的隔离它所从来的海，而变成了湖。这湖原先也承受得着几股山水的来源，但后来又经过陵谷的变迁，这部分的来源也断绝了，结果这湖又干成一只小潭，乃至一小潭的止水，长满了青苔与萍梗，钝迟迟的眼看得见就可以完全干涸了去的一个东西。这是我们受教育的士民阶级的相仿情形。现在所谓知识阶级亦无非是这潭死水里比较泥草松动些风来还多少吹得绉的一洼臭水，别瞧它欣欣自喜，可怜它能有多少前程？还能有多少生命？'又说：'水因为不流所以滋生了水草，这水草的涨性又帮助浸干这有限的水。同样的，我们的活力因为断绝了来源，所以发生了种种本原性的病症，这些病又回过来侵蚀本原，帮助消尽这点仅存的活力。'但徐氏将死水比作中国的知识阶级，闻氏则以死水象征现代腐败颓废的全中国。"②

《死水》的写作时间，一说在国外，一说是回国以后。不过闻一多当时所居的西京畿道原名沟头，有长沟，沟内积有死水。张嘉铸看了《死水》，建议把末段删掉，但闻一多不肯，认为这么一来这首诗就真的成了唯美的了。③

20日，在中国共产党的领导下，第一次全国农民代表大会于广州召开。中国

---

① 《致臧克家》，《闻一多书信选集》，1943年11月25日，第316页。
② 《现代》第4卷第3期，1934年1月1日。
③ 据访问闻家驷记录，1986年10月7日。

共产党在致大会的信中，阐述了中国农民的痛苦只有在推翻了帝国主义和封建军阀的统治之后才能免除。"因此农民运动必须与全中国的民族革命运动相结合；同时中国的民族革命运动，非得到农民大众参加也不会成功。"信中还特别强调了农民运动必须接受工人阶级的领导。

24日，《京报》被奉系军阀封闭，总编邵飘萍被捕，26日被杀。

《京报》由邵飘萍创刊于1918年10月5日。1926年4月26日，《京报》揭露事件真相惹怒了当权军阀，招致邵飘萍被杀害而停刊。1929年，在邵飘萍夫人汤修慧女士的主持下，《京报》得以复刊，并一直坚持到"七七"事变后而正式停刊。

邵飘萍（1886—1926），浙江东阳人，原名镜清，后改为振青，革命烈士，中国近代新闻史上著名报人，《京报》创办者，中国传播马列主义、介绍俄国十月革命的先驱者之一，杰出的无产阶级新闻战士，是中国新闻理论的开拓者、奠基人，被后人誉为"新闻全才"、"乱世飘萍"、"一代报人"、"铁肩棘手，快笔如刀"等。

1912年在杭州与人合办《汉民日报》，直斥袁世凯为"袁贼"。1918年接连创办了"北京新闻编译社"、《京报》等。1925年，在李大钊和罗章龙介绍下，他秘密加入中国共产党。1926年4月26日，以"宣传赤化"的罪名在北京天桥被奉系军阀政府杀害。

本月，奉系军阀张作霖，直鲁联军张宗昌、李景林，和直系军阀吴佩孚联合进攻冯玉祥国民军。段祺瑞见冯军大势已去，即阴谋与奉系军阀里应外合，欲图赶走冯军。4月10日凌晨2时，驻守北京的国民军将领鹿钟麟派兵包围段宅和执政府，段闻讯后即逃往东交民巷，随着段祺瑞的垮台，章士钊也逃到了天津租界。

本月，许钦文短篇小说集《故乡》由北新书局出版。

许钦文（1897—1984），原名许绳尧，生于浙江山阴。1917年毕业于杭州省立第五师范学校，留任母校附小教师。1920年赴北京工读，在北京大学旁听鲁迅先生的《中国小说史》课程，并因乡谊与鲁迅先生过从甚密，自称是先生的"私淑弟子"。1922年发表第一篇作品短篇小说《晕》，此后经常在《晨报》副刊发表小说和杂文，受到鲁迅的扶持与指导。1926年出版了《故乡》，该书即由鲁迅选校、资助，列入鲁迅主编的《乌合丛书》。1927年离开北京到杭州，抗战爆发辗转福建各地，胜利后复回杭州，前后20余年，一面教书，一面写作。

《故乡》收入许钦文1922年至1924年小说27篇。包括《父亲的花园》、《一生》、《小狗的厄运》等。其内容描写的多是浙江家乡的人情世态，颇受好评。

鲁迅在谈到20世纪20年代的乡土文学时，曾这样评价《故乡》集："许钦文自名他的第一本短篇小说集为《故乡》，也就是在不知不觉中，自招为乡土文学的作者，不过在还未开手来写乡土文学之前，他却已被故乡所放逐，生活驱逐他到异地去了，他只好回忆'父亲的花园'，而且是已不存在的花园，因为回忆故乡的已不存在的事物，是比明明存在，而只有自己不能接近的事物较为舒适，也更能自慰的——'父亲的花园最盛的几年距今已有几时，已难确切的计算。当时的盛况虽曾照下一像，如今挂在父亲的房里，无奈为时已久，那时乡间的摄影又很幼稚，现已模糊莫辨了。挂在它旁边的芳姊的遗像也已不大清楚，惟有父亲题在像上的字句却很明白："性既执拗，遇复可怜，一朝痛割，我独何堪！"……我想父亲的花园就是能够重行种起种种的花来，那时的盛况总是不能恢复的了，因为已经没有了芳姊。"鲁迅在文中还说："无可奈何的悲愤，是令人不得不舍弃的，然而作者仍不能舍弃，没有法，就再寻得冷静和诙谐来做悲愤的衣裳；裹起来了聊且当作'看破'。并且将这手段用到描写种种人物，尤其是青年人物去。因为故意的冷静，所以也刻深，而终不免带着令人疑虑的嬉笑。'虽有忮心，不怨飘瓦'，冷静要死静；包着愤激的冷静和诙谐，是被观察和被描写者所不乐受的，他们不承认他是一面无生命，无意见的镜子。于是他也往往被排进讽刺文学作家里面去，尤其是使女士们皱起了眉头。"又说："这一种冷静和诙谐，如果滋长起来，对于作者本身其实倒是危险的。他也能活泼的写出民间生活来，如《石宕》，但可惜不多见。"①

本月，郭沫若的中篇小说《落叶》由创造社出版部出版。

《落叶》是一部书信体小说，由菊子给她情人的41封书信组成，这些书信都是她爱情生命体验的艺术再现。

有人评论说：《落叶》是郭沫若爱情艺术心理创作的奇葩。作者借助情书这一通向情人心灵的天使，从爱情的生理驱力、心理驱力和意识驱力的有机内在联系及融合中，艺术地表现了置身于热恋中的情人丰富的心灵世界，展示了人类情感中最为复杂微妙的爱情心理及行为特性，形成了在现代抒情小说史上的一个独特文本。②

---

① 鲁迅等：《中国新文学大系导论集》，上海书店1982年版，第133—134页。
② 张顺发：《"五四"抒情小说的一个独异文本》，《甘肃社会科学》2009年第4期。

本月，刘半农诗集《瓦釜集》由北新书局出版。

刘半农（1891—1934），原名刘复，江苏江阴人。出生于知识分子家庭，1911年曾参加辛亥革命，1912年后在上海以向鸳鸯蝴蝶派报刊投稿为生。1917年到北京大学任法科预科教授，并参与《新青年》杂志的编辑工作，积极投身文学革命，反对文言文，提倡白话文。1920年到英国伦敦大学的大学院学习实验语音学，1921年夏转入法国巴黎大学学习。1925年获得法国国家文学博士学位，所著《汉语字声实验录》，荣获法国康士坦丁·伏尔内语言学专奖。1925年秋回国，任北京大学国文系教授，讲授语音学。1926年出版了诗集《扬鞭集》和《瓦釜集》。1934年在北京病逝。病逝后，鲁迅曾在《青年界》上发表《忆刘半农君》一文表示悼念。

《瓦釜集》是刘半农依据江阴最普通的"四句头山歌"的声调创作的一整本民歌体新诗。除了"开场的歌"外，共有"劳工歌"、"情歌"、"农歌"、"渔歌"、"船歌"、"牧歌"、"悲歌"、"滑稽歌"等21首。刘半农之所以要创作《瓦釜集》，是因为他认为"五四"前夕的诗坛是一个"假诗世界"，其原因"无非是不真二字，在那儿捣鬼"，他认为这是一种"虚伪文学"。他当时拥护文学革命，提倡诗歌革新之初衷，即要以"真实"来反对"虚伪"，以"真诗"来反对"假诗"，通过革新诗歌来达到革新思想、革新社会之目的，充分体现了他反封建的民主主义革命精神。

刘半农认为民歌是人类心灵最真挚最自然的抒唱。他说："人类之所以要唱歌，其重要不下于人类之所以要呼吸，其区别处，只是呼吸是维持实体的生命的，唱歌是维持心灵的生命的。所以人当快活的时候要唱歌，当痛苦的时候要唱歌，当工作的时候要唱歌，当休暇的时候也要唱歌，当精神兴奋的时候要唱歌，当喝醉了酒模模糊糊的时候也要唱歌，总之，一有机会，他就要借着歌词，把自己所感、所受、所愿、所喜、所冥想，痛快的发泄一下，以求得心灵上之慰安。"（《海外民歌译·自序》）

因此，《瓦釜集》实际上是为了广泛地反映形形色色的劳动人民在各种处境下的"所感，所受，所愿，所喜，所冥想"，表现他们的七情六欲，传达他们心灵的呼声。《瓦釜集》中的第一歌《善政桥直对鼓楼门》揭露的是暗无天日的封建衙门的罪恶，第七歌《隔壁阿姐你为啥面皮黄》表现的是女工被剥削压迫的血泪生活的苦楚，第八歌《只有狠心格老子呒不狠心格娘》则十分具体地描写了社会落后习惯、风俗、意识所酿成的生活苦酒……正如，刘半农在《瓦釜集·代自序》中所言，要"把数千年来受尽侮辱与蔑视，打在地狱底里而没有机会呻吟的瓦釜的声音，表现出一部分来"。当然，《瓦釜集》最多的是情歌，几乎占总体的一半，这些诗都写得情真意切，充满动人的韵致。

《瓦釜集》是"五四"诗苑中一枝异香扑鼻的山花，也是刘半农诗歌园地中的一朵奇葩，它的思想艺术特色和价值，正如沈从文评说的："一个中国长江中下游农村培养而长大的灵魂，为官能的放肆而兴起的欲望，用微见忧郁却仍然极其健康的调子，唱出他的爱憎，混合原始民族的单纯与近代人的狡狯，按歌谣平静从容的节拍，歌热情郁怫的心绪，刘半农写的山歌，比他其余的诗歌美丽多了。"(《论刘半农的〈扬鞭集〉》)

本月，郭沫若的戏剧集《三个叛逆的女性》由上海光华书局出版。内收《卓文君》、《王昭君》、《聂嫈》三个剧本。其中《卓文君》写于1923年4月，《王昭君》写于1924年2月，《聂嫈》写于1925年6月。郭沫若写《三个叛逆的女性》，据他自己说是为了反对"在家从父，出嫁从夫，夫死从子"的"男性中心"的"旧式的道德"，提倡"在家不必从父，出嫁不必从夫，夫死不必从子"的"三不从的新性道德"。他说："我怀着这种想念已经有多少年辰，我在历史上很想找几个有为的女性来作为具体的表现。"

《三个叛逆的女性》从它问世以来，人们的看法就存在着较大的分歧。钱杏邨对之赞赏很高，而顾仲彝和向培良则对之大加贬低。向培良甚至认为"郭沫若的《三个叛逆的女性》不能算历史剧，只能是些失败之作"。对此，有人认为："《三个叛逆的女性》由于是郭沫若早期的著作，它不可避免地存在着思想和艺术不够成熟乃至稚弱的缺点。如章克标、顾仲彝和向培良所指出的人物形象、语言、环境不分今古即是。但是，从历史的观点和美学的观点来看，《三个叛逆的女性》是有其特有的思想价值和审美价值的，不可一笔抹杀。"[①]

---

① 卜庆华：《关于〈三个叛逆的女性〉的评价问题》，《娄底师专学报》1988年第3期，社会科学版。

五月

1日,郭沫若《文艺家的觉悟》发表于《洪水》第2卷第16期。郭沫若在文中提出"我们现在所需要的文艺是站在第四阶级说话的文艺,这种文艺在形式上是现实主义的,在内容上是社会主义的"。

2日,鲁迅结束避难生活,由法国医院回寓所。

6日,鲁迅作《无花的蔷薇之三》。载于17日《语丝》周刊第79期,署名鲁迅。文中揭露陈西滢貌似公正,攻击鲁迅杂文"没有一读之价值"的手法,抨击了当时军阀统治下社会上的黑暗现象,并着重痛斥了"流言家"制造谣言的卑劣伎俩。文中指出"谣言这东西,却确是造谣者本心所希望的事实,我们可以借此看看一部分人的思想和行为"。

10日,鲁迅作《二十四孝图》,载于《莽原》半月刊第10期,副题《旧事重提之三》,署名鲁迅。收入《朝花夕拾》。本文通过追述儿童时期阅读《二十四孝图》的感受,揭露了封建孝道的虚伪、残忍的本质,指出统治阶级企图向人们灌输这种封建道德,必然会引起人们的憎恶和反抗。文中还严厉抨击守旧派反对新文化、维护旧文化的罪行,开头说:"我总要上下四方寻求,得到一种最黑,最黑,最黑的咒文,先来诅咒一切反对白话,妨害白话者。"

同日,发表所译日本有岛武郎的论文《生艺术的胎》,载于《莽原》半月刊第9期,署名鲁迅。收入《壁下译丛》。

12日,鲁迅作《〈痴华鬘〉题记》。载于北新书局1926年5月出版的《痴华鬘》,署名鲁迅,收入《集外集》。《痴华鬘》为《百喻经》的原名。1914年9月,鲁迅捐银元60元委托南京金陵刻经处刻印了100本佛教《百喻经》,1926年5月,鲁迅又出资赞助王品清校点《百喻经》,自己亲自作了题记,以原书名《痴华鬘》,交由上海北新书局出版,这是一部宣传佛教文化的寓言故事集。

15日至22日,中国国民党召开二届二中全会,会议通过《整理党务案》。这是蒋介石谋划排斥共产党人的阴谋。蒋介石借此机会对共产党的活动进行限制,并乘机攫取国民党中央执行委员会主席、组织部长、国民革命军总司令等职。

15日,闻一多的论文《诗的格律》发表于《晨报副刊·诗镌》。这是闻一多早期建设新诗理论的一个总结,也是他创作《死水》时的一篇理论上的宣言。

闻一多在文中说:"假定'游戏本能说'能够充分的解释艺术的起源,我们尽可以拿下棋来比作诗;棋不能废除规矩,诗也就不能废除格律(格律在这里是 form 的意思。'格律'两个字最近含着了一点坏的意思;但是直译 form 为形体或格式也不妥当。并且我们若是想起 form 和节奏是一种东西,便觉得 form 译作格律是没有什么不妥的了)。假如你拿起棋子来乱摆布一气,完全不依据下棋的规矩进行,看你能不能得到什么趣味?游戏的趣味是要在一种规定的规格之内出奇致胜。做诗的趣味也是一样的。假如诗可以不要格律,做诗岂不比下棋、打球、打麻将还容易些吗?难怪这年头儿的新诗'比雨后的春笋还多些'。我知道这些话准有人不愿意听。但是 Bliss Perry 教授的话来得更古板。他说'差不多没有诗人承认他们真正给格律缚束住了。他们乐意戴着脚镣跳舞,并且要戴别个诗人的脚镣'。"

据此,闻一多在文中反对初期白话诗人提倡的"自然音节论",认为"自然界的格律不圆满的时候多,所以必须艺术来补充它"。同时,他也反对浪漫主义者的写诗态度,认为"他们的目的只在披露他们自己的原形……在文艺的镜子里照见自己那倜傥的风姿,还带着几滴多情的眼泪","要他们遵从诗的格律来做诗,是绝对办不到的"。在批评了这两种倾向后,闻一多提出了有关新诗格律的完整主张,他说:"诗的实力不独包括音乐的美(音节),绘画的美(辞藻),并且还有建筑的美(节的匀称和句的均齐)。"

此外,闻一多在文中还着重反驳了那种认为提倡新诗格律,讲究"节的匀称和句的均齐"是"复古"的论调。他指出:"律诗永远只有一个格式,但是新诗的格式是层出不穷的。这是律诗与新诗不同的第一点。做律诗无论你的题材是什么?意境是什么?你非得把它挤进这一种规定的格式里去不可,仿佛不拘是男人,女人,大人,小孩,非得穿一种样式的衣服不可。但是新诗的格式是相体裁衣。""律诗的格式与内容不发生关系,新诗的格式是根据内容的精神制造成的,这是它们不同的第二点。律诗的格式是别人替我们定的,新诗的格式可以由我们自己的意匠来随时构造。这是它们不同的第三点。有了这三个不同之点。我们应该知道新诗的这种格式是复古还是创新,是进化还是退化。"

在文章的末尾,闻一多还不无自信地说:"我断言新诗不久定要走进一个新的建设的时期了。无论如何,我们应该承认这在新诗的历史里是一个轩然大波。"

16 日,郭沫若在《创造月刊》第 1 卷第 3 期发表《革命与文学》,主张新兴的

"革命文学"。郭沫若说："文学和革命是一致的"，"你是赞成革命的人，那你做出来的文学或者你所欣赏的文学，自然是革命的文学，是替被压迫阶级说话的文学"。文中还提出"革命文学"的口号，指出："革命文学倒不一定要描写革命，赞扬革命，或仅仅在表面上多用些炸弹、手枪……等花样。无产阶级的理想要望革命文学家早点醒出来，无产阶级的苦闷要望革命文学家实写出来。要这样才是我们现在所要求的真正的革命文学。"最后号召作家"到兵间去，民间去，工厂间去，革命的漩涡中去"。

23日，鲁迅作《新的蔷薇》。载于5月31日《语丝》周刊第81期，署名鲁迅。收入《华盖集续编》。本文对当时社会上一些黑暗现象进行了抨击，特别揭露了陈西滢等人为了献媚军阀，诬陷别人受苏俄金钱收买的险恶用心和害怕鲁迅杂文的虚弱本质，同时还讽刺了教育界一些人争夺"庚子赔款"的丑行。

24日，鲁迅作《再来一次》。载于6月10日《莽原》半月刊第11期，署名鲁迅。收入《华盖集续编》。鲁迅曾于1923年发表《"两个桃子杀了三个读书人"》一文，讽刺章士钊在《评新文化运动》中错释误解"二桃杀三士"典故，并以此攻击新文化运动的做法。两年后，章氏在《甲寅》上为自己辩解。鲁迅针锋相对，撰写《再来一次》进行再批评。鲁迅以实例证明章士钊乱用成语，错解典故，文字庞杂，陋弱可哂，使他企图从逻辑学、语言学、文化史的角度证明文言文优越的图谋彻底破产。

25日，鲁迅作《五猖会》。载于6月《莽原》半月刊第11期，副题为《旧事重提之四》，署名鲁迅。收入《朝花夕拾》。文中追述儿时对迎神赛会的向往和父亲强迫背诵"一字也不懂"的《鉴略》的情形，批判了封建家庭摧残儿童身心健康的教育方法。对北洋军阀鼓吹的封建礼教和帮闲文人鼓吹的实用主义，文中也给予了讽刺。

同日，鲁迅作《〈何典〉题记》。载于6月北新书局出版的《何典》中，署名鲁迅。后来收入《集外集拾遗》。此文是为刘半农标点本写的。文中对《何典》的思想和艺术，作了简明而精辟的论述，指出："谈鬼物正象人间，用新典一如古典。"内容上有批孔精神，艺术上着重运用方言成语，增强了讽刺现实的作用。又作《为半农题记〈何典〉后作》。载于6月7日《语丝》周刊第82期，署名鲁迅。收入《华盖集续编》。

本月，刘大杰的短篇小说集《渺茫的西南风》由上海北新书局出版。

本月，何朴斋、孙了红合著的《东方亚森罗苹案》由上海大东书局出版，长篇小说。1923年，孙了红应大东书局的邀请，参与了《亚森罗苹案全集》的翻译工作，和他一起工作的有包天笑、周瘦鹃等人，这一经历促使他开始创作侦探小说。

本月，章衣萍的《情书一束》由北京北新书局出版，短篇小说集。短篇小说集《情书一束》是章衣萍的代表作，初版的书名为《桃色的衣裳》，销路不佳，才更名为《情书一束》，于是畅销。《情书一束》的中文版本在当时只有初印本《桃色的衣裳》及其盗印本和更名为《情书一束》的印本，篇目和内容都没有版本学意义上的变化。1928年柏烈伟即S.A.Polevoy将《情书一束》中的四篇作品译成俄文，另取书名《阿莲》，有柏烈伟的妹妹在苏联联系出书。章衣萍在为俄文译本序中指出："我的拙作在中国会受意外的销行，也曾受意外的压迫。"《情书一束》从面世起就畅销非常，不到两年重印了六次。

本月，黎烈文的《舟中》由上海泰东图书局出版，短篇小说集。

本月，顾明道的《侠骨恨仇记》由上海大东书局出版，长篇小说。

本月，冰心散文集《寄小读者》由北新书局出版。收散文37篇，分两部分。第一部分为"通讯"，收1923年7月至1926年3月写给小读者的信27封，曾连载于北京《晨报副刊》，其中6篇写于国内，21篇写于赴美的船上和美国，记述了作者留美时的生活情况，充满了游子浓郁的乡愁，表露了"我爱我的祖国"的心绪。第二部分《山中杂记》，收有1924年6月的杂记10则，抒写了明媚的景色和纯洁的童心。

本月，郭沫若发表论文《周秦以前古代思想之蠡测》，收入上海商务印书馆出版的《国故论丛》。

本月，星郎的诗剧《宇宙之谜》由宇宙丛书社出版。

本月，郭沫若译剧本《异端》由上海商务印书馆出版。《异端》由德国新浪漫主义戏剧家、1912年诺贝尔文学奖获得者盖尔哈特·霍普特曼（1862—1946）创作。在《译者序》中对霍氏的旺盛的创作力表示极大的赞赏："大凡伟大的艺术家，在精神上是长春不老的青年，他的天地永远没有秋风萧杀的时候。"霍普特曼的《寂寞的人们》，曾在"五四"时期产生过巨大的影响，对郭沫若的创作也曾产生过一定的影响。1919年11月，郭沫若从莫里斯·梅特林克的《青鸟》、霍普特曼的《沉钟》得到启示，创作了儿童剧《黎明》，这是他借鉴霍氏戏剧形式"最初的一个小小的尝试"。

六月

1日，郭沫若发表小说《红瓜》，载于《洪水》半月刊第2卷第18期。收入小说散文集《橄榄》。这篇浪漫抒情小说，从不同侧面抒写了主人公惆怅、愁闷、颓丧的心情及身世飘零的叹息，给崎岖的人生之旅抹上了浓黑的悲怆色调。

2日，鲁迅作《〈穷人〉[①]小引》。载于6月14日《语丝》周刊第83期，署名鲁迅。收入《集外集》。在评价原作者陀斯妥也夫斯基的时候，鲁迅说："凡是人的灵魂的伟大的审问者，同时也一定是伟大的犯人。审问者在堂上举劾着他的恶，犯人在阶下陈述着他自己的善；审问者在灵魂中揭发污秽，犯人在所揭发的污秽中阐明那埋藏的光耀。"

3日，鲁迅的《华盖集》由北新书局出版。这是鲁迅的第二本杂文集，全书除《题记》和《后记》外，共收1925年所作杂文31篇，包括《咬文嚼字》、《青年必读书》、《论辩的魂灵》、《夏三虫》、《忽然想到》、《我观北大》、《碎话》等。《华盖集》与封建主义和洋奴买办文化思想作斗争，锋芒所指，已从广泛的社会批评转到激烈的政治斗争。"我早就很希望中国的青年站出来，对于中国的社会，文明，都毫无忌惮地加以批评……"《华盖集》语言凝练精悍，勾画典型形象，讽刺深刻而精辟。

李素伯在评论鲁迅的《热风》《华盖》等杂文集时说："其吸引读者与影响之大，实较作者的负盛名的小说有过之而无不及。"（李素伯：《小品文研究》，上海新中国书局1932年1月版）

张若谷则用冷嘲、警句、滑稽、感愤四点来概括《华盖集》的内容，尽管他承认鲁迅"富于讽刺的天才，精于措词的技巧"，却认为鲁迅"与其说是小说家，毋宁说是随笔作家"，称鲁迅总是"嬉笑怒骂"，"议论往往执滞在几件小事上"，"代

[①] 《穷人》，是俄国作家陀思妥耶夫斯基的第一部小说，发表于1846年。韦丛芜于1926年将它译为中文，鲁迅为之校订。

表绍兴师爷派的一种特殊性格"，从而否定了《华盖集》的创作成就。[1]

4日，郭沫若作《〈少年维特之烦恼〉增订本后序》。载于《洪水》半月刊1926年7月1日第2卷第20期。收入1926年7月出版的《少年维特之烦恼》增订本。郭沫若在该书《序引》中说，我译此书，于歌德思想有种种共鸣之处：第一，是他的主情主义。第二，便是他的泛神思想。第三，是他对于自然的赞美。第四，是他对于原始生活的景仰。第五，是他对于小儿的尊崇。1921年7月至9月，郭沫若译完了歌德的《少年维特之烦恼》，感到"实在愉快得至少有三天是不知肉味的"。他称此书"与其说是小说，宁肯说是诗，宁肯说是一部散文诗集"[2]。

10日，《晨报副刊·诗镌》出版最后一期，徐志摩作《诗刊放假》作为结束语，其中说"一首诗的秘密也就是它的内含的音节的匀整与流动"，"明白了诗的生命是在他的内在的音节的道理，我们才能领会到诗的真的趣味"，"正如字句的排列有恃于全诗的音节，音节的本身还得起源于真纯的'诗感'"。他还声明"我们已经发现了我们所标榜的'格律'的可怕的流弊"，认为形式与内容不应偏废。

23日，鲁迅作《无常》。载于7月10日《莽原》半月刊第13期，副题为《旧事重提之五》，署名鲁迅。收入《朝花夕拾》。本文描述了民间戏剧所创造的公正、爽直而通情达理等无常的艺术形象，揭示了劳苦群众之所以创造并喜爱这一形象，是由于他们长期遭受反动统治阶级的压迫摧残，神往"公正的裁判"，"期待恶人的没落"。作品以夹叙夹议的方式，对"现代评论派"打着"维持公理"的幌子，为北洋军阀效劳的卑劣行径给予了揭露和嘲讽。

25日，郭沫若作《〈毋忘台湾〉序》。原为张秀哲（又名张月澄）的《一个台湾人告诉中国同胞》一文而作。后该文与杨成志的《看了〈一个台湾人告诉中国同胞书〉以后》合编成册，题名《毋忘台湾》，此篇后改为该书的序。1926年6月广州丁卜图书馆出版。(《中山大学学报》1979年第3期)

本月，北京《晨报副刊》创办《剧刊》，出15期后终刊。赵太侔、余上沅编辑。该刊系继1922年《戏剧》停刊后出现的第二个戏剧刊物，在徐志摩的支持下创办，旨在倡导"国剧"运动。他们对如何在中国建立有民族艺术特色的现代戏剧问题，

---

[1] 张若谷：《鲁迅的〈华盖集〉》，《新时代》第2号，1931年9月1日。
[2] 郭沫若：《〈少年维特之烦恼〉序引》，《郭沫若全集》（文学编）第15卷，第309页。

进行了多方面的探讨。刊载的论文有赵太侔的《国剧》，闻一多的《戏剧的歧途》，西滢的《新剧与观众》，邓以蛰的《戏剧与道德的进化》《戏剧和雕刻》，杨振声的《中国语言与中国戏剧》，梁实秋的《戏剧艺术辩证》，熊佛西的《论剧》，余上沅的《戏剧批评》以及冯友兰译狄更生的《论希腊的戏剧》，谈旧剧和戏剧技巧的文章有顾颉刚的《九十年前的北京戏剧》等。

本月，《小说月报》第17卷号外"中国文学研究专号"出版。分上、下两大册，刊载郑振铎、郭绍虞、俞平伯、陆侃如、刘大白、陈垣、朱湘等人的研究论文60多篇。

本月，由伍联德创办的上海良友图书印刷公司成立。该公司曾出版《良友》画报、《一角丛书》、《中国新文学大系》、《良友文库》等书刊。郑伯奇、赵家璧曾在该公司任编辑。

本月，紫薇苑主的《紫薇花冢》由上海竹庐出版社出版，长篇小说。

本月，叶鼎洛的《前梦》由上海光华书局出版，长篇小说。在20世纪20年代中期至30年代初，是叶鼎洛小说创作的喷发期，《前梦》是他的代表作之一。叶鼎洛的小说题材广阔多样，情节离奇曲折。文笔隽秀，感情细腻。

本月，向培良的《飘渺的梦及其他》，列入《乌合丛书》，由北京北新书局出版，短篇小说集，收短篇小说14篇，鲁迅编选，司徒乔作封面。鲁迅对向培良非常器重。鲁迅主编的丛书只有《未名丛刊》、《乌合丛书》和《未名新集》三种，《乌合丛书》是重要的一种，《飘渺的梦及其他》被编入其中。

本月，陶晶孙的《木犀》由上海创造社出版部出版，列入《创造社丛书》，短篇小说集。小说《木犀》是陶晶孙的处女作和代表作，最初由日文写就，郭沫若对它非常欣赏，于是建议他译成中文，发表在《创造》第3期上。它描写了一个大学生在初秋的古庙旁，偶闻木樨花的香潮，从而会想起他初中时，与一个秀美聪明的女教师的恋爱悲剧。小说以清新脱俗的文笔，曲折地反映了"五四"青年不顾世俗偏见追求纯洁爱情的时代情绪。陶晶孙的小说作品绝大多数都是以他在日本的生活经历为素材创作而成的，故事模式往往是一名叫晶孙或无量君的中国学生与日本女性之间的缠绵恋情。主人公活动的地点主要是东京、京都等日本的大城市。

本月，张资平的《飞絮》，为《落叶丛书》之一，由上海创造社出版部出版，长篇小说。《飞絮》描写了那个年代年轻人的恋爱故事，张资平在序中说："本社出版部成立后，就叫它在本社出版物中占了一个位置，实在很惭愧的。"此书创下了出版不到三年就再版九次、发行一万七千多本的纪录。张资平在20世纪三四十年代曾在汪伪政府任职,这段黑暗的政治生涯,导致了他一生被冠名为"文化汉奸"。也正是由于这个原因,他的作品很多时候都得不到公正的评价。鲁迅先生就曾用"△"来评价张资平的恋爱小说。

本月,超超的《小雪》由上海亚东图书馆出版,长篇小说。

本月,刘半农的《扬鞭集》上卷由北新书局出版,共三卷。上、中两卷为创作,下卷未出,卷首"目次见卷下中"无详细目录。中卷于同年10月由北新书局出版。收周作人《序》及作者《自序》。

周作人在《序》中说:"半农则十年来只做新诗,进境很是明了,这因为半农驾驭得住口语,所以有这样的成功,大家只须看《扬鞭集》便可以知道这个事实。天下多诗人,我不想来肆口抑扬,不过就我所熟知的《新青年》时代的新作家说来,上边所说的话我相信是大抵确实的了。"

此外,周作人在《序》中还对当时的新诗创作颇有看法,他说:"新诗的手法,我不很佩服白描,也不喜欢唠叨的叙事,不必说唠叨的说理,我只认抒情是诗的本分,而写法则觉得所谓'兴'最有意思,用新名词来讲或可以说是象征。让我说一句陈腐话,象征是诗的最新的写法,但也是最旧,在中国也'古已有之'。我们上观《国风》,下察民谣,便可以知道中国的诗多用兴体,较赋与比要更普通而成就亦更好。譬如《桃之夭夭》一诗,既未必是将桃子去比新娘子,也不是指定桃花开时或是种桃子的家里有女儿出嫁,实在只因桃花的浓艳的气氛与婚姻有点共通的地方,所以用来起兴,但起兴云者并不是陪衬,乃是也在发表正意,不过用别一说法罢了。中国的文学革命是古典主义(不是拟古主义)的影响,一切作品都像是一个玻璃球,晶莹透澈得太厉害了,没有一点儿朦胧,因此也似乎缺少了一种余香与回味。正当的道路恐怕还是浪漫主义——凡诗差不多无不是浪漫主义的,而象征实在是其精意。这是外国的新潮流,同时也是中国的旧手法;新诗如往这一路去,融合便可成功,真正的中国新诗也就可以产生出来了。"[1]

沈从文在评价《扬鞭集》时也肯定了刘的创作,他说:"《扬鞭集》作者为治音韵的学者,若不缺少勇气,试作作江阴方言以外的俗歌,他的成就,一定可以

---

[1] 周作人:《〈扬鞭集〉序》,《语丝》1926年第82期。

在中国新诗的发展上有极多帮助的。不过，从自然平俗形式中，取相近体裁，如杨骚在他《受难者短曲》一集上，用中国弹词的格式与调子写成的诗歌，却得到一个失败的证据，证明新诗在那方面试探中也碰过壁来的。"①

本月，晋思的《牵牛花》由长沙北门书店出版，是《零星社丛书》之一。属诗文合集，内收新诗。其中的《乡愁》（游子思念故乡和亲情的名作）和《甲子年终之夜》（感叹生之悲凉）被郁达夫选入《中国新文学大系·散文二集》，称他性格忧郁，文字玄妙。

本月，高长虹的《心的探险》由北新书局出版，是《乌合丛书》之一。属诗文合集，内收散文诗。鲁迅曾帮高长虹走向文坛，并为之编校《心的探险》一书。但是后来，高长虹个性变得不近人情。1926年，鲁迅赴厦门后，《莽原》半月刊杂志社内部出现摩擦，高长虹逼迫远在南国的鲁迅表态，由于鲁迅不明底细，一直沉默着。结果招致高氏的狂轰滥炸，他先后写出《走到出版界》《我走出了化石的世界》等文，大肆攻击鲁迅。

本月，曹唯非的新诗集《微痕》由上海泰东图书局出版。

本月，徐志摩的散文集《落叶》由北新书局出版。这本散文集得以出版，归功于孙伏园、李小峰的支持。早在1925年3月，徐志摩欧游之前，孙伏园就向徐志摩提出印行出版此书的意见，经过一番踌躇和考虑，徐志摩便决定将《落叶》等7篇文字辑为一集，并取书名为《落叶》付梓。②

本月，郭沫若所译剧本《争斗》（戈斯华士）由上海商务印书馆出版。

七月

1日，广东政府发表《北伐宣言》。9日，国民革命军正式出师北伐。12日，叶挺率领的独立团占领长沙等地。

本月起，鲁迅逐日往中央公园，与齐宗颐同译《小约翰》。

10日，舒庆春（老舍）的第一部长篇小说《老张的哲学》开始在《小说月报》第17卷第7期连载，至第12期载完。单行本于1928年1月由商务印书馆出版。朱自清在评价《老张的哲学》和老舍的另一部小说《赵子曰》时，首先引用

---

① 沈从文：《论刘半农的〈扬鞭集〉》，《文艺月刊》1931年第2卷第2期。
② 刘炎生：《徐志摩评传》，暨南大学出版社1995年12月版第200页。

了一段 1928 年 10 月登载在《时事新报》上的广告:"《老张的哲学》,为一长篇小说,叙述一班北平闲民的可笑的生活,以一个叫老张的故事为主,复以一对青年的恋爱问题穿插之。在故事的本身,已极有味,又加以著者讽刺的情调,轻松的文笔,使本书成为一本现代不可多得之佳作,研究文学者固宜一读,即一般的人们亦宜换换口味,来阅看这本新鲜的作品。《赵子曰》这部作品的描写对象是学生的生活,以轻松微妙的文笔,写北平学生生活,写北平公寓生活,非常逼真而动人,把赵子曰等几个人的个性活生生浮现在我们读者的面前。后半部却入于严肃的叙述,不复有前半部的幽默,然文笔是同样的活跃,且其以一个伟大的牺牲者的故事作结,很使我们有无穷的感喟。""这是商务印书馆的广告。虽然是广告,说得很是切实,可作两条短评看。"

"从这里知道这两部书的特色是'讽刺的情调'和'轻松的文笔'。讽刺小说,我们早就有了《儒林外史》,并不是'新鲜'的东西。《儒林外史》的讽刺,'戚而能谐,婉而多讽'(鲁迅《中国小说史略》二十三篇),以'含蓄蕴酿'为贵。后来所谓'谴责小说',虽出于《儒林外史》,而'辞气浮露,笔无藏锋','描写失之张皇,时或伤于溢恶,言违真实,则感人之力顿微'(《中国小说史略》二十八篇)。这是讽刺的艺术的差异。前者本于自然的真实,而以精细的观察与微妙的机智为用。后者是在观察的事实上,加上一层夸饰,使事实失去原来的轮廓。这正和上海游戏场里的'哈哈镜'一样,人在镜中看见扁而短或细而长的自己的影子,满足了好奇心而暂时地愉快了。但只是'暂时的'愉快罢了,不能深深地印入人心坎中。这种讽刺的手法与一般人小说的观念是有联带关系的,从前人读小说只是消遣,作小说只是游戏。'谴责小说'与一切小说一样,都是戏作。所谓'谴责'或讽刺,虽说是本于愤世嫉俗的心情,但就文论文,实在是嘲弄的喜剧味比哀矜的悲剧味多得多。这种小说总是杂集'话柄';'联缀此等,以成类书'(《中国小说史略》二十八篇)。'话柄'固人人所难免,但一人所行,决无全是'话柄'之理。如李伯元《官场现形记》,只叙此种,仿佛书中人物只有'话柄'而没有别的生活一样,而所叙又加增饰。这样,便将书中人全写成变态的了。《儒林外史》有时也不免如此,但就大体说,文笔较为平实和婉曲,与此固不能并论。小说既系戏作,由《儒林外史》变为'谴责小说',却也是自然的趋势。至于不涉游戏的严肃的讽刺,直到近来才有;鲁迅先生的《阿Q正传》,可为代表。这部书是类型的描写;

沈雁冰先生说得好：中国没有这样'一个'人，但这是一切中国人的'谱'（大意）。我们大家都分得阿Q的一部分。将阿Q当作'一个'人看，这部书确是夸饰，但将他当作我们国民性的化身看，便只觉亲切可味了。而文笔的严冷隐隐地蕴藏着哀矜的情调，那更是从前的讽刺或谴责小说所没有。这是讽刺的态度的差异。这两部书里的'讽刺的情调'是属于哪一种呢？这不是可以简单回答的。《赵子曰》的广告里称赞作者个性的描写。不错，两部书里各人的个性确很分明。在这一点上，它们是近于《儒林外史》的；因为《官场现形记》和《阿Q正传》等都不描写个性。但两书中所描写的个性，却未必全能'逼真而动人'。从文笔论，与其说近于《儒林外史》，还不如说近于'谴责小说'。即如两位主人公，老张与赵子曰：老舍先生写老张的'钱本位'的哲学，确乎是酣畅淋漓，阐扬尽致；但似乎将'钱本位'这个特点太扩大了些，或说太尽致了些。我们固然觉得'可笑'，但谁也未必信世界上真有这样'可笑'的人。老舍先生或者将老张写成一个'太'聪明的人，但我们想老张若真这样，那就未免'太'傻了；傻得近于疯狂了。""这两部书还有一点可以注意：它们没有一贯的态度。它们都有一个严肃的悲惨的收场，但上文却有不少的游戏的调子；《赵子曰》更其如此。广告中说'这部书使我们始而发笑，继而感动，终于悲愤了'。'发笑'与'悲愤'这两种情调，足以相消，而不足以相成。这两部书若用一贯的情调或态度写成，我想力量一定大得多。然而有这样严肃的收场，便已异于'谴责小说'而为现代作品了。"[1]

17日，胡适离开北平，开始他的欧洲之旅，1927年5月17日开始，始从美国回到上海定居。

24日，郭沫若从广州出发参加北伐，任总政治部宣传科科长，兼行营秘书长（后又任政治部副主任）。本日乘火车前往韶关。

25日，郭沫若至韶关曲江河畔待舟，与政治部主任邓演达、俄国顾问铁罗尼在一起合影留念。相片见于《沫若文集》第8卷卷首。

本月，李健吾等著的《清华文艺》，由清华周刊社编，北京清华周刊社出版，创作合集，内收小说。

本月，叶圣陶的小说集《城中》由文学周报社出版。从1925年到1929年，是叶圣陶创作的新时期。他除了创作长篇小说《倪焕之》，童话集《古代英雄的石像》

---

[1] 朱自清：《〈老张的哲学〉与〈赵子曰〉》，《大公报》1929年2月11日。

外，还创作了短篇小说20篇。他把从1925年3月到1926年5月创作的9篇小说《前途》（1925年3月16日，载《小说月报》16卷号，署名"叶绍钧"）；《演讲》（1925年5月29日，载《文学周报》第178期，署名"圣陶"）；《城中》（1925年11月1日，载《民铎》第7卷第1号，署名"叶绍钧"）；《在民间》（1925年11月29日，载《新妇女》创刊号，署名"圣陶"，又载《文学周报》第204期，署名"圣陶"）；《双影》（1925年10月12日，载《文学周报》第204期，署名"圣陶"）；《晨》（1926年2月1日，载《小说月报》第17卷第2号，署名"叶绍钧"）；《微波》（1926年3月13日，载《小说月报》第17卷第3号，署名"叶绍钧"）；《搭班子》（1926年5月2日，刊《教育杂志》第18卷第5期，署名"叶绍钧"）等作品，加上《病夫》（1923年6月26日，刊《文学》第104期，署名"郢"）结集成书，于1926年7月以《城中》为书名，交开明书店，由文学周报社出版。

本月，成仿吾等著的《灰色的鸟》由上海创造社出版部出版，短篇小说集。包括成仿吾的《灰色的鸟》、梁实秋的《凄风苦雨》、淦女士的《旅行》、全平的《嫩笋》、白采的《被摈弃者》、郁达夫的《薄奠》、郭沫若的《喀尔美萝姑娘》等7篇小说。成仿吾通过《灰色的鸟》的主人公表露了他的道德困惑。主人公丁伯兰判定自己"不道德"，是因为没有遵循传统的行为规范，没有顺从父母的意志，完成"父母问他要孙子抱"的愿望。对旧道德不自觉的依恋心态，在思想颇为新潮的一些人那里似乎并不鲜见。尽管在理念上他们对新旧道德价值判别有明确的界线，但对个人生活中自我的道德评价，却仍然不得不受传统的约束。

本月，徐祖正的《兰生弟的日记》由北京北新书局出版，为《骆驼丛书》之一。《兰生弟的日记》甫一问世，郁达夫就写了评论，称是"一部极真率的记录"，并说："此书的价值，当远在我们一般的作品之上。"《兰生弟的日记》单行本收入中篇小说《兰生弟的日记》和独幕剧《生日的礼物》，两者密切关联。《兰生弟的日记》末尾署："一千九百二十四年二月二十七日，北京，兰生。"《生日的礼物》末尾署："一九二五，十一，十一作"，写作时间晚了一年半多，但发表时间反而在先，刊于1925年11月23日《语丝》第54期。主人公罗兰生与表姐蕙姊的爱情，正是由《生日的礼物》作了预告，并在《兰生弟的日记》中得以完整地展开。

徐祖正在小说创作上有自己的雄心。《兰生弟的日记》名曰"日记"，实际上是通过一封兰生弟致蕙姊的长信引述众多兰生弟的日记，两者互相穿插，又交织大段心理描写，尽情铺陈兰生弟与蕙姊曲折的情感经历及其不断地自我反省。小说详写兰生弟的留日生活和他回国后执教北京高校，特别是兰生弟在"江教授"带领下首次拜访"叶教授"的经过，与周作人日记中关于1922年9月5日"徐耀辰君"在"凤举兄"陪同下来访的记载颇有些相似，因此有学者推测《兰生弟的日记》很可能有不少作者亲身经历的投影，兰生弟在某种意义上或许就是作者的自况。但是，也许正是作者的雄心太大，作为"书函告白式的小说"，《兰生弟的日记》虽有特色，小说叙事上只取得了部分的成功，文字上日化和欧化的痕迹也是明显地不足。

本月，严恩椿的诗集《藐姑射山神人》由商务印书馆出版。《庄子·逍遥游》中记载："藐姑射之山，有神人居焉；肌肤若冰雪，淖约若处子；不食五谷，吸风饮露；乘云气，御飞龙，而游乎四海之外；其神凝，使物不疵疠而年谷熟。"

本月，胡怀琛的《胡怀琛诗歌丛稿》由上海商务印书馆出版，这是一部旧体诗文集。胡怀琛一生好学深思，学识广博，勤于笔耕。他身后留下文学创作、学术研究等著作170余种，内容涉及古典文学、新文学、文艺理论、文法修辞、中国文学史、中国哲学史、历史学、考据学、佛学、"红学"、儿童文学、文字学、目录学、音乐学、民歌、地方志、教科书等领域，著述甚丰。

本月，焦菊隐的《夜哭》由北新书局出版。属诗与散文合集，内收新诗，是中国现代文学史上出现的第一本散文诗集。

本月，杨晶华的《北河沿畔》由星花文艺社出版，是《星花丛书》第一种。属诗文合集，内收新诗。俞平伯曾为其作跋："我自知无此种判断力，只就见到想到的说几句话罢。""大凡行文固贵沉着，亦要空灵。以杜工部之推李太白，犹以'清新俊逸'许之。可见此境非易，而少年之作犹宜具此朝气。""此集大体颇可观，清新俊逸之气亦往往流露而不可掩。审其题材以写景抒情为多，论其风格则犹一翩浊世之佳公子也。""'清词丽句必为邻'，吾为杨君诵之。"

本月，孙福熙的散文集《归航》由上海开明书店出版。

本月，陈万里的《西行日记》由朴社出版，是北京大学研究所国学门实地调查报告。这是陈万里先生考察西北时的一部游记，这部游记具有很高的文化品位和史料价值，是今日认识西北、开发西北的一部珍贵文献。

本月，郭沫若发表《〈西洋美术史提要〉序》，收于上海商务印书馆出版的《西洋美术史提要》，该书系郭沫若参照日本矢代幸雄的《西洋美术史讲话》译编而成。

八月

1日，鲁迅校订完《小说旧闻钞》，并作《序言》。载于本月北新书局出版的《小说旧闻钞》。

7日，上海军阀政府警察厅查封创造社出版部，并逮捕叶灵凤、周毓英、成绍宗、柯仲平四人，拘留五天后，于12日保释出狱，出版部启封。8月5日，上海《新申报》刊登《请看赤党扰沪的秘谋》的"本报特讯"，散布"中国共产党上海特别市党部，假国民党名义"，组织"北伐行动委员会"，其重要机关秘书处设于创造社内的谣言。

12日，《小说旧闻钞》由北新书局出版。鲁迅在再版序言中说道："《小说旧闻钞》者，实十余年前在北京大学讲《中国小说史》时，所集史料之一部。时方困瘁，无力买书，则假之中央图书馆、通俗图书馆、教育部图书室等，废寝辍食，锐意穷搜，时或得之，瞿然则喜，故凡所采掇，虽无异书，然以得之之难也，颇亦珍惜。迨《中国小说史略》印成，复应小友之请，取关于所谓俗文小说之旧闻，为昔之史家所不屑道者，稍加次第，付之排印，特以见闻虽陋，究非转贩，学子得此，或足省其复重寻检之劳焉而已。而海上妄子，遂腾簧舌，以此为有闲之证，亦即为有钱之证也，则鼙腰曼舞，喷沫狂谈者尚已。然书亦不甚行，迄今十年，未闻再版，顾亦偶有寻求而不能得者，因图复印，略酬同流，惟于此道久未关心，得见古书之机会又日鲜，故除录《癸辛杂识》、《曲律》、《赌棋山庄集》三书而外，亦不能有所增益矣。此十年中，研究小说者日多，新知灼见，洞烛幽隐，如《三言》之统系，《金瓶梅》之原本，皆使历来凝滞，一旦豁然；自《续录鬼簿》出，则罗贯中之谜，为昔所聚讼者，遂亦冰解，此岂前人凭心逞臆之所能至哉，然此皆不录。所以然者，乃缘或本为专著，载在期刊，或未见原书，惮于转写，其详，则自有马廉、郑振铎二君之作在也。"

26日，鲁迅携许广平离京南下，29日抵达上海。9月2日，鲁迅单独乘船离沪，4日到达厦门，任厦门大学文科教授。许广平也于2日另乘船离沪去广州。

本月，《沉钟》月刊创刊，由沉钟社主办。《沉钟》周刊于1925年10月10日创刊，至第10期停刊。1926年8月10日，改为《沉钟》半月刊，出版第1期，至第 12 期又停刊。1933 年 10 月 15 日复刊，为第 13 期。1934 年 2 月 28 日出至第 34 期停刊。沉钟社曾出版《沉钟丛书》7 种，包括冯至诗集《昨日之歌》、陈翔鹤小说集《不安定的灵魂》、陈炜谟小说集《炉边》、杨晦译法国罗曼·罗兰著《贝多芬传》、冯至诗集《北游及其他》、杨晦戏剧集《除夕及其他》、郝荫潭长篇小说《逸路》。

本月，《北新》在上海创刊。初为周刊，自 1927 年 11 月第 2 卷第 1 期起改为半月刊。1930 年 12 月终刊。第 1 卷 52 期，第 2—4 卷均为 24 期，共出 142 期。上海北新书局编辑出版。内容包括思想评论、学术研究、社会问题讨论、文艺作品和书报评介。文艺方面著译并重，撰稿人有鲁迅、周作人、郁达夫、刘半农、林语堂等。鲁迅的《魏晋风度及文章与药及酒之关系》和译文《近代美术史潮论》《断想》、《在沙漠上》，郁达夫的《迷羊》、《卢骚的思想和他的创作》、《感伤的行旅》、《杨梅烧酒》，许钦文的《约会》、《旧妻新婚》、《小牛的失望》，潘梓年的《文艺新论》，陈望道的《美学该文的批评底批评》，李劼人的《情愿》,周作人的《〈谈虎集〉后记》、《〈夜读抄〉小引》等均揭载于该刊。该刊还辟有"读者的园地"，选登一般读者的文艺试作，另有"自由问答"专栏。

本月，章锡琛、章锡珊在上海开设开明书店。该店与文学研究会同人关系密切。文学研究会的叶圣陶、夏丏尊、周予同、赵景深等曾先后主持该店编辑经营事务。在教育、科学、文学、艺术等方面，都团结了一批有名的作者。出版物以青少年读物为主，刊物有《中学生》、《开明少年》等，也出版了许多新文学作品。因作风严谨，倾向进步，受到教育界、文化界的赞誉。胡愈之在《纪念开明书店创建六十周年》中指出：在中国，"从办杂志开始，靠几个知识分子办起来的书店，开明书店是第一家"；"开明书店是新民主主义革命中诞生的一个进步的书店"。在编辑出版工作、团结作家、联系读者方面，开明书店积累了不少经验。

本月，鲁迅小说集《彷徨》由北新书局再版,列为作者所编的《乌合丛书》之一。

茅盾评价说："《彷徨》呢，则是在于作者目击了'新文化运动'的'主将们'的'分化'，一方面毕露了妥协性，又一方面正在'转变'，革命的力量需要有人领导，然而曾被'新文化运动'所唤醒的青年知识分子则又如何呢？——在这样的追问下，产生了《彷徨》。在这方面，主要地表现了那些从黑暗中觉醒，满肚子不平，憎愤，然而脑子里空空洞洞，成日价只以不平与牢骚喂哺自己的灵魂，但同时肩上又负荷着旧时代的重担,偏见,愚昧,固执,虚无思想,冒险主义,短视,卑怯,——这样的人们,也是革命的力量么?当然是!而且他们将是革命的工作者和组织者。《彷徨》中间不少热情的向光明的人物,但是这些人物也有不少缺陷;梦想着深山大泽丛林伏莽的'涓生',还有一个带有旧时代的深重缺陷的人,而由热极转化为冷极的'孤独者'的主人公亦然,但这位主人公于愤激而以冷酷自我娱乐的当儿,仍然有'热',即对于天真的孩子的爱惜,现代的人不能没有缺陷,因为现代的人是前代人的后代,而且是长期被压迫的人们的后代,又是被不合理的社会制度所包围,被种种偏见与愚昧包围的。但作者并不以为这种缺陷是'命定'的,是天老地荒终'如斯'的句子,——'路漫漫其修远兮,吾将上下而求索',正是他的渴望的暗示。"

"如果我们觉得上面的解释,还有些道理的话,那么《彷徨》应该看作是《呐喊》的发展,是更积极的探索;说这是作者的'悲观思想'到了顶点,因为预兆着一个'转变',——这样的论断,似乎是表面而皮相的。"①

本月,许钦文的《毛线袜》由上海北新书局出版,短篇小说集。

本月,朋其的《荆棘》由上海开明书店出版,《狂飙丛书》第二种,短篇小说集。作家黄鹏基将他的短篇小说印成一本,称为《荆棘》,而第二次和读者相见的时候,署名"朋其"。他是首先明白晓畅的主张文学不必如奶油,应该如刺,文学家不得颓丧,应该刚健的人;他在《刺的文学》(《莽原》周刊第28期)里,说明了"文学绝不是无聊的东西","文学家并不一定就是得天独厚的特等民族","也不是成天哭泣的鲛人"。他说:"我以为中国现代的作品,应该是像一丛荆棘。因为在一片沙漠里,憧憬的花都会慢慢地消灭的,社会生出荆棘来,他的叶是有刺的,他的茎是有刺的,以至于他的根也是有刺的。——请不要拿植物生理来反驳我——一篇作品的思想,的结构,的练句,的用字,都应该把我们常感觉到的刺的意味儿表现出来。真的文学家……应该先站起来,使我们不得不站起来。他应该充实自己的力,让人们怎样充实他自己的力,知道他自己的力,表现他自己的力。一篇作品的成功至少要使读者一直读下去,无暇辨文字的美恶,——恶劣的感觉,固然不好,就是美妙的感觉,也算失败。——而要想因循,苟且而不得。怎样抓着他的病的深处,就很利害地刺他一下。一般整饬的结构,平凡的字句,会使他跑到

---

① 茅盾:《论鲁迅的〈呐喊〉和〈彷徨〉》,《文艺新哨》第1卷第5期,1942年6月15日。

旁处去的，我们应该反对。"

"'沙漠里遍生了荆棘，中国人就会过人的生活了！'这是我相信的。"

朋其的作品的确和他的主张并不怎么背驰，他用流利而诙谐的言语，暴露、描画、讽刺着各式人物，尤其是智识者层。他或者装着傻子，说出青年的思想来；或者化为渝腿，跑进阔佬们的家里去。但也许因为力求生动、流利的缘故罢，抉剔就不能深，而且结末的特地装置的滑稽，也往往有毁损全篇的力量。讽刺文学是能死于自身的故意戏笑。不久他又"自招"（《荆棘》卷首）道："写出'刺的文学'四字，也不过因了每天对于霸王鞭的欣赏，和自己的'生也不辰'，未能十分领略花的意味儿。"那可大有徘徊之状了。此后也没有再看见他"刺的文学"。

本月，滕固的《迷宫》由上海光华书局出版，短篇小说集。滕固的小说作品交织着浪漫的情调、现实的关怀和唯美的倾向。无论是短篇小说集《壁画》（后改名《迷宫》）、《外遇》，还是中篇小说《银杏之果》、《睡莲》，尽管大都以两性关系为题材，却舍弃常见的柔情脉脉的男欢女爱，而是注重于看似变态的单恋心理的刻画和强烈性爱达于痴狂地描绘，小说人物内心情感的宣泄几无节制，感伤情调的浓郁也几达极点，笔触奇峭，文采炽热，在20世纪20年代的作家中并不多见。有人认为透过滕固小说秾丽的唯美主义色彩，大可窥见当时社会的黑暗冷酷，敏感青年的幻梦破灭和追求享乐的颓废时尚，也有人认为滕固小说的独特风格在于古典东方的基调之上参酌了几分现代西方的趣味。

本月，赵焕亭的《双剑奇侠传》由受古书店出版，长篇小说。据徐文滢《民国以来的章回小说》一文所称："赵焕亭作品中的人物个个有《儿女英雄传》的口才。他写一个罪人的转变之'渐'，很有陀斯妥也夫斯基的作风；他写风趣人物也有诙谐的天才，常令人看到大观园中刘姥姥的姿态。例如《奇侠精忠传》《双剑奇侠传》、《惊人奇侠传》、《英雄走国记》，都是超过《七侠五义》以上的好作品。《奇侠精忠传》中的冷田禄写得真像白玉堂，《英雄走国记》中的鱼跃鲤真像翻江鼠蒋平；《双剑奇侠传》写绍兴包村之沦陷，实在够得上'细腻生动'四字；《惊人奇侠传》中特多风趣人物的描绘，而述及水灾、地震二大段，真不下于《老残游记》，几乎是任何作品中难得见到的好文章。（中略）由于知识阶级与目不识丁的说书家之不同，使作者的成就超过前代一切这类作品以上。"

本月，闵之寅的诗集《春深了》由上海群众图书公司出版。

本月，丁丁的《未寄的诗——过去的恋歌》由上海群众图书公司出版，是《心群文艺丛书》之一。

本月，于赓虞的诗集《晨曦之前》由上海北新书局出版。1926年，他将过去已发表过的新诗汇集成册，交由北新书局出版，集名为《野鬼》。丁玲、胡也频等人认为"野鬼"二字太阴森灰暗，给人以压抑之感。接受朋友们善意的批评，遂将"野鬼"二字抹去，冠以"晨曦之前"之名。《晨曦之前》共收新诗32首，全系1926年6月以前的创作。《晨曦之前》里的诗，清晰地描摹了诗人从"五四"到1927年思想发展变化的历程。《卷首》一诗很简练地概括了他写作这些诗时的生活、思想和艺术倾向："我生活于人间犹如死尸沉寂的，无语的躺卧于荒草无径的墓地；我凄泣于人间犹如夜莺微弱的，寂冷的低吟于幽邃寒森的古林。社会惨酷的迫害，生活极度的不安，使得他对什么都看得比较昏沉暗淡。"焦菊隐在谈到《晨曦之前》的艺术成就时，曾说：读了《晨曦之前》，就像"听了个壮士舞剑挥泪，细述他一桩以往的希望……他一桩的希望，有时像狂风午夜吹来的急雨，有时像奇谷中涌下的奔瀑，有时像妇人低低哀吟，一声一血泪"。(昭园《介绍及批评〈晨曦之前〉》)

本月，吕泛沁的《漫云》由北京海音社出版。是诗文合集，内收新诗。

本月，《狮吼社同人丛著》第一辑《屠苏》由上海光华书局出版。是诗文合集，内收新诗。1924年7月，从日本留学回国的滕固、方光焘联络在上海的黄中成立狮吼社，出版了第一种刊物《狮吼》半月刊。该社的主要成员有滕固、方光焘、张水淇、章克标、黄中、邵洵美。关于该社被命名为"狮吼"的原因，有人认为，"他们不满于周围的环境，认为当时社会是强权、虚伪的，他们感到烦闷、孤寂，要发泄内心郁结的情感于是志趣相投的结合，并向社会呼出警世的吼声"。1926年初，方光焘建议出一本特刊，取名《屠苏》，由于经济原因，延宕至同年8月《屠苏》才得以问世。

九月

1日，《洪水》半月刊第2卷第23、24期合刊出版。该刊曾决定从第3卷起迁广州印行，但未成事实。周全平离上海去广州，不久重回上海编印《洪水周年增刊》。

2日，郭沫若负责组织临时工兵队，并作动员报告，当夜就攻武昌城，未克。

4日，郭沫若与俄国顾问铁罗尼交谈进武昌城以后的工作步骤，彼此"很能相得"。"自从从广东出发以来，一有余暇"，他们之间就爱作这样的"个人谈话"。

同日，鲁迅抵厦门，寓中和旅馆。林语堂、沈兼士、孙伏园来访，即雇船移入厦门大学。鲁迅于1日夜12时登新宁轮，2日晨7时离上海，由水路赴厦门，本日移入厦门大学，暂住生物学院大楼三层。这座楼位于海边的小山岗上，石阶高达96级，楼前地面比楼后地面高一层，前后看去不一样。

同日，鲁迅致许广平信。收入《两地书》。信中叙述了离上海至厦门旅途中的情景，以及初到厦门的见闻。

同日，周作人往女师大参加教务会议。教育部决定将女子大学和女师大合并为女子学院，派林素园为学长，林于当日去女师大晤教员徐祖正、周作人等说明接收理由，徐等声明同人对于改组完全否认，遂发生冲突。下午林素园令武装接收女师大。

5日，英国借口中国军民扣留英太古公司横行川江的轮船，派军舰炮轰万县，炸毁民房、商店千余所，中国军民死伤4000余人，制造了"万县惨案"。

同日，郑振铎参加筹备和编辑的立达学园刊物《一般》月刊创刊（主编为夏丏尊）。

同日，北伐军抵武昌，6日发起围攻，相持未下。7日占领汉阳，渡江取汉口。20日有工人、学生、警备队内应，迅速占领武昌。24日，因孙传芳反攻，复又退出。

同日，周作人作《女师大的运命》。载于9月11日《语丝》第96期，署名岂明。9月4日教育部次长任可澄携同林素园武力去接收女师大，本文记述了这次接收的情况。

6日，郭沫若闻亲密战友，俄国顾问的翻译纪德甫在攻城战斗中牺牲，哀痛至极，即为之料理后事，特将从纪德甫身上取出的子弹头当作珍贵的纪念品保存。夜，作悼诗四首，有云："人生自古谁无死亡？死到如君总不磨。"后录入《北伐途次》，收入《潮汐集·汐集》，题为《悼德甫》，有题解。

同日，郑振铎作散文《三死》（山中杂记之二），追记莫干山上遇见或听说的三个人的死，后载9月12日《文学周报》第241期。

7日，鲁迅致许寿裳信。鲁迅南下后，许寿裳因不满北洋军阀的黑暗统治，急于离开北京南下，曾托鲁迅代寻职务，鲁迅对此十分关心。在此信中报告了到厦大后的感想："今稍观察，知与我辈所推测者甚为悬殊，玉堂极被掣肘，校长有秘书姓孙，无锡人，可憎之至，鬼祟似皆此人所为。"并说明替许寿裳谋工作之不易："兄事曾商量数次，皆不得要领，据我看去，是没有结果的。"

8日，郑振铎为所编《中国短篇小说集》第3集上册作序言。本册所选为清代的短篇小说，序中论述了这一时期短篇小说的概况。

同日，鲁迅接见预科学生俞念远[①]，鼓励他从事新文艺创作。俞后来回忆说："九月八日，这是我不会忘记的一天。我终于鼓着勇气走上石阶九十六级的生物学院三楼——鲁迅先生临时寓所。……因为鲁迅先生来厦门只有五天，所以我去谒见他的时候，他正在那儿整理书籍。我轻轻地叫了一声：'鲁迅先生！'他走过来，微笑地和我握手。"

9日，郭沫若与李一氓、朱代杰等赴汉口，主持政治部汉口办事处工作，"所负的使命便是要扩充革命的认识和革命的气势，来镇压周围的敌人"。

10日，郑振铎在《小说月报》第17卷第9期续载《文学大纲》第33章《十九世纪的德国文学》，第34章《十九世纪的俄国文学》。

同日，鲁迅发表所译日本武者小路实笃杂文《凡有艺术品》，载于《莽原》半月刊第17期，署名鲁迅。收入《壁下译丛》。

13日，为逮捕工贼郭聘伯，郭沫若与蒋介石、邓择生等发生矛盾。蒋、邓不主张逮捕，邓还批评郭"是一位感情家"，为此郭沫若感到愤慨。

同日，鲁迅寄明信片给许广平。明信片背面是从南普陀所照的厦门大学全景。原件现存。

14日，郑振铎作散文《月夜之话》(山中杂记之三)，追记在莫干山上某夜与高梦旦等人漫谈民间歌谣之事，后载于9月19日《文学周报》第242期。

同日，郑振铎为与鲁迅、胡愈之、沈泽民合译的俄国阿支巴绥夫小说集《血痕》作序。该书于1927年3月由开明书店出版。

---

① 俞念远，即俞荻，浙江金华人。原为青岛大学学生，因鲁迅到厦门大学任教，即转学入厦大国文系二年级学习。

同日，鲁迅致许广平信。收入《两地书》。信中对北洋军阀政府武装接管女师大表示愤慨："看上海报，北京已戒严，不知何故；女师大已被合并为女子学院，师范部的主任是林素园（小研究系），而且于四日武装接收了，真令人气愤，但此时无暇管也无法管，只得暂且不去理会它，还有将来呢。"又对北伐的顺利进军表示欢欣："此地北伐顺利的消息也甚多，极快人意。"

15日，冯玉祥从苏联回国，17日在苏联顾问团与共产党人邓小平、萧明等帮助下，在五原誓师，就任国民联军总司令职，并发表宣言，誓师入陕，宣布全军加入国民党。

18日，郭沫若写信致邓择生，要求辞职。

同日，周作人作《关于〈狂言十番〉》。载于9月25日《语丝》第98期，署名岂明。收入《狂言十番》。本文是出版《狂言十番》一书所写的序言。文中说："我译这狂言的缘故只是因为他有趣味，好玩，我愿读狂言的人也只得到一点有趣味，好玩的感觉，倘若大家不怪我这是一个过大的奢望。"

同日，周作人作《钢枪趣味》。载于9月25日《语丝》第98期，署名岂明。收入《泽泻集》。文中说胡成长翻译的勃洛克的《十二个》"是我近来欢喜地读了的一本书"，"我在这诗里嗅到了一点儿大革命的气味"。

同日，鲁迅作《从百草园到三味书屋》。载于10月10日《莽原》半月刊第19期，副题为《旧事重提之六》，署名鲁迅。收入《朝花夕拾》。文中通过作者童年时代在百草园玩耍和在三味书屋学习的情况的对照描写，表现了儿时广阔的生活趣味和对封建教育的憎恶，批判了封建教育制度对儿童身心健康的束缚与摧残。

19日，周作人致吴鸿举信。载于9月25日《语丝》第98期，署名岂明。

同日，鲁迅应戴锡樟、宋文翰、庄奎章之邀，至南普陀午餐，林语堂、沈兼士、孙伏园作陪。戴、宋、庄三人均毕业于北京师范大学国文系，曾经听过鲁迅的中国小说史课。鲁迅到厦门时，戴、宋和师大国文系毕业生吴菁、赵宗闽、林品石在厦门集美学校教语文，庄奎章在厦门省立十三中任教。出于师生之谊，他们请鲁迅在南普陀膳厅宴饮。

20日，郭沫若与邓择生交换意见，对为顾全一个工贼而失掉几万工人群众的信赖这种"策略"表示怀疑，认为"目前革命的胜利只有军事上的胜利，政治上是丝毫也没有表现的"；由于"万事都讲'策略'"，以致"对于旧时代的支配势力太顾忌,太妥协了"。邓择生接受这些意见,表示今后"凡是关于政治部内部的事情"一切悉听尊便。邓还转达蒋介石希望他随同进发江西,郭婉言谢绝。

同日,郑振铎作散文《山中的历日》(山中杂记之四),追记在莫干山上过的有规律的生活等。后载于9月26日《文学周报》第243期。

同日,厦门大学开学。鲁迅在厦门大学原准备开设三门课程,其中声韵文字训诂专书研究,每周一节。① 初到厦门时鲁迅在给许广平的信中曾说:"我的功课,大约每周当有六小时,其中两点是小说史,无须预备;两点是专书研究,须预备;两点是中国文学史,须编讲义。看看这里旧有存的讲义,则我随便讲讲就很够了,但我还想认真一点,编一本较好的文学史。"② 后来"专书研究二小时无人选,只剩了文学史,小说史各二小时了"③。鲁迅的课深受学生欢迎。

同日,鲁迅致许广平信。收入《两地书》。介绍了他在厦门大学的工作、生活情况。

同日,东方学院秘书致舒庆春信。信中说:"英国广播公司请我们作一次关于汉语概况的简短演讲,9月29日在伦敦广播。他们要求用大约五六分钟的时间,谈谈书写、四声或者孔子的警句。院长认为你能胜任此事,并让我告诉你将付给酬金,但现在我们尚不知道付给多少。如果你愿意承担,请在明天上午10点以后尽快来见我,或者来个电话告诉。节目主持人可能在29日之前去看你,以讨论此事。"④

同日,东方学院秘书致英国广播公司(BBC)的节目主持人刘易斯先生给舒庆春信。

21日,东方学院秘书致刘易斯先生信。

23日,鲁迅作《厦门通信》。载于北新书局出版的《波艇》第1期,署名鲁迅。收入《华盖集续编》。信中谈了对厦门风景的观感,抒发了对明末民族英雄郑成功的怀念和对历史古迹被破坏的愤慨之情,并再次表示要继续与"现代评论派"作斗争。

24日,鲁迅因与黄坚冲突,辞去国学院研究教授之职,未成。黄坚,即《两地书》

---

① 据1926年12月18日《厦大周刊》第168期。
② 鲁迅:《两地书·四一》。
③ 鲁迅:《两地书·四四》。
④ 李振杰:《老舍在伦敦》。

中的"白果"，江西清江人，陈源的信徒，曾任北京女子师范大学教务处和总务处秘书，当时任厦门大学国学院陈列部干事兼文科主任办公室襄理。鲁迅到厦门大学后，他多次借题给鲁迅制造麻烦，鲁迅在信中多次揭露过他。

25日，周作人出席中日教育会会议。

同日，周作人发表《章任优劣论》，载于《语丝》第98期，署名山叔。文中比较了章士钊、任可澄在对待女师大事件上的异同。

同日，鲁迅从国学院迁居集美楼。鲁迅住在集美楼上西侧，直到离校前，都住在这里。

同日，鲁迅发表所译日本有岛武郎的杂文《以生命写成的文章》，载于《莽原》半月刊第18期，署名鲁迅。收入《壁下译丛》。

27日，鲁迅开始编写中国文学史讲义，次日编好第一章。

30日，郑振铎作散文《塔山公园》(山中杂记之五)，追记三次去塔山游玩的情形。后载于10月3日《文学周报》第244期。

本月，中国共产党召开第三次中央扩大执行委员会会议，陈独秀提出了《中国共产党第三次中央扩大执行委员会决议案》，规定农民"不可简单地提出打倒地主的口号"，反对无产阶级领导农民建立武装和夺取政权。这个"决议案"是陈独秀放弃无产阶级领导的"右倾机会主义"纲领。

本月，赵树理由常文郁和王承介绍，加入国民党。同时加入的还有王春等十余人。王承，王春同班学生。与此同时，赵树理跟国民党山西省党部派来的周玉林过往甚密。

本月下旬，郭沫若坚决辞退关于担任湖北省政府教育科长职的总司令部第七号委任状。

本月月底，郑振铎整理编写自1925年9月至1926年9月27日一年来所购书目，共592部，计1700余元（内约300元尚未付）。

本月，常文郁送给赵树理一本《共产主义ABC》让其读，并说他已是共产党员，这一点不许对任何人说。不久，由常文郁、王春介绍，赵树理秘密参加中国共产党。积极参加在长治市举行的各种反帝反封建的讲演、游行、写标语、画漫画等活动，秘密发展共产党组织，常向一些同学介绍进步书籍，如《东方杂志》中的"列宁专号"等。

本月,《一般》月刊在上海创刊。立达学园的学会刊物,夏丏尊主编,开明书店发行。该刊的宗旨是"以一般人的实生活为出发点,介绍学术,努力于学术的生活化"。并"注重趣味","采用倾心的文体,力避平板的陈套"。是"预备给一般人看的",所以取名为《一般》。参加编辑的还有方光焘、王伯祥、朱自清、周予同、周建人、胡愈之、陈望道、叶圣陶、刘大白、郑振铎、丰子恺等。(见《〈一般〉的诞生》载于《文学周报》第 237 期)。1929 年 12 月出至 9 卷 4 期停刊。

本月,创造社出版部第一次理事会在广州分部举行。在会上,一、选出创造社总社第一届执行委员会:总务委员郭沫若,编辑委员成仿吾、郁达夫,会计委员成仿吾,监察委员张资平、王独清;二、选出出版部总部第一届理事会:主席郭沫若,常务理事成仿吾(会计兼总务)、王独清(编辑),理事郁达夫、张资平、周全平、周灵均、穆木天、李初梨;三、选出出版部总部第一届监察委员何畏、王独清、张资平、郑伯奇;四、通过《创造社社章》;五、通过《创造社出版部章程》。

本月,创造社出版部第一次理事会在广州分部举行,郁达夫被推选为总部理事和编辑委员。下旬,他携妻子从寓居处搬至长兄家同住。

本月,狂飙社在上海成立。成员有高长虹、向培良等。高长虹、向培良等曾于 1924 年 11 月至 1925 年 3 月在北京出版《狂飙周刊》共 17 期。《狂飙周刊》停刊后,即参加鲁迅组织的莽原社。1926 年 8 月鲁迅离北京赴厦门不久,莽原社内部发生冲突,高长虹等遂在上海另组狂飙社,同时复活《狂飙周刊》,提出"为科学和艺术而作战"的口号。1927 年 1 月《狂飙周刊》停刊,高长虹于 1928 年在上海设立狂飙出版社和狂飙演剧部,出版《狂飙出版部》、《狂飙小剧场》等不定期刊物,从事"小剧场运动"。狂飙社还编印过《狂飙丛书》多种。该社主要从事散文、诗歌和小说创作。1929 年夏秋之交,因社员星散而解体。

本月,王以仁由于失恋跳海自杀。他的《孤雁》一书,曾作为《文学研究会丛书》由商务印书馆出版。1928 年,他的挚友许杰将其遗作编成《王以仁的幻灭》一书,由上海明日书店出版。

本月,陈翔鹤小说《西方吹到了枕边》发表于《沉钟》第 4 期。

本月,汪静之的中篇小说《耶稣的吩咐》由上海开明书店出版。

本月,《玄背》第 6 期开始连载万家宝的小说《今宵酒醒何处》,至第 10 期载毕。此时,万家宝始用笔名"曹禺"。其由来是将"万"的繁体字拆开。

本月，郭沫若的小说散文集《橄榄》由上海创造社出版部出版，收小说、散文 20 篇。

本月，沈从文作《记陆》，载于 1926 年 10 月 22 日《世界日报·文学》第 1 号，署名休芸芸。

本月，沈从文作《月光下》，载于 1926 年 11 月 19 日《世界日报·文学》第 5 号。署名沈从文。初收《全集》第 15 卷。

本月，周作人作《我学国文的经验》，载于 10 月《孔德月刊》第 1 期，署名岂明，收入《谈虎集》下卷。本文较为详尽地叙述了自己学习国文的过程，并谈到学习的体会，指出各书都要看一些，好的、坏的、各种：都不可以不看，不然便不能知道文学与人生的全体，不能磨炼出一种精纯的趣味来，但也须有人"作指导顾问"。"其次要别方面的学问知识比例地增进，逐渐养成一个健全的人生观。"

本月，鲁迅致许广平信。收入《两地书》。信中表现出对北伐的关心，对"现代评论派"在厦大的羽翼的不满与鄙视。

本月，杨荫深的三幕戏剧《一阵狂风》由上海光华书局出版。

本月，吴研因的六幕古装新剧《乌鹊双飞》由上海商务印书馆出版。

本月，潘光旦在《东方杂志》第 23 卷第 17 期上发表《科学与新宗教道德》一文，批评胡适的《我们对于西洋近代文明的态度》。文章认为，胡适一方面尊崇西方的科学精神；另一方面又尊信西方的自由、平等、博爱。潘氏认为这两方面是矛盾的。他还不同意胡适对东方圣人的批评。他认为乐天、安命、守分的哲学是适合中国环境的。

本月，周作人翻译的《狂言十番》由北新书局出版，收所译日本狂言 10 篇。

本月，张秀中翻译的莫泊桑的诗歌集《莫泊桑的诗》由北京海音书局出版。

本月，韦漱园翻译的俄国果戈理的小说《外套》由上海北新书局出版。

本月，李杰三翻译的屠格涅夫的小说《胜利的恋歌》由上海光华书局出版。

十月

1 日，巴金发表《无政府主义岛的发现》（杂感），署名甘。载于上海《民众》半月刊第 14、15 期合刊。

同日，巴金发表《〈无政府主义与工团主义〉附识》（序跋），署名芾。载于上海《民众》半月刊第 14、15 期合刊。

2 日，周作人发表《违碍字样》，载于《语丝》第 99 期，署名岂明。收入《谈龙集》。文中叙述了以"维持礼教为职的政府"对于文书中的"违碍字样"处置办法有二，"一是全部禁止"，"一是部分的删削"。

同日，周作人发表《关于"猥亵歌谣"》，载于《语丝》第 99 期，署名岂明。文中说明了从 1925 年 10 月与钱玄同、常惠发起的征集猥亵的歌谣至今"这小册子终于还未出来"的原因，并声明："我们并不消极，仍当看机会从速编订出版。"

周作人作《乡村与道教思想》。载于 10 月 9 日《语丝》第 100 期，署名岂明。收入《谈虎集》下卷。本文抄引了作者 6 年前所写的抨击乡村道教思想的文章，指出要解决乡村愚昧的道教思想，最好的办法是"普及教育，诉诸国民的理性"。

5 日，郑振铎在《一般》月刊第 1 卷第 2 期发表《中世纪的波斯诗人》（未完）。

7 日，周作人作《养猪》。载于 10 月 16 日《语丝》第 101 期，署名岂明。收入《谈虎集》上卷。文章抨击了孙传芳任意屠杀学生，"把人当猪看待"，"令人骇然"的罪行。

同日，鲁迅作《父亲的病》。载于 11 月 10 日《莽原》半月刊第 21 期，副题为《旧事重提之七》，署名鲁迅。收入《朝花夕拾》。在本文中，鲁迅通过少年时代为父亲延医治病的回忆，揭露了庸医的问题。

8 日，鲁迅作《琐记》。载于 11 月 25 日《莽原》半月刊第 22 期，副题为《旧事重提之八》，署名鲁迅。收入《朝花夕拾》。鲁迅在文中回忆了自己离开故乡到南京求学的经历，以及在南京求学时接触《天演论》，受进化论思想影响的经过。

10 日，郑振铎在《小说月报》第 17 卷第 10 期发表《卷头语》，续载于《文学大纲》第 35 章《十九世纪的波兰文学》，第 36 章《十九世纪的斯坎德那维亚文学》。

同日，郭沫若在汉口出席中华全国总工会开幕典礼，并致辞，说："今天敌军要开城迎降，今年的双十节值得加倍庆祝，可说是四十节。同时，总工会又在今天开幕，更加值得加倍庆祝，合起来是六十节！"

同日晚，郭沫若与李鹤龄代邓择生往汉口青年会演讲，巧妙地避开主持会议者大肆宣扬基督教义，通过历数反动统治者的种种卖国行径，说明"我们中国人真真是比任何基督教徒还要基督教徒"。此次演讲大受听众的欢迎，将一次宗教活动变成了有效的革命宣传。

同日，周作人作《国庆日》。载于 10 月 16 日《语丝》第 101 期，署名岂明。

收入《谈虎集》上卷。文中反映了在军阀统治下的北京，国庆日"一点都不觉得像国庆，除了这几张破烂的旗"。

同日，北伐军第四、八两军总攻武昌，叶挺独立团在通湘门附近首先以云梯登城，占领蛇山，武昌遂被攻克。

同日，开国会研究院成立会，各界来宾 300 余人。在这次成立大会的陈列室，陈列了鲁迅收集的时刻拓片。

同日，鲁迅致许广平信。收入《两地书》。对厦大学校当局"视教员如变把戏者，要他空拳赤手，显出本领来"的恶劣做法，表示了极大愤慨。又说："今天是双十节，却使我欢喜非常……北京的人，仿佛厌恶双十节似的，沉沉如死，此地这才像双十节。我因为听北京过年的鞭炮听厌了，对鞭炮有了恶感，这回才觉得确也好听。"

11 日，周作人致春台信。载于 10 月 23 日《北新》第 10 期，署名岂明。

同日上午，郭沫若参加政治部部务会议，邓择生决定将政治部全部迁往武昌。下午，与被俘的敌将刘玉春谈话。

同日，周全平发表启事，脱离创造社出版部，声明"以后请不要把关于《洪水》和出版部的信件寄来给我"。月底即离沪去北京，下月访狂飙社。

同日，沈从文作《此后的我》。载于 1926 年 10 月 15 日《世界日报·文学》创刊号。

12 日，郭沫若往纪德甫的阵亡地长春观凭吊烈士。

同日，鲁迅作《藤野先生》。载于 12 月 10 日《莽原》半月刊第 23 期，副题《为旧事重提之九》，署名鲁迅。收入《朝花夕拾》。文中记叙了在日本留学时受到藤野先生的关心和帮助，以及他弃医从文的经过。

13 日至 15 日，周作人发表所译德国作家蔼惠耳思《维持风教的请愿》，载于《世界日报副刊》第 4 卷第 12—14 号，署名岂明。

14 日，胡适写信给徐志摩。继续谈论此次欧游过程中的感受和想法。因前次寄回国内的信，颇引起一些朋友的讨论。他们在回信中提出了不少问题和辩驳的意见，其中有一个"苏俄的制度是否有普遍性"的问题。胡适答复说："什么制度都有普遍性，都没有普遍性。……我们如果肯'干'，如果能'干'，什么制度都可以行。如其换汤不换药，如其不肯认真做去，议会制度只足以养猪仔，总统制只足以拥戴冯国璋、曹锟，学校只可以造饭桶，政党只可以卖身。你看哪一件好东西到了我们手里不变了样子了？"

同日，周作人翻译日本作家废姓外骨的《初夜权序言》。载于 10 月 30 日《语丝》第 103 期，署名岂明。收入《谈虎集》。

同日，鲁迅致许寿裳信。表示对厦门寂寞生活的厌烦。

同日，鲁迅上午往厦大周会演讲 30 分钟。内容分两部分：一，少读中国书；二，做"好事之徒"。鲁迅在一封信中曾说："这里的校长是尊孔的，上星期日（按应为星期四）他们请我到周会演说，我仍说我的'少读中国书'主义，并且说学生应该做'好事之徒'。他忽而大以为然，说陈嘉庚也正是'好事之徒'，所以肯兴学，而不悟和他的尊孔冲突。"[①]1926 年 10 月 23 日出版的《厦大周刊》第 160 期，曾以《鲁迅先生演讲》为题记载了"做'好事之徒'"部分的讲词大要。关于"少读中国书"部分，因与尊孔的校长林文庆的见解冲突，被删去。

同日，鲁迅作《〈记谈话〉附记》。未另发表。收入《华盖集续编》。这是鲁迅在把《记谈话》收入《华盖集续编》时的一个说明。鲁迅愤慨于女师大被北洋军阀政府"武装接收"，对北洋军阀的行为作了谴责。

同日，鲁迅作《〈华盖集续编〉小引》。载于 11 月 6 日《语丝》周刊第 104 期，署名鲁迅。收入《华盖集续编》

同日，鲁迅作《〈华盖集续编〉校讫记》。未另发表。收入《华盖集续编》。1928 年 10 月 30 日又用作《而已集》的《题辞》。

15 日，张慰慈致信胡适，因闻胡适在法、德受到中国部分留学生的攻击，故信上说：巴黎、柏林的留学生本来就是"最胡闹的"。劝胡适小心，不要在这两处多住。认为胡适在那里挨骂，大部分是因为丁文江做上海总办，封了许多国民党的机关而引起的。

同日，鲁迅下午编定《华盖集续编》。

同日，鲁迅致许广平信。收入《两地书》。

16 日，浙江省省长夏超宣布独立，并通电声讨孙传芳。党中央曾计划请沈钧儒去杭州组织省政府，内定沈雁冰担任省府秘书长。后因战事发生变化，夏超被孙传芳的援兵赶出了杭州。这件事就此作罢。

---

① 鲁迅：《两地书·五六》。

同日，周作人发表《任可澄与女校——致川岛》，载于《语丝》第 101 期，署名岂明。

同日，周作人发表《百一——致伏园》，载于《语丝》第 101 期，署名岂明。

同日，鲁迅致许广平信。收入《两地书》。信中谈到"现代评论派"在厦门大学结党营私的情形。

17 日，沈雁冰发表《万县惨案周》（政论），署名玄珠。载于《文学周报》第 246 期，现收《沈雁冰全集》第 15 卷。

同日，沈雁冰发表《争废比约的面面观》（杂文），署名玄。载于《响导》第 5 卷第 178 期，现收《沈雁冰全集》第 15 卷。

同日，周作人作《清浦子爵之特殊理解》、《国语罗马字》。均载于 10 月 23 日《语丝》第 102 期，署名岂明。前文收入《谈虎集》下卷，后文收入《谈虎集》上卷。《清浦子爵之特殊理解》一文针对日本子爵清浦奎吾来京后的一段谈话，说"孔孟之学知其久已成为中国文化基础之伦理观念及道德思想"等，指出："儒教绝不是中国文化的基础，而且现在也早已消灭了。"《国语罗马字》中表示赞成钱玄同等编的"国语罗马字"，并对这一工作表示十分欢欣。

同日，高长虹在《狂飙》周刊第 2 期上发表《致鲁迅先生》和《致韦素园先生》的公开信。在此之前，由于韦素园接编了《莽原》，并压下了向培良的剧本《冬天》，退了高长歌（高长虹之弟）的小说《剃刀》，因此引起了高长虹的不满。故此，高长虹在上述两封公开信中，大肆攻击韦素园，说：《莽原》须不是你家的！林冲对王伦说过：'你也无大量大材，做不得山寨之主。'谨为先生或先生等诵之。"对于鲁迅，他则除发一通牢骚外，还逼迫他表态，说："如你愿意说话时，我也听一听你的意见。"但鲁迅未加表态，因此引起高长虹的极度不满。从 1926 年 10 月 28 日至 11 月 19 日间，在短短的一个月时间内，高长虹写了《走到出版界——1925 年,北京出版界形势指掌图》《走到出版界——思想上的〈新青年〉时期》《走到出版界——〈吴哥甲集〉及其他》等文，攻击鲁迅，否定鲁迅是"思想界权威"，认为他只不过是一个落后于时代的"身心交病"的"世故老人"。后来，高长虹在 1926 年 11 月 21 日出版的《狂飙》周刊第 7 期上发表了《给——》这首诗，诗中暗示自己在生活上"对于鲁迅先生曾献过最大的让步"，实指自己暗恋许广平事。鲁迅对此极为愤慨，不仅作文回击高长虹，另外还写了小说《奔月》，"和他开了一些小玩笑"。

18日,郑振铎作《中国文学年表》。后载于1927年6月《小说月报》第17卷号外"中国文学研究(下)"。

20日,鲁迅致许广平信。信中说:"现在我最恨什么'学者只讲学问,不问派别'这些话,假如研究造炮的学生,将不问是蒋介石,是吴佩孚,都为之造么?"[1]

21日,应邀参加南普陀寺及闽南佛学院公宴太虚和尚的晚餐,入席者30余人。鲁迅在《两地书·六〇》中记录了此事。

23日,周作人发表《谨论清宫宝物》,载于《语丝》第101期,署名安山叔。本文针对报载"大批清宫宝物将落日人之手"一事,对段祺瑞军阀政府进行了抨击。

同日,在中国共产党领导下,上海工人举行第一次起义,这次起义由于准备不足和夏超的失败,未能成功。

同日,鲁迅致许广平信。收入《两地书》。信中对于厦门大学的派系斗争作了描述。信中还对高长虹的无理取闹极表愤慨。1926年10月,高长虹在《狂飙》周刊第2期发表《通讯》二则:一给韦素园,借口《莽原》半月刊不登向培良的剧本《冬天》,对韦大肆攻击;一给鲁迅,除痛骂韦素园等人和表白自己对《莽原》的功绩外,还要挟鲁迅。

27日、28日,《晨报》副刊发表了梁实秋的《文学批评辩》一文。在文中,梁实秋提出了文学批评的标准,就是"常态的人性",而"人性根本是不变的"。他认为《依里亚德》"今天尚有人读",莎士比亚的戏剧"到现在还有人演",就是因为它们表现了"普遍的人性"。

针对梁实秋的说法,鲁迅于1927年12月23日写了《文学与出汗》一文加以反驳。鲁迅指出,不同生活地位的人所具有的人性是有差别的。他以人人皆会出汗为例,分析了人性的差别。他认为,尽管出汗"可以算得较为'永久不变的人性'了",可是"弱不禁风"的小姐出的却是"香汗",而被梁实秋视为"蠢笨如牛"的劳动者却出的是"臭汗"。可见同是出汗,因为生活地位不同,就有香臭之别。至于其他方面,就更不用说了。在鲁迅看来,梁实秋之所以鼓吹人性为文学批评的标准,目的在于反对新文学作品描写劳动人民。这在梁实秋的《现代中国文学

---

[1] 鲁迅:《两地书·五八》手稿。

之浪漫的趋势》一文中，表现得最为明显。因此，鲁迅进一步指出："是描写香汗好呢，还是描写臭汗好？这问题倘不先行解决，则在将来文学史上的位置，委实是'岌岌乎殆哉'。"这就是说，新文学创作首先要考虑的问题并不是什么描写"普遍的人性"，而是以怎样的态度去描写什么人的问题。鲁迅对梁实秋文学批评观念的驳斥，在一定程度上澄清了新文学描写对象和创作态度等理论问题。[1]

28日，鲁迅致许广平信。收入《两地书》。对于高长虹借题闹事、分裂《莽原》的行为极为愤慨。

29日，鲁迅致陶元庆信。对陶元庆再次给自己的书作封面表示感谢。

同日，鲁迅致李霁野信。鉴于高长虹的"捣乱"，建议《莽原》"不如至二十四期止，就停刊，未名社就专印书籍"。

30日，周作人作《郊外》。载于11月6日《语丝》第104期，署名岂明。收入《谈虎集》上卷。本文是致怀光的信，信中就郊外所见说："感到中国民众知识与趣味实在还下劣得很。"

同日，周作人发表《今昔之感》、《包子税》，均载于《语丝》第103期，前文署名岂明，后文署名山叔，均收入《谈虎集》上卷。《今昔之感》由上海《新闻报》上有人因写《旧剧破产》引起伶界公愤登报声明道歉一事，而讽刺了社会上的复旧现象。《包子税》讽刺了在北京苛税之多，连吃包子也要上税。

同日，鲁迅作《〈坟〉的题记》。载于11月20日《语丝》周刊第106期，署名鲁迅。收入《坟》。《题记》说明编集《坟》的原因是"因为还有人要看，但尤其是因为又有人憎恶着我的文章"，要"给他们放一点可恶的东西在眼前，使他们有时小不舒服，知道原来自己的世界也不容易十分美满"。文中还说明将书名取作《坟》，是因为这些文章"总算是生活的一部分的痕迹"，"造成一座小小的新坟，一面是埋藏，一面也是留恋。至于不远的踏成平地，那时不想管，也无从管了"。

31日，万家宝在《玄背》第13期上发表小诗两首，一首《林中》，一首《"菊"、"酒"、"西风"》，署名"曹禺"。

本月，英庚款咨询委员会复会。会后，胡适曾在中国留英学生会年会讲演。

---

[1] 鲁迅：《文学与出汗》，《语丝》周刊第4卷第5期，1928年1月14日。收入《而已集》，见《鲁迅全集》第3卷，人民文学出版社1981年版，第557、558页。

9月至10月间，胡适在伦敦时曾与沈刚伯谈及国内北伐战争开始后的政局。胡对沈说："我本来是反对暴力革命同一党专政的。但是革命既已爆发，便只有助其早日完成，才能减少战争，从事建设。目前中国急需的是一个近代化的政府。国民党总比北洋军阀有现代知识。只要他们真能实行三民主义，便可有利于国。一般知识分子是应该加以支持的。"

本月，郭沫若在武昌升任总政治部副主任，军衔晋级为中将。

本月，许地山离开英国。归国途中到印度罗奈城印度大学研究梵文及佛学，1927年抵北京，任教于燕京大学。

本月，郁达夫离京南返。5日，途经上海逗留，于旅馆中作散文《一个人在途中》，悼念长子。20日，经汕头抵广州。

本月，郑振铎所编《文学大纲样本》由商务印书馆出版，封面用红、蓝两色套印。

本月，《庄子（选注本）》由商务印书馆出版。

本月，《莽原》半月刊在北京复刊。

本月，初中旬，周全平、叶灵凤、潘汉年等组织"幻社"于上海宝山路三德里B22号，并创办《幻洲》半月刊，出版《幻洲丛书》。

本月，许杰的短篇小说集《惨雾》由上海商务印书馆出版。

本月，王以仁的短篇小说集《孤雁》由上海商务印书馆出版，列入《文学研究会丛书》。在《孤雁》的"代序"中，王以仁承认自己的创作受郁达夫影响很深，他说："你说我的小说很受郁达夫的影响；这不但是你这般说，我的一切朋友都这般说，就是我自己也觉得带有郁达夫的色彩的。"（王以仁：《我的供状——致不识面的友人的一封信》，《文学周报》第212期，1926年2月10日。收入《孤雁》"代序"。）1928年，许杰将其遗作编成《王以仁的幻灭》，由上海明日书店出版。

本月，张恨水的长篇小说《春明外史》由北京世界日晚报社出版。

本月，王鲁彦的短篇小说集《柚子》由北京北新书局出版。收短篇小说11篇。方璧（茅盾）评价说："短篇集《柚子》和未收入的各篇内，很有些抒写作者个人的感想和企图讽刺这混乱矛盾的人生的作品。例如《柚子》中最长的一篇《小雀儿》，便是一篇教训主义色彩极浓厚的讽刺文。发表于《小说月报》上的最近的《毒药》也是这一类。不敬得很，我不大喜欢这两篇。我以为小说就是小说，不是一篇'宣传大纲'，所以太浓重的教训主义的色彩，常常会无例外的成了一篇小说的

menace 或累坠。各人的趣味不同，……但在自囿的我，总以为不如其他的各篇。同样的，我也承认《秋夜》、《狗》、《秋雨的诉苦》等篇是能够动人的随笔，但亦不是我所喜欢的。"（方璧：《王鲁彦论》，《小说月报》第 19 卷第 1 期，1928 年 1 月 10 日）

本月，沅君的小说集《春痕》由上海北新书局出版，书末附陆侃如《后记》。作品由一女子写给璧君的 50 封情书组成，按写信时间顺序排列，每信以起首二字命名。

本月，向培良的短篇小说集《我离开十字街头》由上海光华书局出版。

本月，周作人作《南北》。载于 11 月 6 日《语丝》第 104 期，署名岂明。收入《谈虎集》上卷。本文是致鸣山的信，信中说："近年来广东与北京政府立于反对地位"，"这南北之争的声浪又起来了"，"我相信中国人民是完全统一的，地理有南北，人民无南北"。又说：民国以来"南北之战"，"不是两地方的人的战争，乃是思想的战争"。

本月，周作人作《宋二的照相》。载于 11 月 6 日《语丝》第 104 期，署名岂明。收入《谈虎集》上卷。本文从报上刊载宋二赴法场的照片，讽刺了北京"一般的市民总喜欢看杀人"的不正风气。

本月，沈从文作《读梦苇的诗想起那个"爱"字》。载于 1926 年 10 月 29 日《世界日报·文学》第 2 号，署名沈从文。初收《全集》第 15 卷。

本月，孙伏园的散文集《伏园游记》由上海北新书局出版。

本月，徐志摩的散文集《落叶》由上海北新书局出版。

十一月

1 日，创造社出版部招募第三期股金，总额为五千元。收款处：出版部上海总部、广州分部、北京分部、扬州第五师范学校洪为法、日本京都帝大文科李初梨、日本东京帝大文科冯乃超。

本日，鲁迅热情支持并指导厦门大学爱好文艺的青年所创办的文艺团体"泱泱社"和"鼓浪社"。"泱泱社"曾出版过《波艇》月刊两期。"鼓浪社"主编《鼓浪》周刊，附于鼓浪屿《民钟报》发行，共出 6 期。《鼓浪》，含有"鼓起新时代的浪潮"的意思，内容以文艺作品为主，并登科学性论文。《鼓浪》周刊每星期三发行，其第6号为"送鲁迅专号"，1927年1月5日出版，正是星期三。据此推断，创刊号应在1926年12月1日（星期三）出版。《鼓浪》第1期出版后，很受读者欢迎，初版立即售完，并于1927年1月1日再版发行。1927年1月8日《语丝》周刊第123期曾登载《上海北新书局广告》:《波艇》月刊，"为厦门大学爱好文艺者所编，由本局代印代发，印刷装订，务求精美，不日出版"。由此推断，《波艇》当在1927年1月出版。

本日，周作人作《发须爪序》。载于11月13日《语丝》第105期，署名周作人。收入《谈虎集》《苦雨斋序跋文》。本文是为江绍原的礼教之研究著作《发须爪》写的序言。

本日，鲁迅致许广平信。收入《两地书》。谈到今后的打算。

2日，周作人作《关于假道学——致黄哥俚》。载于11月13日《语丝》第105期，署名岂明。本文针对黄哥俚来信中所说的假道学的现象，指出："假道学是旧中国的天然的土产，是没有法的，其实也是颇可怜的。"

本日，周作人作《批评家之鉴戒——致雨村》。载于11月13日《语丝》第105期，署名岂明。

3日，鲁迅得郑振铎信（附有宓汝卓信），即复（已佚）。宓汝卓曾与郑振铎在《文学旬刊》上通过信，此时他在日本早稻田大学读书，竟谎称是鲁迅的代表去向盐谷温索取正在印刷的《三国志平话》，因该书尚在装订中而未果，宓某因恐事情弄穿，便致郑振铎信，请鲁迅"追认"其为代表，并说此事于中国人的荣誉有关，云云。鲁迅拒绝了这种无理要求。

同日，郁达夫始作《劳生日记》（至30日止）并作小说《迷羊》。

4日，钱端升自清华学校写信，恳请胡适担任清华校长，下力整顿清华，使负起维持北方大学教育的重任。因目下只有清华有可靠的经费。

同日，鲁迅作《〈嵇康集〉考》讫[①]，共四千字。据《厦大周刊》第164期记载，此文原拟刊载于厦大《国学季刊》第1期，后因该校发生了反对校长林文庆的风潮，季刊未能印出。未收集。全文分三部分："一，考卷数及名称"，"二，考目录及阙失"，

---

① 此文手稿文末注明的写作日期为"一九二六年十一月十四日"，此处据鲁迅《两地书·六八》。

"三，考逸文然否"，对《嵇康集》的本来面目及流行情况进行了详细准确的考证。

5日，《一般》第1卷第3号发表署名"从予"的文章《彷徨》。

作者认为："《阿Q正传》固然是一篇很好的讽刺小说，但我总觉得他的意味没有同书中的《故乡》和《社戏》那么深长。所以在《彷徨》中，像《祝福》、《肥皂》、《高老夫子》这一个类型的东西，在我看来，也到底不及《孤独者》与《伤逝》两篇。作者的笔锋是常含着冷隽的讽刺的，并且颇多诙谐的意味，所以有许多小说，人家看了，只觉得发松可笑。换言之，即因为此故，至少是使读者减却了不少对人生的认识。"

同日，在《一般》月刊第1卷第3期续载完《中世纪的波斯诗人》。该文是7月28日莫干山上完成的，为连载于《小说月报》上的《文学大纲》所补写的一章。

同日，周作人作《陶庵梦忆序》。载于12月18日《语丝》第110期，署名岂明。收入《泽泻集》《苦雨斋序跋文》。本文是为俞平伯重刊明代张宗子所著的《陶庵梦忆》所写的序言。

7日，邓择生嘱郭沫若往九江主持江西方面的政治工作，郭沫若即于次日与李一氓离开武昌。不久郭沫若即在南昌兼任总政治部驻赣办事处主任。

同日，周作人与张凤举、徐祖正等共同商议续出《骆驼》周刊事。

同日，鲁迅作《厦门通信（二）》。载于11月27日《语丝》周刊第107期，署名鲁迅。收入《华盖集续编》。

同日，鲁迅致许广平信。收入《两地书》。信中谈到以后继续战斗的设想。

8日，郑振铎作散文《蝉与纺织娘》（山中杂记之六），追记在莫干山听蝉与纺织娘的鸣声等情形。后载于11月21日《文学周报》第251期。

9日，鲁迅致许广平信。收入《两地书》。表示对到广州教书"很有些踌躇"。因为听到那里很有些表面上装作"同道"而暗地耍弄手段的人。

10日，郑振铎在《小说月报》第17卷第11期发表《卷头语》，为一首盼望春天来临的诗；续载于《文学大纲》第37章《十九世纪的南欧文学》、第38章《十九世纪的荷兰与比利时》、第39章《爱尔兰的文艺复兴》；还在"通讯"栏发表《答周仿溪君》，回答关于《文学大纲》的一些问题。

同日，朱自清写成《子恺画集跋》一文。

11 日，鲁迅得中山大学聘书。中山大学邀请鲁迅任教，是由中共广东区委员会提出，经过与当时任中大委员长的国民党右派分子戴季陶斗争以后决定的。

同日，鲁迅作《写在〈坟〉后面》。载于 12 月 4 日《语丝》周刊第 108 期，署名鲁迅。收入《坟》。文中对于编印《坟》的目的和心情作了进一步的阐述。

12 日，郑振铎作散文《苦鸭子》(山中杂记之七)，追记在莫干山听到的一个妇女受虐待致死而变成整天叫苦的乌鸦的传说，并联系到现实生活中劳动妇女的悲苦生活。后载于 11 月 28 日《文学周报》第 252 期。

13 日，周作人发表《拜发狂》，载于《语丝》第 105 期，署名岂明。收入《谈虎集》上卷。本文针对孙传芳、丁文江逮捕革命党而致社会上对于剪发女子之注意。

同日，周作人发表《闲话集成九·发之魔力》，载于《语丝》第 105 期，署名山叔。

同日，鲁迅同丁山、孙伏园等往南普陀寺观傀儡戏。南普陀寺在厦门大学附近，建于唐代，原名普照寺。傀儡戏即牵丝傀儡戏，闽南民间艺术木偶戏的一种。

14 日，郑振铎在《文学周报》第 249、250 期合刊发表《本报特别启事》。

同日，周作人作《文明国的文字狱》。载于 11 月 19 日《世界日报副刊》第 5 卷第 19 号，署名岂明。收入《谈虎集》下卷。文中列举一些事件讽刺了所谓"东亚的文明先进国"日本提倡武士道精神，"设置学生监以阻人之思想"及施行文字狱等的反动措施。

同日，鲁迅作《〈争自由的波浪〉小引》。载于 1927 年 1 月 1 日《语丝》周刊第 112 期和 1927 年 1 月北京北新书局出版的《争自由的波浪》，署名鲁迅。后来收入《集外集拾遗》。《争自由的波浪》原名《专制国家之自由语》，英译本改名《大心》。董秋芳从英译本转译，为《未名丛刊》之一。鲁迅曾为之校订。内收高尔基《争自由的波浪》、《人的生命》，但兼珂《大心》，托尔斯泰《尼古拉之棍》等 4 篇小说；托尔斯泰《致瑞典和平会的一封信》和《在教堂里》、《梭斐亚·卑罗夫斯凯娅的生命的片断》等 3 篇散文。

15 日，鲁迅致许广平信。收入《两地书》。信中对当时社会上一些三翻四复的市侩之徒的行径表示愤慨。

17 日，鲁迅参加厦门大学教职员照相，又赴恳亲会。会上"林玉霖妄语，缪子才痛斥"。下午 5 时，老舍在东方学院作"唐代爱情小说"讲座。后来，这篇英文演讲稿发表在燕京书院的学刊上，是老舍的第一篇学术论文。

18日，周作人作《乌篷船》。载于11月27日《语丝》第107期，署名岂明。收入《泽泻集》。本文以书信的形式通过记写家乡"一种很有趣味的东西"——乌篷船，描写了绍兴的一些景色与风物。

同日，鲁迅作《范爱农》。载于12月25日《莽原》半月刊第24期，副题为《旧事重提之十》，署名鲁迅。收入《朝花夕拾》。通过追叙辛亥革命前后和范爱农接触的生活片断，对范爱农的不幸遭遇表示同情。

19日，鲁迅作《所谓"思想界先驱者"鲁迅启事》[①]，载于12月10日《莽原》半月刊第23期，同时又载于《语丝》、《北新》、《新女性》等期刊。收入《华盖集续编》。本文对高长虹的卑劣行径予以揭露。高长虹同鲁迅结识之后，先是想利用鲁迅抬高自己，后是攻击鲁迅。本月，《狂飙》周刊第5期就刊出了高长虹《走到出版界——1925，北京出版界形势指掌图》一文，对鲁迅肆意诽谤。鲁迅看后，忍无可忍，决定反击。他在《两地书·七八》中表达了自己的愤慨。

20日，周作人作《古朴的名字——致江绍原》。载于11月27日《语丝》第107期，署名岂明。信中抨击了南北方人为趋吉避凶的取名方法，指出这"同是巫医的法术作用"。

同日，周作人致谷万川信。载于1927年2月5日《语丝》第117期，署名岂明。

同日，周作人发表《丁文江的罪》，载于《语丝》第106期，署名岂明。文章讽刺了讲"科学的人生观"的丁文江"一变而为皇英的高等华人"，再变而为"孙联帅的淞沪督办"，"讨赤军兴，便在上海杀戮学生工人了"。

21日，郁达夫、成仿吾、王独清在广州就改组创造社出版部问题交换意见，决定以郁达夫为总务理事，回上海出版部清算存账，整理内部，为此，郁达夫不久即辞去中山大学文科教授及学校出版部主任的职务。

同日，郑振铎在《文学周报》第251期发表《闲话》(一，《呐喊》)，高度评价："自鲁迅先生出来后，才第一次用他的笔锋去写几篇'自古未有'的讽刺小说。那是一个新辟的天地，那是他独自创出的国土"，"他的在这一方面的成绩，至少是不朽的"。高度评价"《阿Q正传》确是《呐喊》中最出色之作"，"在中国近代文

---

① 此篇未注明写作日期，但据本日鲁迅致许广平和致韦素园信以及次日的《鲁迅日记》，可确定本文约作于19日。

坛上的地位"，"是无比的"。并预言："将来恐也将成为世界最熟知的中国现代的代表作了。"又认为："像阿Q那样的一个人，终于要做起革命党来，终于受到那样大团圆的结局，似乎连作者他自己在最初写作时也是料不到的。至少在人格上似乎是两个。"

同日，沈雁冰发表《中国文学不能健全发展之原因》（论文），署名雁冰，载于《文学周报》第4卷第1期，曾收入《沈雁冰文艺杂论集》，现收入《沈雁冰全集》第19卷。共五部分。认为："一，没有明确的文学观与文学之不独立；二，迷古非今；三，不曾清楚地认识文学须以表现人生为首务，须有个性，——此三者便是源远流长的中国文学不能健全发展的根本原因。"

同日，因在广州的创造社诸人均忙于政务，上海的创造社出版社出版部亟须整顿，经商议郁达夫被推举回沪主持工作。

同日，周作人作《言语道断——致星辉》。载于11月27日《语丝》第107期，署名岂明。本文针对任可澄借纪念女师大八周年强讨俄款一事，指出任可澄"学不到"章士钊的"能干有手腕，只学得他的无耻与无赖"。

22日，周作人致闲禅信。载于12月4日《语丝》第108期，署名岂明。

25日，在与校长林文庆的"谈话会"上，就削减国学院预算经费一事向林提出强硬抗议，迫使林文庆取消前议。

同日，鲁迅致许广平信。收入《两地书》。信中对北伐军的胜利消息感到鼓励，对当时厦大的学生运动深表关心。当时厦大的学生运动主要由共产党人罗扬才领导。罗时任厦大学生自治会主席，又以个人身份担任了厦大国民党区分部书记。鲁迅说："本校学生中，民党不过三十左右，其中不少是新加入者，昨夜开会，我觉得他们都没有历练，不深沉，连设法取得学生会以供我用的事情都不知道，真是奈何奈何。开一回会，空嚷一通，徒令当局者因此注意，那夜反民党的职员就在门外窃听。"后来，罗扬才注意到这点，利用学生自治会来"挽留鲁迅"，发动了一场进步的学潮。

同日，沈雁冰发表《〈字林西报〉目中之"赤化"原是如此》（杂文），署名玄。载于《响导》第5卷第179期，现收入《沈雁冰全集》第15卷。

同日，沈雁冰发表《〈字林西报〉之于顾维钧》（杂文），署名玄。载于《响导》第5卷第179期，现收入《沈雁冰全集》第15卷。

同日，沈雁冰发表《靳云鹏、国家主义、棒喝团！》（杂文），署名玄。载于《响导》第 5 卷第 179 期，现收入《沈雁冰全集》第 15 卷。

同日，周作人作《打雅拾遗补》。载于 12 月 1 日《世界日报副刊》第 6 卷第 1 号，署名岂明。

26 日，周作人发表《"打雅"拾遗》，载于《世界日报副刊》第 5 卷第 26 号，署名岂明。

同日，国民党政治会议议决迁都武汉。

27 日，鲁迅往集美学校演讲 30 分钟。鲁迅在《海上通信》中曾说及这次演讲。据《鲁迅日记》载，12 月 2 日鲁迅曾把讲演稿寄集美学校，但由于和校长叶渊的见解不同，终于没有登出。

同日，周作人往北京大学学术研究会讲演。

28 日，郑振铎在《文学周报》第 252 期发表《闲话》（二，夸大狂），认为对文艺界中的"夸大狂"要区别对待。

同日，郑振铎作散文《不速之客》（山中杂记之八），追记在莫干山上怀念妻子，以及她突然来到时的激动心情。后载于 12 月 12 日《文学周报》第 254 期。

同日，郑振铎又作散文《山市》（山中杂记之九），追记游逛莫干山中某市集的情形。后载于 12 月 17 日《文学周报》第 255 期。

同日，周作人致周湘萍信。载于 12 月 4 日《语丝》第 108 期，署名周作人。

30 日，鲁迅收商务印书馆寄来的英译《阿 Q 正传》3 本。这是《阿 Q 正传》的第一个英译本，也是最早的欧洲文学译本。12 月 11 日，又收梁社乾寄赠英译《阿 Q 正传》6 本。

31 日，因不满于广州政局中的龌龊腐败，以及返沪使命在身，郁达夫正式向戴季陶辞去中山大学教授及出版部主任之职，准备以后以著译为主。

本月，郭沫若负责筹备苏联十月革命节纪念活动。

本月，胡适在英国一些大学作了 10 次学术讲演，讲题有《过去一千年来中国停滞不进步吗？》、《中国与传教士》、《中英文化关系的增进》等。

本月，周瘦鹃编的《言情小说集》的第一册、第二册、第三册、第四册以及《倡门小说集》由上海大东书局出版。

本月，沈从文的诗文合集《鸭子》由北新书局出版。

本月，李金发的诗集《为幸福而歌》由上海商务印书馆出版。收写于1925年至1926年所作诗101首。

本月，谢采江的诗集《荒山歌唱》由海音书局出版。

本月，沈从文作《篁人谣曲》，其中《前文》载于1926年12月25日《晨报副刊》第1498期；辑录的《谣曲》第1—21首，载于1926年12月27日《晨报副刊》第1499期；第22首《尾声》载于1926年12月29日《晨报副刊》第1500期。

本月，沈从文的《松子君》载于22日、24日《晨报副刊》第1479、第1480号，署名沈从文。初收1928年2月上海北新书局版《入伍后》。

本月，巴金发表《谈时局》（杂感），署名芾甘。载于上海《民众》半月刊第17期。

本月，周作人作《女子学院的火》，载于12月4日《语丝》第108期，署名岂明。收入《谈虎集》上卷。本文从女子学院失火，两位学生被焚毙命一案而谈到"应当使文科学生有适当的科学知识以便应付实际的生活"。并批评了当时"完全是金钱的交易"的"医院制度的缺陷"。

本月，巴金发表译作《访克鲁泡特金》（美国高德曼作，访问记），署名芾甘。载于上海《民众》半月刊第16期。

本月，周作人发表所译希腊作家德阿克利多思的《古希腊拟曲之一·参拜亚陀尼斯的女人》，载于《孔德月刊》第2期，署名岂明。

十二月

1日，《洪水周年增刊》出版。发表《洪水》编者的《自己纪念自己》、周全平的《关于这一周年的洪水》、刘绍先的诗《奋斗——为洪水复活一周年纪念而作》、黎锦明的《洪水周年纪念祝》等纪念文章；还发表邵宗的《狱中拉杂记》、毓英的《入狱——三副眼镜和一个到》、灵凤的《狱中五日记》等3篇文章，揭露上海警察厅查封出版部、逮捕职员事件。又在"附录"里发表《创造社社章》、《创造社出版部章程》、总部第一届执行委员名录、总部第一届理事名录等。

同日，《鼓浪》周刊在厦门大学创刊。厦大"鼓浪社"主编。附于鼓浪屿《民钟报》发行。内容以文艺作品为主，兼登论文，共出6期。

同日，郭沫若发表自传体小说《矛盾的调和》，载于《洪水》周年增刊，收入《文集》5 卷时，改题为《矛盾的统一》。

同日，巴金译《面包略取》（俄国克鲁泡特金作，论著），署名芾甘。1927 年 11 月由上海自由书店初译；后易题为《面包与自由》，1940 年由平明书店出版。该书是无政府主义者计划出版的中文《克鲁泡特金全集》的第一部。克氏在书中论述了劳动一体化和个人自由对社会发展的重要意义，着重指出，只要打破现存的社会形式，将所有的财产充公，立即可以建成一个万人享乐的新社会。

同日，巴金作《〈面包掠取〉译者序》（序跋），署名芾甘。载于 1927 年 11 月上海江湾自由书店出版《面包略取》。文中简述了参照英文、法文、日文和人人会同志的中译本，以及白性君、冰弦君、凌霜君的中译章节重译此书的经过，并对书的译名作了解释。

5 日，钟云作《新文艺的建设》。载于《文学周报》第 253 期。针对新文艺运动以来的六七年中，"白话文依然不能脱文言文的巢穴；我们的思想内容，仍旧逃不出数千年来的传统观念"的现实状况，提出今后新文艺建设的三个努力方向：一，文艺的社会化；二，革命的精神；三，世界主义的倾向。

同日，郑振铎在《文学周报》第 253 期发表《缀白裘索引》，为研究中国戏曲的人提供方便。

6 日，郑振铎寄鲁迅信（已佚）。

10 日，郑振铎在《小说月报》第 17 卷第 12 期发表《卷头语》，认为努力工作是幸福的，"不仅收获时有说不出的成功的喜悦，即当工作时却也有无上的趣味"，而"最感苦闷的却是那些闲逸而又无事可为的人"。当时这段话使王任叔很受感动，他后来回忆说：读了这段话使他得到"自救"，"使我一生来养成了爱劳恶逸的习惯。人常有闻一言而受用一生的"，"这一段话，对我说来就是如此"。（《悼念振铎》）本期还续载《文学大纲》第 40 章《美国文学》、第 41 章《十九世纪的中国文学》。

11 日，沈从文的《岚生同岚生太太》载于《现代评论》第 5 卷第 105 期。署名从文。初收 1928 年 2 月上海北新书局版《入伍后》。

12 日，《文学周报》第 254 期发表胡适于 1926 年 8 月 27 日、10 月 4 日给志摩的两封信。信后西谛作《附记》说：有一部分的诗人，决意"投下了他们的笔，去做实际的光明工作去了；有一部分政论家却不仅口说而且去实行了"。"大家都知道请愿时代是过去了，空论时代是过去了。现在的时代是实行的时代。"

同日，郑振铎在《文学周报》第254期续载《缀白裘索引》（完），发表胡适《给志摩信》并作附记。

14日，鲁迅致郑振铎信（已佚）。

15日，郁达夫离广州赴上海。

同日，巴金发表《无政府主义的阶级性》（论文），署名芾甘。载于《民钟》第1卷第16期。

同日，巴金发表《〈无政府主义的阶级性〉小引》，署名芾甘。载于《民钟》第1卷第16期。

同日，巴金发表译作《科学与无政府主义》（意大利马拉铁司达作，论文），署名芾甘。载于《民钟》第1卷第16期。

同日，巴金发表《〈科学与无政府主义〉译后记》（按：此标题系笔者所加），署名芾甘。载于《民钟》第1卷第16期。本文"不是论文"是"注脚"，并说明此文"据西班牙文和法文转译"。

本月中旬，沈雁冰与妻德沚已经决定动身时，接分校筹办人包惠僧从汉口打来的电报，让沈雁冰在上海负责招生，并寄来经费。遂通过党的关系在上海报纸登招生广告。报考者1000人左右，约请商务印书馆编译所同事阅卷。同时为分校物色政治教官3人。

18日，鲁迅在《北新》周刊第18期上发表《阿Q正传的成因》，解答郑振铎在11月21日《文学周报》第251期发表的《闲话》中对《阿Q正传》的有关评论。

19日，傅彦长作《中国文学在世界上的地位》。载于《文学周报》第255期。认为中国文学在世界上是"孤立的，没有地位的"。而我们现在"通行的白话文，不过是极少数受过圣贤教育与欧美教育的人所写出来的文。着一种文，太没有民众的基本，决无成为世界文学之一种的希望"。只要不要"圣贤来包办一切"，而将民众口里保存的许多文学作品，依靠拼音字母，"把这种文学作品，依所说的语言写下来"，这才是应走的正确的路。

20日，郑振铎致鲁迅信（已佚），内容可能与《阿Q正传的成因》有关。鲁迅于12月28日复信（已佚）。

22日，朱自清写完论文《"熬波图"》。

30 日，郭沫若应邓择生电邀，往庐山晤面。

31 日夜，郭沫若出席北伐军总司令部举行的宴会，见有人高呼"蒋总司令万岁"时蒋竟默然领受不加制止，便觉得他"肯定会背叛的"。当夜，与邓择生回返南昌。

同日，鲁迅收到郑振铎寄赠《文学大纲》第一册。

同日夜，胡适登轮赴美。

本月上旬，沈雁冰被党中央派到中央军事政治学校武汉分校工作。(《1927 年大革命》，载于《新文学史料》1980 年第 4 期)

本月，包天笑的《包天笑小说集》由上海大东书局出版。

本月，许钦文的中篇小说《赵先生底烦恼》由北京北新书局出版。

本月，王独清的诗集《圣母像前》由上海光华书局出版。

本月，刘大白的诗集《邮吻》由上海开明书店出版。

本月，鲁彦辑译的《犹太小说集》由上海开明书店出版。

本月，徐蔚南辑译的《法国名家小说集》由上海开明书店出版。

本月，沈颖翻译的屠格涅夫的《九封书》由上海自由社出版。

本月，张友松翻译的契科夫的小说《三年》由上海北新书局出版。

本月，伍光建翻译的迭更斯的小说《劳苦世界》由上海商务印书馆出版。

本年，国民革命北伐军经过金华，艾青随全校师生上街欢迎。在革命思潮冲击下，艾青想去投考"黄埔军校"，其父亲不支持，没有去成。

本年，"数人会"讨论"国语罗马字"问题，到本年 9 月，开会一年，九易其稿，拼音方式已经确定，并由"国语罗马字"委员会通过。但当时是北洋军阀专政，凡事都开倒车，教育部不肯用部令公布。于是依照钱玄同的建议，就以教育部国语统一筹备会的名义直接布告公布了《国语罗马字拼音法式》。公布的日期是 11 月 9 日。

9 月，《国音字典》增修工作进入了紧张的时期。钱玄同、黎锦熙、汪怡、白镇瀛等几个委员逐日开讨论会，对这部《字典》逐字逐音认真审查。10 月底，《增修国音字典》的十二大册稿本大致审定了。11 月，议决编撰体例，拟修成三书（大似北宋政府所修定的所谓《姚刻三韵》）：（一）《增修国音字典》——仍依《康熙字典》部首（但部首目次稍加改善），此似司马光的《类编》；（二）《国语同音字典——按注音字母次序排列，此似丁度的《集韵》；（三）《国音常用字汇》——亦以同音字分四声排列，专供中小学教员及编辑教科书之用，此似《礼部韵略》。"凡字音，概以北京的普通读法为标准。"按：1924年"国语统一筹备会"开了一次谈话会，专门讨论《国音字典》增修问题，"决定以漂亮的北京语音为标准，但也宜酌古准今，多来几个'又读'"[①]。这与旧"国音"是有不同的。

12月，钱玄同在北京大学演讲《历史的汉字改革论》。又作《为什么要提倡国语罗马字？》，发表在《新生》第1卷第2期。

本年，进步同学管亚强（张致祥）在学校开会时敢和校长张伯苓顶撞，并且质问张伯苓为什么不准学生参加进步活动。为此遭到学校打击，家庭对管亚强也施加压力。曹禺很同情他，认为管亚强是有道理的。

本年，曹禺组织演京剧，他扮演过《走雪山》中的义仆曹福，常家骥扮演小姑娘，是演给初中毕业班看的，曹禺演得颇为出色。

本年，巴金与惠林捐赠《民钟》印费五元。

本年年底，沈雁冰与妻德沚乘英国轮船去武汉。

本年冬，曹禺父亲万德尊患遗传性中风病，大哥家修赶赴北平叔祖家，经叔祖介绍，名医徐绍武赴津治疗。病愈后尚能行动。

本年，郑振铎所编选的《中国短篇小说集》开始由商务印书馆出版，共分3卷，至1928年4月出至第3卷上册（下册未见出版）。收入唐代至清代的文言与平话短篇小说，并加有简注。每册前均有序数篇。鲁迅在《唐宋传奇集》序中对此书表示赞赏，同时也指出其书的沿误。

本年，郑振铎选编标点《白雪遗音选》由上海开明书店出版，为《鉴赏丛书》第一种。此书从清人华广生《白雪遗音》（清道光八年刻本）中选出的俗曲、马头调等共143首。

本年，刘伯量翻译的易卜生的戏剧《罗士马庄》由北京诚学会出版。

---

① 黎锦熙：《国语运动史纲》卷三，第171—172页。

本卷主要作家人名索引

A

A.Francn 95
阿 胥 91
阿 友 43
阿支巴绥夫 179
哀 禾 86
蔼惠耳思 186
艾 青 202
爱伦·坡 121 122
爱罗先珂 68
爱 吾 40
安 瑞 91
安特列夫 38 74 134
安徒生 8 24 38 44 57 74
　　　 109 111 115 124
奥赛·柯南道尔 24

B

巴 金 13 185 199 201 203
巴洛兹 96
白 采 14 18 31 68 84 90
　　　 171
白启明 28 33
白吐凤 90
白 薇 129
白 羽 28
白镇瀛 202
拜 伦 17 18 145 151
般 生 86
包天笑 29 41 74 163 202
贝厚德 119
毕树棠 64
毕倚虹 29
弼 时 67
宾斯奇 91

冰　心　15　16　32　38　43　48
　　　　49　69　72　73　84　100
　　　　119　163

秉　丞　38

擘　黄　132

不肖生　41　134

卜戈云　40

布哈林　42

C

CF女士（C.F、张近芳）　31　57

CT　35

蔡元培　19　82

藏亦據　96

曹靖华　112　114

曹　锟　65　186

曹梁厦　96

曹慕管　30　34

曹唯非　168

曹文曜　15

曹　禺（万家宝）　183　190　203

曹元杰　84

曹云祥　143

岑麟祥　24

长　虹　36　135

常　惠　88　185

常家骥　203

常　觉　40

常文郁　182

超　超　167

陈百年　14

陈承荫　35　39

陈大悲（大悲）　43　74

陈德征　124

陈涤虑　62

陈独秀（实庵）　28　31　42　55　71
　　　　　　　88　106　114　136
　　　　　　　150　182

陈福田　144

陈　嘏　38

陈筦枢　128

陈翰笙　66

陈济芸　34

陈　寂　114　124

陈　勤　30

陈嘉庚　187

陈炯明　74　75　119

陈　宽　90

陈士钰　65

陈潭秋　71

陈万里　172

陈望道　24　40　111　174　183

陈炜谟（炜谟）　38　89　121　122
　　　　　　　174

陈西滢（陈源、西滢）　5　59　63
　　　　　　　66　76　93
　　　　　　　95　97　98
　　　　　　　108　110　114

　　　　　　　　115　116　125　126
　　　　　　　　127　130　132　133
　　　　　　　　142　147　160　162
　　　　　　　　166　182
陈翔鹤　26　28　34　38　121　122
　　　　174　183
陈　毅　72
陈寅恪　144
陈又伯　54
陈　垣　166
陈　赞　135
陈志莘　46
陈　著　84
陈醉云　40　42
成仿吾　10　11　15　23　26　27
　　　　32　34　38　42　44　45
　　　　126　130　144　145　151
　　　　171　183　196
成　均　105
成绍宗　173
程　菀　43
程小青　29　38　43　45
程瞻庐　41
厨川白村　35　38　51　52　56　85
　　　　　86　136　152
楚　茨　37
褚保衡　30
褚东郊　90
川　岛　45　60　99　188

怆　叟　91
春　台　186
从予　39　43　194
蹉跎生　1

D

戴季陶　117　195　198
戴望舒　88　112　145
戴锡樟　180
德阿克利多思　199
邓均吾　11
邓　培　8
邓湘寿　84
邓小平　180
邓以蛰　166
邓泽如　35
邓择生　179　180　181　185　186
　　　　194　202
邓中夏　13　19　99
狄更生　166
荻　舟　110　111
涤　洲　110　111
谛阿克列多思　119
丁　丁　177
丁　玲　177
丁润石　87　89
丁　山　195
丁文江　64　140　187　195　196
丁西林（西林）　66　70　96　135

鼎　45

冬　芬　91

董秋芳　195

董作宾　28

冻　茵　24

栋　文　34

杜　衡　145

杜元载　24

段可情　27　144

段祺瑞　54　60　66　67　74　75
　　　　87　106　129　131　137
　　　　139　145　146　147　152
　　　　156　189

E

E.R.巴勒斯　80

F

法郎士　2　37　91

樊增祥　54

樊仲云　86

范爱农　196

范伯群　16

范　祎　29

方光焘　117　183

斐　君　45

废姓外骨　187

丰子恺　108　109　135　183

冯都良　118　129

冯　六　24

冯乃超　144　145　192

冯省三　39　40　42　44

冯叔鸾　36

冯文炳（废名）　64　76　88　122
　　　　　　　　123

冯西冷　43

冯雪峰　77

冯友兰　22　166

冯玉祥　75　83　103　156　180

冯沅君（淦女士、沅君）　11　22
　　　　　　　　　　　171　192

冯　至　11　28　32　34　40　43
　　　　121　122　174

凤　云　24

佛罗贝尔　91

弗洛贝尔　130

傅彦长　201

傅振伦　31

馥　琴　129

G

甘乃光　56

高成均　109

高尔基　51　95　119　195

高　歌　58

高剑华　117

高君箴　74

高六珈　91

高沐鸿　58
高梦旦　179
高一涵　9　64
高长歌　188
高长虹（长虹）　36　58　59　64　88
　　　　　　　　112　135　168　183
　　　　　　　　188　189　190　196
高　滋　62
戈里奇　104　105
戈木列支奇　91
格尔木兄弟（格林兄弟）　31　113
耿济之　38　74
耿式之　91
龚业光　15
谷凤田　125
顾德隆　114
顾颉刚（颉刚）　9　24　26　32　35
　　　　　　　　66　166
顾均正　34　38　109　111
顾明道　29　34　163
顾　随　40
顾一樵　85　105
顾泽培　33　35　37　40
顾仲起　83
顾仲彝　159
管亚强（张致祥）　203
光　赤　13　69
郭沫若（杜荃、郭鼎堂、麦克昂）　2
　　　　　　　11　15　23　26　27
　　　　　　　32　34　39　42　44
　　　　　　　45　59　64　69　71
　　　　　　　77　96　98　99　102
　　　　　　　117　118　124　126
　　　　　　　132　137　140　144
　　　　　　　145　146　151　153
　　　　　　　157　159-166　168
　　　　　　　170-173　178-180
　　　　　　　182-186　191　194
　　　　　　　198　200　202
郭绍虞　166
郭增恺　15
国木田独步　13　91
果戈理　74　106　184

H

H　38　42
H．苏台尔曼　62
含　川　30
韩侍桁　60
杭立武　144
郝笃祜　43
郝荫潭　174
何海鸣　31　35　38
何浩若　105
何朴斋　163
何其宽　39
何味辛　33
何　畏　11　183

何植三　31

河上肇　23

贺扬灵　135

贺玉波　16

宏　图　34

洪　深　7　21　70　71　85

洪为法（为法）　11　44　62　125

侯　曜　14　96

胡伯玄　25

胡鄂公　39

胡怀琛　34　172

胡汉民　75

胡寄尘　26　28　33　39　40　41
　　　　84

胡山源　124

胡　适　2　5　7　9　10　26　54　55
　　　　57　61　66　95　106　110
　　　　114　127　136　140　170
　　　　184　186　187　190　191
　　　　193　198　200　201　202

胡思永　57

胡文炜　38　44

胡先骕　29　41　74

胡宪生　80

胡也频　65　66　177

胡愈之　13　84　97　174　179　183

胡云翼　87

胡仲持　62　129

华　林　17

华通斋　36

华兹华斯　38

化　鲁　38　44

黄朝琴　7

黄呈恩　7

黄嘉谟　102

黄　坚　181

黄　侃　87

黄鹏基（朋其）　58　88　109　175
　　　　　　　　176

黄　朴　32　35

黄　兴　82

黄药眠　144

黄运初　25　31　39

黄　中　177

黄仲苏　1

黄遵宪　20

惠　林　203

惠特曼　15

混　沌　31

霍夫曼　121　122

霍普特曼　96　121　163

J

纪德甫　178　186

济　人　27

加藤武雄　91

嘉　白　35

蹇先艾　6　140　150　155

健　攻　110　111
健　梁　44
践卓翁　53　55
江红蕉　90
江绍原　120　193　196
江吟龙　109
江震亚　65
姜伯谛　93
姜亮夫　2
姜卿云　90
蒋百里　86
蒋光慈（蒋光赤、蒋侠僧）　27　42
　　　　　　　　44　48　59　60
　　　　　　　　67　69　73　140
　　　　　　　　144　145
蒋鉴璋　87　89
蒋介石　75　150　160　179　181
　　　　189
蒋梦麟　14
蒋用宏　24　28　35　38　39　43
　　　　44
焦菊隐　31　38　172　177
觉　迷　40
孑　耕　73
解特玛尔　109
金枫江　35
金满成　72　88
金子筑水　105
劲　风　24　45

晋　思　168
荆有麟　64　65
景昌极　29　40
景　宋　104　105　106
敬隐渔　26　45　134

K

开　先　43
康白情　46
康有为　82
柯柏森　78
柯罗连科　105　134
柯仲平　58　173
克雷洛夫　71　74　136
克明　1

L

拉比诺维奇　91
莱蒙托夫　136
莱　森　113
赖　和　7
老舍（舒庆春）　49　50　168　170
　　　　　　　　181　195
乐均士　34
乐山女士　31　34
雷晋笙　35　38
雷　里　91
雷　殷　39
梨亚荫诺夫　42

黎锦明　64　117　199	李　云　36
黎锦熙　202　203	李允臣　1
黎烈文　163	李　藻　130
李秉之　136	李之龙　150
李秉中　48	李仲刚　15
李初梨　144　145　183　192	李仲武　51
李大钊　4　35　106　137　156	李宗桐　80
李芳君　12	历南溪　39　40
李鹤龄　185	俍　工　73　84　90
李鸿梁　118	梁凤楼　101
李鸿章　82	梁俊青　26　27　32　34　38　42
李霁野　109　112　122　146　190	44
李健吾　170	梁启超　19　20　24　51　82　119
李劼人　6　46　130　174	137
李金发（李叔良）77　129　199	梁社乾　198
李景林　156	梁实秋　5　11　49　71　105　144
李开先　24　90	145　147–149　166　171
李立三　71	189　190
李渺世　36	梁漱溟　144
李启汉　99	梁思成　71
李青崖　38　43　62　63　91　121	梁宗岱　32　62　67　85　90
李善通　113	列　宁　36　37　47　67　76　88
李士元　118	182
李世璋　39	烈　文　140
李四光　66	林伯渠　4　137
李素伯　164	林笃信　74
李小峰　48　59　60　112　168	林端明　7
李一氓　179　194	林徽因　24　71
李伊凉　33	林　兰　57　124

林履彬　33

林品石　180

林如稷　26　28　35　89　121

林　纾（林琴南）　30　53　54　55
　　　　　　　　　92　127

林素园　178　180

林伟民　99

林文庆　187　193　197

林语堂（林玉堂）　26　60　64　88
　　　　　　　　98　131　137
　　　　　　　　174　178　180

林长民　24

灵光（及林）　124　125

凌梦痕　12　34

凌叔华　66　70　83

刘百昭　93　133

刘半农　60　158　159　162　167
　　　　168　174

刘伯量　203

刘策奇　31　34

刘大白　16　46　108　118　166
　　　　183　202

刘大杰　87　124　129　163

刘　纲　90

刘和珍　93　138　145　146　147　153

刘豁公　41

刘经庵　34

刘梦苇　15

刘勉己　65　120

刘　朴　30

刘清扬　87

刘绍先　199

刘揆黎　10

刘师仪　84

刘永济　40

刘震寰　75

柳诒徵　29　35　74　144

六不如　30

六　逸　28

龙游丘　39

楼建南　146

庐　隐　24　32　35　70　72　73
　　　　84　90　106　107

卢自杰　28

鲁少飞　26

鲁迅　3　9-12　14-16　22　24
　　　27　31　33　35　40　42
　　　46-49　51　52　55　56
　　　58-61　63-68　71　73
　　　75-81　83　85-90　92　93
　　　95-101　103-106　108
　　　110-113　115-117　119-128
　　　130-134　136-140　142　143
　　　145-147　150　152　153
　　　156-158　160　162　164-169
　　　173-175　178-190　192-198
　　　200-203

陆侃如　22　31　166　192

陆律西　39　43

陆士谔　85

路卜洵　5

路易斯·卡罗尔　84

罗琛　36

罗曼·罗兰　2　121　174

罗诺夫斯基　42

罗扬才　197

罗章龙　71　156

骆无涯　29

吕修　40

吕沄沁　117

M

马二先生　90

马君武　136

马浚知　30

马拉铁司达　201

马廉　173

马文亭　129

马叙伦　78

马寅初　64

马幼渔　14

马裕藻　95　111　139

马芝瑞　83

曼殊斐儿　63

毛文钟　30

毛尹若　45

毛泽东　4　22　51　137　150

梅光迪　144

梅脱灵　91

梅贻琦　144

美子　91

孟代　31

梦雷　73

梦苇　5　192

宓汝卓　193

渺世　24　38　43

闵之寅　176

明诚　15

明那·亢德　86

溟若　24　28

缪凤林　45

莫泊桑　35　38　62　63　184

莫里斯·梅特林克　1　163

慕越　124

穆木天　37　44　104　140　141
　　　　144　183

N

内田良平　82

尼采　121

倪贻德　21　44

霓僧　135

宁淑　31

O

欧高德　119

欧阳兰 30

欧阳山 133

欧阳予倩 56 85

P

PS 39

潘垂统 25

潘公弼 64

潘光旦 184

潘汉年 191

潘家洵 91

潘莱士 91

潘漠华 77

潘锡纯 30

潘　训 21 73 90

潘梓年 174

裴文中 119

佩　蘅 74

彭基相 64

彭家煌 113

彭　康 144 145

彭述之 71

彭学沛 66

皮宗石 66

平襟亚 36

蒲伯英 30

蒲　风 77

蒲　梢 35

蒲振声 93

Q

漆树芬 45

齐寿山（齐宗颐） 93 139 168

奇　呆 43

契诃夫 119 202

契里珂夫 110

钱端升 66 193

钱江春 124

钱能训 35

钱起八 33 43

钱唐邨 26

钱杏邨 11 73 159

钱玄同 9 60 65 95 104 110 111 138 185 188 202 203

清浦奎吾 188

丘景尼 120

秋　凤 28

秋　萍 5

瞿白音 7

瞿菊农 120

瞿秋白 5 32 36 37 42 50 51 71 88 117 119

瞿世英 5 71

瞿宣颖 109 111

全　平　171

R

柔　石　59　72

芮禹成　30

任可澄　178　182　188　197

饶孟侃　150　151

S

S.Vendroff　91

三　辛　5

沙　刹　37

沙　弥　5

沙　鸥　40

莎　子　40

尚　钺　58　64　88

邵力子　13

邵飘萍　64　65　120　156

邵　挺　30　74

邵洵美　177

邵振清　118

邵　宗　199

沈从文　36　59　66　67　101　102
　　　　123　159　167　168　184
　　　　186　192　199　200

沈刚伯　190

沈兼士　14　178　180

沈骏英　119

沈默汉　19

沈起予　144

沈士远　111

沈性仁　91

沈雁冰（方璧、茅盾、未明、玄珠）
　　　　2　5　6　10　24-27　31　32
　　　　34-37　39　42　43　45　61
　　　　63　69　70-72　73　74　81　83
　　　　85　86　91　93　94　97　98
　　　　103　105　107　109　114　115
　　　　117　126　137　153　170　174
　　　　175　187　188　191　192　197
　　　　198　201-203

沈尹默　14　17　93　95　111　139

沈　颖　202

沈禹钟　36

沈泽民　13　57　59　74　91　117
　　　　179

生田春月　24

施牧子　118

施文杞　6

施　园　31

施蛰存　145

石　樵　5

莳竹农　45

史特林堡　86

荻　桦　39

双　双　38　42

松　庐　26

宋教仁　82

宋　介　109

宋文翰　180

诵　虞　34　43

苏菲德霭南同　24

苏　哥　15

苏　进　14　15

苏曼殊　102

苏特尔褒格　86

苏雪林　155

苏兆征　99　100

素　英　34

孙宝琦　20

孙传芳　121　178　185　187　195

孙伏熙　64

孙伏园　48　59　60　64　65　74
　　　　116　119　120　126　168
　　　　178　180　192　195

孙福熙　80　121　129　135　172

孙了红　163

孙俍工　22　43　45　134

孙梦雷　84

孙少仙　31　32

孙师郑　115

梭罗古勃　86　106

索　以　40

T

Thorton W.Bugeso　113

台静农　93　101　112

泰戈尔（太戈尔）　19　23　24　26-29
　　　　　　　　　31　43　62　74
　　　　　　　　　75　91

太　虚　45　189

谭平山　4

谭嗣同　20

汤尔和　17　19

汤化龙　119

汤用彤　35

汤元吉　114

唐大园　29

唐鸣时　124

唐珊南　38

唐　弢　46

唐小圃　30　31　71

唐有壬　66

唐　钺　85

陶晶孙　11　144　166

陶孟和　102

陶元庆　190

滕　固　57　84　95　96　176　177

天　风　140

天虚生我（陈蝶仙）　41

田　汉　4　5　7　11　67　68

苕　狂　28　90

屠格涅夫　102　136　184　202

托尔斯泰　74　76　119　124　130
　　　　　195

W

顽石生　101
万德尊　203
万元初　32
汪馥泉　36
汪精卫　75　103　150
汪敬熙　79　123
汪静之　28　46　74　77　78　90
　　　　183
汪康年　20　54
汪懋祖　97　98
汪煦昌　40
汪原放　12
汪　怡　202
汪仲贤　85　135
王伯祥　13　183
王成组　85
王　承　182
王　春　182
王纯根　1
王独清　11　45　129　144　145
　　　　146　183　196　202
王尔德　7　21　74　85　121
王国维　108　137
王季思　22
王莲友　64
王鲁彦（鲁彦）　55　81　88　191
　　　　192　202
王明道　63

王任叔（W生）　35　38　43　126
　　　　127　150　200
王尚济　111
王少明　113
王世栋　136
王世杰　64　66
王寿昌　54
王思玷　38　90
王廷扬　118
王桐龄　35
王统照　1-3　5　6　8　10　18　19
　　　　21　45　62　72　74　80
　　　　90
王维克　28　34
王西神　39　41
王希礼（B.A.Vassiliev）　99
王新命　10
王玄冰　118
王怡庵　11　24　28　31　35
王以仁　37　61　68　70　183　191
王郁青　43
王蕴章（王莼农）　61
王灼三　53
王佐才　25
望月轩　24
韦丛芜　112　164
韦杰三　151
韦素园（韦漱园）　88　104-106
　　　　108　109　110

		112	113	184	吴稚晖	64 110 111 137
		188	189	196	吴朱麟	36
维 克	38				伍光建	202
味 辛	28				伍联德	166
魏金枝	143					
魏 易	92				X	
文公直	29				西 谛	24 45 70 73 75 101
文 亮	5					104 200
闻家驷	155				西 神	35 38 42
闻 诚	39				西 万	33
闻一多	11 66 71 96 105 114				西巫瘦铁	28 39 42 44 45
	150 151 154 155 160				希 和	24
	161 166				希 真	91
吴芳吉	30 40 102 108 114				夏曾佑（夏穗卿）	19 20
吴鸿举	180				夏丏尊	13 84 91 174 178 183
吴谨人	10				夏 衍	13
吴 菁	180				夏 芝	1 2 3 8
吴景岳	129				显克微支	91
吴敬恒	82 111				向恺然	29
吴立模	84				向培良	58 64 88 159 166 183
吴 梅	45					188 189 192
吴 宓	45 79 137 143 144				向绍轩	29
吴佩孚	65 156 189				项拙（亦愚）	65
吴绮缘	41				肖 纯	84
吴希夷	118				萧伯纳	8 91
吴须曼	144				萧楚女	13 29 38
吴研因	184				萧 明	180
吴羽白	39				萧 乾	48
吴玉章	50 137				小路实笃	38 43 86 124 179

小　青　24　26　33

晓　天　32　38

谢采江　199

谢旦如　83

谢瑢樵　54

谢六逸　92　110

欣　欣　5

星　郎　163

行　云　39

熊佛西　7　71　72　136　166

熊闰同　67

熊宴秋　31

徐德嶙　15

徐傅林　40

徐　琥　40

徐剑瞻　36

徐调孚　32　43　44　109

徐蔚南　150　202

徐文滢　176

徐　曦　74

徐耀辰　33　172

徐玉诺　73　84

徐哲身　1

徐枕亚　41　90

徐志摩　5　11　15　18　19　21
　　　　24　25　28　31　43　52
　　　　63　66　71　90　107　113
　　　　114　118-120　127　142
　　　　150　151　155　165　168
　　　　186　192　200　201

徐　雉　46　73　84

徐祖正　144　171　178　194

徐卓呆　1　29　41

许崇智　75

许地山（落花生、落华生）24　49
　　　　50　72　73　102　126　191

许广平　33　48　52　89　93　138
　　　　173　178-181　184
　　　　186-190　193-197

许　杰　43　183　191

许　雷　136

许乃昌　7

许钦文　10　12　38　64　88　90
　　　　156　157　174　175　202

许绍珊　74

许寿裳　33　93　139　179　187

许啸天　117

许幸之　144

许志行　24

学昭（陈学昭）24　26　28　35　37
　　　　40　64　135

Y

烟桥　39　43

严独鹤　36　41　90

严敦易　27　32　39

严恩椿　172

严芙孙　1

严　复　20	业　光　5
严既澄　33　90　92	业　雅　5
严良才　44	叶伯和　38
燕　生　109	叶鼎洛　166
燕树棠　66	叶劲风　42
阳翰笙　144	叶灵凤　44　173　191　199
杨不平　39	叶绍钧　59　62　69　70　72　73
杨邨人　33	84　85　90　92　126　150
杨德群　147　153	171
杨德瑞　28	叶圣陶　13　21　46　61　84　97
杨端六　66	101　104　123　150　170
杨鸿烈　65	174　183
杨　晦　121　122　174	一　楚　30
杨晶华　172	伊里雅　136
杨敬慈　31	忆兰生　45
杨衢云　82	忆秋生　24
杨　骚　168	易卜生　203
杨世恩　150	易家钺　91
杨贤江　117	易漱瑜　4
杨小仲　40　42	吟　秋　26
杨荫深　184	郢　　39　40　42　44　45　171
杨荫榆　62　71　92　93　95　97	应修人　77　146
98　116　131　132　138	游龙丘　24
139	有岛武郎　160　182
杨云萍　6	于赓虞　177
杨振声　66　78　79　150　166	余上沅　64　71　96　134　136　165
杨中伟　28	166
姚公鹤　108	鱼　常　32　38　39
姚民哀　29　41	俞念远　179

俞平伯	2-5 8 10 12-15 17-21	曾广勋	15
	44 60 62 69 134 135	查士骥	24
	166 172 194	查士元	90
俞颂华	51	张安人	34
俞天游	136	张毕来	19
雨　棠	43	张碧梧	1 45 90
禹　中	26	张伯苓	203
禹　钟	28 38 44	张定横	104
玉薇女士	24 32	张凤举	14 17 33 134 194
郁达夫	3 11 12 15 27 44-46	张国焘	28
	59 66 67 69 77 87	张恨水	20 21 191
	119 120 123 126 129	张　继	82
	141 142 144 145 146	张嘉铸	96 155
	151 168 171 174 183	张竞生	64
	191 193 196-198 201	张静庐	118
毓　英	199	张君若	1
袁明濂	15	张蓬洲	135
袁世凯	13 54 82 83 115 138	张水淇	177
	156	张四维	32
约翰克尔诺斯	86	张太雷	71
匀　瑞	91	张天一	28
恽代英	13 26 29 36 45 137	张维琪	28 31 34 38 84
恽铁樵	61	张慰慈	187
		张闻天	29 57 117 134 137
Z		张我军	6 7 8 134
赞　襄	5	张奚若	66
臧克家	155	张歆海	24
泽　民	13	张秀哲	165
曾广钧	45	张秀中	184

张耀南　43

张耀翔　49

张映清　1

张友松　202

张枕绿　36　90

张志澄　74

张资平　11　44　80　144　145　166
　　　　167　183

张宗昌　156

张祖基　31

张作霖　48　65　156

章克标　159　177

章士钊（章行严）
　　　　78　87　89　92　93　106
　　　　109-111　114　116　117　151
　　　　120　127-133　137-139　156
　　　　162　182　197

章锡琛　40　42　43　44　45　174

章锡珊　174

章衣萍　64　88　107　163

赵诚之　68

赵焕亭　176

赵家璧　166

赵景深　3　9　24　26　28　38　90
　　　　92　109　174

赵景沄　124

赵朴初　13

赵树理　182

赵太侔　71　96　134　165　166

赵苕狂　26　36　41　46　118

赵元任　84　137

赵宗闽　180

赵祖康　124

郑宾于　31

郑伯奇　11　27　44　144　145　166
　　　　183

郑德音　93

郑尊村　14

郑逸梅　41

郑振铎　2　5-7　16　17　21　24
　　　　32　34　38　39　61　62
　　　　66　69　74　75　83　84
　　　　91　92　95　97　98　101
　　　　104　109　112　115　150
　　　　166　173　178　179
　　　　181-183　185　189　191
　　　　193-196　198　200-203

趾　青　73

志贺直哉　91

钟　云　200

种　因　30

仲　可　35

仲　起　84

仲　苏　3

仲　武　67

仲　云　31　35　38　43　100　108
　　　　111

仲　子　28

重　九　34

周白棣　124

周必太　28

周恩来　71　75　150

周仿溪　26　38　43　194

周佛海　42

周鲠生　66

周谷城　13

周建人　86　183

周乐山　24　26　28　31　35　135

周灵均　183

周全平　15　44　64　80　134　144
　　　　146　177　183　186　191
　　　　199

周瘦鹃　29　36　163　198

周太玄　29

周泰京　34

周湘萍　198

周予同　174　183

周玉林　182

周毓英　45　173

周作人（岂明、山叔、仲密）　14　17
　　　　19　26　31　33　48　59　60
　　　　62　64　67　76　78　86　91
　　　　93　95　104　111　116　119
　　　　122　123　126　128　130
　　　　131　135　136　137　139
　　　　147　167　172　174　178
　　　　180　182　184-186　190
　　　　192-199

朱代杰　179

朱枫隐　41

朱家骅　111

朱镜我　144

朱　深　92

朱维之　11　12

朱希祖　111

朱　湘　64　74　90　120　150　151
　　　　166

朱自清　2-4　11-15　19　21　23
　　　　32　41　62　67　73　77　84
　　　　90　127　135　146
　　　　150-152　168　170　183
　　　　194　201

庄奎章　180

卓　呆　33

紫薇苑主　166

自　觉　104

邹克儒　24

邹韬奋　121

祖　堂　28

本卷后记

1924 年至 1926 年是中国近代历史中非常重要的三年，也是中国现代文学史上非常重要的三年。1924 年初，孙中山确定"联俄、联共、扶助农工"的"新三民主义"政策，这成为国共第一次合作的政治基础。1925 年孙中山病逝，国民党内部派系纷争。1926 年开始北伐，北伐后期，国、共两党走向分裂，"新三民主义"逐渐被以蒋介石为代表的国民党右派抛弃。中国革命和中国历史开始酝酿历史性转折。这三年，中国现代文学基本完成新文学和新文化运动初期那种凤凰涅槃式的狂飙突进，现代诗歌、现代小说、现代散文、现代戏剧无论是内容还是形式，都逐渐从草创和探索走向成熟和稳定。

为使这三年的文学事件得到清晰和丰满的呈现，本卷采取多种手段进行史海钩沉，并为此付出艰辛劳动和汗水。具体编撰分工如下：1924 年 1—8 月由张露晨负责，1924 年 9—10 月由刘幸负责，1924 年 11—12 月由薄秋菊负责；1925 年 1—3 月由王俊双负责，1925 年 4—6 月由李之怡负责，1925 年 7—9 月由耿喆负责，1925 年 10—12 月由位聪聪负责；1926 年 1—3 月由贾冰秋负责，1926 年 4—6 月由李帅飞负责，1926 年 7—9 月由崔一非负责，1926 年 10—12 月由王晨辰负责。魏磊与刘幸负责"人物小传"工作。万安伦负责本卷的总体设计和全书统稿工作。

是为后记。

万安伦